法国青少年文库精选译丛
第二辑

埃克托·马洛　贝尔特朗·索莱尔
—— 著 ——

黄道生　唐有娟
—— 译 ——

ZHEJIANG UNIVERSITY PRESS
浙江大学出版社

图书在版编目（CIP）数据

法国青少年文库精选译丛. 第二辑 ／（法）埃克托·
马洛，（法）贝尔特朗·索莱尔著；黄道生，唐有娟
译. — 杭州：浙江大学出版社，2019.9
　　ISBN 978-7-308-19578-2

　　Ⅰ.①法… Ⅱ.①埃… ②贝… ③黄… ④唐…
Ⅲ.①小说集—法国 Ⅳ.①I565.4

中国版本图书馆CIP数据核字（2019）第214786号

法国青少年文库精选译丛（第二辑）

（法）埃克托·马洛，（法）贝尔特朗·索莱尔　著

责任编辑	武晓华　梁　兵
责任校对	梁　兵
装帧设计	鹿鸣文化
出版发行	浙江大学出版社
	（杭州市天目山路148号　邮政编码310007）
	（网址：http://www.zjupress.com）
排　　版	杭州兴邦电子印务有限公司
印　　刷	浙江新华印刷技术有限公司
开　　本	880mm×1230mm　1/32
印　　张	16
字　　数	315千
版 印 次	2019年9月第1版　2019年9月第1次印刷
书　　号	ISBN 978-7-308-19578-2
定　　价	65.00元

译本代序

　　黄道生、唐有娟自六十年代毕业于北京大学法语专业后，在外交战线上工作。他们与我的交情已有几十年，在翻译上多有来往和切磋。与此同时，他们在有限的闲暇时间从事笔头翻译，搜集了法国青少年文学作品，并翻译成中文，陆陆续续也有数十万言之多。这里汇聚的几篇译作就是他们的成果。其中大仲马根据德国作家霍夫曼（1798-1874）的作品改编的《胡桃夹子的故事》，早已在世界上流传很广，德国著名作曲家舒曼和俄国著名作曲家柴可夫斯基都曾将原著谱写成音乐，可见这部作品之深入人心。而法国著名作家埃克托·马洛的长篇小说《孤女寻亲记》这部作品，在世界上甚得好评，它是在中国早已广为流传的《苦儿流浪记》的姐妹篇；其次，诺贝尔文学奖得主芬兰作家西兰帕（1888-1964）的《少女西里亚》（1931）描写一个少女艰辛和屈辱的人生，曾被翻译成世界多国文字，广为流传，是一部触动人心的长篇小说，在法国被列入青少年读物丛书。其他短篇也都是佼佼之作。这几部作品合在一起，构成了欧洲青少年文学读物的一个系列，富有自己的特色。

两位译者具有深厚的汉语功底，不仅法语理解透彻，而且中文表达流畅，文词优美，并注意青少年读者的心理。他们的译品可以称作是上乘的青少年文学读物，值得推荐。这次在浙江大学出版社出版，我相信会获得广大读者的好评和欢迎。

郑克鲁于上海

2019年10月

目录

孤女寻亲记 —— 001

黑奴恨 —— 385

孤女寻亲记

作家与作品简介

我国读者对本书作者埃克托·马洛（Hector Malot）并不陌生。早在一九一五年，他的长篇小说《苦儿流浪记》（*Sans famille*）就被译成中文在我国流传。此后，小说的节译本、缩写本在我国数度出版。一九四七年，他的另一部名著《罗曼·卡尔布里》（*Romain Kalbris*）中译本在我国问世；一九八三年，根据《苦儿流浪记》改编的电视连续剧在我国播放，给广大观众留下了深刻的印象。

埃克托·马洛于一八三〇年五月出生在法国的滨海塞纳省，一九〇七年卒于巴黎郊区，是法国十九世纪一位著名的青少年文学作家。他青年时代曾在巴黎一家公证事务所边工作边攻读法律。因酷爱文学，利用业余时间从事创作，为数家报纸撰写文章，开始显露文学才华。一八六四年，他的第一部成名作《爱情的牺牲品》（*Les victimes d'amour*）在《制宪党人》报上连载后，顿时蜚声文坛。该报也因而声誉大振，被争相订阅。当时法国著名评论家泰纳（H. Taine）将马洛列入最富有才华的作家之列。人们甚至惊呼，他是第二个巴尔扎克。

　　埃克托·马洛是一位多产的作家。从一八五九年发表第一部小说到一九〇七年谢世，他辛勤笔耕四十多年，共发表了七十多部小说，其中流传四海经久不衰的有《苦儿流浪记》《孤女寻亲记》《罗曼·卡尔布里》等篇。《苦儿流浪记》被誉为世界儿童文学作品之首。

　　《孤女寻亲记》是《苦儿流浪记》的姊妹篇，发表于一八九三年。主人公是一个叫佩琳娜的孤苦少女。作者着力刻画了这个诚实、善良、聪明、勇敢的形象，并通过她的不幸遭遇和顽强奋斗，生动逼真地描绘了十九世纪末叶欧洲工业革命早期的法国社会现实。

　　另，本译本早年初版时，开头的十节由朋友闵韦先生提供了译稿，此次再版做了必要的加工和修饰，以使前后风格一致。

一

又逢周六。一如往常，到了下午三点来钟，巴黎贝西城门外又是一番车水马龙景象。那些载着酒桶、煤炭或器材的马车，以及运载干草或麦秸的两轮手推车，顺着沿河大道分成四路排成长龙。人们顶着六月的烈日，等待着城关税务所人员前来检查，人人都急切地盼着能赶在礼拜日之前进入巴黎城。

在这些车辆当中，人们注意到离城门路障稍远处的一辆。它外观古怪，甚至显得滑稽可笑。它似乎像一辆赶集的载货篷车，但比篷车更为简陋：架在四个低矮轮子上的，是一个简易的车框架；车框架四周用粗糙的帆布罩着；车顶则盖一块油毡布；车身四周的帆布，最初大概是蓝色的，但早已褪色，如今变得陈旧不堪，因此对它的本色只能猜测个大概。同样，对于写在篷车四周帆布上面的字迹，也因褪色而变得模糊不清，人们也只能从仅剩下的一些笔迹加以猜想：最早写上去的字，似是希腊文"照相车"一词，后来陆续写上去的这个词，先是用德文，后是意大利文，最后一个是新近用法文写的。这些不同时期的不同字迹，就像一张行程单，表明这辆可怜的破车是跑了许多国家，最后才进入法国，来到了巴黎城门口的。

那么，套在车上的那头驴子是否也是从那么遥远的地方来的呢？乍一看令人怀疑。因为它是那么瘦骨嶙峋，疲惫不堪。但当你靠近细看便会发现它的疲惫只是长期缺食、过劳的结果。它其实是一头壮实而个头高大的牲口，比欧洲的驴子高：长长的体态，浅灰色的毛，腹部的毛上尽管带着旅途的尘埃，仍然显得色泽光亮；细长的腿部有几道黑色的横纹，蹄子上则有几条直纹。尽管如此疲乏，它还是高高地昂着头，显出一副对主人尽职尽责、坚毅而调皮的神态。它的鞍鞯和它所拉的篷车的外观倒很相配：那是用沿途随手拣来的颜色各异、粗细不等的绳子编织而成的。由于被插着的花枝和芦苇遮掩着，几乎看不太清。这些花枝和芦苇原是用来遮挡阳光和驱赶苍蝇的。

驴子旁边的人行道边上，坐着一个十一二岁的小姑娘，看守着这头驴子。

她的模样有些别致，虽然体貌不甚协调，但并不粗犷。显然，她是一位混血儿。在她那暗淡色头发和琥珀色皮肤的反衬下，一双眼睛又黑又大，突显出她面部线条的细腻、柔嫩和她嘴部的端庄。这时她正在休息，虽然显得十分疲惫，但身段端庄而机敏。灵巧纤细的肩膀，略呈流线型。上身罩着一件破旧的花格子衣服，其本色已难分辨，原先也许是黑颜色，下身穿的是一件用布片拼成的肥大裙子，下面露出两条灵便而结实的玉腿。驴子排在一辆高大的干草车后面，时不时津津有味地啃上一口干草，那些干草是它从前面车上拉下来的。若不是这样，它还是好看管的。它吃干草吃得小心谨慎，俨然是一头懂得自己在干错事的聪明的牲口。

"帕力卡尔，你没完啦！"

它立即垂下脑袋，显出一副认错的样子。可是它一吃完，眨巴眨巴眼睛，摇摇耳朵又急忙再拉下一口干草来吃。那迫不及待的样子，充分表明它实在太饿了。当她第四次或第五次冲驴子吆喝时，车子里传出了呼唤她的声音："佩琳娜！"

她赶紧站起来掀起帘子，进到车里。

车里，一个女人躺在一张薄得仿佛是贴在木板的垫子上。

"有什么事吗，妈妈？"

"帕力卡尔在干吗？"

"在吃前面车子上的干草呢。"

"要看住它。"

"可它饿了。"

"饿了也不该吃不属于咱们的东西。要是人家车主生气了，怎么回答人家呢？"

"我把它看得紧一点儿就是了。"

"咱们不是快要进巴黎了吗？"

"还要等税务所的人。"

"要等很长时间吗？"

"你很难受吗？"

"别担心。只是关在车里面太闷了，不要紧的。"她喘着气，从嘴里吐出了几句有气无力的话。

　　这只不过是几句母亲安慰女儿的话。其实，她的病况实在让人悲怜：她已毫无生气，没有一丝活力，呼吸细弱得几乎听不到。虽然只不过二十六七岁，就已病入膏肓。然而她那动人的风韵仍存：鹅蛋形脸庞，温柔而深沉的眼睛同她女儿一模一样，只不过是由于生病而呼吸急促，眼睛有些红肿。

　　"要我给你买点什么吗？"佩琳娜问。

　　"有什么呢？"

　　"这儿有铺子，我可以给你买个柠檬，马上就回来。"

　　"不用啦，把钱留着吧。咱们就剩下那么一丁点儿钱了。你去看住帕力卡尔吧，别让它再偷吃人家的草料了。"

　　"这可不太容易！"

　　"不管怎么说，你还是看着它吧。"

　　她于是又回到了驴子跟前。当车子开始向前移动时，她拉住了它，让它离前面的草车远一点，够不着干草。

　　这驴子先是反抗，硬要往前挤。但她轻声细气地和它说话、抚摸它、亲它，于是驴子垂下双耳，显得很满足，乖乖地站着不动了。

　　由于不用再看管它了，佩琳娜才能趁机放眼朝周围观赏一番，借以消遣。河上，游艇和拖船来来往往，旋转的吊车伸出巨大的铁臂，像人的手一样，从驳船上抓起货物，如果是石头、沙子或煤炭，就倒入车皮；如果是大木桶，就排在码头上。环城铁路桥上，火车在奔驰，桥拱挡住了她眺望巴黎市区的视线，因此只能通过浓黑的雾霭想象巴黎的风貌。而在她的眼皮底下，税务所的职员正在忙碌，他们把长矛插进车上的草垛，或者爬上装满酒桶的平板马车，用钻子狠狠地插进酒桶，用小银杯接着流出来的酒，尝一尝，又马上吐掉。

这一切都是那么奇特、新鲜，她看得入神，时间在不知不觉中流逝着。

这时，一个约莫十一二岁的男孩，就像马戏团的小丑，在佩琳娜周围转了足足有十来分钟，可她还没有注意到他。

他终于同她打了个招呼："这头驴子真漂亮呀！"

她还是不搭话。

"这是咱们这儿的驴子吗？若是的话，那就太棒了。"

她这才看了看他，见他像是个好人，便回答他道："它是希腊来的。"

"从希腊来的！"

"所以它才叫帕力卡尔。"

"原来如此！"

他虽露出会意的微笑，但并不肯定他已经懂得为什么从希腊来的驴子就可以起名为帕力卡尔。

"希腊远吗？"他问，

"很远。"

"比……比中国还远？"

"不。可是很远，很远。"

"那么，您是从希腊来的喽？"

"比希腊还要远。"

"从中国来的？"

"不是的，帕力卡尔是从希腊来的。"

"您这是要去参加残疾军人节吗？"

"不是的。"

"那您去哪儿？"

"去巴黎。"

"您想把您的车放哪儿呢？"

"有人告诉我们说，在欧塞尔的城堡街上有空地方。"

小孩把脑袋一缩，用劲拍了两下他的大腿："城堡街呀！啊呀呀！"

"没地方吗？"

"有。"

"那怎么啦？"

"那可不该是你们应当去的地方。城堡街，那儿可是地痞流氓成堆的地方。那么您车上有男人吗？有没有强壮而不怕刀砍的男子汉？我是说有没有有本事与人对砍的男子汉？"

"只有我妈和我。而且我妈还有病。"

"您操心您的驴子吗？"

"当然。"

"那么，明天您的驴子就会被偷走。这还只个开头，您等着瞧吧，不会有好事的。这是我杜格拉对您说的。"

"真的是那样吗？"

"当然是。您是从来没来过巴黎吧？"

"没有来过。"

"看得出。那么，是一些蠢货告诉您可以在欧塞尔停放车子的喽？干吗不到颗粒盐那儿去呢？"

"我不认识颗粒盐。"

"他是居约庄园的主人呀！那儿用栅栏围着，夜间上锁，您什么也不用怕。谁都知道，夜里谁要敢进去，颗粒盐就会向他开枪。"

"很贵吗？"

"冬天贵，因为一到冬天人们都挤到巴黎来了。现在这种时候的价格，肯定每星期不超过四十个苏，您的驴在园里还可以有东西吃，如果它爱吃矢车菊的话。"

"我想它喜欢吃的。"

"那它就有得吃了。再说，颗粒盐这人不坏。"

"'颗粒盐'是他的名字吗？"

"大家都这么叫他，因为他老是口渴。他以前当过兵，后来靠捡破烂发了财。再后来因为断了一只胳膊才不干的，因为仅有一只胳膊翻垃圾桶不方便。他就开始出租地皮。冬天租给人停篷车，夏天遇着谁就租给谁。此外，他还做别的生意：卖小乳狗。"

"居约庄园离这儿远吗？"

"不远，就在夏洛纳。不过我敢打赌，您一定不认得夏洛纳。"

"我从来没到过巴黎。"

"瞧，就在那边！"

他伸手指向北边。

"当您一过关卡就向右走，沿着城堡街走上不到半个小时，穿过那条万森河大道便向左一拐，再打听一下就行了。因为人们都知道居约庄园。"

"谢谢您了，我这就去告诉妈妈。您如果能在帕力卡尔旁待上两分钟，我就立刻去跟她说。"

"好的，我要它教我希腊文呢!"

"请您别让它偷吃人家的干草。"

佩琳娜进了篷车，把男孩刚才对她说的一五一十地告诉了妈妈。

"要是这样，那就别犹豫了，到夏洛纳去吧。可你能认得路吗? 要想着我们是在巴黎呀。"

"好像很好找。"

刚要出来，她又回到母亲身旁，俯身对她说:"外面有好几辆车都遮着防雨布，上头写着'马洛库尔厂'，下边的名字是'维尔弗朗·潘达弗瓦纳'。码头上盖酒桶的帆布上也写着同样的名字。"

"那没什么奇怪的。"

"奇怪的是老是看到这些名字。"

二

佩琳娜返身回来，看见驴子的嘴巴正伸在干草车里，心安理得地吃着，仿佛面前是个喂牲口的食槽。

"您让它吃人家的草啦？"她嚷道。

"是的。"

"车主人生气了怎么办？"

"那可与我无关。"

他两手叉腰，仰着脑袋，摆出与人对骂的架势。

帕力卡尔这时已不需要他的呵护了，因为现在已经轮到干草车接受税务所人员的长矛的探测了。这辆车很快就可以过关卡了。

"马上该轮到您了，我得走了。再见，小姐！万一您要想知道我的消息，只需要打听一下杜格拉就行了，谁都知道我。"

那些把守关卡的职员们对于许多怪事都早已见怪不怪了，然而，上了这辆照相篷车的职员，看到里面躺着的是一个年轻妇女时，还是吃了一惊。尤其是当他很快扫上几眼，看到车内的惨状时，更为惊讶。

"您没什么东西要申报的吗?"他边查边问。

"啥也没有。"

"没有酒,没有食品?"

"啥也没有。"

这句重复了两遍的话,是极其准确的:除了一床褥子、两把破椅子、一张小桌子、一个泥炉子、一架照相机和几件照相用的工具外,车里便一无所有了,既没有箱子、篮子,也没有衣裳。

"好,你们可以进去了。"

过了关卡,佩琳娜按照杜格拉说的,牵着帕力卡尔的缰绳,立即向右拐去。她沿着城堡斜坡的大道走着。旁边有一片枯黄的、满是尘土的草地,草地上有几块地方已被践踏得露出了泥土。一伙人横七竖八地躺在草地上,或仰天躺,或趴着睡,根据各自身体对阳光的需要而定;还有一些人,他们可能因睡眠被打扰了,正展开双臂伸懒腰,等着重新入睡。她所目睹这些人的面貌,那一颗颗带着伤痕、晒得黝黑、头发蓬乱的脑袋,那褴褛的衣着使她明白了这些城堡居民在夜间确实是不令人放心的;在这些人中,相互动刀子大概是很平常的事。

她并没有停下车来审量这些人,此刻这对她已没有意义,因为她并非住在这些人中间。于是她把目光转向了巴黎市区方向。

怎么?这些丑陋的房子,这些破草棚,这些肮脏的场院和堆满垃圾的空地,难道就是常听爸爸说起的巴黎?就是她早就带着童稚的想象向往着的巴黎?随着离它越来越近,巴黎在她的想象中应是更加神奇才对!同样,在大道另一边的斜坡上,那些像牲口一样，横七竖八地躺在草地上相貌丑陋的男男女女，竟会是巴黎人?!

她们走进了一条林荫大道，她根据其宽度，认出这就是万森河大街了。过了大街往左拐，她就向路人打听居约庄园的位置。人们全都知道居约庄园，可是到底要走哪条路，众人说法各不相同。而她又不止一次地忘记了必须经过的街名。最后总算走到一排木栅栏墙前。墙的木头有的是杉木，有的带着树皮，有的上了漆，有的涂了沥青。透过两扇栅栏门，她看到地上停着一辆没有轮子的轿式旧马车，还有一节放在地上的没轮子的火车皮。虽然四周的房屋并不比这些车子好，但她明白，这就是居约庄园了。如果还需要什么来证实一下她的判断的话，那么，那十一二只在草堆里打滚的胖乎乎的小乳狗就可以证明。

她让帕力卡尔留在街上，自己走了进去。那些小狗立即扑向她，狂吠着，轻轻地咬她的腿。

"怎么回事?"有人喊了一声。

她朝发出喊声的方向看去，只见在她左边有一幢长长的房子，可能是住房，也可能是派作其他用途的。墙是用石灰石、砂石块、木块、白铁罐头和铁皮砌成的；屋顶是硬纸板和涂有沥青的织物；窗户是纸、木片、锡箔还有玻璃块拼的。房屋的建筑和布局是那么原始，以至于让人觉得像是出自鲁滨孙的设计、并由他手下的奴隶施工而建成的。在一面屋檐下，一个胡子拉碴的人正忙着整理破布，并随手扔进身边的筐子里。

"别踩了我的狗，"他嚷道，"请过来!"

她遵命走了过去。

"你有什么事吗?"当她靠近时,他这样问道。

"您就是居约庄园的主人吧?"

"人们是这样称呼我的。"

她三言两语说明了来意,而他在听她说话时为了不浪费时间,便拿起手边的酒罐,斟满了一杯,倒进口中。

"可以的,只要先付钱就行"他一边说一边抬头打量着她。

"多少钱?"

"每星期停车费四十二个苏,驴子二十一个苏。"

"太贵啦!"

"这里就是这个价。"

"是夏天的价?"

"夏天的价。"

"驴子能吃矢车菊吗?"

"只要它的牙齿结实,不光可以吃矢车菊,还可以吃别的草。"

"我们不按星期付钱,只按天算,因为我们住不了一个星期。我们是路过巴黎去亚眠市的,想在这儿休息一下。"

"行!这也一样。车子每天六个苏,驴子三个苏。"

她在裙子里搜索了一阵,一个苏一个苏地掏出来,一共九个。

"喏,这是第一天的租金。"

"可以叫你们的人进来了。有几个人?要是一大群的话,就要每人多付两个苏。"

"只有我和母亲。"

"好的。怎么你母亲不自己来租房呢?"

"她在车里病着呢。"

"病了？这儿可不是医院。"

她真担心他不收病人。

"就是说她累了，您知道，我们是远道而来的。"

"我从来不问人家是从哪里来的。"

他伸手指着场地的一角："把你的车停在那儿，然后拴上你的驴子。要是它踩死一条狗，你可得赔我一百个苏。"

她正要走开，又被他叫住："喝杯酒吧。"

"谢谢您，我不喝酒。"

"好吧，那我替你喝了。"

他把刚斟满的一杯酒倒进喉咙，接着又开始整理他的那些破布，换句话说，就是干他的"分拣工作"。

她尽管小心翼翼，仍不免经历了一些波折，才将帕力卡尔安顿在指定的地方。随后，她立刻上了篷车。

"亲爱的妈妈，咱们总算到了。"

"不必再颠簸了，也不必再赶路了。这一路多么漫长啊！世界真大啊！"

"现在我们可以歇下来了，我去给你弄晚饭。你想吃点什么呢?"

"还是先去卸了可怜的帕力卡尔吧，它也够累的了！给它弄点吃的喝的。好生照顾它。"

"正是呢，我从来没见过这么多矢车菊，而且这儿还有一口井。我去一下马上就回来。"

她果真一会儿就回来了，并且开始在车里东找西找，翻出了一个泥炉子、几块煤和一口旧锅。然后，她跪在炉前，用小树枝点上火，使劲地吹着。

炉火生起来后，她又回到车里："你想吃米饭，对吧?"

"我不怎么饿。"

"那你想吃点别的吗? 你想吃什么，我就去弄，好吗?"

"还是吃米饭吧。"

她在锅里倒了点水，然后放进一把米，水开后，用两根剥了皮的树枝搅了一会儿。她只是偶尔离开一下，为的是去看看帕力卡尔怎么样了，跟它说几句鼓励的话。说实在的，这对它并非是必不可少的，因为它正津津有味地吃着矢车菊。高高竖起的双耳说明它吃得非常开心。

米饭煮得恰到好处，就像巴黎女厨子经常做的那样——米粒刚刚绽开，没有软到变成粥。她在一只小盘子里把米饭堆成一座底部宽宽的小金字塔，马上送进车里。

在这之前，她已经从井里打了一小罐水，连同两只杯子、两只碟子和两把叉子，一起放在母亲床边。她把那盘米饭放在旁边，便展开裙子，盘膝坐在木板上。

"现在，"她说话的神态活像一个玩布娃娃的小姑娘，"咱们开饭了。我来替你盛饭。"

虽然她用快活的语调说话，却以忧虑的目光审视着她母亲。母亲坐在褥子上，披着一块破烂不堪的围巾。这围巾早先也许是块昂贵的料子，如今却成了一块褪了色的旧破布。

"你饿吗?"母亲问道。

"我想是饿了，早就饿了。"

"怎么不吃块面包呢?"

"吃了两块了，可还是饿。"

母亲叉了一团饭放进嘴里，可是嚼来嚼去嚼了很长时间，就是咽不下去。

"不好咽呢。"她回答女儿目光的探询。

"你要强咽一口下去，第二口就好咽了，第三口就更容易些。"

但是她未能吃第三口，只吃了两口饭，就把叉子放在碟子上了："我感到恶心，还是不要硬吃的好。"

"噢! 妈妈!"

"别担心，孩子，不要紧的。闲着的时候，不吃饭也能活得好好的。休息好，胃口也就来了。"

她解开破围巾，气喘吁吁地躺到褥子上。尽管有气无力，可她还在替女儿着想，见她眼泪汪汪的，就竭力劝导她说："这米饭很好吃，你吃吧。你要干活，一定要支撑住，有了力气才能照顾我。吃吧，孩子，吃吧。"

"好的，妈妈，我吃。你瞧，我在吃着呢。"

实际上，她也要费很大的劲才能咽下一口饭。但是母亲关爱的话语使她的喉咙渐渐扩展开了，她开始真正吃起来了，一盘子饭很快就吃光了。母亲瞅着她，脸上露出一丝温柔而又凄凉的笑意："你瞧，还是要强迫自己吃一点吧。"

"我如果不敢吃呢，妈妈!"

"你应该敢。"

"我想说的是，你跟我说的话，也正是我再三对你说过的。"

"而我是病人嘛。"

"正因为这样，只要你同意，我就去给你找个医生来。如今我们是在巴黎，巴黎有好医生啊。"

"不给钱，好医生是请不来的。"

"咱们付给他钱。"

"拿什么给呢?"

"拿咱们的钱。你裙子兜里大概有七个法郎，还有一个奥地利盾，咱们可以在这里兑换成法郎。我这里还有十七个苏。看看你的裙兜。"

这件黑连衣裙和佩琳娜的裙子一样可怜寒碜，不过没那么多灰，因为曾经掸过，一直放在褥子上当被子盖。从兜里果然翻出了七个法郎和一个奥地利盾。

"一共多少钱?"佩琳娜问，"我不大认得法国钱。"

"我也不比你强多少。"

她俩数了数，一个奥地利盾大概是两个法郎，这样共有九法郎零八十五生丁。

"你看，付一个医生的钱足够呢。"佩琳娜接着说。

"医生光说话是治不了病的，他要开药方，拿什么来付药费呢？"

"我有个想法。你知道，当我走近帕力卡尔身旁的时候，并不是老在花时间跟它说话，尽管它很喜欢我跟它说话；我是在想着你，想着咱们，尤其想着你，我亲爱的妈妈。自从你病了之后，我思考着咱们这趟旅行以及咱们到达马洛库尔后会是什么样。难道咱们能乘着篷车去吗？一路上，我们的篷车常常招人嘲笑。这样去，咱们还会受到欢迎吗？"

"这个样子去，可以肯定，哪怕是不虚荣的亲戚，也会感到没面子的。"

"因此还是要避免这种事发生。我们既然用不着这辆篷车了，可以卖了它。再说，现在它对咱们还有什么用处呢？打你生病以来，谁也不愿意让我们照相了。就算还可以找到一些信得过我们的好人，咱们手头也没有照相材料了。三个法郎一包显影粉，三个法郎一瓶调色液和醋酸盐，两个法郎一打玻璃片，靠咱们剩下的这点钱怎么够呢？还是把车子卖了吧。"

"能卖多少钱呢？"

"总还可以卖些钱的。照相机镜头还是好的，此外还有褥子……"

"那么，全都卖掉？"

"你会难过吗？"

"这一年多以来，咱们一直是在这辆车里度过的，你父亲也是死在这车里的。所以，尽管车子是那么破旧，一想到要离开它，我就难过。你父亲留下的东西，咱们就剩下这些了。这些破东西，无一不是和你父亲联系在一起的。"她气喘吁吁的讲话虽然停了，但瘦削的脸上，眼泪止不住地直淌。

"啊，妈妈！"佩琳娜大声说道，"原谅我跟你提起这件事吧。"

"你没什么要我原谅的，亲爱的孩子。是咱们不幸的处境令咱俩不得不谈到这些令人伤心的话题；也是因为我这要命的病体，使我无力抗争，无力思考，不敢抱希望，比你还更孩子气。不是吗，你刚才说的，本应该是由我来对你讲。你所预想到的事，我本该早就想到，咱们不能乘着这辆车到马洛库尔去，不能穿着你这件破裙子和我这件烂袍子在那里露面，而且在想到这些的同时，还要设法找到出路。而我的脑子是如此虚弱，只有幻觉，老期待着明天，似乎明天就会有奇迹出现：幻想着我的病好了，咱们得到了大笔收入等等。无路可走的人，不能靠幻想活下去啊！这是异想天开。而你所说的，却是在理：我的病不会明天就好，咱们也不会有大的收入，连小的收入也不会有的，所以只好把车子和车上的东西卖掉。可这还不够，咱们还得下决心卖掉……"

经过一阵犹豫和难堪的沉默后，佩琳娜说："卖掉帕力卡尔吧。"

"你早就想到啦？"

"我虽然想到了，可我难以说出口。打从想到迟早不得不卖掉它时起，这种想法一直在内心折磨着我，使我连看都不敢看它，生怕它猜出咱们要和它分手，而不是带它到马洛库尔去。经过这么长时间的劳累，如能一起到马洛库尔去，它该多高兴啊!"

"谁知道咱们自己在马洛库尔会不会被接纳呢! 说到底，咱们也只有这一点希望了。要是被拒之门外，咱们就只好葬身路边的沟壑了。无论如何咱们也要去马洛库尔，要在那里站住脚，而不要被人拒之门外……"

"这可能吗，妈妈? 难道对爸爸的怀念之情，不再会保佑咱们了吗? 爸爸是多么善良! 难道人们还会对死者怀恨在心吗?"

"我是按你爸爸的想法跟你说的，咱们要听从他的意志，就把车子和帕力卡尔都卖了吧，用换来的钱请医生，只要他能给我几天的力气就行了，这就是我的全部要求。要是我有了力气，咱们就各买一件体面的衣裙;要是钱够，就坐火车去马洛库尔;要不然，坐到哪儿算哪儿，其余的路就步行吧。"

"帕力卡尔是头漂亮的驴子，刚才在入城的关卡前跟我说话的小伙子也这么说。他是马戏团的，是识货的。就是因为觉得帕力卡尔漂亮，他才跟我搭话。"

"咱们不了解巴黎的驴价，更不知道一头东方的驴子能值多少钱。那就到时候看吧。既然主意这样定了，就别再说它了。因这个话题太让人伤心，况且我也累了。"

的确，她已显得精疲力竭了，往往要停上很久才能说完想要说的话。

"你该睡了吧?"

"我需要静待一会儿，让我停留待在做出决定后的宁静和对明天的期望之中吧。"

"那我先出去，以免打扰你。离天黑还有两个钟头，我趁此把衣服洗了。明天让你穿上新洗的衬衫，你觉得好吗?"

"你别累着了。"

"你知道，我是从来不觉得累的。"

她亲了亲妈妈后，就在篷车里麻利而敏捷地翻找着东西。她把塞在一只小箱子里的衣服取了出来，放进一只瓦盆里，再从木板架上取下一块用剩的肥皂，带着这些东西走出篷车。她利用煮饭后的余热，将放在锅里的水加热，正好用来洗衣服。于是，她脱了上衣，跪在草地上开始搓洗。实际上，她洗的只有两件衬衣、三条手帕和两双长袜，不到两个钟头就全部洗完、沥净，晾在车子和栅栏之间的绳子上了。

她干活的时候，离她不远处的帕力卡尔多次瞅着她，似乎是在监视。它见她干完了活，就把脖子伸向她，叫了五六声。这是急切的呼唤。

"你以为我把你忘啦?"她说。

说着她走了过去，给它挪了挪地方，又给它端了一瓦盆清水。盆子她已精心刷洗过，因为帕力卡尔虽然是给什么吃什么，或它自己找到什么吃什么，但对喝的却很挑剔，只喝盛在干净罐子里的清水或者好的葡萄酒——这是它最喜欢的饮料。

之后，佩琳娜并没有离开它，而是用手抚摩着它，同它说些温存的话，就像妈妈对吃奶的孩子一样。刚才还迫不及待地扑向新草丛的帕力卡尔，这时却不再吃东西了。它把头搁在小主人的肩膀上，让她更好地抚摩。它不时地把长长的耳朵向她垂下来，又颤悠悠地竖起来，以此说明它非常幸福。

这时院子的大门已经关了，街上也空无一人，一片沉寂，只能隐约听到远处传来的一种依稀可辨的吼声，像大海发出的涛声那样深沉、强大而神秘。尽管夜幕降临，巴黎的呼吸和生命仍在继续，是那样的生机勃勃，那样热烈亢奋。

然而，在这忧伤的夜晚，回味刚才母女间的谈话，佩琳娜倍感揪心。于是她把头贴在驴子的头上，流下了憋了很久很久的眼泪，驴子则舔着她的双手。

三

夜里，病人的情况很不好：喘气困难，浑身发热。而临近黎明，随着巴黎凌晨寒意的浓重，又冷得瑟瑟发抖。佩琳娜只好用自己的披巾裹着她。这是她们仅有的暖和一点的东西。夜里，佩琳娜就和衣睡在她身边的垫子上，头枕一条卷起来的披巾，她不得不好几次起来去给病人端水喝。为了让母亲能喝上清凉的水，她每次都是到井里现打。她很想马上去请医生，可又不得不等颗粒盐起床，因为除了他，谁还能告诉她哪儿有好的医生呢！

颗粒盐的确认识一位名医，一位坐车出诊的名大夫，而不是步行出诊的庸碌之辈。他叫尚德里埃，家住教堂附近的里伯莱特街。只要沿着铁路走到车站，就能找到。

一听说是位坐车出诊的名大夫，她真怕自己没有足够的钱付给医生，于是，她便怯生生地绕着弯子问颗粒盐。最后，他终于明白了。"要付多少钱吗？"他说，"当然喽，够贵的，不下四十苏。若一定要让他上门，你最好先付钱。"

按着颗粒盐指点的路线，她没费多大劲就找到了里伯莱特街，可是医生还没有起床。她只好坐在一个车库门前的马路边上等。待到车库里面有人在套马，这样，医生出门时她就能拦住他，给他四十个苏，这样他一准会来；如果只是口头说请他给居约庄园的宿客看病，那他肯定不会去。这一点她已经预感到了。

时间真难熬啊。令佩琳娜更忧虑的是，母亲肯定不明白为什么女儿迟迟不回去。即使医生不会马上来治好她的病，至少也应使她少受病痛的折磨。当初爸爸生病那会儿，妈妈曾请过一个医生到她们的篷车里来看病，可那是在山区，一个荒凉的地方。当时来不及上城里去请医生，母亲请来的那个大夫，只不过是搞巫术的理发匠，而不是跟巴黎的医生那样是真正的医生，博学，有起死回生的妙术。这个医生也该是这样的一位医生，要不，怎么人家说他有名呢！

车库的门终于开了，一匹膘肥体壮的马拉着一辆黄色的旧式马车从车库出来，横在房子前面。接着大夫就出来了。这个大夫大腹便便的，个头又高又胖，红扑扑的脸上镶了一圈灰色络腮胡子，俨然一副乡下长老的模样。

她赶在他上车前走近了他，向他说明了自己的来意。

"居约庄园，"他说，"打架了吧。"

"不，先生，是我妈病了。病得很厉害。"

"你妈是干什么的？"

"我们是照相的。"

他一脚踩上了脚镫。

她急速递过四十苏。

"我们付得起钱。"

"那么，要三法郎。"

她又加上二十苏。他全收下，塞进了背心的兜里。

"我一刻钟之内就到你妈妈那儿去。"

她跑着赶回去，兴高采烈地告诉妈妈这一好消息："妈妈，他准能看好你的病，这一位是个真正的医生。"

于是，她赶紧给妈妈收拾起来，替她洗脸、洗手、梳头——她有一头美丽的秀发，又黑又软。接着，她把车里整理了一番，这一番整理，车里反而显得更加空荡而寒酸。

她们没等多久，一阵嘎嘎的车轮声宣布医生驾到。佩琳娜跑步迎了上去。

医生进了庄园的大门，正要朝房子走去。她赶紧指着篷车，说："我们就住在车里。"

虽然这辆车压根儿不像个住所，但他没有露出丝毫惊讶，因为他对顾客中各色各样的困窘状况早已经司空见惯了。可是，一直注视着他的佩琳娜发现，当他看到躺在垫子上的病人和车内空空如也时，脸上掠过了一片阴云。

"请您伸出舌头，把手递给我。"

那些付得起四十或一百法郎出诊费的人，是无论如何也想象不出医生给穷苦人诊病是怎样的迅速、草率。不到一分钟，他就看完了病。

"要住院。"他说。

母亲和女儿一齐惊恐而痛苦地叫了起来。

"小姑娘，让我单独跟你妈谈谈。"医生用命令的口吻说。

佩琳娜迟疑了片刻，可是在母亲的示意下，她走出了车子，不过没有走远。

"我没救了吗？"母亲小声地问。

"谁说的，只是在这里您得不到需要的治疗。"

"在医院，我能跟女儿在一起吗？"

"她可以在星期四和星期天去看您。"

"让我们分开？她没有我，一个人在巴黎怎么办呢？我没有她，怎么行呢？即使我要死了，也应该握着她的手。"

"不管怎么说，您不应再继续留在这车里，夜里的寒气会置您于死地的。应该租一间房子住，能行吗？"

"要是时间不长，也许可以。"

"颗粒盐就出租房间，他不会要您付很贵的租金。但光有房间还不行，还要服药，要吃好点，要治疗。这只有住院才能做到。"

"先生，这是不可能的。我不能离开女儿。没有我，她怎么过呀？"

"随您的便，这是您的事，该讲的话我都讲了。"

他喊道："小姑娘！"

接着，他从兜里取出一个小本子，用铅笔在空页上写了几行字，撕下来，说道："你拿着这张纸到药店去，就是教堂边那家，不要到别的店去。你把标有'1'字的药给你妈服，标有'2'字的药水让你妈一小时喝一次。吃东西时还要同时喝点金鸡纳酒，因为要促进她的食欲。要吃些可口的，尤其是鸡蛋。我今晚再来。"

佩琳娜坚持送他走，以便问问情况。

"我妈病得很重吗?"

"尽量说服她住院。"

"您治不好她的病?"

"也许能，但愿如此。可我没法给她医院里才有的东西。不进医院，简直是发疯。她是因为舍不得离开你才拒绝去医院。可你没什么问题的，因为你像是个谨慎而机灵的姑娘。"

他大步走到车旁边，佩琳娜还想拉住他，让他再谈谈，可是他已经上车走了。

她只得返回到篷车里。

"大夫说什么来着?"母亲问。

"他说他会治好你的病的。"

"那么你就快去药店吧，再带两个鸡蛋回来，把钱都拿走吧。"

可是全部的钱还是不够。药剂师看过药方后，上下打量了她一番，"您有钱吗?"他问。

她把手摊开。

"七法郎五十生丁。"药剂师算过账后说。

她数了数手里的钱，估计一个奥地利盾值两法郎，共有六法郎八十五生丁。还差十三苏。

"我只有六法郎八十五生丁，里头有一个奥地利盾。您要奥地利盾吗?"

"啊！不，那可不行。"

"怎么办呢？"手依然张开着，她绝望、颓丧地站在店堂中间。

"如果您收下奥地利盾的话，我就只差十三苏了，"她终于说道，"我马上给您送来。"

可是药剂师不愿意接受任何通融：既不肯赊十三苏，也不要奥地利盾。

"金鸡纳酒不是急需的，"他说，"你待会儿再来取。我马上给你配药和药水，三法郎五十生丁就够了。"

她用余下的钱给妈妈买了几个鸡蛋和一块能开胃的维也纳小面包。然后，跑着回到了居约庄园。

"鸡蛋是新鲜的，"她说，"我照过了。瞧这面包烤得多好！你一定得吃，是吗，妈妈？"

"是的，亲爱的。"

母女俩都充满了希望，佩琳娜更是信心十足。既然大夫答应治好她母亲的病，那他一定能实现这个奇迹。他干吗要骗她呢？当人们问医生时，医生是应该讲实话的。

希望是极妙的开胃酒。两天来什么也吃不进的病人居然吃了一个鸡蛋和半块面包。

"你瞧，妈妈，"佩琳娜说，"马上会好起来的。"

不管怎样，她烦躁不安的神经安定了下来，多少恢复些平静。佩琳娜趁机去找颗粒盐，同他商量如何卖掉车子和帕力卡尔。

卖篷车再容易不过了，颗粒盐本人就可以把它买下来，就如同他收购各种废品一样：诸如家具、衣服、工具、乐器、布料、器材，新旧兼收。至于帕力卡尔，情况就不同了，因为除了小狗，他是不收购其他牲口的。他的意思是只好挨到星期三到马市去卖。

星期三太遥远了。在佩琳娜心里的奢望，令她想象着她母亲星期三以前就能恢复气力，出发赶路。不过这样等着至少也有一点好处：她可以用卖车子的钱添置两件连衣裙，以便坐火车时穿；还有一个更大的好处，要是颗粒盐给的价比较高，她也许就可以不卖掉帕力卡尔了。这样，帕力卡尔可以先留在居约庄园，等她们到了马洛库尔后再把它弄过去。如果能不失去她的这个心爱的朋友，她该多么高兴啊！那样，它将舒舒服服地生活，住在漂亮的马厩里，整天陪伴着两位女主人在葳蕤的草地上散步，该有多么幸福啊！

然而，她不得不很快地从这一闪念中清醒过来，因为颗粒盐在长时间的察看后，连车带物只肯出十五法郎，而不是她想象中的没有明说出来的大数目。

"只值十五法郎！"

"十五法郎，这还是照顾你们呢。这些东西能叫我派上什么用场呢？"

他用一把弯钩敲打着车轮、车辕和其他部件，一边耸着肩膀，露出一副鄙视却又怜悯的神情。

她费了多少口舌，颗粒盐才增加了两法郎五十生丁，并答应等她们走后才把车子拆掉。这样，在离开之前，她们白天仍可以待在车里。她想，对母亲来说，这样或许要比关在房子里好。

当颗粒盐领她看了可以租给她们住的房子后，她越发感到篷车的可贵了。尽管颗粒盐一个劲地夸他的房间，那傲劲和他对篷车的轻蔑劲形成反差，但房子实在差劲，屋里臭气熏天，若不是穷困潦倒，她们是绝不会租这房子的。

事实上，房子虽有屋顶和墙壁，而且墙也不是帆布的，但丝毫不比篷车强。屋周围堆积着颗粒盐经营的那些不怕风吹雨打的破烂：什么碎玻璃、骨头、破铜烂铁。室内走廊和阴暗的房间里则堆满了需要避风雨的东西：废纸、破布头、瓶塞、面包渣、旧鞋。各式各样的破烂货不计其数，都是从巴黎的垃圾堆里捡来的，散发着一股呛到嗓子眼的浓烈气味。

她犹豫着，心想这股臭气会不会使她母亲中毒，颗粒盐却紧催着她。"快点儿，"他说，"卖破烂的快来了，我得在那儿等他们，要'敲'他们带来的东西。"

"医生知道这些房子吗?"她问。

"当然知道。他不止一次地来隔壁给'女侯爵'看过病呢。"

这句话使她下了决心：既然大夫看过这些房子，那么，他劝她们租房间的时候心里是有数的；既然一个"女侯爵"曾经住过其中一间，那她母亲完全可以住另一间了。

"每天八苏，"颗粒盐说，"再加上驴子三苏，车子六苏。"

"您不是买下车子了吗?"

"是的，可是你们还要用，理所当然要付钱的喽。"

　　她无言以对。她已经不是第一次被这样敲竹杠了，在漫长的旅途中，经常被敲得比这还厉害。她最终相信"弱肉强食"是个自然规律。

四

　　这天，在这间将要栖身的房间里，佩琳娜花了大半天时间进行清扫，拖地板，擦墙壁以及天花板和窗户。这房子自盖好以来，肯定还从未有过这样彻底的清理。

　　她在房子和水井之间这段路上来回穿梭跑了许多趟，为的是打水洗涮。她在院子里还发现，这儿不仅长着野草和矢车菊，还有盛开的花朵，那定是风和鸟儿从邻近花园里飘来的花籽，以及邻居隔着墙头扔过来的不用的花苗，其中的一些遇上适宜的土壤便发芽、生长，现在竟也开花了。当然，这些花不能和经过精心照料、施肥、浇灌培育起来的花园里的那些花相媲美。然而虽说是野花，但其色彩和香味，仍不失娇媚和袭人的特性。

　　佩琳娜从而产生了采几朵花的念头，如顺手摘几朵红色、紫色的紫罗兰和一些香石竹，将其扎成花束，放在房间里，既可以驱散臭味，又能增添乐趣。何况这些花显然是没有主的，因为帕力卡尔可以随意吃。可是因为没问过颗粒盐，她连最小的花朵也不敢采。

　　"是拿去卖吗?"颗粒盐问。

"不是，只是采几枝放在我们房间里。"

"这样，那就尽管采吧。若是拿去卖，那我就要先卖给你。既然是你自用，那就别不好意思，小姑娘。你爱闻花香，我更喜欢酒气，甚至只有酒香我才闻得出来。"

破玻璃堆很大，为了插花，她毫不费力地找出了几只有缺口的花瓶。由于花是从阳光下采来的，紫罗兰和香石竹的芳香在房间里顿时就弥漫开来，抵消了里面的臭气。同时，鲜艳的色彩使黑漆漆的墙壁顿时生辉。

干活的时候，她结识了左邻右舍的邻居们：一位是老太太，灰发上戴着一顶装饰着法国三色国旗彩带的帽子；而另一位是高个子的好好先生，弯腰驼背，总是裹着一件又长又肥大的皮围裙，好像这就是他唯一的衣裳似的。这位系围裙的好好先生告诉她，帽子上装饰着三色彩带的那位妇女是个街头卖唱的，也就是颗粒盐所说的"女侯爵"。每天她带着一把红布伞和一根粗棍子离开居约庄园，把伞支在粗棍子上，插在十字路口或桥头，在伞下唱歌，发售她唱歌的节目单。至于系围裙的老好人，"女侯爵"告诉她说，是个拆旧皮鞋的，从早到晚埋头干活，默不作声，像条鲤鱼一样，因此便得了个"鲤鱼老爹"的绰号。大家也只知道他的这个名字。虽然他不说话，他的锤子却一天到晚敲得人头脑发胀。

太阳落山的时候，佩琳娜搬完了家，把母亲领进了房间。母亲看到屋里的鲜花，露出了满意的惊喜："你对妈妈真好呀，亲爱的女儿！"她说。

"这也是为我自己。能使你高兴，我是多么幸福啊!"

天黑之前必须把花儿放到外面去，于是，破屋里的臭气又卷土重来，熏得人难受。可是病人并不敢抱怨什么，既然她们无法离开居约庄园到别处去住，抱怨又有何用呢?

妈妈睡得很不好。发烧，心烦意乱，焦躁不安，神志恍惚。第二天上午，大夫发现她的病情更重了，只好重开药方，叫佩琳娜再跑一趟药店。这一回，药剂师要了五个法郎，她毫不迟疑，果断地付了钱。但是返回的时候，她感到透不过气来，照这样开销，她们怎么能够等到星期三呢?! 星期三才能卖了帕力卡尔拿到钱呀。要是明天大夫又开一副要花五法郎或者更贵的新方子，她去哪儿弄钱呢?

过去和父母一起在山里跋涉的时候，全家不止一次挨饿。自从离开希腊到达法国以来，也不止一次吃不上面包。可那和眼下的情况完全不是一回事。在山里挨饿的时候，总还有希望，往往可以不落空地弄到几只野果、一些野菜和一点野味，好好吃上一顿。在欧洲其他地方没面包吃的时候，也还有希望遇上希腊、波斯里亚、斯蒂里亚和蒂罗尔等地的农民花几个苏请父亲给他们照相。可在巴黎呢，身无分文的人是丝毫没有指望的，而她们母女俩身上的钱已花光了。现在，她们该怎么办呢? 可怕的是，她必须回答这个问题，而她却不知所措，无能为力;更可怖的是她必须挑起全部重担，因为疾病使得她妈妈已无力筹划了。她觉得自己还是个孩子，却要充任起真正的母亲来了。

只要妈妈的病情略有好转，她就会受到鼓舞，增添力量。可现在，事实并非如此。母亲是从不叫苦的，相反总是重复着那句口头禅："会好起来的。"然而，佩琳娜并非被温情、软弱、无知和怯懦所操弄，她实际上看到了情况不妙：病人睡不着觉，没胃口，发烧，虚弱，呼吸越来越困难。

星期二早晨医生又来看病，佩琳娜所担心的开新方子的事果真发生了。尚德里埃大夫迅速地检查了病人后，从口袋里掏出小本子，这可怕的小本子曾给佩琳娜带来了多少忧愁啊！医生准备写起来了。可是，当他的铅笔刚要落在纸上时，她鼓起勇气拦住了他。

"先生，要是您开的每种药不是同样重要的话，您能不能今天只开最急需的?"

"这是什么意思?"医生用生气的口吻问。

她发抖了，但还是鼓足了勇气说出了真情："我是想，今天我们钱不够，明天才有钱，所以……"

这时他定睛看了看她，再朝四周扫了一眼，似乎这才第一次发现她们如此贫困，他于是把本子放回衣袋："那就明天再换方子吧，"他说，"不必急，昨天的药今天还可以接着用。"

"不必急。"这是佩琳娜记住并一再重复的一句话。她想，如果什么也不急的话，那就是说母亲的病并不像她担心的那么严重，因此还有希望，还可以等待。

星期三，是她日夜盼望的日子。她急切地等着这一天的到来。可在这种焦急中又夹带着害怕这一天到来的痛苦与不安。因为，这一天给她们带来的钱纵然会使她们得救，却同时也从此使她们和帕力卡尔永别。所以，每当她能离开母亲的时候，总要跑到院子里同她的朋友帕力卡尔说说话。它现在不用再干活，也不用再受累了。它在长期缺食以后，现在能吃个够，显得比以往任何时候都要快活。它一见她走来，就高声嘶叫四五声，居约庄园里那些破屋的窗户因而震动起来。它尽管被拴着，还是一个劲地尥蹶子，直到佩琳娜走到它身边才停住。只要她的手一搭上它的背，它就立即安静下来，伸着脖子，把头搁在她肩膀上，再也不动了。随后，他们就这么待着。她抚摩着它，而它则摇着耳朵，有节奏地眨巴着眼睛。这动作代表着千言万语。

"你可知道！"她温情脉脉地向它耳语。

然而它啥也不知道，啥也没料到，完全沉浸在眼前的满足之中；能休息、有好吃的、有女主人的爱抚，它觉得自己是天底下最幸福的驴子。此外，它还交了颗粒盐这个朋友，从他那里得到了友好的表示，使自己的馋嘴得到满足。星期一上午，它自己设法挣脱了缰绳，走到颗粒盐身边，好奇地待在那里。而颗粒盐正埋头清理刚送来的破烂。他有个恪守不渝的习惯：总要在手边放一升酒和一只杯子，以便想喝的时候不用起身，而他是经常想喝酒的。这天上午，他全神贯注地干活，连看一看周围都顾不上。可是，正因为这般专心致志，他很快便燥热起来，感到口渴了——正因为老口渴，他才得了颗粒盐这个绰号。他正要停下活儿去拿酒瓶，却发现帕力卡尔伸着脖子，眼睛盯着他。

"你来这儿有何贵干，嗯？"

由于这话的口气不是训斥，驴子也就仍站着未动。

"你想喝杯酒吗?"颗粒盐问道,他的全部心思总是绕着一个"喝"字转。

他没有把满杯酒往自己嘴里倒,而把它递到了帕力卡尔面前,同它开个玩笑。可帕力卡尔则把他的邀请当真了,又向前迈了两步,嘴唇嗫得又长又细,把满满的一杯酒吸去了整整一半。

"啊呀!"颗粒盐哈哈大笑着。

接着,他嚷道:"'女侯爵'!'鲤鱼'!"

他们闻声跑了过来。同时来到的还有一个背着一只装满背篓的捡破烂的人,他刚刚跨进院子。再就是那节车厢里的住客,他的职业是卖糖卷,把黄、蓝、红色的饴糖拉成绞花状,就像纺纱女工用纺杆卷线一样。每逢节日或集市,他就把成堆的糖果挂在能转动的钩子上,到市场上叫卖。

"什么事?""女侯爵"问。

"你们瞧它,可当心别笑破肚皮。"

他又斟满一杯酒,伸给帕力卡尔。它像第一次一样,在围观者的一片欢声笑语中喝了半杯。

"以前我就听说过驴子爱喝酒,"其中一人说,"可当时我不相信。"

"这是个酒鬼!"另一个说。

"你应该把它买下来,""女侯爵"对颗粒盐说,"它正好陪伴你,正好凑成一对。"

颗粒盐不想买它,却喜欢上它了,因此,他建议星期三陪佩琳娜去马市。这可使佩琳娜大大松了一口气,因为她正愁在巴黎找不到马市，也不知道怎样卖驴，怎样讨价还价，怎样使拿到的钱不被偷走。她好几次听人讲过巴黎小偷的故事。万一小偷真想打她的主意，自己可真没法对付呢。

星期三早晨，她忙于给帕力卡尔打扮，这对佩琳娜来说，是抚摸它、亲它的好机会。然而，此刻她又是多么难过啊！她将再也见不到它了，也不知它要落到谁的手里呢？可怜的朋友啊！每想到此，她眼前就浮现出一路上随处可见的那些饱经忧患和备受折磨的驴子的样子。仿佛天底下的驴子就是为受罪而生的。当然，自从帕力卡尔归她家所有以来，它也经受了很多劳累和艰辛：长途跋涉，严寒酷暑，雨雪冰霜和忍饥挨饿。可是，至少它没有挨打，而且它感到自己是和它同甘共苦的朋友。现在，谁会是它的新主人呢？佩琳娜一想到这，就不寒而栗。她遇见过的残酷的主人实在太多了，而且这些人并没有意识到自己的残酷。

帕力卡尔看到自己没被套在篷车上，而是给上了笼头，显得很惊奇。更使它惊奇的是颗粒盐居然踩着椅子骑到了它背上。颗粒盐不愿多步行走路。但是，由于佩琳娜牵着帕力卡尔，并且同它说话，它的惊奇才没变成反抗。再说，颗粒盐不也是自己的朋友吗？

他们就这样出发了。帕力卡尔由佩琳娜牵着，步履庄重地走着。穿过车辆、行人稀少的街道，他们来到了一座宽阔的桥上，桥头是个大公园。

"这是动物园，"颗粒盐说，"我肯定他们没有一头驴比得上你这一头。"

"这么说，兴许可以把它卖给他们了。"佩琳娜听后一边走一边这么想，动物园里的动物，除了散步，就没别的事了。

可是颗粒盐不这么看。

此时，交通变得繁忙了。马车、手推车和有轨电车十分拥挤。佩琳娜必须全神贯注地从中穿行，目不斜视，耳不旁听。沿途的壮观建筑，被驴背上的颗粒盐那神态逗得直乐的马夫和车夫们跟他们开起玩笑来。对此她一概不理不睬，充耳不闻。但颗粒盐可不像她那样担心，他乐呵呵地回敬他们的打趣。因此，一路上欢声笑语汇成一片，连人行道上的行人也插进去凑热闹。

上了一个小坡后，他们终于来到了一道栅栏前面。栅栏那边是一大片空地，用木板分隔成若干块，里面有许多马匹。颗粒盐在这里下了驴。

可是，在他下来时，帕力卡尔已向前看了一眼。所以，当佩琳娜要它穿过栅栏时，它拒绝前进。它是不是猜出这儿是驴马市场了呢？它是不是害怕了呢？不管佩琳娜是用命令的还是用慈爱的口吻跟它说话，它都坚决抵制。颗粒盐认为从后面推它一下就能使它前进，但帕力卡尔不知道是谁的手竟这样随便碰它的屁股，便尥着蹶子向后退，把佩琳娜也给拽了过来。

几个好奇的人马上停下来，在他们四周围成了一圈。站在第一排的照常是那些送电报和送面包的人，他们各抒己见，提出种种能够使驴子进门的建议。

"哪个笨蛋要是买了这头驴，够他好玩的。"一个人说。

这句话可能会对卖驴不利，因此，颗粒盐听了觉得有必要提出异议。

　　"它可是个机灵鬼，"他说，"它是猜到了要被卖掉，但它不愿离开主人，就耍起脾气来。"

　　"你敢肯定是这样吗，颗粒盐?"刚才说话的那人问。

　　"嗬，这儿有人知道我的名字?"

　　"难道你不认识我拉卢氏大妈啦?"

　　"哟！真是你，我的天哪!"

　　于是，他俩握了握手。

　　"这驴子是你的?"

　　"不，是这个小姑娘的。"

　　"你了解这驴吗?"

　　"我们一块喝过几杯酒。要是你需要一头好驴的话，我劝你买了它。"

　　"我可要可不要。"

　　"那么，咱们找地方去喝点什么吧。这样也不必到里面去交税了。"

　　"看来它决心不进去了，那就更好啦。"

　　"我早跟你说了，这是个机灵鬼。"

　　"我买它，可不是叫它耍滑头，也不是叫它喝酒的，而是要它干活的。"

　　"它可能吃苦啦，是从希腊来的，一路上都没停过。"

　　"从希腊来!"

颗粒盐向佩琳娜做了个手势，她便跟他们走了。他们之间的谈话，她只听到只言片语。由于不用再进栅栏了，帕力卡尔也顺从地跟在佩琳娜后面，甚至不用她牵缰绳。

这位买主是何许人呢？是男的还是女的？从走路的姿态和不长胡子的脸来看，是个五十岁上下的女人；从衣着看，穿着一件褂子、一条裤子、一顶像马车夫戴的皮帽子，还有那从不离嘴的小烟斗来看，是个男人。但是，对惴惴不安的佩琳娜来说，这人的神态使她挺感兴趣：一点也不严厉，一点也不凶狠。

过了一条小街，颗粒盐和拉卢氏大妈在一家酒店门前停了下来，在支在人行道上的桌旁坐下，要了一瓶酒、两只杯子，而佩琳娜在他们面前的街上站着，依然牵着帕力卡尔。

"您瞧瞧它机灵不机灵。"颗粒盐说着把满杯酒伸了过去。

帕力卡尔立即伸长脖子，嗫紧嘴唇吸了半杯，佩琳娜也不敢阻拦它。

"嗯?"颗粒盐神气活现了。

可是拉卢氏大妈并不分享他的得意劲："我可不是要它来喝我的酒。我是要它拉车，拉我的兔子皮。"

"我不是告诉您了，它是从希腊拉着篷车来的吗?"

"这个嘛，那是另一码事喽。"

于是，拉卢氏大妈开始详细而认真地查看帕力卡尔。查看完，她便问佩琳娜要卖多少钱。她事先同颗粒盐商定的价钱是一百法郎，她就说了这个数。

可是拉卢氏大妈却高声叫起来："一百法郎！一头没保险的

驴子？真是把人家当傻瓜了！"可怜的帕力卡尔，从鼻子到蹄掌又被折腾了一遍。

"二十法郎，就值这个数，而且……"

"好吧，"颗粒盐同其争论了好一阵后说，"我们把它带到市场去。"

佩琳娜松了一口气。因为想到只能卖到二十法郎，她几乎瘫倒了。在她们这样贫病交加的困境中，二十法郎能顶个什么用呢？就是一百法郎，也不能满足她们最紧迫的需要呀！

"瞧它这一回是否比第一回更愿意进去吧。"拉卢氏大妈说。

直到马市栅栏以前，它乖乖地跟着主人走，可是一到栅栏，就不走了。当佩琳娜跟它说话，拉它，一定要它往前走时，它干脆躺卧在马路中间。

"帕力卡尔，我求求你，"佩琳娜泪流满面地嚷着，"帕力卡尔！"

但它装死躺着，什么也不愿听。

人们又一次围住了他们，开着玩笑。

"在它尾巴上点把火。"有一个说。

"那卖起来可就更棒喽。"另一个搭腔说。

"揍它几下。"

颗粒盐怒发冲冠，佩琳娜则沮丧绝望。

"你们都清楚，它是不会进去的，"拉卢氏大妈说，"我给三十法郎吧，因为从它的机灵劲来看，还真是个好家伙。诺，赶快把钱拿去吧，否则我就买别人的去了。"

颗粒盐用眼神征求佩琳娜的意见，同时暗示她要答应下来。

可是她失望至极，动弹不得，下不了决心。这时，一个警察走过来，粗暴地对她说，要她把道让出来："要么往前走，要么往后退，别待在这儿。"

她无法前进，因为帕力卡尔不愿意，所以只得后退。当它一明白佩琳娜不再坚持进去时，就一下子站了起来，老老实实地跟着她，得意地摆动它的耳朵。

"现在，"拉卢氏大妈把面值为一百苏的硬币一共三十法郎塞进佩琳娜手里，说道："你必须把这家伙赶到我家去，因为我算了解它了，它很可能不愿意跟我走。我住郎蒂埃古堡街，离这儿不远。"

但颗粒盐自己不同意这样安排，因为对他来说，路程太远了。

"你跟太太走吧。"他对佩琳娜说。"别太难过啦。你的驴跟着她不会受罪的，她是一位善良的女人。"

"那怎么才能回到夏洛纳去呢？"她第一次感觉到巴黎之大，使她晕头转向，便这样问道。

"沿着城堡街走就行，再好找不过了。"

郎蒂埃古堡街果然离马市不远。她们没走多会儿就来到一排简陋的房子前，样子颇像居约庄园里的房子。

离别的时刻来到了。佩琳娜把帕力卡尔拴在一个小小的马棚里，拥抱它，泪水打湿了它的头。

"它不会受苦的，我向你保证。"拉卢氏大妈说。

"我们真是相依为命呀！"

五

　　"我们原本是按一百法郎计划的，现在只有这三十法郎，能派什么用场呢？"

　　她心乱如麻地沿着城堡街走到夏洛纳，一路上这个问题一直在脑海里翻腾，但是总找不到可行的解决办法。因此，当她把拉卢氏大妈付的这笔钱放到母亲手中时，一点也不知道该用在什么地方，怎样个花法。

　　还是她母亲作了决定："咱们得走，"她说，"马上去马洛库尔。"

　　"你身体能行吗？"

　　"不行也得行！咱们已经等得太久了，总希望病能好，可这病至今也没好。在等待中我们的钱却花光了，再等下去连卖掉我们可怜的帕力卡尔换来的钱也要花得精光。我原来是不想这么狼狈地到那儿去的，可是，也许越穷越会得到怜悯。必须走，一定得走。"

　　"今天就走吗？"

　　"今天太晚了，到那儿正是深夜，会找不到地方的。明天早晨走吧。今晚，你去打听一下火车的时刻和票价。是北站的火车，终点站是贝基尼站。"

佩琳娜不知如何是好，前去问颗粒盐。而颗粒盐则叫她到纸堆里找找，准能找到一张火车时刻表，这样就方便多了，比去北站找要省力得多，因为北站离夏洛纳挺远。时刻表告诉她上午有两班车：六点钟一班，十点钟一班；去贝基尼的三等座位票价是九法郎二十五生丁。

"咱们十点钟走，"妈妈说，"叫一辆车。我肯定无力走着去车站，路太远了，但是走到马车站还是可以的。"

然而她连走到马车站的力气也没有。第二天九点钟的时候，她倚在女儿的肩上，想走到佩琳娜叫来的马车跟前。可她还是没能走到那儿，她的心发慌，要不是佩琳娜扶着，她就倒下了。

"我会缓过来的，"她有气无力地说，"别担心，会好的。"

但她并没有好转。来送她们的"女侯爵"不得不给她搬一把椅子来。病人只是靠绝望的挣扎才支持住。她一坐下来就呼吸停顿，不省人事，话也说不出来了。

"让她躺倒，"前来同她们告别的"女侯爵"说，"给她按摩按摩。不要紧的，孩子，别害怕。去找鲤鱼老爹来，我们俩把她抬到你们房间里去。你们不能……马上动身了。"

"女侯爵"是个有经验的女人。病人刚一躺下，心脏就跳动起来了，呼吸也恢复了。可是刚过了一会儿，她想坐起来，又昏厥过去了。

"你瞧，还得躺着。""女侯爵"用命令的口吻说，"你明天再走吧，我问鲤鱼老爹要一杯肉菜汤来，您立即喝了。喝汤是这个哑巴的嗜好，就像咱们的房东先生爱喝酒一样。不管是冬天还是夏天，他总是五点钟就起来把汤钵架在火上。他的汤做得可好啦！没有多少人喝过这么好的汤哩。"

没等对方回答，她就走进了邻居的屋里。鲤鱼老爹已经又在干活了。

"您能不能给咱们的病人一杯汤？"她问。

他冲她笑了笑，算是回答。马上揭开瓦钵盖子，钵中的肉菜汤正在壁炉里的小火上炖着。于是，房间里弥漫开了一股肉汤味。他睁大眼睛瞅着"女侯爵"，鼻孔张得大大的，显出一副幸福而又自豪的神态。

"真香！"她说，"要是这汤能顶用，那个可怜的女士就有救了。不过……"她压低嗓门说，"你知道，她病得很重，怕是不能长久了。"

鲤鱼老爹把双手举向天空。

"这小女孩怪可怜的。"

鲤鱼老爹歪了歪脑袋，耸了耸双臂，那意思是：我们能有什么办法呢？

事实上，他们所能做的，无论"女侯爵"还是鲤鱼老爹都做了。但是，对于不幸的人们来说，不幸的事已经是常事了，见怪不怪了，他们也不会因此而起来抗争的。

"女侯爵"端着满满的一碗汤，跨着碎步疾走，尽量不溢出一滴汤来。

"把这喝了吧,亲爱的太太,"她跪在床垫子旁边说,"千万别动,只把嘴张开一点儿就行了。"

"女侯爵"小心翼翼地把一匙汤灌进了她的嘴里,但汤没咽下,反而引起了呕吐。她又一次昏迷过去,持续时间比前两次都长。

肉汤对她显然是不合适的,"女侯爵"承认这一点。她要佩琳娜一定把汤喝下去,免得糟蹋了。她说:"你需要有力气,小姑娘,你要挺得住。"

"女侯爵"以为肉汤是包治百病的灵丹妙药,可这次并没有获得她预期的结果。她再没有新招了,除了去找大夫外,再也想不出更好的办法了,或许医生还能做点什么事。

尽管医生又来为她开了个处方,但临走时他坦率地告诉"女侯爵",他对这位女士的病已无能为力:"这位女士是被疾病、贫困、劳累、忧伤等折磨得只剩下最后一丝气息了,一旦出行,必会死在火车上。这仅是几个小时内的事情,如再昏过去一次,必会结束她的生命。"

然而她竟又拖了几天。如果对老年人来说,生命之火说熄就熄,而对年轻人来说,却是具有较强的抵御能力。病人的病情虽没有好转,但也没有恶化。尽管汤水未进,片药难咽,她仍然一直躺在垫子上,一动不动,几乎仅剩一丝呼吸了,在半昏迷的状态中苟延着生命。

佩琳娜从而又重新产生了希望。死神往往会困扰着老年人,即使它距离他们尚远,他们也会觉得死神时时在他们眼前徘徊。

但对于年轻人来说，死神是令人厌恶的，即使已经被它威胁上了，他们也拒绝正视它。为什么母亲就一点儿不会好呢？为什么她会要死呢？人不是要到五六十岁才死吗，可妈妈还不到三十岁呀！她是一位多么温柔的女性，最受爱戴的母亲，无论对人对己，都怀着一颗善良的心。她究竟做了什么事而要她的命呢？这是不可能的。相反，让她病愈康复才应是必然的。为了证明这一点，她找出各种最好的理由，甚至把妈妈的昏迷状态也看作是长期劳累、饥饿后的自然休息。当疑团还是不顾一切地残忍地纠缠她时，她便向"女侯爵"讨教，而"女侯爵"进一步坚定了她的希望："既然她第一次昏迷时没死，那就说明她是不会死的。"

"是吗？"

"颗粒盐和鲤鱼老爹他们也是这么认为的。""女侯爵"说。

就母亲的病而言，既然人们让佩琳娜放心了，她也就强迫使自己定下心来。那么，她现在最担忧的就是拉卢氏大妈付的那三十个法郎能用多久的问题了。因为，尽管开销极小，但一会儿要买这，一会儿要买那，特别是还有一些无法预料的开支，三十法郎很快就会花光的，快得吓人。花完最后一个苏以后，她们将到哪里去呢？她们除了几件破烂衣服外一无所有，到哪儿去弄点收入，哪怕是微乎其微的收入呢？她们怎么能到马洛库尔去呢？

佩琳娜待在妈妈身旁，一筹莫展地想心事，有时愁得揪心地紧张，直冒冷汗，心想自己是不是也要昏过去。一天晚上，她正处于这种恐慌状态时，她感到她双手攥着的母亲的手捏了她一下。

"你要点什么吗?"她被母亲这个动作突然拉回到现实中来。

"我要跟你说说话。是说最后几句话的时候了。"

"啊!妈妈……"

"别打断我,亲爱的女儿。你要尽量克制自己,就像我不屈从于绝望一样。我本来不想使你害怕,免得你太痛苦,所以我一直缄默到现在。可是,我要说的话总得说出来,尽管它对你对我都是那么冷酷。如果我不负责任地再后退,那么我就是个软弱、怯懦的不称职母亲,至少也是考虑不周到的母亲。"

她停了片刻,既是为了喘口气,也是为了使自己怯弱的思想变得坚强些。

"咱们要分开了……"

佩琳娜尽力克制自己,但还是忍不住呜咽起来。

"是的,这是可怕的,亲爱的孩子。可我有时想,或许对你来说,与其跟着一个受人嫌弃的母亲,倒不如当孤儿好。再过几个钟头,也许明天,你将是孤单一人了……"

她激动得说不下去了。过了好一阵,才又继续说:"我,我,我死了以后,你要办些手续。在我兜里,你找出那张用两层绢包起来的证件,你把它拿出来,交给向你要证件的人。这是我的结婚证,上面有我的姓名和你爸爸的姓名。你一定要人家还给你,因为以后你补办出生证明的时候用得着它。所以,你要特别小心地保存好。为防万一把它弄丢,你得记牢它的内容,永远别忘。有朝一日用得着的时候,你就申请再给你发一张。你听清楚了吗?我说的你都记住了吗?"

“我记住了，妈妈。”

“你一定会很不幸，非常痛苦，可千万不要自暴自弃……你在巴黎是找不到生计的，且又孤苦一人，你应该立即到马洛库尔去。要是有钱买车票，就坐火车去；如果没钱，就走着去。宁可睡在路旁的沟壑里，饿肚子，也不要待在巴黎。你答应我吗？”

“我答应你。”

“咱们的处境太可怕了，因此，想到今后你去了那里，我才感到宽慰。”

但是这种宽慰并没能使她挺过一次新的昏厥，好长一阵子她喘不过气，说不出话，动弹不得。

“妈妈……”佩琳娜俯身叫道，她心急如焚，浑身颤抖，绝望得不知所措。

这一喊又使她清醒过来，接着说：“你等一会儿，”她的声音十分微弱，仿佛是在断断续续地嘟哝，“有些事我要关照你，可是我不知道刚才对你讲到哪儿了，等一等，让我想想。”

过了片刻，她接着说：“记起来啦，对，是这么回事。你到马洛库尔去，不可粗暴地做事，你没有权利索求任何东西，你所能得到的东西，全得靠自己，靠你自己一个人，靠你的人品，要让人家喜爱你……让人家疼爱你……对于你，一切都取决于此……但我相信……你会使别人喜欢你的……人们不可能不爱你……这样，你的不幸也就结束了。”

她合着双手，目光中露出憧憬的神情：“我看见你了……是的，我看见你幸福了……啊，让我带着这个想法死去，带着永远活在心里的希望死去吧。"

她是带着激情说这番话的。紧接着，又瘫倒在垫子上，一动也不动，仿佛这番努力使得她精疲力竭。但是，艰难的呼吸证明她并没有昏厥。

佩琳娜等了片刻，看到母亲处于这种状态，就出去了。她刚走到院子里就泣不成声，倒在草场上：她克制得太久了，以至于心脏、头脑、双腿都支持不住了。

她倒在那里好几分钟，疲惫不堪，透不过气来。但尽管情绪颓丧，她的思想还是清醒的，她意识到不能把母亲一个人撇在那里，于是又爬了起来。她竭力使自己平静下来，至少在表面上平静下来，止住眼泪，止住因绝望引起的抽搐。

在阴影笼罩的院子里，她不知自己该朝哪里走，是往前走，还是回头走。她强制自己不哭，结果哭得更伤心。

就这样，她在车厢前可能徘徊了十次。那个曾经观察她的卖糖果的小贩，这时从房间里走了出来，手里拿着两根棒棒糖，走近了她。

"你太伤心啦，我的姑娘。"他用怜悯的口吻说。

"啊！先生。"

"拿着，"他把棒棒糖递给她，"糖果足以祛除痛苦。"

六

　　神父为母亲做完最后的祈祷，刚刚离去，佩琳娜仍守在母亲墓前，一直没离开她的"女侯爵"这时挽住她的胳膊。

　　"该走了！"她说。

　　"唉，太太……"

　　"来，该走啦！"她不由分说，拉住佩琳娜的胳膊，把她拖走了。

　　她们就这样走了一些时候，而佩琳娜还没有弄明白到底身边发生了什么，也不知道人家要把她带往何处。她的全部思绪、全部精神、整个的心、整个的生命，都还和母亲在一起。

　　最后，她们在一条僻静的小道上停了下来。她看见在她身边站着的，有"女侯爵"——这时她已经松开了她，有颗粒盐、鲤鱼老爹和卖糖的小贩。可是，她只是模糊地认出了他们。"女侯爵"的帽子上扎了黑纱；颗粒盐穿上了绅士服，戴着礼帽；鲤鱼老爹脱掉了永不离身的皮围裙，换上一件栗色的大礼服，长得拖到脚跟；卖糖的小贩脱掉斜纹白布衫，换上了一件呢子上衣。作为地道的巴黎人，祭祀死者时一定要穿上礼服，他们为表示对刚刚落葬的人的尊敬，也就是这样的装束了。

"我要跟你说，姑娘，"颗粒盐作为这群人中最重要的人物，自认为可以第一个开腔，"我要跟你说，你在居约庄园住多久都行，不用付钱。"

"如果你愿意跟我唱歌，""女侯爵"接着说，"你就可以以此谋生，这是个很有意思的职业。"

"要是你更喜欢做糖果，"卖糖小贩说，"我就收下你。这也是一个好职业，而且是一个真正的职业。"

鲤鱼老爹没说什么。可是从他抿紧嘴巴的表情和似乎想表达什么的手势来看，他也明确地提出了自己的建议，那就是：每当她需要肉汤的时候，就去他那里取，她一定会得到最好的肉汤。

这一连串的建议感动得佩琳娜热泪盈眶，这是甜蜜的泪水，它洗涤着两天来折磨着她的辛酸泪。

"你们待我太好啦！"她喃喃地说。

"尽力而为嘛。"颗粒盐说。

"总不能让你这样的好姑娘沦落在巴黎街头吧。""女侯爵"附和道。

"我不会留在巴黎的，"佩琳娜回答说，"我得马上走，找亲戚去。"

"你有亲戚？"颗粒盐打断她的话，看了看周围的人，那神气是说：那些亲戚值不了几个钱。"他们在哪儿？"

"在亚眠市那边。"

"你怎么去呢？有钱吗？"

"坐火车钱不够，所以我走着去。"

"你认得路？"

"我兜里有一张地图。"

"地图里有从巴黎市内去亚眠市的路吗？"

"没有。但你们能给我指指路就行。"

他们争相给她指路，可是彼此相互矛盾，越听越糊涂。颗粒盐打断了他们的话："如果你想在巴黎迷失方向，那就听他们的。你应该这样走，坐环城火车到北教堂车站，到了那里你就能找到去亚眠市的路，只要一直往前走就行了。你只用花六个苏就可以了。你想什么时候动身？"

"马上走。我答应妈妈立即就走的。"

"应该听你妈妈的，""女侯爵"说。"走吧，可是得让我先亲亲你。你是个好姑娘。"

男人们跟她握了握手。

她走出墓地。但她犹豫了一阵，又转向她刚刚离开的坟头。"女侯爵"猜出了她的心思，就说："既然你必须走，那就立即走吧，这样最好。"

"是啊，走吧。"颗粒盐说。

于是她抱双拳向他们大家鞠了一躬，向他们致谢：这谢意饱含着她的感激之情。接着，她挺直腰板，急步离去，如同逃避什么一般。

"我请你们喝一杯。"颗粒盐说。

"那倒不坏。""女侯爵"回答道。

鲤鱼老爹脱口而出，第一次说了一句话："可怜的孩子！"

佩琳娜乘上环城列车之后，马上从口袋里掏出一张破旧的法国公路图。从她们离开意大利以来，她不止一次地查看过它，所以能看得懂。从巴黎到亚眠市的路是很容易找的，只要沿着昔日邮车去加莱的路走就行了。图上，一条细细的黑线，指明了要经过的地方：圣德尼、埃库昂、鲁扎尔什、尚蒂伊、克莱蒙和布勒特伊。到了亚眠市，她就须离开原来的路线，取道布洛涅到马洛库尔。她也能估计出距离，到马洛库尔大约有一百五十公里，如果每天走三十公里的话，那么，她得走上五天。

但是，她能每天都走三十公里，第二天再接着走吗？

由于她常在帕力卡尔身边走很长很长的路，所以她是有步行习惯的。正因为如此，她知道要连着几天每天走三十公里路同偶尔一天走三十公里是不一样的。脚会走得肿疼，膝盖会发硬。再说，在五天的旅途中，天气会是怎样的呢？都能是晴天吗？在太阳下不管多热都是没问题的。但下雨怎么办呢？除了褴褛的衣服外，她再没有遮雨的东西了。在晴朗的夏夜里，她可以露宿野外，只要有树遮盖。但树的遮盖虽可以吸收露水，却不能挡雨，而且还会使雨点更大。浑身湿透，对她来说是家常便饭。一场阵雨，甚至一场暴雨都吓不倒她。但是，连续五天从早上到晚上，又从晚上到早上，天天裹着湿衣服，她能行吗？

当她回答颗粒盐说钱不够坐火车时，言下之意是——她自己也是这么理解的——步行的开销还是够的。不过，条件是旅途时间不再延长。

事实上，她离开居约庄园的时候还有五法郎三十五个生丁。由于刚才付了六个苏车票钱，还剩一个五法郎的硬币和一个苏。身子猛然一动，裙兜里的钱在响。

因此，她必须尽量使钱能用到旅行结束，甚至用更长时间，以便能在马洛库尔支撑几天。

这点，能办到吗？

她未能解决这个问题以及与此连带的其他问题。教堂车站到了。她听到报站后，就下了车，立即踏上了去圣德尼的路。

现在只要一直往前走就行了。太阳还要在天空中待两三个小时。最理想的是能在太阳落山时离开巴黎，以便能在野地里过夜。

然而，同她的期待相反：在这片平原上，放眼望去，是一眼看不到尽头的房子，鳞次栉比，工厂挨着工厂，连绵不断；目光所及，所能看到的只是屋顶和冒着浓烟的高大烟囱。从这些工厂、作坊和工地上传出来的，尽是震耳的响声，有机器的怒吼和轰鸣，尖利、沙哑的哨声，还有蒸汽的排放声。公路上，则是赭红色的烟尘滚滚，那些汽车、手推车、有轨电车挤挤挨挨，一辆接一辆或擦身交汇。在防雨篷或油布遮盖的手推车行列里，她又看见了曾经在巴黎贝希城门关卡给她留下深刻印象的那些"马洛库尔厂，维尔弗朗·潘达弗瓦纳"的字样。

巴黎真是没个尽头！她走不出巴黎了！令她害怕的，不再是走在荒凉田野的孤单、深夜的寂静和神秘的阴影，而是巴黎和它的房屋、人群、灯光。

在一座房子拐角处，挂着一块蓝色的路标，它告诉她已经进入圣德尼了，而她还以为自己仍在巴黎呢。这给她注了一针兴奋剂：过了圣德尼一定是旷野了。

在出圣德尼城之前，尽管毫无食欲，但她还是得买一块面包，以便临睡之前吃。她走进一家面包店。

"请卖给我一磅面包。"

"你有钱吗?"女店主看了看她的衣着，不信任地问。

女店主坐在柜台后面。佩琳娜把五法郎的硬币放在柜台上："这是五法郎，请找零钱。"

在切面包之前，女店主先拿起这五法郎硬币，仔细地看了看。

"这是什么玩意?"她一边问，一边把钱在柜台的大理石上敲得当当响。

"您不是很清楚这是五个法郎吗?"

"谁叫你在我这里用这种钱的?"

"谁也没有。请您卖给我一磅面包，作为我的晚饭。"

"你甭想要面包。我劝你赶快跑，否则我要叫人逮捕你啦。"

佩琳娜的处境使她不能抗争："为什么……要……逮我?"她结结巴巴地问。

"因为你是小偷。"

"不！太太。"

"你给我的是假钱。快跑吧，你这个小偷，流浪儿。你等着，我要叫警察啦。"

佩琳娜虽然不知道那钱是真是假，但清楚自己不是小偷。流浪儿嘛，那倒是的，因为她既没有家，也没有父母。警察问起来，她要怎么回答呢？要是人家逮住她，该怎样辩护呢？人家又会怎样处置她呢？

这一连串的问题像闪电一样在她脑海中掠过。虽然恐惧已经使她的喉咙开始发紧，但她仍然想要讨回那枚硬币："要是您不愿意卖给我面包，那至少也要把钱还给我。"说着她把手伸了过去。

"为了让你到别处去骗人，是吧？钱我留下了。如果你想要，那就请找一个警察来，我们一起验一验。眼下你先滚蛋吧。快滚！你这个小偷！"

女店主的嚷嚷声街上人都听见了，有三四个行人停了下来，好奇地交谈了几句："怎么回事？"

"这个女孩子想撬女老板的钱柜。"

"她看上去就不是个好东西。"

"需要警察的时候，总是没有警察。"

佩琳娜吓坏了，盘算着她能不能脱身。但人们还是让她走了，不过伴之以一片辱骂声和闹哄声。佩琳娜虽然想撒腿飞跑，但没敢这样做，也不敢回头看看是否有人在追她。

过了几分钟——对她来说简直是几个钟头，她终于跑到了郊外，不顾一切地吸了一口气：总算没被捉住！总算不再挨骂了！

当然，她也可以想：没有面包，也没有钱了。但是这是将来的问题。快被淹死的人在浮上水面的时候，不会首先想到今晚吃什么、明晚吃什么。

然而，当脱险带来的最初的轻松时刻过去后，吃晚饭的念头不由得突然出现了，即使不想当天的晚饭，无论如何也不能不考虑第二天以及以后的吃饭问题。她没有幼稚到幻想忧愁的烈火能当饭吃。她知道没饭吃是走不了路的。在筹划行程的时候，途中的劳顿、夜间的寒冷和白天的烈日，都算不了什么，而吃饭问题才是最重要的。这全靠那块五法郎的硬币来维持。可现在五法郎已给人拿走，所剩的只有一个苏了。她拿什么去买白天必需的一磅面包呢？她未来吃什么呢？

她本能地朝公路两旁扫了一眼，夕阳的余晖铺洒在田野上，到处是庄稼：有即将扬花的麦苗、绿油油的甜菜、洋葱、白菜、紫苜蓿和金花菜。但这些都不能吃。再说，即使田野里长的是熟透了的香瓜、果实累累的草莓，对她又有何用呢？她不能伸手去采撷香瓜或草莓，也不能乞求行人施舍。她不是小偷，也不是乞丐，她是个流浪女。

啊！她多么希望碰上一个同她一样悲惨的流浪女，好问问她，流浪者在穿越文明国度的漫长旅途中是靠什么生活的。

然而，世上还有跟她一样可怜、一样悲惨的人吗？她，孤苦伶仃，没有面包，上无片瓦，无依无靠，一贫如洗，疲惫不堪，心痛欲碎，忧郁至极。

然而她必须走，尽管她不知道到了目的地是否有大门能向她敞开。

她怎样才能到达目的地呢？

我们每个人在生活中都经历过勇气十足或心灰意冷的时刻，这时，我们所肩负的担子也就变得或轻或重了。而对于她，每到夜晚总是莫名其妙地令她悲哀。此时此刻她所承受的痛苦，也变得格外沉重了。

　　她从来未曾感到过如此伤神，这么难以决断。她觉得摇摇欲坠了，犹如强风中的烛火，随时都可能熄灭。她毫无抵抗力，一会儿倒向这边，一会儿倒向那边，简直要疯了。

　　在这个美好而温馨的夏夜，天空万里无云、晴朗又无风。而她则有无尽的忧伤！她曾是多么好心地对待他人。坐在家门口的村民们脸上挂着愉快表情；从地里回来的庄稼汉已经闻到了晚餐的诱人香气；甚至连马儿也加快了步伐，它们嗅到了马厩味，知道马上就可以在装满饲料的食槽前美美地享受了。别人愈是觉得夏夜甜美、快乐，佩琳娜则愈感到伤心。

　　出了村子，她来到了两条大路的交叉口。树在路口的路标指明两条路都通向加莱，一条经过摩泽尔，另一条经过埃库昂。她决定走经摩泽尔去加莱的那条路。

七

此时，她开始感到两腿酸软，双脚疼痛，但她仍然想坚持继续赶路。因为只有自己独自一人在这宜人的夜晚行走，才没有人来打搅她，有着白天所没有的清静。但是，即使她决定继续走，等走得筋疲力尽了，仍然不得不停下来歇脚。那时候，在漆黑的夜里找不到合适的安身处，她只能睡在路旁的沟里或附近的田野里，这是很不安全的。在这种情况下，最好是宁可为了安全而牺牲舒适，趁着傍晚的最后亮光，找一个隐蔽而又有遮挡的地方，安然地歇息下来。鸟儿之所以睡得早，不就是为了趁天没有黑就找窝吗？野类给她做出了榜样，因为她现在过的也正是野类的生活。

又走了不多远，她就发现了一个各方面都符合她期望的安全地方。当时她正沿着百叶菜地走，看见一位农夫和他的妻子正在收割菜往筐里装，装满后就把筐子抬到停在路上的车子里。她呆呆地停下来看他们干活，这时，又来了一辆车子，由一个坐在辕木上的小姑娘驾着往回村的方向走。

"你们已经在收百叶菜啦？"姑娘嚷道。

"这不算早啦，"农民回答说，"天天夜里睡在这里防小偷，太没劲了。收了菜，我就至少可以在家床上睡个安稳觉。"

"莫诺的那块地也收了吗?"

"莫诺鬼着呢，他说别人会替他看守的。今晚我可不管喽。要是明天他地里的百叶菜被一扫而光，那才好玩哩!"

三人都哈哈大笑着。这笑声说明他们对这位莫诺的财产不感兴趣，莫诺利用邻居替他守夜，而自己却无忧无虑地在家睡大觉。

"这真有点怪!"

"等一会儿，我们就回去，我们收完了。"

果然，没过多会儿，两辆车就朝村子驶去了。

这时，佩琳娜从寂寥无人的路上，透过暮色看到邻近的这两块地里的景象完全不同：一块地已收割完毕，而另一块地里仍然是作物累累，等待收割。两块地的交界处立着一个树枝搭成的窝棚。刚才那个农民肯定就是在这里度过了许多夜晚，对此他十分恼火。因为他在看守自己作物的同时，也守护了邻居的作物。佩琳娜心想，要是能有这样的一个卧房，那该多幸福啊!

这念头刚从脑海闪过，她便想到干吗不占了这间房子过夜呢？既然是空的，在里边住一晚有什么不可以?! 地里的庄稼已经收完，谁也不会再来了，不用担心有人来打扰。况且近处还有一座砖窑正在烧砖，住在这儿，不会有孤独感。砖窑的火焰在寂静的夜空闪着光焰，在这荒凉的田野里陪伴着她，就像海上的灯塔陪伴着海员一样。

　　然而，她不敢立即去占这个窝棚，因为窝棚和道路之间还隔着一片相当空旷的土地，最好还是等到夜色浓重之后再过去。于是她坐在路边沟里的杂草中等待，想象着今晚将要在那里舒舒服服地过上一夜。而在此之前，她还担心这将是一个难熬之夜呢。最后，当她觉得周围的一切都变得模糊不清、公路上也已没有任何动静的时候，她弓着腰穿过百叶菜地，来到了窝棚。她看到窝棚里的设施比原先想象的还要好：一层厚厚的秸草铺地上，还有一捆芦苇充作枕头。

　　打从圣德尼开始，她就像一头被追捕的动物似的，不止一次回过头来，看看背后是否有警察在追她，会不会把她抓住，以弄清那枚假币的事。在窝棚里，她紧绷的神经松弛下来了，头上的棚顶俯瞰着她，给了她以慰藉、安全和信心，使她振作起来：并非一切无望，并非一切都完了。

　　与此同时，她突然感到肚子饿了。而走在路上的时候，她似乎觉得永远不需要吃饭和喝水。

　　这正是眼下令人犯愁的事。用仅剩的一个苏如何能支持四五天呢？虽然今天有保障了，可明天呢？后天呢？

　　尽管问题很严重，可她不愿被这问题控制、击倒。相反，她应当发愤，应当坚强。她想，原以为最多只能在大路上睡觉或倚着树干靠一靠，而现在她竟然找到了这么好的住处，那么明天她也一定能找到吃的。能找到什么吃的呢？她想象不出来。但这并未能妨碍她抱着希望躺下睡了。

　　她躺在草秸上，那一捆芦苇枕在她的脑袋下面。从窝棚的一个开口处，看到对面砖窑的火焰在夜色中跳跃，闪着奇特的光芒。在毫无干扰的静谧之中，这种休息的惬意感压倒了饥肠辘辘的难受感。

她闭上了眼睛。自从父亲死后，她每夜入睡前总要回忆起父亲的形象。而今晚，父亲的形象和在今天这个可怕的日子里刚被送入墓地的妈妈的形象交织在一起。她看到父母像昔日活着的时候一样俯身亲她。但一路的劳累，搞得她精疲力竭，她在抽泣中睡着了。

虽然疲惫不堪，但她并没有睡得太死。因为车辆在铺着碎石的路面上的滚动声不时把她惊醒；有时一列火车开过，或者某种神秘的响声，都使她心惊肉跳。不过，她很快又重新入睡了。有一次，她觉得有辆车子停在离她不远的路上。她凝神仔细听了听，没错，确实听到有人在低声说话，还夹杂着什么东西轻轻摔落的响声。她立刻爬起来，跪着，从窝棚的一个窟窿眼里往外瞧，看见有一辆车子停在地头。借着微弱的星光，她判断出有个人影，看不清是男是女，正从车上往下扔筐子，由另外两个人影接住，然后背到旁边莫诺的那块地里去。在这样的时刻，这意味着什么呢？

她还没来得及找到答案，那车子已经开走了，而那两个人影则进入了百叶菜地。她立刻听到一阵清脆而急促的咔嚓声，像是有人在那里割什么东西。

这时，她明白了：这是些小偷儿，这些无业游民来扫荡莫诺的菜地了。他们急速地割着百叶菜，撂在筐子里。带筐子来的那辆车待会儿肯定还会来拉菜的。它之所以没有在他们"扫荡"的时候继续停在路上，是为了不引起行人的注意，如果这时还有过路人冒出来的话。

佩琳娜没有像那几个农民那样觉得"好玩"，而是感到恐惧，因为她立即明白了她可能面临的危险。

要是被他们发现了，他们会把她怎样处置呢？她常听人讲小偷的故事，因此知道，当他们被人当场发现或受到干扰的时候，就会把那些可能作证的人杀掉。

她可能不会被他们发现，因为他们肯定是知道这个窝棚里没人了，今夜才来偷莫诺的菜的。但是，如果人们发现了他们，并且把他们抓住，她是不是也会被他们连累呢？到时候她该怎样辩解，该怎样证明自己不是他们的同伙呢？

想到这里，她沁出了一身冷汗，眼花缭乱，看不清周围的一切，但依然能听见割百叶菜的清脆声响。她想，他们干得这么紧张，不一会儿就会把整块地洗劫一空的。这使她焦虑不安的心情宽慰了几分。

可是他们受到了干扰。远处传来了一辆大车在铺石路面上滚动的声音。当车子靠近时，他们就蜷伏在百叶菜中，蹲得那么低，连她都看不见了。

大车一过，他们又开始干了，而且经过这阵休息，干得更快了。

然而，不管他们干得多快，她还是觉得不等他们干完，随时都会有人来抓他们的，而且肯定连她也一起抓走。

要能逃走该多好啊！她琢磨着离开窝棚的办法。说实在的，这也不难。但是，到什么地方去呢？要既不弄出声音，又不被人发现。如果她待在里头不动，倒很可能没人发觉的。

于是，她又躺下，假装睡觉。因为既然一出去就马上有被逮住的危险，那么最好的办法还是装作什么也没有看见的好。

他们又继续割了一阵子。一声哨音之后，路上马上传来了嘎嘎的车轮滚动声。不一会儿，他们的车子就停在地头了。仅仅用了几分钟，他们就装完了车，朝巴黎方向快速驶去。

如果她知道时间，本可以再睡，一直睡到黎明。但自己在棚子里究竟待了多长时间，她心中一点数也没有。为小心起见，她认为还是上路为好，因为乡下人是很早就会下地的。如果天亮时有农民瞧见她从这块光秃秃的地里走出来，或者在附近看见她，那一定会怀疑她是这帮贼的同伙，把她抓住。

于是她溜出窝棚，像刚才的小偷那样爬出了菜地。她眼观六路，耳听八方，顺利地到了大路上，急匆匆地向前走去。挂在晴朗无云的天空中的星斗变得苍白了。东方，深沉的夜色中透出了一线微弱的晨曦，预示着白日即将来临。

八

　　佩琳娜没走多久，就看见前面晨曦中影影绰绰的有一片暗色的建筑，一边是屋顶、烟囱和高高矗立的钟楼，而另一边却还完全沉浸在昏暗之中。

　　走到头几幢房子跟前时，她本能地放轻了脚步声。其实这是不必要的谨慎。因为除了几只猫在路上游逛，几条狗在她走过时在屋里吠了几声，一切都在沉睡。

　　过了村子后，她才平静下来，放缓了脚步。现在她已经远离那片被盗的菜地了，再不会被指控是盗贼的同伙了。她不再敢像刚才那样急速地走路了。一种未曾有过的疲惫牵制着她。尽管有清晨的凉意，但一股股的潮热还是往头上冒，使她感到晕眩。

　　放慢脚步也好，越来越浓的凉意和打湿她衣服的露水也好，都不能减缓她周身的疼痛，更不能给她增添力量。她不得不承认，虽然眼下还没有完全垮下，但饥饿已使她变得弱不禁风了。

　　如果真的倒下了，后果会是怎样的呢？

　　为避免发生这种情况，她觉得最好还是歇息一会儿。这时她正从一块刚割完的紫苜蓿地前面经过。收割下来的苜蓿，在光秃秃的地上堆成许多黑色的草垛。她跨过路边的水沟，在其中一个苜蓿垛里掏了个窝穴，钻进去睡了一会儿。里面倒是暖乎乎的，周围弥漫着苜蓿的清香。田野里空无一人，一片静谧，荒凉的田野还在沉睡中。在东方泛起的光芒照耀下，田野显得广阔无垠。在这歇息中伴之以温暖和干草芳香的氛围中，她胸中的憋闷感得以抑制，她很快就又睡着了。

她一觉醒来时，太阳已高高升起，炽热的阳光洒向大地。在田里，男男女女和马匹已在劳作，这儿一团，那儿一簇。离她不远的地方，一班农业工人正在燕麦地里除草。这些人最初使她有点儿心里打鼓，但看到他们干活的样子，她明白了，也许他们并没有料到她的存在，也许是对她的存在并未留意。她等他们干活的现场往远处挪动了，才重新上路。

这充足的一觉使她得到了恢复。她相当轻快地走了几公里，现在辘辘饥肠又开始折腾她的肠胃，使得她头脑迟钝、眩晕，她感到阵阵发抖，连连哈欠，两边的太阳穴像被用一柄虎钳夹着似的难受。

她从刚刚爬上去的岗子上望去，看见对面斜坡上有一个很大的村庄房舍，一座透出树丛的大古堡俯视着整个村庄。于是她便打定主意去买一块面包。

既然兜里还有一个苏，干吗要挨饿呢？不错，这个苏一花掉，她就身无分文了。但是，谁能知道就不会有偶然的好事降临于她，使她得到帮助呢？有人就在大路上捡到过钱，她也可能碰到这样的好运气。且不说她已遭遇了那么多的厄运，已有的不幸不是几乎摧垮了她吗?

她仔细地端详着这一个苏,看看是不是一枚真币。可惜她弄不清楚真钱和假钱的区别在哪里。因此,当她走进见到的第一家面包店时,心里忐忑不安,生怕在圣德尼的遭遇重演。

"请给我切一个苏的面包,"她说。

面包师没有回答,就从柜台上拿起一个值一个苏的小面包递给她。可是,她没有伸手去接,心中感到犹豫。

"您能不能给我切一块大的呢?"她说,"我不是非要新鲜的不可。"

"喏,拿着吧。"

他给了她一块搁了两三天的面包,连称也没有称。

面包新鲜与否并不重要,重要的是要比一个苏的小面包大些。事实上,这块面包至少有两个小面包那么大。

双手一接到面包,她嘴里就充满了口水。尽管很馋,她还是不愿意在出村之前就开始吃。她很快就出了村,刚一过最后几座房子,就从口袋里取出刀子,在面包上划了个"十"字,分成四等分,然后切下一块,作为这一天仅有的一餐。她算了算,余下的三块虽然很小,也可维持到走完去亚眠郊区的路程了。

她在穿过村子的时候是这么盘算的。她觉得这是一件既简单又容易办的事。然而,她刚咽下一口面包,就顿时觉得世上最充分的理由在饥饿面前也显得那么苍白。同样,我们的需要也不是按照该做什么或不该做什么来解决的:她饿了,她就得吃。她狼吞虎咽地吃完了一块面包,心想第二块一定要小口小口地吃,以便吃得时间长一些。可是，她以同样的贪婪吞完了第二块面包，接着又吃完了第三块，尽管她一再告诉自己不能再吃了，但总是不能自制。她还从来没有感到过自己这样缺乏意志力，充满牲畜般的冲动。她为自己的所作所为感到羞耻，心想这实在是愚蠢而可怜。但是语言和理智在饥饿面前仍然是无能为力的。如果说她这么做情有可原，唯一可以让人原谅她的理由就是：面包太小了，加起来总共不到半磅。而一磅面包也不见得够填饱她如此饥饿的肚子啊！大概是因为昨天什么也没吃，前几天也只喝了鲤鱼老爹给的一点肉汤的缘故吧。

这一解释是一种辩词，而且确实是最好的辩词，也是第四块面包遭到了和前三块面包同样命运的原因。只是这第四块面包被咽下肚，她认为确实是迫于无奈。这样，在她这方面就既没有错误，也没有责任了。

但是，她刚重新迈步，这一辩护就失去力量。在尘土飞扬的路上还没走上五百米，她就自问：如果曾经袭扰她的饥饿明天早晨再度重来，如果从此刻到那时，她曾经想过的奇迹还没出现，那又该怎么办呢？

饥饿的前兆是渴得喉干舌燥，因为上午天气炎热，刚才又刮起了强劲的南风，这使她汗流浃背，像是要把她体内的水分蒸干似的。人们吸进的是燥热的空气，连路旁斜坡上和沟洼里的粉红色喇叭花和蓝色的菊苣花也被晒得干巴，吊在软绵绵的枝藤上。

起初，她并不为口渴担心，水是属于大家的，不需要到店里去买。如果碰见一条河或一口人造喷泉，只要趴下或一弯腰就可以喝个够。

但这时她恰好在法兰西岛的高原上。从鲁里翁到泰夫之间，没有一条河，只有几条小溪，冬天溪水漫漫，夏天却完全干涸；平展的地面上只有广阔的小麦或燕麦地，没有树木；零星的小山丘这里一座、那里一座，上面耸立着钟楼或白色的房子；任何地方也看不到排成一线的杨树来为她指明在河谷的深处或许有一条小溪。

过了埃库昂，她来到一个小村子。在贯穿村庄的大街上四处寻觅，但哪儿也看不到她所期望的喷泉。因为，为沿途口渴的流浪者着想的村子是很少的。人们有自己的水井或邻居的水井，这就足够了。

她就这样来到了最后几幢房子前面。她没有勇气再折回去，到人家里去讨水喝。一进村她就发觉自己受到了人们的注视，那目光并不那么友好，甚至她觉得连狗也向她这个衣衫褴褛、令人不放心的人露出了牙齿。当人们看见她又一次从这些房前走过时，会不会把她抓住呢？假如她背着包，她可能是卖东西或买什么东西的，人们会让她走的。但是，由于她摆动着胳膊走路，她便可能是个小偷，正在为自己或她的同伙寻找下手的好机会呢。

她必须继续走。

可是在这样的大热天，走在这样光秃秃的路上，连一棵树也没有。热风不断旋起一团团尘土，把她裹了起来，她口渴得越来越难忍了。她早就没有口水了，干燥的舌头使她难受，仿佛嘴里长了个异物；她感到上颚像蜷曲的兽角一样发硬。为了不致窒息，她不得不半张着嘴唇，这又使她的舌头更加干燥，上颚更加发硬。

她已经精疲力竭了。她忽然想起在嘴里放几颗路上所能拣到的最光溜的小石子。这样，舌头有了一丝丝湿润，也就变软了，唾液也不再那么粘腻了。

她又有了勇气，也有了希望。她走过的许多地方，她知道法国并不是个缺水的沙漠，只要坚持下去，总归可以找到一条小河、一泓池水，或一口喷泉。虽然酷热依然令人窒息，风如同从火炉里吹出来的一样，但太阳没入云彩已有一段时间了。她回头往巴黎方向眺望，只见天空升起了一大片乌云，遮住了整个地平线。是暴风雨要来了。暴雨带来的雨水或许会形成水洼水沟，使她尽情地喝个饱。

突然一阵旋风扫过，庄稼倒伏，灌木弯折；路上飞沙走石，尘土滚滚；绿叶、麦秸、干草满天飞。风势平静下来后，在整个黑沉沉的地平线上，从的远处南方传来了一阵接一阵的轰鸣。

佩琳娜无力抵御强风的袭击，便趴倒在路边的沟里，双手蒙住眼睛和嘴巴。但一阵阵的轰鸣又使她站了起来。如果说开始时因为渴得要命，她只想着下雨的话，震撼她的雷声则提醒她，一场暴风雨不光会带来雨水，还会带来令人目眩的闪电、洪水、冰雹和雷击。

在这光秃秃的平原上，她能到哪儿去躲避呢？如果衣服湿透了，又怎样才能弄干呢？

透过旋风卷起的最后几团烟尘的旋涡，佩琳娜望见前面有一片小树林，其边缘离她约有两公里。这条路穿林而过。她想，那里也许能找到一个蔽身的地方，譬如一个石坑或一个洞穴，可以在那里躲一躲。

现在已经刻不容缓了：夜色越来越浓，滚滚雷声越来越长，不时迸发出一声比任何其他声音都厉害的轰鸣，无论地上还是空中，任何动静和声息都因此而中止了，仿佛它把地球上的生命都统统消灭了似的。

她能在暴雨之前赶到树林吗？急促的呼吸能容许她走多快，她就走多快。有时她扭头向后看看，只见暴风雨推着黑云在她头上猛跑，夹着雷鸣朝她追来，把她裹在巨大的旋涡中。

在山里的时候，她在旅途中不止一次地遇到过可怕的暴风雨，但那时有爸爸和妈妈保护，而现在却是孤单一人，流落在这荒凉的野外，像一只遭受风暴袭击的可怜的候鸟。

如果顶着风走，她肯定是寸步难行。有幸的是风推着她，有时竟如此有力，以至于她不得不跑步前进。

她为什么不保持这样的速度呢？霹雳还没有到达她头顶上呀。

她两肘在腰间摆，身子前倾，开始跑了起来，不过没敢跑得太猛，以免透不过气而摔倒。但是，不管她跑得多快，暴风雨比她跑得更快。暴风雨在她背后的巨大响声告诉她，它已追上来了。

要是在正常的情况下，她一定会更奋力地搏斗。但她已经疲惫无力，头昏脑涨，口干舌燥，无法进行这种毫无希望的努力了，有时她甚至感到缺乏勇气了。

幸好，树林渐渐靠近了。现在她可以清楚地看到林中的大树，因为新近的采伐使树木变得稀疏了。

再过几分钟她就到了，至少她已到达林边了。在那里，她一定能找到一个在平原上找不到的藏身之处。即使可能性极小，只要这一希望有可能实现，她就不会失掉勇气。她父亲不知告诉过她多少次，身处危境的人，只有那些敢于拼搏到底的人才有脱身的可能。

这一想法支撑着她坚持下去，仿佛她父亲的手还握着她的手，拉着她前进。

雷声比前几次更加清脆，猛烈的雷鸣把她钉在红光闪闪的地面上。这一回雷电不再追赶她了，它已经赶上了她，就在她的头顶上。她必须放慢脚步，因为与其遭雷击，不如挨雨浇。

她还没走上二十来步，粗大的雨点就泼下来了。她以为一场阵雨要开始了，但是雨水没有持续，马上被风卷走，被雷鸣电击切断、击退了。

她终于走进了森林，但黑夜沉沉，看不远。然而，借着一阵霹雳的闪光，她瞅见前面不远处有一座窝棚，一条布满很深的车辙的土路通向那里。她不管三七二十一，毅然沿这条路飞跑而去。

新的闪电告诉她，她并没有搞错。那果然是个歇脚的地方，是伐木工干活时遮阴避雨的窝棚。它的四壁是用柴捆搭起来的，棚顶则是用细树枝拼成的。再有五十步，十步，她就能躲雨了。

她终于走完了这段路程。但由于赶路，她已经精疲力竭，又由于慌张，她喘不过气来，一下子滚倒在地上铺着刨花的床上。

没等她缓过气来，一声可怕的巨响和一连串的断裂声响彻了整个树林，大有要把林子端走之势。孤立的大树弯下了腰，枝条扭弯了，枯死的枝丫掉了一地，压断了树墩上新抽出的嫩芽。

窝棚能经得住这旋风的袭击吗？要是再来一次更剧烈的雷震，它会不会倒塌呢？

她还没来得及思索，一股可怕的巨大推力，随着一团火光把佩琳娜掀了个仰面朝天。她眼花耳聋，满身盖满了树枝。当她清醒过来时，用手摸了摸身上，看看自己是不是还活着。她看见在不远的地方，一棵橡树刚刚遭到雷击，在黑暗中露出了白白的躯干，周身的树皮全被揭光了，撒在四周；橡树倒下时，断枝像弹片一样砸在窝棚上；两根扭曲的主枝顺着光秃秃的树干倒挂下来，被风吹得东摇西摆，凄惨地呻吟着。

她惘然地瞧着，浑身瑟缩。一想到刚刚降临到她头上的死神，她惊恐万状。死神离得如此之近，以至于一口气便能把她吹倒在地。这时，她看到树林深处变得模糊了，同时传来了巨大的隆隆声，比风驰电掣的火车还要强烈——是大雨和冰雹向森林扑下来了。窝棚从上到下吱嘎作响，棚顶在狂风中摇晃起伏，但并没有倒塌。

雨水很快就像瀑布一样从伐木工打造的朝北倾斜的棚顶上滚泻下来。佩琳娜不用挨雨淋，只需伸出双手接雨，就能在手心里喝个够。

现在她只要等着暴雨过去就行了。既然窝棚经受住了这两次疯狂的冲击，也就一定能够顶得住新的冲击。对她来说，无论多么结实的房子也比不上这座用树枝搭起来的窝棚。如今，她已成了这个窝棚的主人了。想到这里，她感到浑身舒坦。在做出了努力，经受了忧虑和折磨之后，这股舒服劲使她变得迟钝了。尽管雷声隆隆，霹雳阵阵；尽管大雨倾盆，狂风怒号，刮得树木嘎嘎作响；尽管暴风雨在天上、地下肆虐，她躺在刨花之中，怀着长期以来未曾有过的轻松感和信心睡着了。果然，有勇气斗争到底的人必能得救。

九

当她一觉睡醒时，雷电也已经停了。但蒙蒙细雨还在继续下着，把湿漉漉的树林弄得一片模糊。她无法上路，只好等着。

她并不因此而感到担忧和烦恼，森林的孤独和寂静也没有使她感到害怕，甚至，她已经爱上了这个窝棚。因为它成功地保护了她，使她睡了如此甜美的一觉。如果说她不得不在野外过夜的话，那么，在这里过夜也许比在其他任何地方都更好，因为上有屋顶，下有干燥的铺垫。

由于蒙蒙阴雨遮住了天空，她这一觉究竟睡了多少时间，现在又是什么时候，她自己也说不清。但这并不要紧，夜晚来临时她就会知道了。

自从离开巴黎以来，她既没有心情，也没有机会进行梳洗。路上暴风卷起的沙土，给她从头到脚蒙上了一层厚厚的灰尘，皮肤已挠得难受。既然这里只有她自己一人，窝棚四周的小沟里又有流水，这正是她难得的好机会。雨还在不停地下着，谁也不会来干扰她。

在她的裙兜里，除了一张地图和她母亲的结婚证外，还有一个裹在旧布里的小包，里面装着一块肥皂头、一把短梳子、一个骰子和一个线团，线团上还插着两根针。她打开小包，脱掉上衣和鞋袜，俯身对着清澈的小水沟，在脸部、肩膀和脚上擦肥皂。她只有那块裹小包的布头可以用来擦洗，而且布头不大，也不厚，但总比没有强。

这番梳洗几乎和刚才甜蜜的一觉一样，消除了她的疲劳。于是，她慢慢悠悠地梳着头，把金黄色的头发编成两条粗大的辫子，垂在肩上。要不是饥饿再次折磨她，要不是脚被磨破了几处，疼痛不堪，那么，此时此刻的她是十分惬意的，精神安宁，周身舒适。

对于饥饿，她无能为力，因为窝棚只是个蔽身处，绝不会提供半点儿吃的。至于脚伤，她想，如果把磨破的长袜补一补，那么硬邦邦的鞋子就一定不会使她那么难受了。她说干就干。但这活又费时又难做，因为要织补得大体过得去，就必须有棉花，可她只有一点线。

这活还有一个好处：使她忘了饥饿。但这也不能持久。补完了袜子，细雨还在淅淅沥沥地下着，肚子也在继续提出它越来越严苛的要求。

看来，她只能第二天再离开这个窝棚了。可以肯定这期间不会出现给她提供晚餐的奇迹，因此辘辘饥肠更使她一心只想着吃饭问题，别的均无从提起。饥饿迫使她想到去割些挂在棚顶上的嫩桦树枝来充饥。这些嫩枝条，她只要爬到柴捆上就可以够着了。过去她和父亲一起跋涉的时候，曾看到过有些地方用桦树皮

孤女寻亲记

制作饮料，因此桦树不会有毒的，她也不会因此而中毒。但它真的能充饥吗？

不妨试试吧。她用刀子割了几根叶子嫩些的枝条，切得短短的，嚼了起来。

虽说她的牙齿很好，但还是觉得挺硬的，而且味带苦涩。吃这东西当然不像吃甜食，所以不管多难吃，她也不叫苦，只要能充饥就行。然而，她只嚼了几段，渣子几乎都吐了出来，叶子则不太难咽。

在她梳洗、补袜子和咀嚼桦树枝的时候，时光也在流逝着。虽然天空还是细雨蒙蒙，无法看到太阳何时落山，但笼罩在林中的黑暗已有一段时间了，看来黑夜即将降临。果然天色说黑就黑了，就如同那些没有黄昏的日子一般。仅几分钟的工夫，佩琳娜便堕入了黑暗和寂静之中：十步之外，什么也看不见；远远近近，除了水珠从树枝上滴落到棚顶和水坑里的声音外，听不到任何其他声音。

尽管她已做好了在这里过夜的思想准备，但独自一人处在这灰暗的森林里，仍不免心中发怵。诚然，白天她就在这里度过的，除了有可能遭雷击外，再也没有遇到别的什么危险。但夜晚的森林不同于白天，肃穆的寂静和神秘的黑影令人心神不宁。

因此，她没能如希望的那样马上入睡，辘辘饥肠使她心烦，心中的魔影又令她恐惧。

什么野兽在这林中栖息？没准有狼？

这个念头把她从似睡非睡的状态中拽了出来。她爬起来，抄起一根结实的棍子，用刀子把一头削尖，然后搬了几捆柴围在四周。这样，万一有狼来袭击，她至少可以在堡垒后面自卫。她肯定是有这个胆量的。这样一想，佩琳娜也就放心了。当她再次躺到刨花垫子上时，双手攥着尖棍，很快便入睡了。

一声鸟啼把她唤醒了。这鸟啼声，悠扬委婉。她睁开双眼，只见柴捆上面一缕微光划破了森林的幽暗，昏黑的树木在淡淡的晨曦中清晰可见：天亮了。

雨早已停了，一丝风也没有，沉重的树叶一动不动，只有鸟儿的歌唱才打破这森林里死一般的沉寂。这边，鸟儿在她头上歌唱，其他的鸟儿则在远处呼应，如同清晨的召唤一般，此起彼伏。

她一边听着鸟儿歌唱，一边考虑是不是该起身上路了。这时，她打了个寒战。她伸手一摸，上衣湿透了，好像被雨淋过似的。这是林中的潮气浸透了她的衣裳。清晨，寒气袭人，她再不能踌躇了。她立即站起身来，像马匹摇身抖水一样猛烈地抖动全身。她想，一走路就会暖和起来的。

然而，再一转念，她还是不愿马上动身，因为天还没大亮，无法辨别天色。在离开这个窝棚前，必须谨慎一点，看看会不会再下雨。

为了消磨时间，更是为了活动活动，她先把昨晚搬来的柴捆搬回原处，然后梳了头，在一条涨满了水的沟边盥洗一番。

做完这些事，一轮朝阳已高高升起。透过树枝可以看到蔚蓝色的天空，万里无云。上午肯定是好天气，很可能全天都是晴天。应该走了。

她的袜子虽然补过了，但走起路来还是两脚剧痛难忍。但她马上坚强起来，不多时，就以矫健、匀称的步伐行走在被雨水泡软了的道路上。太阳照在她的后背上，暖烘烘的，同时在石子路上投下一个长长的身影，伴着她走路。看着这影子，她心里感到了宽慰。因为，这影子即使没有显示出一个穿着讲究的年轻女子的形象，至少也没有显出她头一天那种可怜的窘态：头发蓬松，满脸尘土。现在，大概不会再有狗吠着追逐她了吧，人们大概也不会再用怀疑的目光盯着她了吧！

理想的天气给她心里倾注了希望，她从来没有见到过如此美丽、欢快的早晨：暴风雨洗净了道路和田野，赋予花草、树木和万物以新的生机，仿佛一夜之间，生命之花绽开了；温暖的天空中，数以百计的云雀欢乐地歌唱着，歌声直冲湛蓝的天际；森林四周的平原上，到处飘溢着花草和庄稼沁人心肺的芳香。

在这漫天欢乐的氛围中，难道唯有她沮丧绝望吗？难道不幸会老纠缠着她不放吗？难道她就不能交上好运吗？她能在树林里藏身，这已是一种绝大的好运气，她相信完全可能再碰上其他好运的。

她继续走着，但一个念头在她脑海里不断盘旋：有时候，有的人口袋破了，把钱掉在大路上。因此她总觉得有可能在路上捡到钱，这并非是妄想。当然，她不想拾到一个大钱包，那是应该交还失主的，但是她完全有可能捡到一个苏，甚至一枚面值十个苏的铜板。她有权把它留下，因为这无损于别人，而且可以救助自己。

她没准能碰上个好机会，替人帮工，随便干点什么活，或者给人帮个忙，挣上几个子儿，这同样并非是一种荒唐的想法。

她只想着多少有点钱就能过上三四天。

因此，她始终用眼睛盯着雨水洗过的石子路，但并没有发现从破兜里掉下白花花的大钱或小钱，也没有遇上帮工的机会。在她的想象中，这种机会是很容易碰上的，但在现实中，却是如此难以寻觅。

对于她，盼望这样或那样的好运气尽早到来是最紧迫的事情了，因为她已经不时地感到昨天的不适变得越加强烈，担心她不能继续赶路。心悸、恶心、头晕、一阵一阵的虚汗，使得她的手脚发软。

用不着去探究不适的原因，她饿得咕咕叫的肚子已经说明了一切。由于她不能再重复昨天那很不成功的嚼桦树枝的尝试，不得不自问：如果再来一次更严重的眩晕，使她不得不停在路边低洼处，那将会发生什么情况呢？她还能爬得起来吗？

如果爬不起来，会不会就这样死在那里，谁也不向她伸出救援的手呢？

昨天，在挣扎着走到林中窝棚的那会儿，如果有人对她说，在某个时候，由于虚弱和绝望，她只能心甘情愿地死去，那她一定会抗争的：那些斗争到底的人，难道不能自救吗？

但昨天的情况和今天不一样。昨天她还有余力，而今天没有了。昨天她的头脑是清醒的，而现在，她却直发晕。

她认为自己应该节省体力，所以每当感觉无力的时候，就坐在草地上休息片刻。

当她在一块豌豆地前停下时，看见四个同她年龄相仿的姑娘在一个农妇的带领下在地里摘豆子。于是她鼓足勇气，跨过路沟，向农妇走去，但农妇没等她靠近就发话了："你要干什么？"她说。

"想问问您要不要我帮忙？"

"我们谁也不需要。"

"您愿意给什么都行。"

"你是哪儿来的？"

"巴黎。"

其中一个姑娘抬起头，不怀好意地看她一眼，嚷道："这个从巴黎来的懒虫还想干活呢！"

"已经跟你说过了，我们谁也不需要。"农妇接着说。

她只好再跨回去，继续赶路。她做是这样做了，但心情沉重，两腿无力。

"警察来啦，"另一个姑娘嚷道，"快逃走吧！"

她急忙回过头去，大家哈哈大笑起来。这一玩笑把她们逗乐了。

她没走多远就不得不停下来，双眼饱含的泪水模糊了她的视线，使她看不清前面的路。她到底什么地方得罪了她们，竟使她们如此冷酷呢？

显然，对流浪者来说，找工作和捡大把的钱是一样的困难，这是已经被证明了的。所以她不敢再去尝试了。她悲哀地继续前行，心力交瘁，双腿像灌了铅似的沉重。

中午的太阳把她彻底摧垮了。现在，与其说她是在走路，倒不如说她是在拖着身子向前挪动。只有在穿过村庄的时候，她才稍稍加快脚步，以便躲避人们的目光，因为她觉得人们的目光总在盯着她；相反，从她背后来的车子要超过她的时候，她便放慢了脚步；每当她觉得只有自己一个人的时候，她就停下来歇一歇，喘口气。

但这时，她的脑子开始活动了，闪过她脑际的念头越来越令人不安，这加剧了她的沮丧。

既然已经肯定不能坚持到底，那又何苦还要再坚持呢？

她又来到了一片森林。一条笔直的路从林中穿过，望不到尽头。平原上，天气沉闷炙人，林中则更是令人窒息：火一般的太阳，空气纹丝不动，从灌木丛和路旁低洼处冒出一股股潮湿的蒸气，使佩琳娜透不过气来。

她很快就感到支撑不住了，汗流如注，心脏衰竭，不由自主地倒在草地上，既不能动身，也不能动脑。

这时，背后来了一辆马车，从她身边越过去。

"真热，"坐在辕木上赶车的农民说，"会热死人的!"

幻觉中，她把这句话当作是对她自己的判决。

这么说，她将死在这里是千真万确的了。她自己曾经不止一次地想到过死，而现在这位死神的使者又一次对她这么说了。

那么，她就死了吧，无须再抗争了，也不必搏斗更长时间了。她父亲已经死了，母亲也死了，现在轮到她了。

在她空虚的脑海里闪过的这些念头中，最残酷的是：如果她和父母一起死去，一定不会像现在这样悲惨，不会像一头可怜的野兽那样死在路旁的沟壑里。

于是，她还想作最后的一番努力：走进树林，选择一个能躲开人们好奇目光的地方作为最后安息的地点。

不远处，有一条斜径，她走了过去。在离路五十来米远的地方，她找到了一块杂草丛生的林中空地，四周紫色的洋地黄开着绚丽的花朵。她在一棵栗树的树荫下坐下，躺倒，头枕在胳膊上，就像每晚睡觉的时候那样。

佩琳娜感到脸上吹来一股热气，一下子惊醒了。她睁开眼，吓了一跳，依稀瞧见一颗毛茸茸的大脑袋朝她伸来。

　　她想跑到旁边去，但一只大舌头狠狠地舔她的脸和放在胸前的双手，她因此能仔细地瞧着它。

　　"帕力卡尔！"

　　她伸开双臂抱住它的脖子，亲吻着它，泪流满面。

　　"帕力卡尔，我的好帕力卡尔！"

　　帕力卡尔听到佩琳娜叫它的名字，就不再舔她了。

　　它昂起头，得意地嘶鸣了五六声，它胜利了。但这还不足以表达它的满意心情，接着又大声嘶叫了五六声。

　　她这时才看到它既没有鞍，也没有笼头，还拴着绊索。

　　她爬起来搂着它的脖子，把自己的头贴在它头上，并用手抚摩着它。帕力卡尔也向她垂下了长长的耳朵。这时，她听到一个嘶哑的声音在呼唤："怎么啦？老混蛋！等一等，我就来了，就来了，我的小伙子。"

　　果然，石子路上响起了急促的脚步声，佩琳娜看见来了个身穿短上衣，头戴皮帽子，口里叼着一杆烟斗的人。

"喂，小姑娘，你把我的驴子怎么啦？"那人嚷着，烟斗并没有从嘴上移开。

佩琳娜很快就认出了这个男人打扮卖破烂的拉卢氏大妈，佩琳娜就是在马市上把帕力卡尔卖给她的。可是卖破烂的女人并没有认出她，只是又过了一阵子，才惊讶地看着她："我在哪儿见过你？"她说。

"我把帕力卡尔卖给您的时候。"

"怎么是你，小姑娘，你在这儿干什么？"

佩琳娜用不着回答。一阵虚弱袭来，她不得不坐下来。她苍白的脸色和泪汪汪的双眼替她作了回答。

"你怎么啦？你病了？"拉卢氏大妈问。

但佩琳娜只蠕动了一下嘴唇，没能吐出半个字。她支撑着胳膊肘，直挺挺地躺着。激动，也由于虚弱，使她面如纸色，浑身颤抖，神情沮丧。

"喂！怎么啦？"拉卢氏大妈嚷了起来。"你能不能说说你这是怎么啦？"

可佩琳娜就是说不出她究竟怎么了，尽管她对眼前发生的事心里很明白。

拉卢氏大妈是位见识过各种不幸有经验的女人。

"她很可能会饿死的。"她喃喃地说。

她没再多说，就离开空地向路边走去。路上停着一辆卸了套的小车，两边零乱地挂着一些兔子皮。她迅速打开一个箱子，取出一块圆面包、一块奶酪和一只瓶子，带着这些跑步而来。

佩琳娜还是老样子。

"等一等，我的姑娘，等一等。"拉卢氏大妈说。

她跪在佩琳娜身边，把瓶口塞进她嘴里。

"喝一大口，这会给你添力气。"

果然，喝了一大口后，佩琳娜苍白的脸上马上有了血色，并且也能动了。

"你饿了吧？"

"是的。"

"那好，现在就给你吃的，不过要慢慢地吃。你等会儿。"

她从圆面包上切下一片，又切了一片奶酪，一起递给了佩琳娜。

"一定要慢慢吃。要不我陪你一起吃，这样会使你吃得慢些。"

她的小心是明智的，因为佩琳娜早就咬了一大口面包，看来她是不会遵守拉卢氏大妈的叮嘱的。

直到这时为止，帕力卡尔一动不动地待着，只用它那温柔的大眼睛注视着所发生的一切。当它看到主人在佩琳娜身边的草地上坐下时，它也在佩琳娜身边跪了下来。

"这家伙也想要一片面包。"拉卢氏大妈说。

"您允许我给它一片吗？"

"一片，两片，你要给多少就给多少。吃完了，还有呢。不要拘束，姑娘。这好小子见到你太高兴啦，你是知道的，它真是个好小子。"

"是吧?"

"你吃完了这片面包,就告诉我你怎么到了这林子来,还饿得半死。要是你断了气,那真太可怜了。"

尽管拉卢氏大妈一再叮嘱,佩琳娜还是狼吞虎咽地吃完了面包。

"还想再来一片吗?"当那片面包消失的时候,拉卢氏大妈这样问。

"是的。"

"那好,你先给我讲讲你的情况,然后再给你面包。你的故事讲完以后,你吃的东西也就消化了。"

佩琳娜应拉卢氏大妈的要求开始叙述她的经历,从她母亲去世讲起。当她讲到在圣德尼的遭遇时,拉卢氏大妈把已经点燃的烟斗从嘴边拔下来,破口大骂面包店女老板:"你知道吗,她是个贼!"她嚷道。"我从来不给人假钱,也不会受人家的骗。你放心,我再路过圣德尼的时候,一定要她把钱还给我,要不然,我就发动区里人反了她。我在圣德尼有朋友,我们放火烧她的店。"

佩琳娜继续讲她的故事,直至讲完。

"就这样,你就奄奄一息了。你那时是什么感觉?"

"起初非常痛苦,有时我只好叫起来,好像人们在夜里憋不过气来那样叫唤。接着,我就梦见了吃美味佳肴。妈妈等着我,为我准备奶油巧克力,我都闻到香味了。"

"好啊,这大热天本来会置你于死地的,可偏偏你又因此而得救。因为，要不是这么热，我就不会在这树林里停留让帕力卡尔休息，它也就不会找到你了。眼下你想怎么办呢？"

"继续赶路。"

"那明天你吃什么？只有像你这样年纪的人才会这么去冒险。"

"我有什么办法呢！"

拉卢氏大妈板着脸吸了两三口烟，想了想，然后回答说："这么着吧。我要到克列尔去，不去更远的地方了，只在尚蒂伊、尚利斯这些沿途或者附近的村里和城里买货。你就跟我走，如果有力气，就吆喝几句'收购兔子皮、破布头、废铜烂铁喽！'"

佩琳娜按要求吆喝了几声。

"好，声音很亮。我嗓子疼，你替我吆喝，你就能挣一口饭吃了。我在克列尔认识一个禽蛋批发商，他要到亚眠附近收蛋，我让他把你顺车捎去。到了亚眠附近，你就坐火车到你亲戚那儿去。"

"拿什么买车票呢？"

"我先给你一百个苏，以抵补你被面包店女老板抢去的那个钱。我会让她还给我的，这点你可以放心。"

十一

于是就依拉卢氏大妈说的定妥了。

接连八天，她们走遍了尚蒂伊森林附近的每一个村庄：古维埃、圣马西曼、圣费尔曼、蒙勒万克和沙茫村。当佩琳娜来到克列尔时，拉卢氏大妈便建议她留下："你有一副做破布生意的金嗓子，留下对我很有用，而且你也不会再受苦的，我们完全可以过好日子。"

"我感谢您，但这是不可能的。"

一看这条理由不足以打动佩琳娜，拉卢氏大妈又提出了另一个理由："这样，你也不用离开帕力卡尔了！"

佩琳娜一听果然心里一震，激动的神情溢于言表。但她马上又坚定起来，说："我还是投奔亲戚去。"

"你的亲戚也像帕力卡尔那样救过你的命吗？"

"如果我不去，我就是不听妈妈的话了。"

"那你就去吧。但是，如果有朝一日你后悔失掉了今天我给你的机会的话，那就是咎由自取了。"

"请放心，您的好意我会牢记心间的。"

拉卢氏大妈并没有因为遭到佩琳娜的拒绝过分生气，以至于不给她安排搭乘便车去亚眠。

这天，她搭乘的便车由两匹骏马拉着在大道上奔驰。她躺在车上，上有雨篷遮身，下有干草作垫，十分惬意。她再也不用在漫长的道路上艰难跋涉了。想想前些日子的劳顿，眼前的舒适就显得更珍贵了。到了埃桑多市，她在一个仓库里宿了一夜。第二天是星期天，她在阿伊车站售票处递进去了一百个苏。这一回，人们既未拒绝接受，也未没收她的钱。从窗口塞出来的是一张去比格尼村的火车票和找回的两法郎七十五生丁。当天上午十一点，她到了比格尼。早上天气晴朗、炎热，但热得舒服，完全不像尚蒂伊树林里的闷热，佩琳娜已经一扫当初狼狈不堪的窘相了。

在佩琳娜与拉卢氏大妈一起度过的日子里，她抽空补好了裙子和上衣，用旧布裁制了一方围巾，又把贴身衣服洗得干干净净，还往皮鞋上打了油。在阿伊等候火车的时候，还到河边仔细地梳洗了一番。所以她在比格尼下车的时候，显得干净利落，清秀水灵，精神饱满。

但是，经受种种磨炼之后产生的信心感，比整洁，甚至比口袋里哗哗作响的五十五个苏更能使她精神振奋。

她之所以能最终赢得胜利，就是因为她没有自暴自弃，而是坚定不移地努力。难道现在她没有权利憧憬未来，并深信能战胜眼下的困难吗？如果说今后尚有艰巨的事情有待于完成，那么至少有些事情，恰恰是最棘手、最危险的事情，已被她征服了。

　　出了车站，走过一座闸门桥，她迈着轻盈的步伐穿行在一片长着白杨、垂柳的翠绿色草地的道上。一片片湿地不时把草地加以切割。湿地里，处处可见垂钓者。他们穿着节日的盛装，全神贯注于鱼浮子，身边放着旅行用品，一望便知他们是从城里来的垂钓爱好者。过了湿地，便是一片泥炭沼。一排排堆砌起来的黑色小立方体，整齐有序地堆在枯黄的草地上，上面标着白色字母或编号：这是一堆堆在那里晾晒的泥炭。

　　爸爸曾多少次给她讲起过这里的泥炭以及泥炭坑，也就是挖掉泥炭后形成的大水塘。这些大水塘便成了索姆山谷的特色。

　　同样，她也认识这些兴致十足的钓鱼人。酷热也好，严寒也好，无论什么都甭想阻止他们的钓鱼兴趣。尽管眼前的一切都是初见，佩琳娜并不觉得到了一个陌生的地方。相反，她觉得这是一个久已熟悉而令人神往的地方：山谷四周的荒丘秃岭，她熟悉；屹立在山冈上的一座座风车，她熟悉。即使在风和日丽的天气里，风车也能在海风的轻轻吹拂下转动。

　　来到的第一个村子，一色的红瓦屋顶，她已能认出这是圣比布瓦村。这里有隶属于马洛库尔总厂的织布作坊和制绳车间。进村之前，她从交汇的道口处穿过一条铁路。这条铁路把维尔弗朗·潘达弗瓦纳家的各工厂所在地：赫尔什村、巴库尔村、弗莱赛尔村、圣比布瓦村和马洛库尔村串联在一起，然后同通往布洛涅的铁路干线连接起来。透过山谷里白杨树掩映下的空隙，可不时地瞧见村里用石板砌成的钟楼和砖砌的高大烟囱。因为是星期天，所以看不到烟囱冒烟。

她走过教堂门口时，做完大弥撒正在往外走的人们同她擦肩而过。听他们的说话语调，她知道这是皮卡尔方言，讲起话来慢条斯理，每个字都拖得很长，如同唱歌。父亲曾模仿这种语调逗她发笑。

　　从圣比布瓦村到马洛库尔村的道路两旁柳荫成行。这条路并不笔直，为了避开那些土质松软的地段，人们只好在泥炭沼之间穿来绕去。凡走这条路的人，其视野前后不过几步远。佩琳娜就这样偶然遇上了一位姑娘，她胳膊上挎着个沉重的篮子，蹒跚地走着。

　　由于恢复了信心，佩琳娜变得大胆了，因此才敢上前同姑娘搭话："请问这是去马洛库尔的路吗？"

　　"是的，直走就是。"

　　"噢！直走就是。"佩琳娜笑着说，"可这条路并不如你说的那么直啊！"

　　"如果你怕迷路，我们可以一道走，我也去马洛库尔。"

　　"那太好了，要不要我帮你提篮子？"

　　"这我可不拒绝，这篮子沉死了。"

　　说完，她把篮子往地上一放，轻松地舒了一口气。

　　"你是马洛库尔人吗？"姑娘问。

　　"不是。你呢？"

　　"我当然是。"

　　"你在工厂里干活吗？"

　　"是的，跟大家一样。我在卷纬机上干活。"

"卷纬机是做什么的?"

"哟,你连卷纬机也不知道!那你是从哪里来的?"

"巴黎。"

"巴黎人不知道卷纬机倒是稀奇事。所谓卷纬机,就是给梭子备线的机器。"

"干一天能挣多少钱呢?"

"十个苏。"

"这活儿难吗?"

"不算太难,但眼神儿要快,不能偷闲。你是要去那里找工作吗?"

"是的。不知人家会不会收我。"

"当然会收的,谁去都收。要不然到哪里去找在各车间干活的七千多人呢。明天早上六点钟,你只需要到厂子大门口登个记就行了。噢,咱们聊得太多了,再不走就晚了。"

姑娘拉着篮子把手的一边,佩琳娜拉着另一边,两人迈着同样大小的步子在路当中走着。

对佩琳娜来说,这可是打听自己想知道的事情的好机会,说什么也不能错过,然而又不能问得太露骨。她的问题必须提得十分巧妙,而且看起来又要像是闲聊那样。实际上,她问的任何事情都有她的用意,只是要隐蔽得好,不让对方察觉出来。

"你是生在马洛库尔的吗?"

"那当然,连我妈妈也是出生在这里的。我爸爸出生在比格尼村。"

"你父母都不在世了？"

"都去世了。我现在和奶奶一起生活。她开一个零售小铺和一个食品店，人家都叫她弗朗索瓦兹太太。"

"噢，弗朗索瓦兹太太！"

"你认识她？"

"不认识……我是说，噢，弗朗索瓦兹太太。"

"因为她开了个零售小店铺，所以这一带的人都认识她。再就是因为她以前是老板的儿子埃德蒙先生的奶妈，所以，有时候人们有事求老板维尔弗朗先生的话，总是找她帮忙。"

"她能替人们办成事吗？"

"有时能，有时不能，维尔弗朗先生并不是任何时候都好说话的。"

"既然她是埃德蒙先生的奶妈，那她为什么不直接去找他呢？"

"找埃德蒙先生？他离开这里的时候，我还没有出生哩。从那以后，再也没有人见过他。当时，为了做生意的事，他同他父亲闹翻了，于是被打发到印度去收购黄麻……如果你不知道什么叫卷纬机，那你大概也不会知道黄麻吧？"

"是一种草吗？"

"一种大麻。印度产的一种大麻，在马洛库尔的工厂里用它纺成线，织成布，并染上颜色。维尔弗朗先生靠黄麻发了大财。你知道，他并不是一开始就发了财的。最初，维尔弗朗先生自己赶车发线、收布，这些粗布是当地人在自己家里的布机上织的。

我所以跟你说这些事，是因为他本人也不回避谈这些。"

她停下来问："你看我们是不是换换手？"

"随你的便，小姐。请问你叫什么名字？"佩琳娜问。

"罗莎丽。"

"你愿意换就换吧，罗莎丽小姐。"

"那么，怎样称呼你呢？"

佩琳娜不想说出自己的真名实姓，就随便诌了个名字："奥雷丽。"

"那咱们就换换手吧，奥雷丽小姐。"

她们稍歇了一会儿，便又迈着有节奏的步子往前走了。佩琳娜又回到了她感兴趣的话题上："你刚才说埃德蒙先生同父亲闹翻后出走了。"

"他到印度之后，父子闹得就更凶了。听说是因为埃德蒙在那里娶了当地的一位出身微贱的姑娘，而维尔弗朗先生却要为他娶比卡尔特地区一位门第最高的小姐。为了这桩婚事，他花了几百万特地为儿子和媳妇建造了一座府邸。但埃德蒙先生说什么也不愿意丢下他在印度的妻子而回来娶这儿的小姐。于是父子之间彻底闹崩了，以至于连埃德蒙先生现在是活是死都不知道。有人说他还活着，还有人说他已经死了。是死是活，谁也说不准。因为许多年来杳无音讯……这都是听说的，因为维尔弗朗先生从不和人说这事，他的侄子和外甥也都闭口不谈。"

"维尔弗朗先生还有侄子、外甥？"

"泰奥多尔先生是他的侄子，卡齐米尔先生是他的外甥。他把他们弄在身边做帮手。如果埃德蒙先生真的不回来的话，那维尔弗朗先生的财产和全部工厂都要落在他们手里了。"

"这事真有点怪。"

"你不妨说，如果埃德蒙先生回不来的话，这才叫惨呢！"

"你是说他父亲？"

"不光对他父亲来说是这样，对整个这个地区来说也是如此。因为这些工厂养活着这么多的人，倘若由他的侄子和外甥来管理，还不知会把工厂弄成个什么样子呢。人们都这样说。星期天我在零售铺里站柜台时，听到了各种各样的议论。"

"议论维尔弗朗先生的侄子、外甥吗？"

"是的，有议论维尔弗朗先生的侄子、外甥的，也有议论其他人的。不过，这不关我们的事。"

"那当然。"

由于佩琳娜不愿意显得过于关心这些事，所以她闷着头一言不发地又走了几分钟，深信罗莎丽不久又会继续说话的，因为罗莎丽看起来像是个快嘴姑娘。果然不出所料："你父母他们也要来马洛库尔吗？"

"我再也没有父母了。"

"既没爸爸，也没妈妈了？

"是的。既没有爸爸也没有妈妈了。"

"你同我一样。可我还有个好奶奶。如果没有叔叔、婶婶们，奶奶会对我更好些。她不愿为了我惹恼叔叔、姑姑和婶婶。没有他们，我就不到工厂做工了，就留在零售铺子里了。她也是力不从心啊！这么说，你是孤身一人喽？"

"是的，孤身一人。"

"从巴黎到马洛库尔来，是你自己的想法？"

"人家告诉我说，在马洛库尔也许能找到工作。与其继续去寻找亲戚，我想还是来看看马洛库尔的好。因为，只要你不认识这些亲戚，就不可能知道他们到时会怎样对待你。"

"这是千真万确的。亲戚之中有好的，也有不好的。"

"说的是。"

"那你就别担心，你肯定能在工厂里找到工作。每天挣十个苏虽不算多，但毕竟能派点用场。而且继续干下去，你最终每天能挣二十二个苏。现在我想向你提几个问题，如果你愿意，你就回答；如不愿意，可以不回答。你身上有钱吗？"

"有一点。"

"那么，如你觉得合适，可以住到我奶奶弗朗索瓦兹家。每星期不过花二十八个苏，但是得先交钱。"

"我可以先付二十八个苏。"

"你知道，我不想向你许诺说，用这点钱可以租一个漂亮的单间。你们将六个人合住一间。但不管怎么说，你会得到一张床、褥单和被子的，尽管不是所有的人都有这些东西。"

"谢谢，我同意这么办。"

"住在我奶奶家的，不仅有每星期只掏二十八个苏的房客，还有些包食宿的常住客人，我们把新房子里的漂亮房间租给他们。他们都是工厂里的职员，其中有建筑工程师法布里先生、会计师孟布勒先生、负责同国外联系的办事员邦迪先生。万一你同邦迪说话，别忘了管他叫庞迪特先生。这是位英国人，如果人们叫他邦迪，他会发脾气的。因为他以为人们诚心侮辱他，好像说他是盗贼。因为法文'邦迪'的发音是"强盗"的意思。"

"我一定不会忘记的，况且，我懂英文。"

"你会讲英语，你?"

"因为我母亲是英国人。"

"噢，原来是这样。那好，邦迪先生一定非常高兴同你聊天。如果你能讲各种外语的话，他会更喜欢同你聊。因为每个星期天，他最大的乐趣是阅读已用二十五种文字印发的《父亲》这本书。他看完一遍，又从头看起，一遍又一遍地反复读，每个星期天都是如此，不过，他倒是个正派的人。"

十二

　　沿大路的两侧，钳着两行大树，好像两道帷幔。两侧的景色由于帷幔的遮挡而忽隐忽现：右边山坡上是一座石板砌成的钟楼；左边是铅皮覆盖的锯齿形的大房顶；稍远处，是几座砖砌的高大烟囱。出现这种景象已经有一段时间了。

　　"我们离马洛库尔不远了，"罗莎丽说，"一会儿你就能看到维尔弗朗先生的府邸了，然后是他的工厂。村里的房屋掩蔽在绿荫深处，等一会儿我们走到高处时才能看见。小河的对岸是教堂和公墓。"

　　果然，她们走到了一个地方，只见柳树成荫。眼前，维尔弗朗先生的府邸布局十分雄伟：三幢主体建筑的墙面都用大理石和红砖砌成，有高高的屋顶和修长的烟囱；四周是点缀着簇簇树木的宽阔草坪，沿着山丘方向，随着地形的起伏一直延伸到远方的牧场。

　　惊喜不已的佩琳娜不由自主地放慢了脚步，可罗莎丽依旧迈着同样的步伐往前走，结果两人相扯，不得不把篮子放在地上。

　　"喂！你觉得这里美吗？"罗莎丽问。

"太美了!"

"你知道吗,维尔弗朗先生一个人住在这座府邸里,身边有十二三个仆人伺候他,这还不包括花匠和养马的人。你瞧那边,他们全部住在花园尽头靠近村口的那些房舍里。那儿有两座烟囱,比工厂的烟囱矮小些,一座是供府邸照明用的电机房烟囱,另一座是给府邸以及暖房供热的蒸汽锅炉烟囱。府邸里面可漂亮啦!到处金碧辉煌。听说维尔弗朗先生的侄儿外甥都想住进去,但他不同意。他情愿一个人单独住,单独吃。他把自己原先住过的那幢挨近车间的房屋给了侄儿,把附近的另外一幢给了外甥。他俩离办公室都挺近,可有时仍不免迟到。六十五岁的老板维尔弗朗先生,按理说可以休息了,但他一年到头,不管是酷暑寒冬,也不管天好天坏,天天都在工厂里,当然星期天例外。因为一到礼拜天,无论是他还是其他人,都不上班,所以今天你也就看不见工厂的烟囱冒烟了。"

她们抬起篮子继续赶路,不一会儿工厂的全貌便展现在眼前。但佩琳娜看见的,只不过是一大片模糊的房子,有新有旧。有的屋顶盖着瓦,有的铺着青石板,它们簇拥在一座巨大的烟囱周围。烟囱遍体灰色,只有顶端是黑色的。它那庞大的躯体使得其他烟囱相形见绌。

这时,第一批房子出现在她们面前。它们零星散布在一个个大院里,院子里面长着些萎靡不振的苹果树。佩琳娜被周围这一切吸引住了:这个村子是她经常听人说起的。

最使佩琳娜惊奇的是村里熙熙攘攘的人群,有男有女,有老有少。他们都穿着节假日的服装，聚集在房前屋后，或挤在低矮的客厅里。透过客厅敞开的窗户，对面室内发生的一切都看得一清二楚。即便在城市里，也不会看到比这更拥挤的人群。外面，人们手舞足蹈地谈论着，一个个神情空虚、迷茫；里面，人们喝着各种饮料，根据杯子里的颜色可以辨认出有的在喝苹果酒，有的在喝咖啡或烈性酒。他们用杯子敲着桌子，同时高声嚷着，好像在吵架。

"喝酒的人真多啊！"佩琳娜说。

"如果是月中发薪的那个星期天，那就是另一番景象了。你会看到不知多少人刚到中午就已酩酊大醉了。"

她们所经过的房子，大都有一个特色，即不管多么破旧，建造得多么马虎，也不管是土墙或抹上泥巴的木板墙，外表都挺漂亮，至少门窗都漆得如同广告牌一般招人注目。的确，这是一种广告，因为在这些房子里，一部分房间是出租给工人住的。尽管其他地方没作任何修缮，门窗的油漆也会给人整洁的感觉，但只要往屋里瞧上一眼，立即一切都露馅了。

"到了。"罗莎丽一面说，一面用空着的那只手指着一幢砖砌的小楼房。它横躺在街的尽头，门前有一道修剪得整整齐齐的树篱笆。

"院子的尽头和后院的房子是我们租给工人们住的，前边这座楼的底层是奶奶的杂货和服饰用品店，二楼住的是包食宿房客。"

篱笆上一扇柴扉通往小院。院里栽着几棵苹果树，院子中央有一条鹅卵石铺成的小径，直通到房前。她们刚踏上这条小径，一位年纪尚轻的妇人便出现在房门口，冲着她们嚷起来："还不快点！你这个懒鬼，你这是到比格尼村去办事呀，你玩够了吧！"

"她是我姑姑，叫赞诺比，"罗莎丽悄声说，"她并不是任何时候都好说话的。"

"你在嘀咕啥？"

"我是说，如果不是有人帮我抬篮子，现在还回不来呢！"

"你还不给我闭嘴！"

赞诺比姑姑在走廊里的尖声喊叫，引出了一位胖老太太。

"你们吵个啥？"她问。

"奶奶，姑姑责备我回来晚了，可她不知道这篮子有多重！"

"好了，好了，"奶奶心平气和地说，"把篮子放在那里，快吃饭去吧，菜就放在炉灶上，还热着呢。"

"请你在院子里等我一会儿，"罗莎丽对佩琳娜说，"我去去就来，咱们一块吃饭。你快去买块面包，左边第三间屋子便是面包店。"

等佩琳娜回来时，罗莎丽已坐在苹果树下的一张桌子旁边了，面前放着满满的两碟子土豆炖牛肉。

"请坐，"罗莎丽说，"这菜咱俩分着吃。"

"可是……"

"吃吧，我已给弗朗索瓦兹奶奶说过了，她同意。"

既然如此，佩琳娜认为不应再推让了，于是便在桌边坐下。

"我也谈了你住宿的事，已经说妥了。你只需给弗朗索瓦兹奶奶交二十八个苏就行了。喏，那儿就是你住的地方。"

罗莎丽说着用手指了指一幢土屋，它坐落在里院，人们只能看到它的局部，其余被砖房挡住了。但就从看到的那部分而言，确实破旧不堪，人们真不明白它怎么还会立得住。

"弗朗索瓦兹奶奶从前就住在那里。后来，她用给埃德蒙先生当奶妈挣的钱盖了我们这座新房。你住的房子自然没有这座好。"

在离她们略远的另一张桌子边上坐着一个四十来岁的男人，戴着一顶大檐礼帽，正专心致志地读着一本小小的精装书。

"这是邦迪先生，他正在阅读他的那本《父亲》的书。"罗莎丽低声说。

接着，她不顾这位职员如何聚精会神，对着他说："邦迪先生，这位姑娘会讲英文。"

"噢。"他眼也没抬地应付了一句。

然后，至少过了两分钟，他才把视线转向她们："你是英国人吗?"他问道。

"不是，先生，但我母亲是英国人。"

邦迪二话没说，又埋头于那本令他入迷的书了。

她们刚吃完饭，就听见街上传来一辆马车的声音，马车在篱笆前放慢了速度。

"可能是维尔弗朗先生的敞篷马车。"罗莎丽说着猛地站起身来。

马车又走了几步，在大门口停住了。

"正是他。"罗莎丽说着往街上跑去。

佩琳娜没敢离开她的座位，但她把一切都看在眼里了。

低矮的马车上坐着两个人，一个是赶车的年轻小伙子，另一个是白发苍苍的老头，他那苍白的脸上布满了一条条皱纹。他头戴草帽，端坐在车上纹丝不动。他虽然坐着，但看得出他是一个身材魁梧的人。他，就是维尔弗朗·潘达弗瓦纳先生。

罗莎丽迎着马车走去。

"有人来了！"驾车的年轻人说。

"谁呀？"维尔弗朗·潘达弗瓦纳先生问。

罗莎丽马上回答说："是我，罗莎丽。"

"让你奶奶出来一下，我有话跟她说。"

罗莎丽跑回家去，不一会儿拉着奶奶匆匆赶来了。

"您好，维尔弗朗先生！"

"您好，弗朗索瓦兹！"

"我能给您帮点什么忙吗，维尔弗朗先生？"

"是关于您兄弟奥梅尔的事，我刚才到他家去了，只有他妻子在家里，无法同她谈任何事情。"

"奥梅尔到亚眠市去了，今晚回来。"

"您告诉他，我听说他把舞厅租给了一帮混蛋举行集会用，可我不同意他们举行这样的集会。"

"如果他已谈定了呢？"

"那就让他吹掉，否则，集会的第二天我就把他赶出去。这是我们出租房子的条件之一，我会严格执行的。我不赞成这一类

112

性质的集会。"

"可是弗莱赛尔举行过这种集会。"

"这里是马洛库尔，不是弗莱赛尔。我不愿意我们这里的人变成弗莱赛尔的那种人。我有义务对他们负责。你们不是安茹或拉尔多瓦的游民，那就保持你们的本来面目。这是我的意志。请把这点告诉奥梅尔。再见，弗朗索瓦兹！"

"再见，维尔弗朗先生！"

维尔弗朗伸手在西服背心的口袋里搜摸了一阵后说："罗莎丽在哪儿？"

"我在这里，维尔弗朗先生！"

他把手里一枚闪闪发光的面值为十个苏的硬币递给她，说："这是给你的。"

"啊！谢谢，维尔弗朗先生。"

马车走了。

佩琳娜对刚才的对话听了个一清二楚，没有拉下一个字。但使她最感震惊的，倒不是维尔弗朗先生的话本身，而是他那威严的神态和表达自己意志的口气："我不同意他们举行这样的集会……""这是我的意志……"她还从来没有听到有人用这种口气讲话。这种口气本身就说明他的意志是多么坚定，无可更改，因为犹豫不定的动作与铿锵有力的话是不协调的。

罗莎丽马上兴高采烈、神气活现地回到佩琳娜身边。

"这是维尔弗朗先生给我的十个苏。"说着她把那枚硬币拿出来给佩琳娜看。

"我全都看见了。"

"可别叫赞诺比姑姑知道了，不然她会收去替我保管的。"

"我以为维尔弗朗先生并不认识你。"

"怎么？他不认识我？他是我的教父！"

"那为什么你明明在他身边，他为什么还问'罗莎丽在哪儿'呢？"

"那当然喽！因为他眼睛看不见。"

"怎么会看不见？"

"你不知道他是瞎子吗？"

"瞎子？！"

这句话，她轻声重复了两三遍。

"他双目失明已经很久了？"佩琳娜问。

"他的视力早已衰退，但别人都没有在意，以为这是儿子出走给他带来的痛苦造成的。他的身体本来是很好的，后来越来越糟了。他肺部曾得过炎症，于是就一直咳嗽。后来有一天，他终于什么也看不见了，既不能看书，也看不清路。你想想这里的人们多担忧啊！万一他不得不把工厂卖掉或让给别人的话……噢，幸好，他什么也没有丢下，继续照样干，跟以前眼睛好的时候一样。那些企图利用他有病的机会来充当主子的人，只好安于他们的本分了。"她压低了嗓门又说，"我说的就是他的侄子、外甥和塔鲁埃尔经理先生。"

这时赞诺比站在门口喊道："罗莎丽，你还不快来啊，懒鬼！"

“我刚吃完饭。”

“客人很多，快来照顾。”

“我得去了。”

“你去吧，不必管我。”

“晚上见。”

罗莎丽带着遗憾的心情慢慢地朝屋子走去了……

十三

　　罗莎丽走后，佩琳娜很想继续在桌子旁待下去，就像在自己家里一样。但是，她恰恰不是在自己家里。因为这个院子是专供包食宿的客人住的，不是给工人住的。工人只能待在靠里面的小院子里。那里既没有长凳，也没有桌椅。于是她起身离开，信步沿着前面的街道闲逛。

　　尽管她走得很慢，但不一会儿就走遍了所有的街道。她觉得有人在用好奇的眼光盯着她看，她想停也不便停下来。她也不敢转身往回走，只好绕着同一个圈子没完没了地转悠。当她走到山坡的高处，佩琳娜望见工厂对面有一片树林，绿油油的，衬映在天空中。在这个星期天，或许能在那儿找到一个清静的角落坐一会儿，而不至于引起别人的注意。

　　果然，林子里非常安静，周围的田野也同样寂寥清静。因此，佩琳娜可以无拘无束地躺在树林边长满青苔的地上。她面朝山谷躺着，整个村庄就坐落在山谷的中央。父亲曾经给她讲起过这个地方，但当她刚才走在村里那些弯弯曲曲的街道里时，还是仿佛进入了迷宫，有点辨不清方向。现在，居高俯瞰着整个村子，她又觉得这村子就是当初她心中的模样。她曾在漫漫长途跋涉中同母亲谈起过它。这个村子如同她在饥饿的幻觉中见到的那样，是一块乐土，那时她曾绝望地问自己能否有朝一日来到这块土地上。

现在她终于来到这里了。这村子已经展示在自己眼前了，并且她可以指出每条街、每所屋子的确切位置。

多么令人振奋！这是真真切切地到了马洛库尔啦！多少次她曾经像着了魔似的念叨这个名字！打从她进入法国以来，她一直在来往汽车的防雨布上，或者在停靠于车站的车厢防雨布上寻找这个名字，似乎只有亲眼看见了这个名字，才能确信这个地方的存在似的。现在，这儿不再是梦想中的地方了，也不再是虚幻而又难以捉摸了，而是实实在在存在着的地方。

在她对面的斜坡上，即村子的另一头，有一片高大的房舍。其房顶的颜色，追述着工厂的发展史，正像一位村民给她讲过的那样。

在流经村子中间的河流旁边，有一座陈旧的砖瓦建筑物，屋顶早已被熏得漆黑；侧面竖立着一座高高的细烟囱，在海风、雨水和烟雾的合力作用下，已被剥蚀得面目全非了。这就是过去的麻纺厂，早已被废弃。早在三十五年前，维尔弗朗这位当初的小织布厂老板就租下了这个麻纺厂。当地那些对维尔弗朗的疯劲儿充满鄙视的聪明人，曾断言说他这样干准破产。然而，维尔弗朗不但没有破产，反而渐渐地发起财来，开始是一个苏一个苏地赚，不久就成百万地赚进来了。很快，这里孩子日益多起来了。

当年的大孩子们先天不足，衣着褴褛，身体像他们的母辈一样虚弱。这在那些十分穷困的人们之中是经常有的事。相反，后来的孩子们，特别是最年轻的，他们漂亮、健壮，何止健壮！他们身着五彩缤纷的服饰，一点儿也没有他们兄长的穷酸相，他们的兄长像由泥沙灰浆打底的土墙，未老先破。而他们有铁制屋架，有瓷砖砌成的玫瑰色或者白色的门面；他们根本不怕劳动的疲劳和岁月的煎熬。第一批建筑物挤在老厂房的周围，而后在它们周围的草地上建起了新的厂房。它们相互间隔很宽，厂房之间有铁路，还有传动轴和覆盖全厂的电网联结着。

佩琳娜又把目光移向村子。她觉得村庄和厂区一样，经历着同样的巨变。教堂周围是些密集的旧建筑，屋顶上覆盖着正在开花的景天草。新房子沿河散落在山谷里的草地和树林间，屋顶上的瓦还保留着刚出窑时的红颜色。但和在工厂里看到的情形不同：这里的老房子，看起来顺眼、结实，而新房子却很糟糕。似乎过去住在马洛库尔的农民比现在的工人更舒适。

佩琳娜在这些迷宫一样的街道里转了很久很久。那巨大而高耸的烟囱、插满屋顶的避雷针、耸立的电线杆、停在铁道上的车厢以及堆煤的仓库等等，尽在眼前。此刻的小城，死一般的寂静。但她竭力想象着，一旦这一切启动、燃烧、冒烟、运行、转动并发出可怕的轰鸣时，就如同她在离开巴黎到圣德尼平原时曾听到过那种轰鸣，这座小城的生活该是一幅怎样的情景啊。

在这些老房子中间，有一所房屋高踞于其他房子之上。更特别的是，有一个长着大树的花园围着它。它有两层平台，平台两侧栽着果木，一直伸到河边；它的末端是一个洗衣槽。佩琳娜认得这间屋子，它是维尔弗朗先生最初在马洛库尔定居下来时住过的，只是在迁进他的府邸后才离开这儿。佩琳娜的父亲童年时代在这洗衣槽旁不知度过了多少时光。她对此记得很清楚，因为爸爸在洗衣妇女们的絮叨中，听过许多流传在当地的传说。后来他把这些故事都讲述给女儿听。其中有《泥炭沼中的神女》《英国人的困境》《哈吉斯特的勒瓦罗》以及其他许多至今她仍记忆犹新的篇章，就像昨天刚听到一样。

太阳照射过来了，佩琳娜不得不换个地方。只走几步路就又找到了一个和刚才一样令她喜欢的地方。这里，草是那样柔软，散发着浓郁的芳香，还可以眺望村庄和山谷的秀丽景色。佩琳娜黄昏以前可以坐在这里，尽情欣赏这幅美景。这是一种久违的享受。

当然，她并不是那种没有见识的人。现在还不能陶醉在休息带来的甜美之中，也不能认为她所遭受的苦难已经到头了。因此，虽说她现在的工作、吃饭和住宿问题有了保障，但并非一切都不成问题了。为了实现母亲的遗愿，她要去获得的东西看来还是那样艰难，以至于她一想起来就浑身颤抖。但她终于来到马洛库尔了，这已经是一个很大的成果。

因此，她现在不必灰心丧气，即使要等待的时间可能很长，奋斗将十分艰辛。但是现在，她有了安身处，每天又能挣十个苏，这对一个曾经夜宿路旁，饥肠辘辘，吃桦树皮充饥的苦孩子来说，不已经是很幸运了吗？

她似乎觉得，在明天就要开始的新生活环境里，要给自己制定一个行为准则，确定什么该做，什么不该做，什么该说，什么不该说。但是，制定这样的规则，对于什么也不懂的佩琳娜来说是多么困难！不一会儿她就明白了，这远非她能做到的。如果妈妈能来马洛库尔，她无疑会知道应该怎么做。但佩琳娜没有妈妈的那种经历、那种智慧，也不像妈妈那样处事谨慎和精细。总之，她一点儿也没有她那可怜妈妈的这些优点，她还只是个孩子。没有任何人指导，也得不到任何支持，听不到任何忠告。

她想着想着，特别是一想到妈妈，泪水就夺眶而出。她止不住地哭了起来，嘴里重复地喊着一句话，好像这话有魔力来救她似的。自从离开墓地以来，这句话佩琳娜不知呼喊过多少遍了："妈妈，亲爱的妈妈呀！"

疲惫和失望曾经完全把她压倒，那时候，不正是这句话拯救了她，使她坚强和振作起来的吗?!要是佩琳娜不反复念叨妈妈临死时说过的最后一句话"是的……我看到了你的幸福"，她能坚持奋斗到如今吗?

这一感悟的骤变，非但没有使佩琳娜变得软弱，反而使她大受裨益。尤其她是从危境中挣脱出来的，心中更加充满希望，充满信心。她想象，在夜晚宁静的空气中，不时刮来的北风就像妈妈在抚摩着她那泪水汪汪的面颊，给她提示着妈妈最后的遗言："我看到了你的幸福。"

为什么妈妈不能看见她幸福呢？为什么妈妈这时候不在她身旁保护着她呢？

　　这时，佩琳娜想和妈妈再说说话，想要妈妈把在巴黎给她讲的预言再说一遍。然而不管她多么激动，她不会设想自己能像和一个活人那样用通常的语言同妈妈说话，更不会设想她的妈妈会用活人的语言来回答她，。

　　好长一段时间，佩琳娜全神贯注地探索着这个深不可测的世界。它是那样地吸引着她，搅得她心神不宁，使她害怕。不一会儿，佩琳娜目光呆呆地盯在一簇春白菊上。它们的白色花冠挺立在她先前躺过的林边草地上。佩琳娜赶紧站起来走过去，摘了几朵。她闭上眼睛，把花拿在手里。

　　佩琳娜又坐到原先坐的地方，陷入深深的沉思。又过了一会儿，她用那由于激动而颤抖的手掰起花瓣来："我会成功的，小部分成功，大部分成功，完全成功。"

　　她这样不断地细心掰着，最后只剩下了几片花瓣。

　　还剩下多少？佩琳娜不愿意去数它，因为它们的数目很可能就是它们的回答。虽然她的心收紧了，但她还是很快地又掰起花瓣来了："我会成功的……小部分成功……大部分成功……完全成功。"

　　在同一时刻，一阵温柔的微风掠过佩琳娜的头发，将几绺吹到了她的嘴唇上：这是妈妈的回答，用她最慈爱的亲吻给佩琳娜做出的回答。

十四

　　夜幕，垂落下来了，她决定离开这里。在这狭窄的山谷里，就像在遥远的索姆山谷里那样，已是轻雾缭绕，模糊了大树的顶端。透过农舍的玻璃窗，星星点点的灯光在漆黑的夜里闪烁着。在宁静的空气里，不时传来阵阵嘈杂的声音，间或还能听到断断续续的歌声。

　　佩琳娜已经有了足够的磨炼，不怕在树林里或大路上徘徊。但是，这有什么意思呢！她现在有了她过去缺少的东西：一间屋子和一张床。而且，她明天还要早早起来去上工，还不如早点去睡觉吧。

　　她走进村里，发现她刚才听到的嘈杂声和歌唱声是从小酒馆里传出来的。小酒馆里依然跟她刚来时那样坐满了酒客。酒馆的门敞开着，里面散发出的咖啡味、烟草味和温热了的烈酒味弥漫了整个街道，简直把这条街也变成了一个巨大的酒馆了。整条街上这类小酒馆连绵不断，有时竟是一家挨一家，以至于每三家门面中至少就有一家是饮料零售店。她在前来法国的旅途中，经过了一些国家的街道，也曾见过许多酒徒一起畅饮，但无论在哪个地方，她都没有听到过像在这低矮的厅堂里发出如此刺耳的吵嚷声。

当她走到弗朗索瓦兹大妈家的院子里，发现在她先前见过的那张桌子旁，邦迪依然在埋头读书。桌上燃着一支蜡烛，外围圈着一张报纸，夜蛾和蚊虫围着烛光飞舞。邦迪看来根本不在乎，全部注意力倾注在了书本上。

但是，当佩琳娜走到他跟前时，他抬起了头，一眼认出了佩琳娜。出于对讲他母语的兴趣，他便用英语对她说："祝你晚安。"

对此，佩琳娜礼尚往来，说："晚安，先生！"

"你刚才去哪儿啦？"他又用英语问。

"在树林里溜达。"她也用英语继续回答。

"是一个人吗？"

"一个人。在马洛库尔，我什么人也不认识。"

"那为什么不待着读书呢？星期天再也没有比看书更好的活动了。"

"我没有书！"

"你是天主教徒吗？"

"是的，先生。"

罗莎丽坐在门槛上，靠着门框休息，呼吸着凉爽的空气。

"你想睡觉了吗？"罗丽莎问道。

"是的。"

"那我领你去。但你得先和弗朗索瓦兹大妈说好。咱们进小店去吧。"

由于这事她早已和祖母说妥，所以很快就办完了。佩琳娜把二十八个苏摆在柜台上，又交了两个苏作为一个星期的照明费。

"这么说，我的孩子，你是要在我们这里住下去了？"弗朗索瓦兹问道，神情温和而又慈祥。

"如果可以的话。"

"当然可以，只要你肯干活的话。"

"这是我求之不得的。"

"这就好啦。你往后不会总是只挣五十个生丁的，你会挣一个法郎，甚至两个法郎的。日后你就嫁给一个每天挣三个法郎的好工人。这一来，你们一天就有一百个苏了。有这么个收入，只要不喝酒，那就是富人了。千万不能喝酒。多亏维尔弗朗先生，他使我们这地方的人有活儿干。虽然我们这儿有土地，可这点地养活不了所有要吃饭的人呀。"

当这位老奶妈以一种骄傲而有权威的口吻谈论着，这种谈论一向受到人们尊重，这当儿，罗莎丽从橱柜里摸出了一个布包。佩琳娜一面听着，一面留意着罗莎丽。她发觉，给她准备的床单原来是用粗糙的黄色包装布做的。但她已经很久没有在床单上睡过了，现在能有一条包装布床单，不管它有多硬，她应感到满足了。现在，她竟可脱光衣服睡觉了。前此拉卢氏大妈在整个旅行中从来没花钱租过一张床，甚至连想也没有想过要让她高兴一下。早在到达法国之前，她们车上的那些床单，除了妈妈用的之外，有的卖了，有的磨成了破布片。

佩琳娜只拿了半个包裹的东西，就跟着罗莎丽穿过了院子。院子里有二十来个工人，有男的，也有女的，还有儿童。他们有的坐在木砧上，有的坐在石头上，聊天、抽烟，等着睡觉。这所破屋并不大，怎么能住得下这许多人呢？

罗莎丽把一支点燃了的蜡烛放在铁丝纱网后面。佩琳娜一见那里面的谷仓，也就找到问题的答案了。在一个长六米、宽三米多的地方，顺着隔墙板一溜摆了六张床，床铺中间的过道宽不过一米。这点地方勉强够两个人住，而现在竟六个人就这样挤在里面过夜。门对面的墙上虽然开了个小窗户，可刚一跨进门，一股呛人的、热乎乎的气味就迎面扑来，使得佩琳娜透不过气来。然而，她对此不能评论什么。这时，罗莎丽笑着说话了："这房子对你来说小了点吧。"

佩琳娜只回答了这么一句："有点儿。"

"一夜才四个苏，不是一百个苏。"

"那自然！"

总之，对佩琳娜来说，房间尽管太小，可比起树林和旷野来说要强多了。既然她受得住颗粒盐那木板屋的臭气，大概也能忍受得了这里的浑浊空气吧。

"这是你的床铺。"罗莎丽指着摆在窗前的一个床位对她说。

罗莎丽所说的床铺其实不过是一个草褥子，下面是四条腿支着两块木板和几根横档，一个絮草的口袋就是枕头了。

"你看，蕨草是新鲜的，"罗莎丽说，"我们是不让新来的人睡旧蕨草的。不管人们怎么说，这儿并不是真正的旅馆，我们也不必不好意思。"

如果说这小屋子里的床太多了，那么，相反，椅子却是一把也没有。

"墙上有钉子，"罗莎丽回答了佩琳娜无声的提问，"挂衣服很方便。"

床底下还有几个纸盒子和筐子，供住宿的人放衣服。但佩琳娜没有什么衣服，床头墙上的钉子就足够她用的了。

"跟你在一起的人都是些正直的人，"罗莎丽说，"如果诺瓦耶勒在夜里说话，那准是她喝得太多了，你不必介意，她有点爱唠叨。明天，你就和大伙儿一块起床，我会告诉你该怎么做才能找到工作。祝你晚安。"

"晚安！谢谢。"

"不客气。"

佩琳娜赶紧脱衣上床，幸好只有她自己一人，她无须忍受全房间人的好奇注目了。但当她钻进被单里后，她并没有感到那种盼望已久的舒服。床单实在太粗硬了。就算是用刨花织的，也不至于比这床单更粗硬。但这是无关紧要的。她第一次躺在地上的时候，那地面也是硬邦邦的，但她很快也就习惯了。

不一会儿，房门开了，一个约莫十五岁的女孩走了进来。她开始脱衣服，不时对佩琳娜瞥上一眼，但什么也没说。由于她穿的是节日服装，结果在那儿磨蹭了很长时间：她得先把节日服装放进小框子里，然后再把第二天的工作服挂在钉子上。

又一个女孩进来了。接着是第三个，第四个。于是她们唧唧

呱呱谈开了，吵得人受不了。每个人都在讲她这一天是怎么度过
的。在床与床的空隙间，她们把自己横七竖八放在床下的箱子和
篮筐拖出来，又推进去。这就引起了一些不耐烦的动作或怒气冲
冲的话语，全都冲着房东发泄："瞧这又脏又乱的破屋！"

"她待会儿还要在这中间加床呢。"

"我肯定是不会长久住在这儿的。"

"那你到哪里去呢？这儿比别的地方强多了。"叫喊声一声压
过一声。末了，等最先进来的两个女孩子睡下后，稍微安静了一
点儿。不久，所有床上的人都躺下了，只有一张床还空着。

但是，聊天并没有就此收场，只不过是换了个题目。谈完了
当天有趣的事儿，她们的话题就转向了第二天，转向了车间的工
作，各人的牢骚、抱怨、争吵以及整个工厂的喧闹等。自然，她
们不会忘了谈论工厂的老板维尔弗朗先生和他的侄子、外甥——
人们叫他们"年轻人"；而工厂经理塔鲁埃尔，她们只有一次是
直呼其名，以后就用"滑头""瘦子""犹大"这些绰号来代替
了。这些绰号更能表达出她们对一个人的看法。

佩琳娜这时却怀着一种好奇而矛盾的心情：一方面她觉得听
到的这些情况对她是极其重要的，因此，她要全神贯注地倾听；
而另一方面，她又觉得偷听这些谈话似乎是耻辱的，因而她感到
不自在。

她们的谈兴正浓。不过，这些谈话往往很泛或又是专指某人
的事，因此，不了解谈话涉及的人，自然是无法听明白的。所
以，佩琳娜很久没有猜着"滑头""瘦子""犹大"原来就是指的

同一个人——塔鲁埃尔。他是工人们最厌恶的家伙，大家都恨他，又都怕他。不过这种憎恶不是露骨的，而是含蓄而谨慎的，甚至还要蒙上一层伪装。这足以证明人们是多么的怕他。所有的评论结束时总是这么一句话，或者类似这样的一句话：

"不管怎么说，他也还是个正直的人吧！"

"说得是！"

"噢，原来如此！"

但立即有人补充道："然而他也……"

于是便举出事例来证明塔鲁埃尔的善良和公正。

"假如不须挣钱吃饭的话该多好啊！"

渐渐地，话少了。

"我们睡吧！"有人拖着疲惫不堪的声音说。

"谁不让你睡觉啦？"

"诺瓦耶勒还没回来呢！"

"我刚才还瞧见她的呢。"

"没什么问题吧？"

"没事儿。"

"她是否喝得太多了，连楼梯也爬不动了？"

"这我可不知道。"

"我们是否把门给插了？"

"那她砸门怎么办？"

"这就又要像上个星期天那样了。"

"可能闹得还要凶呢！"

正在这时，楼梯上响起了沉重而又拖沓的脚步声。

"她来了。"

但是，楼梯上的脚步声突然停止了，有人从楼梯上滚了下去，接着发出了哼哼唧唧的呻吟。

"她摔倒了。"

"她还能爬起来吗？"

"她在楼梯上照样能跟在这儿一样睡上个好觉。"

"那我们会睡得更好。"

她一边呻吟，一边呼喊："快来呀！拉伊德，帮我一把，我的孩子。"

"老是要我去。"

"唉，拉伊德，拉伊德。"

由于拉伊德没动，过了一会儿，呼叫声也就停止了。

"她睡着了。"

"那就谢天谢地。"

诺瓦耶勒根本没睡着，相反，她再次试着往上爬，一面继续喊："拉伊德！快来拉我一把呀，我的孩子！拉伊德！拉伊德！"

显然她并没有往上爬。因为呼叫声一直是从楼梯下发出来的，不过，呼叫声却一阵比一阵紧促。最后她简直是含着泪水在呼喊：

"我的小拉伊德，我的小拉伊德，小……小拉伊德呀！楼梯要塌了，啊呀呀！"

笑声从这一床传到那一床。

"拉伊德，你就说你没有回来。拉伊德，你说呀！"

"快说呀！拉伊德。我要替你说啦。"

"我们总算清静了。"一个声音说道。

"才不是呢！她去找拉伊德了，找不到的话，一个小时以后她还会再来的。到那时，刚才的一套又将重复一遍。"

"那咱们就别睡了。"

"你去帮她一下吧，拉伊德。"

"那你去吧。"

"但她是要你去呀。"

拉伊德经过一番考虑后决定下去。她套了一条裙子就下楼去了。

"哎呀呀！我的孩子，我的好孩子！"诺瓦耶勒激动得喊了起来。

她俩似乎只要上那楼梯就行了，因为楼梯也并没有倒塌。然而，看见拉伊德引起的喜悦打消了诺瓦耶勒爬上楼梯的念头。

"过来，让我请你喝一杯。"

但拉伊德不为所动。

"我们去睡吧。"她说。

"不，跟我去吧，我的小拉伊德。"

她们在继续争执，因为诺瓦耶勒执拗地坚持她的想法，老是重复着同一句话："喝一小杯吧！"

"这没个完了。"屋里有人说。

"我可要睡了。"

"明天还得早早起来呢！"

"每个星期天总是这个样子。"

佩琳娜曾经以为，她只要有一间屋子，就可以美美地睡上一觉。可她现在觉得，在田野里，伴随着那些令人惊慌失措的暗影和变化莫测的天气睡觉，倒要比挤在这样杂乱不堪、吵吵嚷嚷、散发着令人恶心的臭味的屋子里要好得多。这令人作呕的气味使佩琳娜透不过气来，她自己也说不准，她还能忍受屋子里的臭气几个小时。

屋外，两个人还在那儿拉扯，只听到诺瓦耶勒始终重复着"喝一杯去"，而拉伊德则总是这样回答："明天再说。"

"我得去帮一下拉伊德了，"屋里一个女人说，"不然她们要纠缠到明天的。"

这个女人果真下楼去了。这时，楼梯上是一片喧嚷，还夹杂着沉重的脚步声和沉闷的敲击声。楼下的房客被这一阵吵闹激怒了，也都在那里叫喊，整个住宅似乎都骚动起来了。

末了，诺瓦耶勒总算给拖进了房里。她哭着，失望地叹道："我什么事惹着你们了？"

没人听她抱怨。人们给她脱了衣服，让她躺下。而她反倒一点儿也睡不着了，继续在那里呜咽。

"我什么事惹着你们了？要你们这么粗暴地对待我！我好苦呀！难道我成了一个小偷啦，所以你们不愿意跟我一起喝酒？拉伊德，我渴呀。"

她越是抱怨，全屋子的人越是把愤怒发泄在她身上，各人嚷着深一句浅一句的气话。

诺瓦耶勒还是继续唠叨："敬礼，小笛子，尖顶帽，粗线头，你神气不了啦。"诺瓦耶勒的絮叨，听起来挺顺口。她唠叨完一段，但同样毫无意义："蒸咖啡，不怕，这对心脏更好；滚开，清道夫；你姐姐呢？您好！旧货商先生。哎呀！你也是个酒鬼？我这真是福星高照，但或许会给你带来灾祸。这要得黄疸病的。该到收容院去喽！去见女院长！请吃一点甘草汁吧！还是我爹卖的，他会跟我结账的。所以，这对我是再合适不过了。我渴了，我的上司先生，我渴了，渴了，渴了。"

有时，她说话的速度放慢了，声音也变微弱了，好像她马上就要睡着了。但突然间，她更急促更尖厉地嚷了起来，惊醒了那些刚刚入睡的女孩子。她们愤怒的咆哮虽然把诺瓦耶勒吓得够呛，但并没有堵住她的嘴："你们为什么对我这么狠？你们听着，我向你们赔礼，这行了吧。"

"瞧你们的好主意，把她弄了上来！"

"那是你愿意的。"

"那我们把她再弄下去？"

"那谁也别想再睡了。"

佩琳娜也这么想。她寻思着，如果每个星期天都这样，诺瓦耶勒的伙伴们怎么能忍受得了呢？在马洛库尔难道就没有别的房子可以让人安安静静地睡觉吗？

在这个房间里，不光是这种喧嚣引起人们的愤怒，而且人们在这里呼吸的空气也使佩琳娜开始觉得难以忍受了。这空气是那样浑浊、闷热、令人窒息，再加上各种臭气混在一起，令人恶心。

后来，诺瓦耶勒像机关枪一样的唠叨变得迟缓了，只能说一些含糊不清的话。最后，从她嘴里出来的只是鼾声了。

屋里虽然恢复了平静，但佩琳娜还是不能入睡。她感到喘不过气来，脑子里嗡嗡响，从头到脚流大汗。

用不着去找使她不舒服的原因。她喘不过气来，是因为空气太少。她同屋的伙伴们并不像她那样感到气闷，那是因为她们已经习惯在这种环境里生活了。对于通常在露天宿营的人来说，这里的环境自然是令人窒息的。

但是，既然这些女人，这些农妇能很好地习惯于这种环境，那么佩琳娜看起来也会像她们那样习惯的。或许这需要勇气和毅力。佩琳娜虽然不是农民，但她过着和这些女人同样艰苦的生活，甚至过着那些最贫困的人的生活，这样她就看不出自己有任何理由不能忍受她们曾经忍受过的困苦了。

那么，只要不呼吸，不去嗅气味，困意就会来的。佩琳娜知道，人们睡着了的时候，嗅觉是不起作用的。

可惜的是，人们做不到想什么时候不呼吸就不呼吸。佩琳娜闭紧嘴巴也好，捏紧鼻子也好，统统没有用。不一会儿，她不得不张开嘴巴和鼻孔，深深地吸了一口气，因为肺里一点氧气也没有。可怕的是，无论怎样，她都不得不这样连续地吸气。

这是怎么啦？要发生什么事？如果不呼吸，她就喘不过气来；呼吸呢，她又难受。

挣扎的时候，她的手触到了窗子上替代玻璃的那张纸，而她的床就架在这扇窗户的下面。

　　一张纸不是一块玻璃，撕破一张纸是不会有声音的。窗户纸一捅破，外面的空气就能进来了。捅破一张窗户纸有什么要紧呢！她们虽然已经习惯于这污浊的环境，但她们肯定并没有因此而少遭罪。因此，只要不惊醒别人，她尽可以把这张纸撕掉。

　　但是，佩琳娜用不着采取这样的极端行动，这样会留下痕迹的。她摸了摸那张纸，绷得不太紧。她小心翼翼地用指甲把纸的一端揭了开来，把嘴紧贴在开口处：她可以呼吸了。就是以这样一个姿势，她睡着了。

十五

　　佩琳娜醒来时，玻璃上抹上了一缕鱼肚白。但这亮光是那样惨白，以至于房间里依旧是一片黑暗。外面，雄鸡在歌唱。从那张窗纸的开口处，一阵凉气透了进来。黎明已经来临。

　　但是，外面吹来的微风并没有驱散屋里的浊臭，污浊的空气聚在一块，越积越多，也越来越热，产生一股令人窒息的潮气。

　　然而，大家睡得正香，一动也不动，只是偶尔可以听到几声闷声闷气的叹息。

　　佩琳娜想把窗户纸的开口再捅大一点，但她的胳膊肘却笨拙地撞在玻璃上了。由于用力过猛，窗户又安得不合适，窗就不住地嘎嘎作响。可谁也没有如同佩琳娜担心的那样被惊醒。

　　这时，佩琳娜拿定了主意。她蹑手蹑脚地从钉子上取下她的衣服，慢慢地穿上，没弄出一点声响。她提着鞋，赤着脚向门口走去。黎明的微曦给她指出了方向。那门只用一道门闩关着，佩琳娜轻轻地开了门，来到平台上，谁也没有发现她出来。她坐在楼梯的第一级台阶上穿好鞋，然后就下楼了。

　　啊！多好的空气！多惬意的凉爽！她从来没有这样快活地呼

吸过。她嘴巴张开，鼻翼扇动，沿着小院摇头摆手而去。邻居家的一只狗被她的脚步声惊醒，叫了起来，其他狗立即呼应，也跟着狂吠起来。

狗叫又有什么关系呢！她不再是狗可以随意乱咬的乞丐了。现在，她可以离开她那张床了，这个权利是她用钱买来的。

佩琳娜需要活动，而这个院子对她来说是太小了。于是她穿过一道开着门的栅栏，到了街上。她无须考虑上哪儿，只是信步朝前走去。路上还笼罩着夜色，但在她头顶上，晨光已把树顶和屋脊染成白色。过一会儿，天就要大亮了。就在这时，一阵钟声打破了深沉的寂静。这是工厂的钟声，刚刚敲了三下，告诉她离上车间还有三个小时。

佩琳娜该如何来打发这段时间呢？她不能一直走路到上班的时候，因为她不想在工作之前就把自己搞累了。

因此，最好还是找个地方坐一坐，等着去上班。

渐渐地，天空亮起来了。她周围的一切在晨光照射下，各自显现出了分明的轮廓，使佩琳娜辨明了自己的方位。

这里正好是一条水沟的源头，并且看样子水沟是从这儿延伸出去的，然后和别的池塘连接起来。这些大大小小的水沟是开采泥炭时留下来的，它们最后都通向大河。这不是她离开比格尼村时看到的那种情形吗？只是看上去这里更偏僻，更荒凉，树木也更多，但不成行，乱七八糟的。

佩琳娜在这里待了一会儿。她觉得这不是一个她能坐着等的好地方，于是便离开水沟旁的路，沿着伸向山坡的小路走去。山坡上长满了树。在山坡的树林里，佩琳娜或许能找到合适的地方。

但是，快要到达那儿时，她发现在她下方的那条水沟旁边，有一个用树枝和芦苇搭成的小棚子。当地人称它为草屋，是冬天狩猎人用的。佩琳娜心想，假使她能走到那里，她就可以躲在草屋里。这样，谁也不会知道她大清早跑到草地里去干了些什么，她也不用再挨露水的浸淋了。在小路的上方，大滴大滴的露水，像雨一样从浓密的树枝上直往下落，把佩琳娜的衣服淋湿了。

于是，佩琳娜转身往下走。她边走边找，终于在一片柳树林子里找到了一条刚刚踏出来的小径，看样子是通向草屋的。她沿着小径走去。这条小径的确是通向小屋的，但不能直通到屋里，因为小屋盖在一个小小的岛上。岛上有三棵柳树，这便是草屋的房架。一条灌满水的沟渠把小草屋和柳树林子隔开了。幸好水沟上横架着一段树干。尽管树干相当窄，而且被露水打湿了，很滑，但这并没有使佩琳娜却步。她越过水沟就到了草屋门前。门是用柳条连缀起来的芦苇做的，佩琳娜略微一拉，门就开了。

小草房呈正方形，整个屋子直到顶部覆盖了一层厚厚的芦苇和长茎草；四面墙上凿了一些小孔，但从外面是看不见的，从里面却可以看清周围的一切，还可以透光；地上铺着厚厚的一层蕨草；在一个墙角里，放着一个树墩子，这就是椅子了。

啊！多好的一个窝呀！它一点儿也不似佩琳娜刚才离开的那个房间。这里空气新鲜，环境安静，除了风摇动树叶的沙沙声和淙淙的流水声外，什么也听不见。躺在蕨草上睡觉，比裹在弗朗索瓦兹大妈家的硬被单里，比听诺瓦耶勒及其伙伴们的喊叫声，比在那可怕的环境中忍受那永远无法消散的、使她恶心的臭气要好得多。

佩琳娜平躺在墙角处的蕨草上，身子紧靠着软软的芦苇墙，闭起眼睛养神。但没过一会儿，她觉得稍稍有一点倦怠，便站了起来。她不敢再睡，怕上工前醒不来。

现在，太阳已经升起，一束金色的阳光透过东墙上的开口，射进了草房，小屋里顿时亮了起来。草房外面，鸟儿唱歌。小岛四周，在池塘的水面上，在芦苇丛里，在柳树枝上，在泥炭沼里，各种飞禽走兽苏醒了。它们有的在窃窃私语，有的在尖厉地鸣叫，有的在高声呼唤，到处是一片喧闹。

佩琳娜把头贴在草房的一个开口处，看见这些动物在小屋周围安详地追逐嬉戏：芦苇丛里，蜻蜓在上下飞舞；岸边，鸟儿的利喙在潮湿的泥土里翻啄，捕捉昆虫；池塘上蒙了一层薄薄的水汽，一只浅褐色的、比家鸭还娇小可爱的野鸭在它的小鸭子们周围游着。它不停地呼唤着，要它们待在它身旁，结果却枉费心机。小鸭子们一只只都逃脱了。为了追逐昆虫，它们冲向鲜花盛开的水莲，结果却被缠在那里，出不来了。

突然，像闪电一样迅速的一道蓝光刺得佩琳娜眼花缭乱。但直到闪光过后，她才弄明白，原来这是一只刚从池塘上掠过的翠鸟。

很久很久，佩琳娜站在那里一动不动。因为一动就会暴露她自己，草地里的动物世界就会星散。佩琳娜一直站在窗口注视着这个动物世界。在这早晨的霞光里，这里的一切是多么美丽欢快，生机勃勃，意趣盎然。在佩琳娜眼里，这一切是那么新鲜，神奇！她不禁自问，这小岛和草房是否就是诺亚的一叶小方舟呢？

在某个时候，佩琳娜看见一团黑影笼罩了池塘。不知为什么那黑影时大时小，变幻莫测。尤其使佩琳娜感到莫名其妙的是，分明此时的天空万里无云，从地平线上高高升起的太阳正光芒四射地照耀着。这团黑影究竟是从何而来的呢？佩琳娜无法从狭窄的窗户里看个明白。她推开了门，发现池塘上面的那团黑影原来是工厂高大的烟囱里冒出来的滚滚浓烟造成的。因为工厂已经点火，这样工人在进厂的时候，蒸汽机就有足够的压力了。

工作马上就要开始，现在是佩琳娜离开草房去车间的时候了。离开前，她把木墩上的一张报纸捡了起来。佩琳娜一直没有发现这张报纸，只是在开门之后，充足的光线才使她看见了。她机械地把目光落在报纸的名字上。这是二月二十五日的《亚眠人日报》。她寻思：这张报纸所放的位置是人们唯一可坐的地方，结合它的出版日期，这些都可以证明，自从二月二十五日以后，这个被遗弃的草房子就再也没有人跨进来过。

十六

　　佩琳娜走出柳林，踏上大路的时候，工厂上空响起了嘶哑而强劲的汽笛声。随即，远近工厂的汽笛以同样的节奏跟着响起来。

　　佩琳娜明白这是工人向他们的老板打招呼的信号。信号来自马洛库尔，然后一个个村子往下传：圣比布瓦，赫尔什，巴库尔，弗莱赛尔。信号在潘达弗瓦纳所有的工厂里回响，它向主人宣告，到处都在同一时刻准备就绪，可以开工了。

　　佩琳娜害怕迟到，便加快了脚步。进了村子，她看见所有的房子都敞开着大门，有的工人倚靠着门框在吃早饭，有的在小酒馆里喝酒，还有些人在院子里就着水泵洗脸，但没有一个人朝工厂那边走。这显然就是说，还不到去车间的时候，因此她也用不着匆忙。

　　但是，钟当当地敲了三下，紧接着是一声比以前更响亮的汽笛。钟声立即使人们骚动起来，刚才的悠闲不见了。密密麻麻的人群从屋子里、从院子里、从酒馆里、从各处走出来，简直像蚂蚁一样把整个街道塞了个水泄不通。这一群群男人、妇女和孩子纷纷涌向工厂。有些人急急匆匆地啃着面包，噎得喘不过气来，更多的人则是大声地闲扯。从两侧小巷子里涌来的人群，汇入了这黑压压的人流，队伍不断扩大，但速度没有放慢。

在新涌上来的一批人中间，佩琳娜发现了结伴而行的罗莎丽和诺瓦耶勒。她于是在人群中快步穿行，赶上了她俩。

"你刚才到哪里去了？"罗莎丽惊奇地问道。

"我起得很早，散了一会步。"

"好啊！你可让我找得好苦。"

"谢谢。你以后千万不要找我，我早起惯了。"

她们到了车间门口，黑压压的人流在一个瘦瘦的大高个子的注视下涌进了车间。

此人站在那里，离栅栏还有一段距离，两手插在上衣的口袋里，后脑勺上戴着一顶草帽，头稍稍前倾，目光专注。在那里经过的人，谁也别想逃过他的眼睛。

"这是'瘦子'。"罗莎丽轻声说。

然而，佩琳娜无须她介绍。在这之前，她已经猜出这个人就是塔鲁埃尔经理了。

"我应该和你一块儿进去吗？"佩琳娜问。

"当然喽！"

对佩琳娜来说，这是决定性的时刻，但她压抑着自己的激动。既然工厂里什么人都要，那怎么会就偏偏不要我呢。

她们走到塔鲁埃尔经理跟前时，罗莎丽要佩琳娜紧紧跟着她。罗莎丽走出人群，似乎一点儿也不害怕地靠近了经理。

"经理先生，"她说，"这是我的一个伙伴，她想干活。"

塔鲁埃尔即刻朝这个伙伴扫了一眼，说道："过一会儿再说。"

罗莎丽知道该怎么做，她拉着佩琳娜站在一旁等着。

这时，栅栏附近人声嘈杂，工人们赶紧闪开一条路，让维尔弗朗先生的四轮敞篷马车通过。赶车的还是昨天那个年轻人。尽管大家都知道维尔弗朗先生看不见，可所有的男人都脱帽致敬，女工们则微微地行一个屈膝礼。

"你瞧见了吧，他不是最后一个到的吧！"罗莎丽说。

塔鲁埃尔经理急急地朝马车走了几步。"维尔弗朗先生，我向您致敬。"他脱下帽子说道。

"您好，塔鲁埃尔。"

佩琳娜的双眼盯着那辆向前驶去的车子，等她把目光移向栅栏时，她已经认识的几个职员一个个地走进了工厂。其中有法布里工程师、邦迪和孟布勒，其他几个人的名字则是罗莎丽告诉她的。

然而，嘈杂的人群逐渐变得稀疏了。现在来的人都在跑，因为上班的铃声马上要响了。

"我看这些年轻人要迟到了。"罗莎丽低声说。

钟声响了，最后一批人进去了。几个迟到的工人跟在后面，跑得气喘吁吁的。街上顿时空无一人。然而塔鲁埃尔并没有离开原来的地方。他双手插在口袋里，昂着头，还在往远处看。

几分钟后，一位身材颀长的年轻人来了。显然他不是个工人，而是位先生。而且从他的举止和他那考究的衣着来看，他比刚才的工程师和职员还要显得先生气十足。他一面迈着匆匆的步伐，一面在系领带。显然，他事先没有来得及系好领带。

当他走到经理面前时，经理也像对维尔弗朗那样，摘下了帽子向他致礼。可是，佩琳娜注意到，经理先生两次敬礼没有丝毫的共同点。

"泰奥多尔先生，我向您致意。"塔鲁埃尔说。

尽管这句话和他对维尔弗朗说的是一模一样，但意义完全不同，这一点也是显而易见的。

"您好，塔鲁埃尔。我的叔叔来了吗？"

"天哪！他早来了，泰奥多尔先生，他五分钟以前就来了。"

"噢。"

"您还不是最后一个，今天迟到的是卡齐米尔先生，虽然他和您一样没有住在巴黎。啊，他在那里，我瞅见他了。"

泰奥多尔向办公室走去时，卡齐米尔迅速地赶了过来。

卡齐米尔无论从他个人的气质还是衣着来看，一点儿也不像他的表兄。他矮小，呆板，生硬。当他走到经理面前的时候，这种呆板就显得更加突出了。他只向经理微微点了一下头，一句话也没说。

塔鲁埃尔的双手仍然插在上衣口袋里，他也向卡齐米尔致了礼。直到卡齐米尔走开之后，塔鲁埃尔才回过头来问罗莎丽："你的伙伴会做什么？"

佩琳娜自己回答了这一句问话："我还没在工厂里干过活

儿。"佩琳娜说，竭力使自己的语气镇定些。

塔鲁埃尔迅速地打量了一下佩琳娜，然后对罗莎丽说："你去对奥努克斯说，就讲是我说的，让这女孩子到翻斗车那里去干活。"

"什么是翻斗车呢？"佩琳娜一边问一边跟着罗莎丽穿过那些把一个个车间隔开的大院子。她能干好这活儿吗？她有这个体力和智慧吗？要不要当一段时间学徒工呢？所有这些，对佩琳娜说来都是可怕的问题。特别是现在，她被工厂录用了，这些问题就更使她感到焦虑不安，她感到自己能否在工厂里立住脚就全靠自己了。

罗莎丽知道佩琳娜心里不安，便回答说："不要怕！没有比这更容易的了。"

与其说佩琳娜听见了这些话，倒不如说她是猜出了这些话的意思。因为，工厂里的纺织机等机器已经开始运转了。佩琳娜刚进来的时候，工厂里死气沉沉的，而现在厂院里则是一片可怕的轰鸣声以及各种各样的声音。车间里，织布机的机声嗒嗒，纺梭往来如飞，纺锭和线轴旋转着；外面，传动轴、车轮、橡皮带和飞轮不仅搞得人头脑昏昏，而且使人眼花缭乱。

"你说话大声些好吗？"佩琳娜说，"我听不见你说什么。"

"你慢慢会习惯的，"罗莎丽高声道，"我跟你说过，这没有什么困难的。只要把纬子装在翻斗车里就行了。你知道翻斗车是什么东西吗？"

"一个小车厢吧，我想。"

"说得对。翻斗车装满了，就把它推到织布车间去，那里有人把它卸下来。开始时用足气力一推，以后翻斗车就会自动滑过去的。"

"纬子，这到底是个什么东西呢？"

"你不知道纬子是什么？哎呀，我昨天不是告诉过你，卷纬机就是为纺梭备线的机器嘛。你现在该明白这是怎么回事了吧。"

"还不太懂。"

罗莎丽看着佩琳娜，显然是在想佩琳娜是不是有点儿迟钝，然后接着说："说到底，这是插在孔里的锭子，线就缠在锭子上。线缠满了，就把这些锭子抽出来，装在翻斗车里，送到纺织车间。翻斗车在铁轨上滑行。我也是从这活开始干起的，现在我在纬子上干活了。"

她们穿过了迷宫似的院子，但佩琳娜并没有留意她周围的事物。她专心地听着罗莎丽的介绍，这些话对她来说是有用的。罗莎丽指着一排一层楼的新房子说："这房子没有窗户，但朝北的一半屋顶是用玻璃框子组成的，所以房子里还是很亮堂。"

罗莎丽推开一扇门，把佩琳娜引进了一间长方形的大厅。几千个纺锭在这里转动着，像是跳着令人眼花缭乱的华尔兹舞，发出震耳欲聋的杂声。

然而，一个男人的叫喊还是盖过了机器的轰鸣，清晰地传入了她们的耳中："你在这里闲逛什么？"

"谁闲逛了？谁闲逛了？"罗莎丽大声嚷道，"您明白吗，我不是在闲逛，拉吉耶老爹！"

"你从哪里来？"

"瘦子要我对您说，让这个姑娘上翻斗车那里去干活。"

和她们亲切地打招呼的这个人是一个安着假腿的老工人。十年前，他在厂里断了一条腿。拉吉耶——"木柱"——的名字就是这么来的。因为他受伤了，人们就让他监督卷纬机车间。这些孩子在他的号令下，一个个干得有条不紊，但也很辛苦。他一个劲地训斥，抱怨，叫嚷和诅咒。因为机器活儿是相当繁重的：先把缠满线的纬子取下来，再把空纬子放上去，接上断了的线头。这活儿须得眼疾手快才行。拉吉耶老爹相信，他若不是一个劲地叫喊、咒骂，并用他的木头腿重重地捣在地板上，他的那些纺锭就会停止转动。这对他来说是不能容忍的。但实际上，拉吉耶老爹是个好人，大伙儿也不怎么听他的，况且，他的一部分话也被机器的噪声吞没了。

"你瞧瞧，你的纺锭都停了！"他冲着罗莎丽嚷起来，一面举起拳头威胁她。

"这是我的错吗？"

"还不快干活！"

接着，拉吉耶老爹对佩琳娜说："你叫什么名字？"

佩琳娜不想把自己的名字告诉他。照理说，她是应该料到会有此一问的，因为罗莎丽昨天就曾问过她。现在这个问题竟把她问住了，她只好狼狈地站着。

拉吉耶老爹以为她没听见，就把身子凑到佩琳娜跟前，同时他的木头脚在地板上跺了一下，嚷道："我问你的名字叫什么？"

佩琳娜及时镇静了一下，想起了她曾经用过的那个名字，便说："奥雷丽。"

"奥雷丽什么，姓呢?"

"就这么叫。"

"好，跟我来。"

老头儿把她领到一部放在角落里的翻斗车跟前，向她重复着罗莎丽已经给她讲过的话，并且每说完一句都要嚷一声："懂了吗?"

对此，她总是肯定地点点头。实际上，她的活儿是非常简单的。只要她不是个笨蛋，没有什么胜任不了的。由于她全神贯注，一心一意地干，所以直到下班时，拉吉耶老爹冲她叫喊也不过十一二次，而且，这更多的是提醒，而不是呵斥："路上别贪玩!"

贪玩? 她可没有想过。但她在推着翻斗车迈着均匀的大步不停地朝前走的时候，她至少可以看一看她穿过的各个车间里的情形，看一看刚才她在听罗莎丽讲解时没注意的东西。她肩膀一顶，就能推着车走;如果路上有障碍，她腰上一使劲就可把车停住。这就是全部工作。她的眼睛就像她的思想一样，完全可以随心所欲地自由顾盼流连。

下班了，每个人都匆匆赶着回家。她走进一家面包店，买了半磅面包，边吃边在街上闲逛。她从一家家敞开的大门口经过，闻着从里面飘出来的菜汤香味。要是她喜欢这菜汤的味儿，那她就放慢步伐;要是她不爱这味儿，那她就快些走过去。对于饿着肚子的她来说，半磅面包自然是太少了，因此面包很快就吃完了。但这也没有什么要紧，她早就习惯了忍饥挨饿，她的身体也并不因此就更差劲。只有那些餍肥饮甘的人，才会觉得人们是不能半饥半饱过日子的；同样，只有那些舒服惯了的人才会觉得在清澈的河里用手捧着喝水是不能解渴的。

十七

　　离上工的时间还很早，佩琳娜已经在锯齿形屋顶的栅栏门口了。她坐在一个石墩上，等着上班的汽笛声，一根柱子的阴影刚好遮住了她。她的一群同龄人，有男有女，像她一样提前来到了厂门口。她注视着他们在那儿跑呀跳呀。虽然她非常想加入他们的行列，但她不敢和他们一起玩。

　　罗莎丽来了，佩琳娜马上和她一块儿走进工厂，继续她上午的工作。像早上的情景一样，在拉吉耶老爹的叫嚷和他那木脚的踩地声中，工作在紧张地进行着。但拉吉耶老爹下午的吆喝比起上午来要有理得多。随着时间的推移，干活时间一长，她也越来越感到劳累了。装车卸车，一会儿弯腰，一会儿又站起来；用肩膀一撞，把车推动起来，又用腰劲把车拽住，然后又推着往前走，再停下来。开始时，这只不过是一种重复不断的游戏。可后来，这就成为一项真正的力气活了。随着干活时间的延长，特别是最后几个小时，她感到一种从未有过的疲劳，即使在她徒步跋涉的最艰苦的日子里也没有经历过。

　　"不要这么磨蹭！"拉吉耶嚷着。

随着拉吉耶的喊叫，传来了一声跺地声，把佩琳娜吓了一跳。她如同一匹挨了鞭子的马那样，又加大了步伐。但不一会儿，当她觉得鞭子再也抽不到身上的时候，她又放慢了脚步。佩琳娜全力以赴地干着，这活累得她四肢麻木。她再也没有其他的好奇心和注意力了，只顾数着钟声敲了几下，一刻钟，半小时，一小时……她想着这一天什么时候才能结束，自己能不能坚持到底。

这个问题使她不安。她对自己的软弱感到愤恨、气恼。别人能干的事情，难道她就不能干吗？他们并不比自己年长，也不比自己更壮实。看他们干活好像并不觉得怎样吃力。然而，她清楚地意识到，他们的活儿比起她的工作来要辛苦得多，注意力要集中，动作要麻利。如果她现在不是推翻斗车，而是让她立即上卷纬机，那她又该怎样呢？她想这是不习惯的缘故。只要有勇气，有毅力，能坚持，她是可以慢慢习惯的。她这么一想，心里也就踏实了。干这活儿和干任何其他活儿一样，只要有毅力就行。而她是有毅力的，不仅现在有，而且将来也会有这种毅力的。

但愿头一天别累垮了。这样第二天就会好一点，第三天会比第二天更好些。

她在推车或装车的时候，就是这么考虑的。她看着伙伴们干活的那种敏捷劲，心里真有说不出的羡慕。突然，她看见正在接线头的罗莎丽在她女伴的身旁倒下去了，接着是一声尖厉的喊叫。一切都停止了。机器的隆隆轰鸣，人说话的嗡嗡响声，空气的振荡以及地面墙壁和玻璃的震颤，全都停止了，随之而来的是死一般的寂静。但这寂静却被一声孩子的呻吟所打破："哎哟!"

男男女女都冲了过来。佩琳娜也像别人一样冲了过去，根本没有理会拉吉耶的咆哮："这些天杀的，我的纺锭都停转了!"

罗莎丽已经站起来了，人们把她围得水泄不通，在她身边忙开了。

"她怎么啦?"

罗莎丽自己回答道："手给机器轧了。"

她脸色苍白，没有血色的嘴唇颤抖着。血从她受伤的手上流出来，滴在地板上。

但检查之后发现，罗莎丽只有两个手指头受了伤，甚至可能只有一个指头是被轧坏了或是严重碰伤了。拉吉耶开始时还有一点怜悯，这时他气呼呼地进来撵那些围着罗莎丽的工人："你们还不快去干活! 这不是什么大不了的事。"

"你那只假腿要是给压碎了，这或许才是什么大不了的事呢!"不知谁这么嘀咕了一句。

拉吉耶搜寻着谁竟敢对他这么放肆，真是天大的不敬。但在这一堆人中，他无法确定是谁说的，只好直着脖子嚷道："你们都给我滚出去!"

人们慢慢地走开了，佩琳娜也跟大伙儿一样，准备回到她的翻斗车那里。可拉吉耶老爹把她叫住了："喂! 新来的，到这边来，快点儿。"

佩琳娜战战兢兢地走过来，寻思着她究竟在什么地方比那些撂下活计的人犯了更大的罪。但叫她并不是为了惩罚她，拉吉耶对她说："你把这个畜生领到经理那里去！"

"你为什么叫我畜生？"罗莎丽嚷道，机器又重新隆隆地响了起来。

"因为你把自已的爪子轧坏了！"

"这能怪我吗？"

"当然怪你，笨手笨脚的，还装蒜。"接着，他又温和地说："疼吗？"

"不太疼。"

"那么快去吧。"

她们俩出去了，罗莎丽用右手托着她受伤的左手。

"我扶着你走吧。"佩琳娜说。

"谢谢你，不用了，我能走。"

"那么，这疼得不怎么厉害吧，是吗？"

"不知道。第一天从来不会太难受的，难受的是在后头。"

"你是怎么受伤的呢？"

"我也不知道，就滑了一下。"

"你或许是累了。"佩琳娜这样猜测。

"人总是在劳累的时候受伤致残的。上午人比较灵活，也很注意。还不知道赞诺比姑姑会怎么说呢？"

"这又不是你的错。"

"这不怪我，弗朗索瓦兹奶奶是会相信的，可是赞诺比姑姑准会说我是不想干活。"

"让她说去吧。"

"你以为听这种话好受吗?"

路上,碰到她俩的工人们把她们挡住,问这问那。有些人对罗莎丽深表同情,更多的人却是无动于衷地听着。他们对这些事已经习以为常了,认为事情从来就是这样的。人受了伤就跟人生了病一样。有的人有运气,有的人则倒霉,每个人都得挨着。今天是你倒霉,明天就是我。而另一些人听了就生气:"总有一天他们会把咱们都弄成残废的。"

"那你宁愿饿死?"

罗莎丽和佩琳娜到了经理办公室。办公室位于工厂的中心,设在一座涂着蓝色和玫瑰色的砖砌的大楼里,其他的办公室也都集中在这楼里。但是这些办公室,甚至是维尔弗朗先生的办公室,都没什么特色,只有经理的办公室引人注目:一条玻璃游廊,下面是一道双曲台阶。

她们走进游廊后,受到了塔鲁埃尔先生的接见。他头戴帽子,双手插在口袋里,就像站在驾驶台上的船长一样,来回踱着方步。

看来他生气了。

"这又是怎么啦?"

罗莎丽费了好大劲才把手绢抽了出来。而塔鲁埃尔在走廊里大步走来走去。罗莎丽用手绢把手缠好之后,塔鲁埃尔又走回来站到她面前:"把你的口袋掏干净。"

罗莎丽不解地望着他。

"叫你把口袋里的东西全都掏出来。"

罗莎丽按他的命令，从口袋里掏出了一堆离奇古怪的东西：一个用榛子做的口哨、几块小骨头、一个顶针、一块甘草片、一面用锌做的小镜子和三个苏钞票。

塔鲁埃尔抓起小镜子大声嚷道："我就知道，你照镜子的时候，线头断了，你的纬子就停了。你想挽回，可事故就在这时发生了。"

"我没有照镜子！"罗莎丽说。

"你们都是一个样，你们以为我不知道。说吧，你是怎么啦？"

"我不知道。手指轧伤了。"

"你要我怎么办？"

"是拉吉耶老爹让我来您这里的。"

塔鲁埃尔转向佩琳娜："那你呢？你又怎么啦！"

"我没什么。"佩琳娜答道。塔鲁埃尔这种严厉的态度使她不知所措。

"那为什么……"

"是拉吉耶让她把我带到您这儿来的。"罗莎丽说。

"噢，还得别人把你送过来！那好，就让她领你到鲁松大夫那里去。可你得知道，我会去调查的。如果是你的过失，那你可得当心！"

他说话的声音那么大，走廊里的玻璃都震响了，大概所有的办公室里都能听见。

两个女孩子刚要出去，却见维尔弗朗先生扶着过道里的墙壁，小心翼翼地走了过来。

"出了什么事，塔鲁埃尔?"

"没什么事，先生。卷纬机车间里一个女孩子把手轧坏了。"

"她在哪里?"

"我在这里，维尔弗朗先生。"罗莎丽说着就回过身来朝他走去。

"这不是弗朗索瓦兹的小孙女的声音吗?"

"是的，维尔弗朗先生。是我，罗莎丽。"

罗莎丽哭起来了。因为刚才那些冷峻严厉的话把她的心都给抽紧了，而维尔弗朗这一番满怀同情口吻的话又让她紧缩的心放松了。

"你怎么啦，我可怜的孩子?"

"我想把一个线头接上，不知怎的滑倒了，手被夹住了。我觉得两个手指头轧扁了。"

"很疼吗?"

"不太厉害。"

"那你又为什么哭呢?"

"因为您不催我干活。"

塔鲁埃尔耸了耸肩膀。

"你能走吗?"维尔弗朗先生问。

"噢，能走的，维尔弗朗先生。"

"那你快回家去吧，我马上派鲁松大夫到你那里去。"接着，维尔弗朗吩咐塔鲁埃尔:"写张条子给鲁松大夫，让他立即到弗朗索瓦兹家去。写上'立即去'，要注明'急诊'。"

他又对罗莎丽说："要人送你一下吗？"

"谢谢您，维尔弗朗先生。我有一个伙伴。"

"走吧，我的孩子。和你奶奶说，你的工资照付。"

这时，佩琳娜倒想哭了。但在塔鲁埃尔的目光的逼视下，她忍住了。只是在她俩穿过院子，走到门口时，佩琳娜才流露出她的真情："维尔弗朗先生真好。"

"他一个人时，一直是很好的。但要是他和瘦子在一起就不同了。再说，维尔弗朗先生也没有时间，他脑子里装着许多别的事。"

"总而言之，他对你很好。"

"噢"罗莎丽振奋地说，"我嘛，你知道，我使他想起了他的儿子。你懂吗，我妈妈和埃德蒙先生是同乳姐弟。"

"他想他的儿子？"

"他就思念他的儿子。"

人们站在大门口看着她们走过去。血迹染红了罗莎丽裹手的手绢，引起了人们的好奇心。有几个人问道："你受伤了？"

"手指头给轧伤了。"

"哎呀！真不幸。"

在这叫声里，既有同情，又有愤怒。因为说这话的人在想，发生在这位女孩子身上的事，明天就可能落到他们自己的头上，或者也许在同一时刻就落到他们的亲人——丈夫、爸爸、孩子的头上。在马洛库尔，不是所有的人都靠这工厂生活吗？

尽管耽搁了片刻，她俩已经快到弗朗索瓦兹的住处了。门前灰色的栅栏已经显现在大路尽头了。

"你和我一起进去吧。"罗莎丽说。

"好。"

"这可能会使赞诺比姑姑收敛一些。"

但是，佩琳娜的出现并没有使可怕的姑姑有丝毫的收敛。她看到罗莎丽在这样一个不寻常的时刻到来，又瞧见她包扎着的手，就大声嚷了起来："你受伤啦？小娼妇！我敢打赌，你是存心这么干的。"

"他们要给我工资的！"罗莎丽气冲冲地顶了一句。

"你想得美！"

"维尔弗朗先生对我说的。"

但这并没有使赞诺比姑姑冷静下来，她继续使劲地嚷着，弗朗索瓦兹只好离开柜台，走到大门口。她没有对她的小孙女恶语相迎，而是赶忙跑过去，把她搂在怀里。

"你受伤啦？"弗朗索瓦兹大声问。

"手指受了一点伤，奶奶。没关系的。"

"赶紧去找鲁松大夫瞧瞧。"

"维尔弗朗先生已经通知他了。"

佩琳娜准备跟她们一起进屋去，可赞诺比姑姑转过身来把她拦住了："您以为我们用得着您来照顾罗莎丽吗？"

"谢谢，不用啦。"罗莎丽嚷了一句。

佩琳娜只得返回车间。但当她走到锯齿形屋顶前的栅栏时，一阵长长的汽笛声宣告下工的时间到了。

十八

　　白天，佩琳娜不下二十次地自问，她怎样才能不再睡在昨天的房间里。她在那里差点闷死，睡着的时间又那么短。

　　可以肯定，在这样的房间里，第二夜她仍会感到同样憋闷，并不会睡得更好。如果她不能好好休息，就不能消除一天的疲劳，那将会发生什么情况呢？

　　这是一个可怕的问题，其全部后果，她都权衡过。或许她没有力气干活，人们把她解雇，这样她的希望就会因此而落空；或者她生病了，人们更有理由解雇她了。她没有任何人可以求援。到那时，树林里的某一棵树下便是她的去处。仅此而已。

　　当然，她可以不睡那张已付过钱的床。但她又能到哪里去找一张床呢？特别是她又该如何对罗莎丽解释才能使她相信，在她家睡觉对别人来说还可以，而对她来说就不行呢？要是其他女工知道她厌恶这种住宿条件后，又该怎样对待她呢？难道这不会因此而在她的同伴中产生一种对立情绪，迫使她离开工厂吗？她不仅应成为一个好工人，而且还应成为一个和别人一样的女工。

　　一整天就这样过去了，佩琳娜还没敢下最后的决断。

　　然而，罗莎丽受了伤，情况就改变了。这位可怜的女孩子无疑要在床上躺好几天。因此，她也不会知道佩琳娜那个小屋里将要发生的事情：谁在那里睡或谁不在那里睡。所以，这些问题用不着担心。此外，住在房间里的女孩子，谁也不知道昨天夜里睡在她们旁边的是哪一个，自然也不会关心这个陌生的女孩子没有来睡觉的问题，会以为她很可能在别的地方寻了个住处。

　　这个推理就这样被很快地做出了，事情就这样定了。要放弃那个房间，她只需去找一个睡觉的地方就行了。

　　但是，佩琳娜用不着去寻找。她不是经常想到那令她神往的草房子里去吗？要是可能的话，睡在那里该有多好呀！她用不着担心，因为只有在狩猎季节才会有人去光顾那座草房子。那份《亚眠人日报》就是证明。头上有屋顶，四周有保暖的墙，还有一扇门，作为睡觉的地方，屋内还铺着一层厚厚的蕨草。更不用说那种住在自己屋里的快乐感了。那是梦一般的现实。

　　就这样，原先似乎无法实现的事一下子变得完全可能，而且容易了。

　　佩琳娜一刻也没有迟疑。她从面包店里买了半磅面包作为晚餐。她没去弗朗索瓦兹大妈家里，而是朝着她早上上工时走过的那条路走去。

　　这当儿，住在马洛库尔附近的工人正好也走这条路回家。由于佩琳娜根本不想让这些工人看见她拐进柳树林子的小路，她便钻进一簇可以环视草原的矮树丛里。等所有的人都走光了，她再到小草房里去。房子周围非常安静，一扇朝水塘开着的门正对着落山的太阳。佩琳娜很放心，这时任何人都不会来打扰她的。她可以不慌不忙地吃她的晚餐，这比起她中午边走边啃面包要舒服多了。

佩琳娜对这一安排非常高兴，决定立即付诸实施。但她还得等好一会儿，因为一个行人走过去了，接着又有一个走了过来，在他之后，又有别的一些人来。于是她脑子里闪过一个念头，预先做好搬迁到草房里去的准备。那小草房或许本来就干净而舒适，但收拾一下它会变得更干净舒适的。

她身边的那簇树丛大部分是些细小的桦树，树下长满了蕨草。佩琳娜可以用桦树枝扎一把扫帚，打扫她的小草房，还可以割一捆干蕨草，给自己铺一张又软又暖和的床。

现在，佩琳娜忘记了疲劳——这种疲劳在她工作的最后几个小时，曾压得她十分难受。她立即着手干起来，很快她用柳条扎好了一把扫帚，用木棍装了一根柄。同样，她又很快地割了一捆干蕨草，用柳条扎紧，这样运到小草房里就很方便了。

在这段时间里，最后一批行人从这条路上走过去了。现在这条路也变得荒凉寂静，目之所及已看不到任何行人。现在该是走向柳林小道的时候了。佩琳娜背起那捆蕨草，拿着扫把跑出矮树林，又跑着越过大路。但是在小路上，她不得不放慢速度，因为她背上的蕨草挂着树枝，她只得猫着腰往前走。

到了那个"孤岛"上，佩琳娜首先把小草房里的东西，即树墩子和蕨草全搬出来，然后把小草房的屋顶、墙壁和地面整个儿扫了一遍。而这时在池塘里，在芦苇丛中，所有的飞禽走兽都被这一阵折腾惊动了！鸟儿叽叽喳喳叫着飞走，野生动物们嗥叫着潜藏起来。很久以来它们是这里的唯一主人，而现在，无论在水里还是在岸边，它们各霸一方的平静局面被打破了。

这间草房很小，虽然她打扫得非常认真，但还是很快就打扫完了。她只需把树墩子和原来的蕨草搬进屋去就行了。她在原先的蕨草上铺上自己新割来的蕨草。那上面还留着白天阳光照射的余温，散发着野花的芳香。这些蕨草正是生长在这些野花中间的。

现在该是吃晚饭的时候了，她那饥饿的肚子跟从埃库昂到尚蒂伊的路上时一样，叫得很厉害。谢天谢地，这些倒霉的日子过去了。现在，她居住在这个漂亮的小岛上，有了睡觉的地方，且不用害怕任何人来打搅她。不用担心下雨，也不用担心雷鸣电闪，什么都不用担心。她口袋里有的是一大块面包。在这美丽、温和的夜晚，只是为了和目前的情况做比较，增强对明天的希望，她才会回想起以往的苦难岁月。

佩琳娜生怕把面包弄碎，就把面包切成小块，慢慢地嚼着，不弄出任何声音。池塘里的宿鸟又放心地回巢过夜。它们划破晚霞的万道金光，不时地飞了回来。至于那些水鸟，它们悄悄地从芦苇丛中游了出来，脖子伸得老长，在那儿侧耳细听，判断自己的方位。清早，这些鸟儿醒来的情景曾把佩琳娜逗乐了，现在鸟儿夜宿归来又把佩琳娜迷住了。

面包变得越来越小，佩琳娜把面包块切得越来越小，尽管这样，她还是很快地把它吃完了。刚才池水还像一面镜子一样闪闪发光，可这时一下子变得黯然失色了，天空中火一样耀眼的光辉也熄灭了。再过几分钟，夜幕就要降临大地，睡觉的时间到了。

关门上床以前，佩琳娜采取了最后一道防范措施，把搭在沟渠上的独木桥撤了下来。当然她相信睡在这小草房里是绝对安全的，谁也不会来打扰她。何况，池塘里的宿客有着灵敏的耳朵，只要有人走近，它们的叫声就会使她警觉起来。但是，既然可以，那么把桥撤掉仍不失为一件好事。

再说，撤掉这桥并不只是安全措施，而且还是一件非常有趣的事儿。她占领了一座真正的岛屿，和大地没有任何联系，这对她来说难道不是很有意思的吗？真可惜，她不能像游记里描述的那样，在屋顶上插上一面旗子，放一声礼炮。

佩琳娜迅速地干了起来，她用扫帚柄挖掉小桥两头的泥土——所谓小桥，其实不过是一棵柳树躯干，之后，她就把小桥拽到了岸边。

现在这里就成了她自己的家了。她是自己王国的主人，是岛上的王后。就像那些伟大的旅行家那样，她迫不及待地要给她的王国命名。究竟命个什么名字，佩琳娜没有半点迟疑或犹豫，叫它："好望岛"。难道还能找到比这更符合她现时处境的名字吗？世界上的确已经有一个"好望角"，但人们怎能把"角"和"岛"混为一谈呢？

十九

做一个王后实在非常有趣，特别是当她既没有臣民也没有邻居的时候，更是如此。做王后除了必须到各州游历，参加一个又一个的节庆活动之外，什么也不用干。

而她，恰恰不是在过节和游玩的得意时期。当第二天那些水塘里的禽鸟在拂晓唱着晨曲把她唤醒的时候，当一缕阳光透过小屋的窗口抚弄着她的脸颊的时候，她立即想到，现在再不能酣睡了，只能躺在那里浅睡，以便她能在听到第一声汽笛的时候就马上起来。

沉睡不一定是最好的睡眠，倒不如睡一会儿又醒来，接着重新入睡，然后再醒来。因为这样会给人一种连续不断地进入梦境的感觉。佩琳娜的梦境只有愉快和欢笑：睡着的时候，前一天的疲劳全消失了，甚至在她的记忆里也毫无踪影了；她的床是那么柔软、暖和、芳香，甚至她呼吸的空气也使干枯的蕨草散发出阵阵芬芳；鸟儿愉快的歌声催佩琳娜进入梦乡；柳叶上凝聚的露珠掉在水里，奏出一支清脆的乐曲。

汽笛声划破了田野的宁静，佩琳娜立即起身，到池塘边细心地梳洗了一番就准备出发了。但是，走出小岛，佩琳娜就得把桥重新搭好。搭桥是一件寻常事，却又有可能带来危险，其危险在于：万一有人在入冬之前就有来这儿的怪念头的话，这样可能会给那些想到小草房去的人提供一条通道。佩琳娜在水沟前待了一会儿，心想她能不能一步跨过沟去。这时她发现了一根长长的树干在柳树较少的一边支撑着小草房。佩琳娜马上拿起树干，用力一撑就越过了水沟。她对此早已习以为常了，因为过去她经常玩这种把戏。可能她这样从王国里出来有失风雅，但既然谁也没看见，也就算不了什么。再说，有些事年老的王后是绝对不准干的，而对年轻的王后来说却是允许的。

佩琳娜把她的撑杆藏在柳林的草丛里，以便晚上回来时再用。她出发了。她是最先到达工厂的工人之一。在等待上工的时候，她看见人们三五成群地走来了，一边还在热烈地谈论着。这种热烈的气氛她昨天并没有注意到。

是不是发生了什么事了？

她偶尔听到的几句话很快使她明白了是怎么回事。

"可怜的女孩子呀！"

"她的手指头给截掉了。"

"是小拇指吗？"

"小拇指。"

"别的手指没有被截掉？"

"没有。"

"她喊了吧？"

"那号叫让人听了要落泪。"

佩琳娜不需要问人们谁给截掉了手指,她着实吃了一惊,心里很难过。自然,佩琳娜认识她才不过两天,但正是她,在佩琳娜来到这里的时候接待了她,给她指点,并像朋友那样对待她。这个可怜的女孩子现在遭受了如此巨大的痛苦,而且还要抱残终身!

佩琳娜越想越伤心。她机械地抬起双眼,看见邦迪走了过来。于是佩琳娜站起身来,走到他跟前,可又不大知道自己要做什么,也没有意识到她这样卑贱的人竟敢和这样一个重要人物说话是很冒昧的,更何况这个重要人物是一个英国人。

"先生,"她用英语说道,"请允许我问您,您是否知道罗莎丽怎么样啦?"

这实在是不同寻常的事,他居然垂下眼皮朝她看了一眼,答道:"今早我看见了她的奶奶,说罗莎丽睡得很好。"

"噢!谢谢您,先生。"

而邦迪呢,他有生以来从未感谢过任何人,因而无法从这两句话的语气中体会到话中所蕴含的全部激情和衷心的谢意。

"不客气。"他说着继续朝前走去。

整个上午,佩琳娜只是想着罗莎丽。尤其现在,她能够更自由地想象罗莎丽的情况了,因为罗莎丽是注定要干她这种不需要什么注意力的工作了。

走出工厂大门,佩琳娜直奔弗朗索瓦兹大妈的家中。可是她很倒霉，遇上了罗莎丽的姑姑，因此她就不能再往里走了。

"看罗莎丽？为什么？医生说过不要打扰她。她起来以后就会告诉你她是怎么残废的，这个蠢货！"

早上的冷遇使她晚上不敢再去看罗莎丽了，显然她肯定不会受到比上午更好的接待。佩琳娜只好回到她的孤岛上去，而且她也急于去看看它。她发现小岛还是她早上离开时的那个样子。由于没有别的家务事可干，因此，佩琳娜可以立即吃晚饭了。

她有意把吃晚饭的时间拉得很长，然而不管她把面包切得怎样小，她总不能无限制地切下去。当她把面包全部吃完时，太阳还高高地悬在天际。房门敞开着，佩琳娜坐在小草房最里面的土墩子上，面对门外的池塘。远处的草原被幕布一般的一行行树木切割开了。她正思考着自己的生活规划。

物质生活方面，头等重要的主要有三件事：住所、吃饭和穿衣。

关于住所的问题，由于她幸运地发现了这个小岛，这个问题就解决了，至少在十月份之前是有保障的，而且她分文不用花。

但是，吃饭、穿衣问题解决起来可没有这么容易了。

长年累月，一天只吃一磅面包，能足以恢复她在劳动中消耗的体力吗？佩琳娜对此一点也不知道，因为直到现在，她还没有当真干活呢！痛苦，疲劳，缺吃少穿，这些她都尝过了。但这只是偶尔几天的困苦，随后的日子就把这种困苦驱除了。至于重复不断的工作究竟是怎样一回事，她心中全然没有数。同样，她也不知道这一工作长此下去需要付出多大的代价。当然这两天她觉

166

得饭很快就吃完了。但饥饿对于像她一样经常忍饥挨饿的人来说，说到底，也不过是有点难受而已。如果能够保持健康和体力，那么即使饿一点也无妨。再说，不久她就可以增加一点饭食，也可以在面包上抹上一点儿黄油，加一块奶酪。因此，她只要等下去就是了，多等几天或少等几天，甚至等上几个星期也没什么关系。

相反，穿衣问题，佩琳娜得尽快采取措施，因为好几件衣服已经破烂不堪，她跟拉卢氏大妈在一起时补的衣服都不能再穿了。

她的鞋子磨损得太厉害了，用手指一按，鞋底就凹下去了。她不难预计鞋帮什么时候会掉下来，尤其是现在推翻斗车，在刚铺好的石子路上来回走，鞋子磨损特别快。鞋帮一旦掉了怎么办？显然她应该买新鞋。但是，应该买和能够买却是两码事，她到哪儿去弄钱来买鞋呢？

第一件最要紧的事是做鞋。这对佩琳娜来说太困难了，因此一想到做鞋就泄气了。她从来没想过做一双鞋子是怎么回事。佩琳娜从脚上脱下一只鞋仔细看了看，看着鞋帮是怎么缝在鞋底上的，包住鞋跟的皮革是怎么缝到鞋帮上的，后根又是怎么装上去的。佩琳娜明白，这是一项超过她的能力和意志的活计，她只能佩服皮鞋匠的高超技艺了。做一双木鞋倒是比较容易，因为它是用一块木头做成的。但是她除了一把小刀外，什么工具也没有，又怎么把一块木头剜成一双木鞋呢？

佩琳娜灰心丧气地思考着这些难题，目光漫无边际地落在池塘上和岸边，一簇芦苇把她的目光吸引住了。芦苇长得密密的，又高又结实。其中有些是春天长起来的，还有一些是上一年长的，已经倒在水里，但看样子还没有腐烂。看着这一切，一个念头在佩琳娜的脑海里油然而生：人们不光只穿皮鞋和木鞋，也穿草鞋，鞋底就是用芦苇编的，鞋帮是帆布做的。如果自己有那份聪明，为什么就不能试一试用芦苇编鞋底呢？这芦苇好像是专供佩琳娜使用而长在这里的。佩琳娜立即走出小屋，向池塘边走去。在一簇芦苇丛中，她尽可以挑那些已经晒干而又柔韧、结实的芦苇割上一捆。

佩琳娜迅速地割了一捆芦苇，背回小草房，马上干了起来。

但是，编了一米来长的一截之后，她才明白这样的鞋底太轻，一点儿也不结实，因为编得太松了。所以在编织之前，应该对芦苇进行一番加工，把纤维压碎，然后把纤维搓成韧皮的粗条儿。

但是，这没有使佩琳娜停下手中的活儿，也没有把她难住。她有一个树墩子，可以把芦苇放在上面捶打，她只需要一把木槌或一柄锤子就行了。她在路上捡了一块圆石头代替锤子，立刻锤打起芦苇来，并且小心着不让它们混在一起。干着干着，夜色悄悄袭来了。她马上躺下睡觉，梦想着那一双双漂亮的蓝带芦苇鞋不久就要穿到她的脚上了。佩琳娜毫不怀疑她会成功的，即使第一次不行，至少第二次、第三次……第十次，她总会成功的。

但是，她不需要反复那么多次。第二天晚上，佩琳娜已经编了不少芦苇，足够她做鞋底了。第三天，她花一个苏买了一个鞋锥，一个苏买了一个线团，还买了一段蓝棉布条，也是一个苏。此外，又买了二十厘米粗斜纹布，四个苏，一共七个苏，这是她所能负担的全部开销了，如果她星期六不想饿肚子的话。佩琳娜按照她自己的鞋底样，试着仿做。第一次，她的鞋底差不多做成圆形的了，这显然不是脚的形状。第二次她虽然仔细研究了一番，但还是弄了个四不像。第三次并不比前两次更成功。最后第四次，鞋底的中间织得很紧密，前面的脚趾部位做宽了些，后跟收窄了一点，这样勉强可以算是鞋底了。

多么高兴呀！这又一次证明了：只要有意志，有恒心，坚定不移，哪怕最初看来是不可能的事情也会成功的。即使人们什么也没有，既无钱，又无工具，但是只要略为灵巧一点就行了。

要把鞋子做好，她缺少的一件工具就是剪刀。但是买一把剪刀花钱太多，她只好放弃了。幸好她有一把小刀，又从河床里捡了一块石头，把小刀磨锋利。她把那块粗布平铺在树墩子上，用小刀裁了起来。

把这些布缝起来，也不是一下就成功的，而是经过了反复摸索。但佩琳娜终于做成了。星期六早上，佩琳娜满意地穿着漂亮的灰草鞋去上工，搭在她袜子上的蓝布带，把鞋子紧紧地系在她的脚踝上。

她做鞋子用了四天的时间，而且每天天一亮就开干了。做鞋的时候，她曾经考虑过，在离开这小窝棚的时候，她的鞋子该怎么办呢？毫无疑问，她不用担心不速之客走进小屋来偷她的鞋，因为谁也不会进来的。但是老鼠会不会把她的鞋子咬坏呢？如果发生这样的事，那简直是一场灾难！要对付这种灾难，她必须把鞋子放在一个老鼠够不着的地方。可是老鼠会到处钻，而她又没有柜子和箱子，也没有任何可以关得严的东西。看来，最好的办法就是用柳条把鞋子挂在棚顶上了。

二十

　　如果说佩琳娜对自己的鞋子感到自豪的话，那么还有另外一件事却使她感到不安。这就是干起活来，这鞋子会怎么样呢？鞋底会不会变长？那斜纹布会不会变松，把鞋子弄得不成样子？

　　因此，佩琳娜在装车或推车的时候，经常看着自己的脚。一开始，鞋子还经得住，但它能继续用多久呢？

　　佩琳娜这个动作，到底引起了一个同伴的注意。她看着佩琳娜的草鞋，觉得很有趣，便称赞起佩琳娜来。

　　"这便鞋您是在哪里买的?"她问。

　　"这不是便鞋，是草鞋。"

　　"不过，挺漂亮的。贵吗?"

　　"是我用芦苇编的，花了四个苏买的斜纹布自己做的。"

　　"很好看。"

　　编草鞋的成功经历使佩琳娜决定从事另一项更棘手的工作。这件事，她经常想干，但总是不敢干。因为这事干起来要花很多钱，还要碰到各种各样的困难。这就是给自己裁制一件衬衫，替换她现在仅有的那一件。这件衬衫她一直穿在身上，无法脱下来洗一洗。她需要两米平纹布，这要花多少钱？她一点儿也不知道。有了两米布，她又怎么裁剪呢？她同样也不知道。这里有一连串的问题需要她考虑。还有一个问题：为了替换她的上衣和衬裙，是否需要先做一件短上衣和一条印花布裙子。她不得不穿着上衣和衬裙睡觉，这样，这两件衣服磨得就更快了。不难估计这两件衣服还能穿多久。到那时她该怎么出门呢？为了生活，为了每天的面包，也为了她计划的实现，她必须让工厂继续雇佣她才行。

然而，星期六晚上，当她手里拿着一个星期挣来的三个法郎的时候，她无法抵制那件衬衫的诱惑了。当然，在她眼里，短上衣和裙子一点儿也没有失去它们的价值。但是，衬衫也是不可缺少的。再则，她还有两个考虑：她有爱清洁的习惯，而且是在这种习惯中长大的；此外还有对自己的尊重。这两个考虑终于占了上风。上衣和衬裙还可以补一补，因为布料的质地很结实，完全可以再织补它几次。

每天吃午饭的时候，佩琳娜便从工厂到弗朗索瓦兹大妈家打听罗莎丽的消息。有时能得到点消息，有时别人什么也不给她讲，这要看是罗莎丽的奶奶还是姑姑回答她而定。自从产生了买衬衫的念头后，佩琳娜总要在一家铺子前停下来看看。这家铺子的陈列品分两部分：一部分是报纸、图片、歌曲；另一部分是麻布、白布、印花布和服饰用品。佩琳娜站在铺子中间，看起来像是看在报纸或学唱歌曲，实际上却是在欣赏布料。那些能跨进这诱人的铺子里随心所欲地买布的女人，是多么幸运呀！在佩琳娜长时间停留的时候，她经常看到工厂的女工们走进这家店铺，然后又夹着用纸仔细包装的包裹走出门去。这时，佩琳娜就会自言自语地说，这种欢乐不是属于她的，至少现在还不是。

但是，现在如果她愿意的话，也能跨进这门槛了，因为她手里有三个白花花、响当当的法郎。佩琳娜非常激动地跨过了门槛。

"您想买点什么，小姐？"一个小老太婆客气地问，脸上带着和蔼的微笑。

佩琳娜很久没有听见人们这么和气地和她说话了，于是鼓起了勇气："请问白布怎么卖……最便宜的那种？"

"四十生丁一米。"

佩琳娜松了一口气。

"能给我扯两米吗？"

"这种布不耐磨，而六十生丁的……"

"我要四十生丁一米的就行了。"

"随您便。我这么说只不过是给您提供些情况。我是不喜欢别人责怪我的。"

"我不会责怪您的，太太。"

女老板拿过一卷四十生丁一米的白布来。佩琳娜发觉，这段布既不白，也无光泽，不像她在陈列橱里看到的那一块。

"要的是这个吗？"女老板说着把一块白布刺啦一下撕了下来。

"我还要买些线。"

"要线团，还是要一束一束的线或是轴线？"

"要最便宜的。"

"这是十个生丁的线团，两样总共十八个苏。"

现在该轮到佩琳娜高兴地离开商店了。她怀里紧紧地抱着用一张旧报纸包裹的两米白布走了。她的三个法郎只花去了十八个苏，还剩下四十二个苏，要用到下星期六。这就是说，除了一星期的面包所需的二十八个苏之外，她还有七个苏，以备不时之需，因为她再不用交房租了。

佩琳娜一口气跑回小岛。尽管气喘吁吁，她还是立即动手干了起来。她要做的衬衫式样早已在她的脑子里琢磨透了，无需再加考虑。她想做一件有带子的衬衫。首先，这个式样最简单，做起来最容易。须知她是从来没有做过衬衫的啊，连把剪刀也没有。其次，她可以把旧带子用到新衬衫上。

缝纫的事情非常顺利。虽然不是好到可以自我欣赏的地步，至少也凑合得过去，而不需要她拆了重做。真正困难而需认真对待的是开领圈和挖袖子。尤其使她感到严重的是，她的全部工具仅是一把小刀和一个树墩子，以至于她在开剪的时候，手不免有些哆嗦。但她终于成功了。星期二早上，她可以穿着新的衬衫上车间了。这件衬衫是她劳动所得，并且是她亲手裁剪和缝制的。

这一天，当她来到弗朗索瓦兹大妈家的时候，罗莎丽迎了出来，胳膊上绑着绷带。

"好了吗？"

"还没有，不过他们让我起来在院子里走走。"

佩琳娜见到罗莎丽高兴极了，连着向她问这问那，可罗莎丽只是勉强地答着话。

罗莎丽怎么啦?

末了，罗莎丽冒出的一句问话使佩琳娜恍然大悟："你现在住在哪里?"

佩琳娜不敢直接回答，便拐着弯儿说："房租对我来说太贵了，我吃饭穿衣都没有钱了。"

"那你在别处找到更便宜的房子了?"

"我不交房租。"

"噢。"

罗莎丽停顿了一会儿，禁不住好奇地问："住在谁家里?"

这一下佩琳娜无法回避了。

"以后我再告诉你。"

"随你便吧。可有一点你得知道，你来的时候，要是在院子里或者大门口碰上赞诺比姑姑的话，那你最好别进来。她恨你呢，你还是晚上来吧，那时她没有空的。"

佩琳娜回到车间去了。刚才的冷遇使她伤心。她没能继续住在弗朗索瓦兹大妈的屋子里，究竟犯了什么罪呢?

整整一天，这件事一直纠缠着佩琳娜。到了晚上，她一个人待在这小草房里，就想得更多了。八天来，她第一次感到无所事事。为了摆脱烦恼，她想去小岛周围的草地上散散步。她以前还不曾有时间去散步呢。这里的夜晚是很美的，但不像她童年时代留在记忆中的关于人们讲述的故乡夜晚那样迷人，也不像在蔚蓝的天空下那样炎热。这里的夜晚，气温宜人，树梢映衬在柔和的夜光里，沐浴在金色的雾霭中。牧草虽还没有成熟，但上边的花朵却已凋谢，阵阵芳香弥漫在空气中，凝聚成一股撩人的香气。

佩琳娜走出小岛，沿着水沟边走着。脚底下尽是很深的野草，自春天长出来以后，还从没有人在上面踩过呢！佩琳娜不时转过身来，透过岸边的芦苇，观看她的小草房。它完全和柳树的树干、树枝交织在一起，动物绝对不会想到这草房竟是人的劳动成果，人们尽可以手持猎枪，埋伏在小草房背后。

有一次，佩琳娜在此稍停一会儿，往下面的芦苇和灯芯草丛里走去。她正要沿着坡上岸时，脚旁一个声音把她吓了一跳。一只野鸭跳到水里，惊惶失措地逃走了。佩琳娜看着野鸭离开的地方，发现那儿有一个用草茎和羽毛搭成的窝，里面有十只白色的蛋，蛋壳有一些榛子色的小斑点。这个窝不是建在地上或草丛里的，而是浮在水面上的。佩琳娜没有动那个窝，只是细细地观察了几分钟。她发觉这窝筑得很巧妙，可以随着水位升高或降低，四周芦苇遮得严严实实。因此，无论是水涨流急，还是刮风，都不能把这窝卷走。

佩琳娜怕引起野鸭妈妈的不安，就稍稍走远了一点，静悄悄地待在那里。她一蹲下来，整个人就消失在高高的草丛里了。她等着，想看看野鸭是否还会回到它的窝里来。但那野鸭终究没再出现，佩琳娜由此得出结论：这野鸭还不是在孵小鸭，这些蛋是新下的。于是佩琳娜继续散步去了。她在干枯的草上走着。裙子的窸窣声又把另一些鸟儿惊跑了。黑水鸡身体那样轻，逃跑的时候，踩在浮在水面的睡莲叶子上，叶子也不会往下沉。红嘴巴的是秋鸡，跳跳蹦蹦的是鹡鸰。成群的麻雀，正要睡觉时却被打扰了，一齐冲着佩琳娜叫个不停。当地人就按它们的叫声把这种麻雀叫作"格拉格拉"。

佩琳娜就这样边寻边走，很快便走到了水沟的尽头。她发现这水沟与另一条更宽更长、树木也更稀疏的水沟相通。她沿着岸边的草地走了片刻之后，也就明白了这里的鸟儿比较少的原因。

这是她的池塘。这儿长着茂密的树木和葳蕤高大的芦苇；水生植物像一块浮动的绿毯覆盖在水面上。这是飞禽栖息的地方，这里有它们需要的食物，而且安全。一小时之后，她往回走，发现池塘已隐没在黄昏的阴影之中了，那么静谧，那么葱绿，那么美丽。她心想，她和这些鸟儿一样聪明，把这里当作了自己的窝。

二十一

对佩琳娜来说，白天发生的事常常成为夜间的梦。由于最近几个月的生活充满了悲哀，她的梦也和她的生活一样充满了悲哀。自从身遭不幸以来，不知多少回，她从噩梦里惊醒，大汗淋漓，喘不过气来，现实生活中的不幸在她睡梦里仍在继续。不过，佩琳娜到了马洛库尔以后，有了希望，有了工作。正是在希望和工作的影响下，她噩梦做得少了，痛苦有所缓减。梦魇也不像以前那样沉重地压在她身上了，梦魇的铁爪也不像以前那样紧紧地卡着她的喉咙了。

现在，佩琳娜每一睡下，总是想着第二天，想着有保障的第二天。或者是想着车间；或者想着她的小岛；或者想着她为改善自己的处境已做过的或者打算做的事，比如她的草鞋、她的衬衫、她的短上衣、她的裙子。而她的梦，像是听从某种神秘的提示似的，总把她竭力设想的东西展现出来：有时在一个车间里，一位仙女的魔杖代替了拉吉耶的假腿，把机器带动起来了，而操纵机器的孩子们再也不用费劲了；有时则是一个阳光普照的日子，每个人都充满了欢乐。有一次，她梦见了一个新的岛屿，犹

178

如置身仙境一般，景色和动物十分奇特，只有在梦中才能见到。或者更实际些，佩琳娜想象自己在缝制异常漂亮的靴子，以代替她的草鞋；或者在满是钻石和红宝石的山洞里，神仙们正在编织珠光宝气的长裙。这些长裙在某个时候会代替她原先想做的短上衣和印花裙子。

毫无疑问，这种提示并不是十分准确的。她无意识的想象并不总是那样忠实和有规律地遵从这种提示。因此，当她闭上眼睛的时候，她并不能肯定白天的所想就会在夜间继续，或者当困意纠缠她的时候，她所考虑的问题就会在梦中继续。但有时，这些想象还能连贯起来。在这种情况下，这些美好的长夜就会给她的精神和肉体带来某种轻松，从而使她恢复体力。

这天晚上，当佩琳娜在她的小草房里入睡的时候，在睡意蒙眬的眼前出现的最后一幅图景和在她麻木的头脑里掠过的最后一个念头，都是关于她继续在小岛周围探索的事。可是，佩琳娜梦到的恰恰不是这次旅行，而是一桌丰盛的宴席。在一个像教堂一样又高又大的厨房里，一群穿着白褂子的小徒弟，正围着大桌子和熊熊烈火忙碌着：有的磕鸡蛋，有的搅鸡蛋，把鸡蛋打成雪白的泡沫。这些鸡蛋，大的像西瓜，小的如豌豆。他们把这些鸡蛋烹制成一道道精美的佳肴，好像他们的目的就是用所有已知的各种方式来做鸡蛋，一种也不落下：有带壳煮的溏心蛋、奶酪鸡蛋、熬得发黑的黄油鸡蛋、茄汁鸡蛋、炒鸡蛋、清水煮的荷包蛋、奶花鸡蛋、焦烙鸡蛋、煎鸡蛋、火腿鸡蛋、肥肉片摊鸡蛋、鸡蛋土豆条、鸡蛋腰花以及闪着光焰的朗姆酒火烧鸡蛋。在这些小徒弟旁边，还有一些气宇不凡的人。毫无疑问，他们是厨师。他们正用鸡蛋和面粉做各色点心，有蛋炒酥、塔形蛋糕等。佩琳娜每次似醒非醒的时候，都要使劲摇晃身子，尽力驱散这些怪梦，但她总是继续做梦。她无法摆脱梦中的这些小徒弟，他们继续干着这种离奇的工作。当工厂的汽笛声把佩琳娜唤醒的时候，她恰好在看他们做奶油巧克力，现在她的嘴里还有一股巧克力香味呢。

她清醒过来时才明白，在她梦里的旅行中，令她惊异的并非小岛的迷人景色，而是那些野鸭蛋。它们向佩琳娜的胃说，差不多半个月了，佩琳娜只给她的胃送下些干面包和水。正是这些野鸭蛋引导着佩琳娜的梦，把这些小徒弟和各种神奇的饭食指给她看。这些美味佳肴使胃饿了起来。胃引起幻觉，便用这种方式表示它的饥饿。实际上这些幻觉只是表达了肚子的抗议。

既然这些蛋是野鸭子下的，不属于任何人，那为什么佩琳娜没有把窝里的蛋全部或部分拿走呢？当然，佩琳娜没有炉子，也没有任何锅碗瓢盆。梦里瞧见的一个比一个考究的、令人垂涎欲滴的菜，她是一样也做不出来的。而这些蛋的长处正好是不需要精心调制。从树林里捡一堆枯柴，用火柴点着，把蛋放到火堆里，蛋烧得嫩一点或是老一点，都随自己的便，这是很容易的事。佩琳娜在无钱买锅或菜的时候，只能这样。这虽不能同她梦中的盛宴相比，却也不失为一顿自有其价值的美餐。

上工的时候，佩琳娜脑子里不止一次地闪过"为什么没有拿这些蛋"的念头。虽说不像做梦那样纠缠不休，但也非常紧迫，以至于佩琳娜下了工就决定去买一盒火柴和一个苏的盐。买来以后，她便径直向水沟跑去。

鸭窝的位置，佩琳娜记得十分清楚，很快就找到了。这天晚上，母鸭并没有在窝里，不过它在白天某个时候回来过，因为现在窝里不是十只蛋，而是十一只蛋了。这证明母鸭还在下蛋，它还没开始孵小鸭。

这真是一个好机会。因为，第一，蛋是新鲜的；第二，要是拿走五六只，母鸭又不会数数，它是什么也不会发现的。

从前，佩琳娜是绝不会有这么多顾虑的，早就毫不犹豫地连窝端了。但是，她自己经历的痛苦使她对别人的痛苦产生了一种同情，正如她对帕力卡尔所具的温情使得她同情其他动物，而这在她的童年时期里是没有的。这只母鸭不也是她的伙伴吗？或者说得更诙谐些，难道它不是她的臣民吗？如果说国王有权剥削他的臣民，靠他们养活自己的话，那么，国王难道不该对这些臣民加以照顾吗？

佩琳娜决定猎取这些鸭蛋，同时确定了把鸭蛋烧熟的办法。当然她不能在草房里烧，因为轻轻一团烟冒出来就会引起人们的警觉。她只需到树林中一个采石场里就行了，以前路过村庄的牧民就在那里扎营，因此不管是火还是烟都不会引起任何人的注意。她迅速地拾了一抱干柴，不一会儿便燃起了一堆火。她在火灰里烧了一只鸭蛋。为了使盐更好地溶化，她用两块干净、光滑的石头把一撮盐捣碎。实际上，她还缺少一只蛋杯。不过，这个器皿只对那些拥有很多的东西的人才是不可缺少的。佩琳娜只需在面包上挖个小洞就可以代替蛋杯了。不一会儿，她非常满意地用一片细长的面包去蘸煮得恰到好处的溏心蛋。刚咬了一口，就觉得以前她从没有吃过这么好的东西，甚至认为，她梦中的那些小徒弟即使真有其人，也绝不能做出类似在火堆里烧的野鸭蛋那样好吃的东西来。

昨天佩琳娜还只能啃干面包，没有想过在今后几个星期甚至几个月内，她还能在干面包之外再增加点什么。这顿晚餐本该能满足她的胃口和食欲，然而实际情况并不是这样。没等第一只鸭蛋吃完，她就琢磨起剩下的那些蛋，以及她打算从别处找蛋来用其他办法做的问题了。带壳的溏心蛋自然很好吃，但是用蛋黄做的热汤也是很不错的。这个念头在她的脑子里转来转去，可惜佩琳娜最终不得已放弃了这个念头。的确，编草鞋、做衬衫曾经给了她某种信心，并向她表明，只要坚持不懈，人们能够得到怎样的结果。但是，这种信心也没有使她夸大自己的能量，以至于相信她可以自己做一只瓦罐或白铁锅烧汤，同样，她也不能做一把金属汤匙或者一把简单的木头汤匙来喝汤。有些事情，即使她绞尽脑汁，也是毫无办法的。在挣到必要的钱来买这两样东西之前，关于喝汤的问题，她只能满足于在经过人家门口的时候，闻闻香气和听汤匙叩碰的声音。

这就是佩琳娜在一天早上去上工的时候心里所想的。进村之前，佩琳娜在一户人家门前的路边发现了一堆麦秸和各种破烂；佩琳娜看见里面有一些白铁皮罐头盒子，有装肉的、装鱼的、装蔬菜的，形状各异，有大有小，有圆有扁。

这些罐头盒子光滑的表面反射出来的光芒映入了佩琳娜的眼帘，她机械地停了下来；她毫不迟疑地想到，她缺少的锅、餐盘、汤匙、叉子，这些一下子都出现在她的眼前了。为了使她的一套炊具尽可能完善，她只要利用这些旧罐头盒子就行了。佩琳娜一蹦就穿过了马路，匆匆挑选了四个盒子，接着跑到一道篱笆那里，把它们藏在一堆干树叶底下，准备当天晚上回来的时候取走。这样，并不要很高的手艺，她就可以把自己设计的各种菜谱付诸实施了。

整整一天她惦记这四个盒子是否会被人拿走。如果别人拿了去，那她制定的全部计划将功败垂成。

好在从这里经过的人，谁也不想把这些东西拿走。放工后，佩琳娜回到了树篱笆那里，待到路上的行人走过后，她在原来埋藏的地方找到了那四个盒子。

由于佩琳娜既不能让炊烟从她的小岛上冒出来，也不能在岛上弄出声音来，她只好躲在采石场，希望能在那里找到她需要的工具——石头。有的石头可以当锤子敲白铁皮，扁平的石头则可以代替铁砧，圆石头可作芯棒，其他石头可作剪刀，用来裁白铁皮。

这是一项使她感到最困难的工作。她费去了整整三天时间才打了一把汤匙，而且，要是她拿给别人看的话，还不知道人家能不能看出这是一把汤匙呢。但这确是佩琳娜想要制作的汤匙，这就够了。再说，她是独自一个人吃饭，不必担心别人对她桌子上的餐具会怎么评价。

现在，要做一锅她曾经非常想做的汤，就只缺黄油和酸模了。

黄油如同面包和盐一样是不能靠佩琳娜的双手做出来的，因为她没有牛奶。她得去买。

至于酸模，佩琳娜想省下这笔开销。她可以到草地里去找。那里不仅有野酸模，还有胡萝卜和婆罗门参。它们虽没有人工种的蔬菜那么好看和粗壮，但对佩琳娜来说还是很好的。

除此之外，她晚餐的菜谱还有鸭蛋和蔬菜呢。现在，她自己做了一个罐，可以煮蛋煮菜；又做了一柄白铁匙和一把木叉子，可以用来吃蛋和菜。池塘里还有鱼，她要是灵巧些，就可以抓到。要抓鱼该怎么办呢？线上装上蚯蚓作饵料就可以钓鱼。蚯蚓，她可以在塘边的淤泥里去找。至于线，她做草鞋买的线还剩下一大截呢。她只需花一个苏买些钓鱼钩就行了。钓鱼马鬃，她可以到铁匠铺前面去捡一些来。她的钓鱼线足可以钓好几种鱼，即使钓不到她在清澈见底的水沟里看到的那种大鱼——它们在她那过于简单的诱饵前不屑一顾地游了过去，她至少可以钓到一些不那么挑剔钓饵的小鱼吧。这些小鱼对佩琳娜来说，已经够大的了。

二十二

　　这些事情占去了佩琳娜所有傍晚的时间，所以一个多星期以来，她没有去看罗莎丽。由于卷线车间有位同伴就住在弗朗索瓦兹大妈家里，佩琳娜从她那儿知道了一些罗莎丽的情况。再则，她害怕碰见那个可怕的赞诺比，所以就一天天拖着没去。终于有一天傍晚，下班后她决定去看罗莎丽，而不马上回她的住处，况且晚餐是现成的，用不着再做，因为头一天她捉到一条鱼，当时就烧好了。

　　罗莎丽正好独自一人坐在院子里的苹果树下，一眼望见佩琳娜，便马上走到篱笆那里，带着又生气又高兴的口吻说："我以为你再也不来了。"

　　"这些天我真忙。"

　　"忙什么呢?"

　　佩琳娜不能不照实说了，她给罗莎丽看了自编的草鞋，然后把自己缝衣服的经过也告诉了她。

　　"难道你不能向同房间的人借把剪刀吗?"罗莎丽惊奇地问。

　　"我住的房子里是没有人能借给我剪刀的。"

"可每个人都有的呀。"

佩琳娜想，对自己现在的住所是否要继续对罗莎丽保密。转而又想，如果要继续保密，就得对罗莎丽搪塞一番，这样会使罗莎丽生气的，于是决定对她明讲。

"我住的房子只有我一个人，没有其他人，"佩琳娜微笑着说。

"这不可能。"

"这是真的。因此我既没有烧菜汤的锅，也没有吃饭的勺子，这些我都得自己制作。说实在的，做一个勺子比编一双草鞋要难得多。"

"你这是在开玩笑。"

"不是的，我向你保证。"

于是她毫无保留地向罗莎丽讲述了她是如何在草棚子里安身的，还告诉她如何自己动手制作了一套炊具，如何寻找野鸭蛋，如何在水塘里钓鱼以及在采石场里做饭的情况。

罗莎丽高兴得赞不绝口，仿佛是在听一个十分离奇的故事。

当佩琳娜讲到她是怎样第一次试做成功酸模汤时，罗莎丽兴奋得叫了起来："当时你该是多少高兴啊！"

"做成了是挺高兴的。但如果做得不顺利呢？为做一把勺子我花了三天时间。我怎么也挖不成一个勺子形状，白白浪费了两块白铁皮。当时，只剩一块白铁皮了。你可以想象我用石头敲打时，指头上挨了多少下。"

"我在想你做出的菜汤是什么样。"

"汤的确是不错。"

"这我相信。"

"尤其对我来说，过去从来没有喝过鲜汤，也没有吃过任何热的东西，这菜汤就显得更好喝了。"

"我虽然每天都喝，但这并不是一回事。在草地里竟然会采到酸模、胡萝卜和婆罗门参，真是怪事！"

"还能采到水田芥、细香葱、野莴苣、芹菜、萝卜、蔓菁、葡卜风铃、野甜菜和其他很多很多好吃的野菜。"

"得认得出才行。"

"我父亲曾教过我怎样辨认这些野菜。"

罗莎丽沉思了一会儿，末了说："你愿意我去你那里看看吗？"

"当然欢迎，可你得答应不把我住的地方告诉任何人。"

"我可以向你保证。"

"那你什么时候来呢？"

"这个星期天我要去圣比布瓦姨母家，下午回来的时候我到你那儿去。"

佩琳娜犹豫了一会儿，然后亲切地说："干脆到我那儿吃晚饭吧！"

罗莎丽身上有着地道的农民气质，对佩琳娜的邀请，她虚假地客套了一番，既没说去，也没说不去，但不难看出她心里是十分想去的。

佩琳娜再三说："你如能来吃晚饭，肯定会使我高兴的，我一个人在那儿多孤单呀。"

"这倒是真的。"

"那就这样说定了。来的时候你带上你的小勺子，因为我既没有时间也没有白铁皮再做第二把了。"

"我把面包也带上，好不好?"

"好，我在采石场等你，你会看到我在那里是怎么做饭的。"

佩琳娜说她很高兴接待罗莎丽，这是真心话。她已把这当作件隆重的事情了：接待一个客人，要准备一份菜单，要去采集吃的，这有多忙啊！在她看来，这件事情有着深刻的意义：几天前，谁能想象她居然能请客吃饭呢!

重要的是得去钓鱼和猎取鸟蛋。如果她不掏鸟窝，也钓不到鱼，只有酸模汤的话，那这顿晚餐实在太寒酸了。从星期五开始，她利用傍晚的时间跑遍了附近的水沟。幸好她在那里发现了一个水鸡窝。当然，水鸡蛋比野鸭蛋小，但是她无权挑肥拣瘦。钓鱼的成果要好一些，她把红蠕虫作诱饵系在钓鱼线上，巧妙地钓着了一条鲈鱼，足够她和罗莎丽美餐一顿了。可她还想搞一点饭后水果。在一棵树冠如盆的柳树下长着一株醋栗，这可帮了她的忙。醋栗可能还没有熟透，但这种野果的一个好处是青的时候也可以吃。

星期天黄昏时分，罗莎丽来到了采石场，看见佩琳娜正坐在一堆火前，上面一锅汤正在翻滚。

"我等你来后再把蛋黄倒进汤里，"佩琳娜说，"我慢慢往锅里倒蛋黄，你帮忙在里面搅一搅。面包已经切好了。"

罗莎丽虽然已经洗好手准备吃饭了，但她并不怕承担这个差使，因为这跟做游戏一样，而且对她来说还挺好玩的。

汤很快就煮好了。现在只要把它端进小岛，就可以开饭了。这活是佩琳娜干的。

因为罗莎丽的手还用三角巾悬吊着，为了接待她，佩琳娜把原来的那块桥板又架了起来。

"平时我进出小岛只需一根撑竿，"她说，"但这对你不方便，因为你手上的伤还没有好。"

小草房的门开着，罗莎丽一进门便看到墙壁四角全插着各种花束，有香蒲，有玫瑰色的花蔺，这儿是黄菖蒲，那儿是蓝色钟状鸟头。餐具也已在地上摆好了。佩琳娜的辛勤劳动使罗莎丽惊叹不已："真漂亮！"

在用新鲜蕨草铺成的床上，对称地摆着两张肥大的巴天酸模叶子当作碟子。她在另一张更大的牛防风叶子上放着鲈鱼，四周围着水田芥。一张小叶子权充盐盅，另一张叶子代替高脚水果盘，上面放着醋栗子果。盘与盘之间还插上了素色的睡莲，在绿叶映衬下，显得更加耀眼夺目。

"请坐。"佩琳娜伸手示意罗莎丽。

她们俩面对面坐了下来。晚餐开始了。

"如果我今天不能来的话该多遗憾啊！"满满塞了一嘴的罗莎丽说，"这多美啊！这多好啊！"

"好你为什么不能来呢？"

"因为他们想派我去比格尼照料邦迪先生。他病倒了。"

“邦迪先生得了什么病?”

“伤寒,而且病得很厉害。昨天开始,他尽说胡话,人也认不出来了。正是为了这事,我昨天曾来找过你。”

“找我干什么?”

“噢,这是我的一个主意。”

“如果能帮邦迪先生做点什么,我当然很乐意。他待我很好,但像我这样一个穷孩子,又能为他做些什么呢?我不知道。”

“再给我夹点鱼和水田芥,然后我讲给你听。你知道邦迪先生是被聘请来专门负责与外国人通信联络的。英、德文的业务信函都是由他翻译的。可现在他不省人事,不可能翻译任何东西了。丁里本想再雇一个人来替代他,但是等邦迪先生病好后,新雇来的人可能不愿走,所以法布里先生和孟布勒先生自告奋勇担负起邦迪先生的工作,以便他病好后能回来干他的老本行。但法布里昨天被派到苏格兰去了,这下子孟布勒先生就觉得为难了。虽然他德文还不错,在法布里先生的帮助下也可译点英文,因法布里先生曾在英国生活过好几年,但如果要让他单独翻译英文,就不那么行了。尤其是手写的英文信件,还得先琢磨字迹。昨天他正好在我服务的饭桌上谈这件事,他说他不得不放弃替代邦迪先生的念头,于是我跟他说,你的英语讲得跟法语一样好。”

“我跟爸爸讲法语,跟妈妈讲英语。当我们三人一起谈话时,我们有时讲法语,有时讲英语,对我们来说都一样,谁也不去注意讲什么语言的事。”

“当时我没敢跟他说,那么现在,你说我可以跟孟布勒讲吗?"

"当然可以,如果你认为他需要像我这样一个穷姑娘的话。"

"这不是穷姑娘或阔小姐的问题,而是你会不会讲英语的问题。"

"我当然会讲英语,但翻译业务信函,那可是另外一码事。"

"自然不像孟布勒那样懂业务。"

"那可以。如果是这样的话,请你跟孟布勒先生讲一声,如果我能帮助邦迪先生做点事情,我将十分高兴。"

"我会跟他讲的。"

虽然那条鲈鱼个头很大,却被她俩吃个精光,水田芥也吃得干干净净。现在该吃水果了。佩琳娜站起来,把盛放鲈鱼的牛防风叶子撤下来,换上了叶脉分明的亮晶晶的盘状睡莲叶,看上去真像漂亮无比的釉瓷器皿。佩琳娜端上了醋栗果。

"吃吧,"她好像在同布娃娃讲话似的微笑着说,"这是我家果园里产的水果。"

"果园在哪儿?"

"就在我们头顶上。一棵醋栗树攀缠着柳树枝生长,而这棵柳树正是这间棚子的顶梁柱。"

"你知道吗?这间房子你住不了多久。"

"我想可以住到冬天。"

"住到冬天!打猎季节快要在沼泽地开始了,到那时,这间房子肯定要派上用场。"

"噢!天啊!"

这一天开始的时候是那样的愉快，而最后却在这可怕的惶恐之中结束。这天夜里自然是佩琳娜住到小岛以来睡得最糟糕的一夜。

　　该到哪儿去栖身呢？

　　她花了那么多心血制作的这套炊具到时将派上什么用场呢？

二十三

　　如果罗莎丽单单告诉她沼泽地里不久就要开始打猎了，那对佩琳娜的打击就厉害了。但罗莎丽同时也告诉了她关于邦迪先生生病和帮孟布勒先生搞翻译的事情，这无疑冲淡了佩琳娜心中的忧虑。

　　是啊！这个小岛太迷人了，要离开它简直是一场灾难。但是如果不离开这个小岛，她就无法奔向甚至永远不能实现她母亲生前给她确定的、她应该为之奋斗的目标。现在，她如果有机会帮助邦迪和孟布勒做些事情，那她便能同他们建立起联系，从而有朝一日打开她必须通过的大门。这是一个理应压倒一切的考虑，甚至足以战胜因失去她的独立王国而产生的悲伤。要知道，无论这儿的游戏多么有趣，她并不是为了玩这种游戏，也不是为了掏鸟窝、钓塘鱼、采野花、听鸟唱歌、请朋友吃饭才千里迢迢、历尽艰辛到这里来的。

　　星期一中午歇工的时候，她按照同罗莎丽约定的时间来到弗朗索瓦兹大妈家的门口，看看孟布勒先生是否需要她帮忙。但罗莎丽出来告诉她说，因为星期一没有从英国来的信，所以今天上午没有什么要翻译的，可能明天才需要。

于是佩琳娜回到车间继续干她的活。两点钟刚过几分钟，拉吉耶把她叫住了。

"快到工厂办公室去。"

"什么事？"

"我哪儿知道？他们只说要我派你到办公室去，快走吧。"

她没有再多问，首先因为问拉吉耶也没有用，其次她猜到他们需要她干什么了。然而她并不知道是不是因为需要让她同孟布勒一道从事一项困难的翻译，而把她叫到办公室里去的。在那儿大家都会看到她，因此，他们也都会知道是孟布勒要她帮忙的。

站在台阶高处的塔鲁埃尔看见她走过来，便叫住了她："你过来。"

她三步并作两步跑上了台阶。

"会讲英语的就是你吗？"他问道，"应当如实回答我，不许撒谎。"

"我母亲是英国人。"

"法语怎么样？听不出你有口音。"

"我父亲是法国人。"

"那么你会讲两种语言喽？"

"是的，先生。"

"那好，你到圣比布瓦去一趟，维尔弗朗先生那儿需要你。"

一听到维尔弗朗这个名字，佩琳娜不由一惊。见此，经理生气了："你发什么愣？"

她马上恢复了镇静，并找了一条说明她吃惊的理由："我不知道圣比布瓦在哪里。"

"有车子送你去，你不会迷路的。"

然后，他站在台阶上叫道："纪尧姆！"

随着喊声，维尔弗朗先生的马车从办公室外面的树荫下朝这儿驶了过来。

"喏，这就是那个小女孩，"塔鲁埃尔说，"你把她送到维尔弗朗先生那儿去，行动要快点。"

说话间，佩琳娜已走下了台阶，刚要跨到纪尧姆旁边的座位上，纪尧姆却摆摆手阻止她说："不是这里，坐后边去。"

真的，马车后边还有一个小座位正好够一个人坐。她一坐上去，马车就飞奔而去了。

出了村庄，纪尧姆一面快马加鞭，一面转过身来问佩琳娜："您真的会讲英语？"

"是的。"

"那您就有机会讨老板的喜欢了。"

佩琳娜壮着胆子问他："怎么回事？"

"因为刚来了几个英国机械师，要为我们厂组装机器，但维尔弗朗先生同他们语言不通，把孟布勒先生叫去了。孟布勒自称会讲英语，但英国机械师不懂他的英语，所以彼此争论了半天，谁也弄不清对方的意思，真把老板气炸了。那场面真会笑死人的。最后，孟布勒先生无计可施，为了平息老板的怒气，只好对他说卷纬机车间有一个叫奥雷丽的姑娘会讲英语，于是老板派我来拉您去。"

他沉默了一会儿，又转过身来对佩琳娜说："您知道吗，如果您的英语讲得跟孟布勒一样，那您还是马上下车为好。"

接着他半开玩笑地说："要不要停车？"

"您可以继续走。"

"我都是为您好。"

"谢谢。"

尽管佩琳娜嘴上回答得很硬，但她并不是没有顾虑：如果说她对自己的英语心里还颇有把握的话，那么她对机械师们到底会讲什么英语却一无所知。纪尧姆不是带着讽刺的口吻说他们讲的英语同孟布勒讲的不一样吗？此外，她也知道每个行业都有自己的行业用语，至少有行业自己特定的技术词汇，而机械方面的术语她从来没有接触过。如果到时候她听不懂或者译得吞吞吐吐，维尔弗朗先生会不会像对孟布勒先生那样对她大发脾气呢？

圣比布瓦快到了，他们已能远远望见高耸的烟囱在白杨树梢上空冒烟。佩琳娜知道圣比布瓦与马洛库尔一样，也有纺纱厂和织布厂，另外这里还生产缆绳和细绳。不过，知道这些情况与否对她要翻译的内容并没有什么帮助。

车子一转弯，工厂的全貌便尽收眼底了。厂房都分布在草地上，她觉得这里厂子的规模虽然比马洛库尔小些，然而也十分可观。马车很快穿过了工厂的铁栅栏大门，不一会儿就在办公室门口停住了。

"请您跟我来。"纪尧姆说。

他领着佩琳娜走进了一间屋子，维尔弗朗先生就在那里，旁边还有圣比布瓦厂子的经理。进去时，他俩正在交谈。

"就是这个小姑娘。"纪尧姆脱下帽子说道。

"好，你可以走了。"

维尔弗朗先生没有理睬佩琳娜，他对经理做了个手势让他俯下身来，低声跟他耳语了几句，经理同样在他耳边嘀咕了几句。佩琳娜的耳朵很灵，她虽然没完全听清他们低声耳语的内容，但她明白维尔弗朗先生正在向经理询问关于她的情况，经理则回答说："这是一个十二三岁的小姑娘，看上去一点也不笨。"

"请过来，孩子。"维尔弗朗先生对她说。这口气跟他对罗莎丽说话的口气一样，她曾经听到过。但当他同职员们说话时，则完全是另一种口气。

这使她深受鼓舞，也使她控制住了紧张不安的情绪。

"你叫什么名字？"维尔弗朗先生问道。

"叫奥雷丽。"

"你的父母呢？"

"都死了。"

"在我这里工作有多久了？"

"三个星期。"

"你从哪里来的？"

"从巴黎来。"

"你会讲英语？"

"我的母亲是英国人。"

"那你会英语吗?"

"我会讲日常会话英语，也能听懂英语，但是……"

"不要讲但是，你会还是不会。"

"我不会专业英语，因为我不懂专业术语。"

"伯努瓦，你瞧这个小女孩说的话才不傻呢。"维尔弗朗对他的经理说。

"我敢担保，她看上去一点也不笨。"

"这下子我们或许能解决问题了。"

他撑着拐杖站起来，另一只手挽住经理的胳膊，对佩琳娜说："请跟我们走吧，孩子。"

平时，佩琳娜的双眼很善于观察事物，但凡看到的都能记住，但今天跟在维尔弗朗后面走，她一路上只顾在内心盘算：不知道与英国机械师们的交谈会产生什么结果呢?

他们来到了一幢新建的大楼前，墙是用白色和蓝色的釉砖砌起来的。佩琳娜看见孟布勒正懊恼地来回踱步，并且觉得他不怀好意地向她瞧了一眼。

他们走进大楼，上了二楼。只见一间宽敞的大厅中央堆放着白色的大木箱，上面到处用不同的颜色写着：物品、钢板、曼彻斯特。英国机械师们坐在一只木箱上，个个穿着笔挺的呢子西装，领带上别着银针。至少从衣着上看，他们颇有绅士风度，这使她相信他们的话可能比没文化的工人的话容易听懂。看见维尔弗朗先生走过来，他们都站了起来，这时维尔弗朗先生转身对佩琳娜说："你告诉他们，说你会讲英语，他们有什么话都可以跟你说。"

佩琳娜照维尔弗朗说的翻译过去。刚说第一句话，她便看到英国机械师们原来紧锁的眉头豁然舒展开来，对此她感到深受鼓舞。诚然，这不过是一句日常用语，然而他们的微笑却是个好征兆。

"他们全懂了。"经理说。

"那么现在问问他们，"维尔弗朗先生说，"为什么他们比原定到达的日期提前了几天，而负责指挥他们安装的工程师现在还没有来，他会讲英语。"

她把这句话忠实地翻过去了，其中一位英国人马上作了回答。

"他说，他们在康布勒安装机器，并提前完成了任务，但是他们没有再回英国，而是直接来到了这里。"

"在康布勒给谁安装机器？"维尔弗朗先生问。

"给阿弗里纳兄弟公司安装。"

"是些什么机器？"

提问后，对方用英语作了回答，佩琳娜犹豫了一下。

"你为什么迟疑着不翻译？"维尔弗朗先生以急不可待的口气追问道。

"因为这是个专业术语，我不懂。"

"英语怎么说？"

"液压轧布机。"

"噢，这就对了。"

维尔弗朗先生用英语重复了这个词。但他与英国机械师的语调完全不一样，所以他们刚才讲的时候，他没有听懂。然后他又对经理说："你看阿弗里纳兄弟赶在我们前头了，我们再不能耽搁了。我马上给法布里去电报，让他尽快回来。但现在我们必须说服这些小伙子，要他们马上干起来。姑娘，问问他们为什么待着不干活。"

她把这个问题翻译过去，他们当中有一位看上去是头头的人作了很长的回答。

"怎么样？"维尔弗朗先生问。

"他们讲的内容太复杂了。"

"你得尽量给我解释清楚。"

"他们说铁板不够结实，难以承受一部重十二万磅的机器。"

她停了一下用英语问工人："是十二万吗？"

"是的。"

"对，就是十二万磅重。这么重的机器运转起来，会把铁板震裂的。"

"可梁有六十厘米高。"

她把这句表示异议的话翻译给对方后，又听了英国工人们的回答，然后她继续翻译道："他们说他们已经试验了板的水平度，结果板被压弯了，他们要求计算一下板的承受能力，或者在板的下面安上加固的支撑。"

"告诉他们，计算这件事，法布里回来后会办的。板的承受能力是可以的，请他们马上装上。因此，要他们马上干起来，一分钟也不能再耽误了。他们需要的工人，木工、泥瓦工，会给他们派来的。从现在起，你就跟他们一块儿工作，他们需要什么，只要对你讲就行了，由你把他们的要求转告伯努瓦先生。"

她把这些指示都翻给了英国工人，当他们听说她可给他们当翻译时，显得很满意。

"你就留在这里，"维尔弗朗先生继续说，"我们会发给你一张卡片，凭卡片可以到旅馆里吃饭、住宿而不用付钱。如果大家满意的话，等法布里先生回来后，你将会得到一笔奖金。"

二十四

　　干翻译这个行当，可比在车间里推小车强多了。她作为翻译工作了一天。她带着英国安装工人来到村里的旅馆，给他们每人订了个房间，她自己也订了一间。这可不是那种破烂的陋室，而是真正的房间，就像在自己家里一样。由于这些英国人不懂法语，更不会讲法语，他们要求佩琳娜同他们一道吃饭。通过佩琳娜，他们点了一大桌菜，足够十个皮卡尔人吃的。那满盘满盘的肉，跟她前一天请罗莎丽在小岛上吃的那顿"丰盛"的晚餐根本不能同日而语。

　　这天夜里，她躺在一张真正的床上，盖的是名副其实的被子，但是她却迟迟没有睡意。最后，好不容易闭上了双眼。由于过分激动，一夜醒了不下上百次。她竭力想使自己平静下来，自我安慰说：我应随遇而安，而不必管它是吉是凶，唯有这样才是理智的。看起来，现在的情况非常有利，她不该在这时自寻烦恼。归根到底，她还得看将来的情况再做决定。然而，这一套宏论，若是对自己而发，那么它是绝不能使你入睡的；恰恰相反，越是言辞雄辩，就越使人神志清醒。

第二天清早，她一听见工厂的汽笛声，便去敲那两个英国安装工人的门，告诉他们该起床了。但这两个英国安装工人既不听工厂汽笛的指挥，也不理睬门铃的呼唤，至少来到欧洲大陆上是这样。他们梳洗了一番，然后便一杯接一杯地往肚里灌茶，大口大口地嚼着涂满黄油的烤面包，这是皮卡尔人从未见识过的。吃饱喝足后，他们才去上班。悄悄在门口等待他们的佩琳娜跟在他们后面，心想他们真会磨蹭，不知维尔弗朗先生会不会赶在他们前面先到工厂。

其实，维尔弗朗先生直到下午才由他最年轻的外甥卡齐米尔先生陪着来到工厂，因为他双目失明，需要有人帮助他。

卡齐米尔以轻蔑的眼光看了看英国安装工人干的活，实际上，他们只是在为安装机器作准备。

"法布里不回来，这两个小伙子可能干不了什么事，"他说，"这也不奇怪，因为你给他们配了个这么小的监工。"

这句话讲得尖酸刻薄。但是，维尔弗朗先生对此并未附和，反而说："如果你能把这个差事担当起来，我就不用到卷纬机车间去找这个小姑娘了。"

佩琳娜看得出，卡齐米尔对这种毫不留情的指责恼怒至极，但他克制住了自己，只是轻描淡写地回答说："自然喽，如果我当初能预见到有朝一日人们要我脱离行政管理工作，而去搞工业的话，那么我就先学英语而不会先学德语了。"

"要学习可从来不晚。"维尔弗朗先生驳了一句，意思是要结束这一场争论。双方的争论可真称得上是唇枪舌剑。

佩琳娜躲在一边尽量往后缩，不敢动弹，而卡齐米尔也根本不去理睬她。不一会儿，他把胳膊伸给他舅舅，搀着他一块儿出去了。这下佩琳娜可以自由自在地考虑她的问题了：维尔弗朗先生对他外甥真够严厉的，而他的外甥多么傲慢、冷淡、令人讨厌啊！这舅甥俩之间是否有感情呢？显然，看起来没有。但为什么会这样呢？为什么这位年轻人对这位受尽疾病和痛苦折磨的老人会如此冷漠薄情呢？为什么这位老人对随身充当儿子的外甥又如此严厉？

　　佩琳娜的脑子里正在转悠这些问题的时候，维尔弗朗先生又回到车间来了。这次是经理领着他进来的，经理让他坐在一个包装木箱上，向他介绍安装工人们的工作进度。

　　过了一些时候，她听经理连喊两声："奥雷丽！"

　　这下，她好像突然从梦中惊醒了似的赶紧跑上前去。

　　"你聋了吗？"伯努瓦斥责道。

　　"不是，先生，刚才我在听安装工人说话。"

　　"您走吧。"维尔弗朗先生对经理说。

　　经理一走出去，维尔弗朗便对站在面前的佩琳娜说："孩子，你能看书吗？"

　　"能，先生。"

　　"能看英文书？"

　　"看英文书或法文书都行，对我来说都一样。"

　　"你会不会一面看英语一面把它译成法语呢？"

　　"会的，先生，如果句子不太复杂的话。"

"你能读报纸上的新闻吗?"

"我从来没有试过,因为我看英语报纸的时候,完全懂得它的意思,不需要译成法文来理解。"

"如果你能看得懂,那就能翻译过来。"

"我想是这样,先生。不过我没有把握。"

"那好吧,我们试试看。你去告诉安装工人,他们什么时候需要你可随时来叫。他们工作的时候,你设法把这张报纸上我指出来的文章译给我听。你去通知他们,然后回到我这边来。"

她通知完毕后,便回到维尔弗朗身边坐下来,并同他保持着足表敬畏的距离。他把《丹迪新闻报》递给了她。

"我该读哪条呢?"她一面打开报纸一面问。

"翻到商业版。"

那没完没了的黑体字长栏目,把她弄得晕头转向,惶恐不安,心里捉摸这项新任务怎样才能完成。维尔弗朗先生会不会因为她动作太慢而不耐烦?或者会不会认为她笨拙而发火呢?

然而,维尔弗朗先生不但不催她,反而安慰了她一番,因为他凭着盲人特有的敏锐听觉,猜出了佩琳娜心里很紧张。

"不用着急,我们有的是时间,况且你可能从来没有看过商业性的报纸。"

"说得正是,先生。"

她继续寻找,突然不禁轻轻地叫出声来。

"你找到了吗?"

"我想是。"

"现在你就找 Linen,Henp,Jute,Sacks,Twine 的专栏。"

"噢，先生，你懂英语呀?"她不由自主地说。

"我懂五六个我的专业词汇，可惜，就懂这么多。"

当她找到这个专栏后，便开始翻译起来。速度之慢连她自己也感到失望，有时还吞吞吐吐、结结巴巴的，急得她手心都沁出汗水来了。维尔弗朗先生却不时给她打气，说"行了，我懂了，再往下念。"

于是她又在报纸上找了起来。

"噢! 在这里。是我们的特派记者写的。"

"对，念吧。"

"我们从达卡得到的消息……"

她在读达卡这个词的时候，声音都颤抖了，维尔弗朗对此吃惊地问:"你为什么声音发抖?"

"我不知道发抖了没有，可能是由于我心里激动的缘故。"

"我已经跟你说过不必惊慌，你给我翻译的内容已超过了我所期望得到的。"

她把来自达卡的这篇通讯读了一遍，讲的是布拉马普德拉河沿岸黄麻的收成情况。译完后，维尔弗朗先生又叫她在"海运消息"一栏内找找有没有发自圣赫勒拿岛的电讯。

"英文字母是 Saint Helena。"他说。

于是乎她就在黑色大字标题中上下寻找，终于，Saint Helena 这个词跳到了眼前:"从加尔各答来的英国船阿尔玛号，二十三日经过此地开往丹迪港，二十四日从纳拉英戈治开来的挪威船格凌洛文号经此开往布洛涅。"

他听后露出满意的神情。

"很好,"他说,"我对你的工作很满意。"

她本来想回答,但她怕一说话就会暴露她的兴奋心情,所以就没有吭气。

他继续说:"我看,在可怜的邦迪身体康复之前,我可以让你在我身边工作了。"

他在了解了英国工人安装方面的情况后,又叮嘱他们要抓紧干,然后让佩琳娜领他去经理办公室。

"我是不是应该扶着您走?"她腼腆地问。

"当然喽,我的孩子。不这样你怎么能带路呢?遇到路上有障碍时告诉我一下,尤其不要分心。"

"噢,先生,我保证做到,您放心好了。"

"你该看得出我对你是信任的。"

佩琳娜恭恭敬敬地拉着他的左手,而他的右手则挂着根拐杖在前边探路。

一走出工厂,便是铁路,铁轨高高突起,她想应该告诉他。

"这个没有必要告诉我,"他说,"我对工厂所有的道路都熟记在脑子里,腿也走熟了。我无法知道的是路上可能遇到意想不到的障碍,这些你要告诉我,或让我避开。"

他不仅对工厂的地形非常熟悉,而且对工厂的人员都熟记在脑子里。当他在工厂的院子里走过,工人们同他打招呼的时候,他不仅脱帽致意,而且还直呼其名,仿佛他能看见似的。

"您好，维尔弗朗先生！"

　　对厂子里相当多的人，至少对工厂的老工人，他也是用同样的方式回答："您好，雅克！"或"您好，帕斯卡尔！"他们每个人的声音，他的耳朵都辨得清清楚楚。他不太犹豫，因为他几乎认识所有的人。每当他犹豫的时候，他便停下来："这不是你的名字吗?"他一边叫着对方的名字，一边问。

　　如果他搞错了，他便解释是什么原因使他弄错的。

　　他们这样慢慢走着。从车间到办公室的路程相当长，等佩琳娜把维尔弗朗先生引到办公室的转椅前，他便让她回去了。

　　"明天见！"他说。

二十五

第二天，维尔弗朗先生由经理领着来到了车间，到达的时间与前一天一样。佩琳娜没能像她希望的那样迎上前去，因为这时安装机械师正召集木工、泥瓦工、铁工、机械工开会布置任务，她正忙于把机械师的要求传达给他们。她译得干脆利落，没有任何迟疑，也不重复，同时又把法国工人提的问题和意见告诉英国机械师。

维尔弗朗先生慢慢地走了过来，大家都不说话了。维尔弗朗先生摆了摆拐杖，示意大家继续谈下去，只当他不在场。

当顺从的佩琳娜遵照他的命令继续翻译时，他凑近了经理的耳朵："您知道吗？这个小姑娘真顶得上一个优秀的工程师。"他小声说，但声音不算太低，所以佩琳娜不是一点也听不到。

"确确实实，她办事果断，很了不起。"

"我认为她在其他事情上也很出色。她昨天给我翻译了《丹迪新闻报》，比邦迪翻得还好呢？而且这是她第一次读报纸的商业版内容。"

"您知道她父母的情况吗？"

"不知道。可能塔鲁埃尔知道。"

"看来她的处境十分贫困，可怜。"

"我给了她五法郎供她吃住。"

"我说的是她的衣服。她的上衣磨得只剩下一些布筋了，裙子破烂不堪，只有在波希米亚女郎身上才能看到这种裙子。她脚上的草鞋肯定也是她自己做的。"

"她的外表怎么样，伯努瓦?"

"聪明，非常聪明。"

"轻浮吗?"

"不，一点也不。相反，她很老实、直爽、坚定，她那双眼睛能看穿一堵墙，但又很温柔而不轻信。"

"这小女孩到底是从哪儿来的呢?"

"肯定不是我们这儿的人。"

"她对我说过，她母亲是英国人。"

"我并不觉得在她身上有我所认识的那些英国人的气质，而是一种别的气质，完全不同于英国人的气质。此外，她长得很漂亮，那身破旧不堪的衣服更衬出了她的美貌。在她身上真有一种天生的友善与威严，所以即使她衣着褴褛，我们的工人们仍乖乖地听她。"

伯努瓦是一个不放过任何机会吹捧老板的人，这时他见老板手里拿着一份得奖金的人的名单，便又补充说："您虽然看不见她，但您什么都猜到了。"

"她说话的音调给我的印象很深。"

　　佩琳娜虽然没有听清他们的全部谈话，但这无意间听到的几句话，已使她倍感兴奋了。她必须竭力控制自己。因为，她应该专心听的不是维尔弗朗先生和经理在她背后的谈话，尽管他们的谈话对她非常重要，而是要专注英国安装人员和法国工人对她说的话。万一她在翻译时出了差错，维尔弗朗先生会怎样想呢？

　　幸好她自始至终都译得很顺利。译完之后，维尔弗朗先生就喊她到他身边去。

　　"奥雷丽！"

　　这一次，她一听到这个名字，便马上答应，因为从此以后奥雷丽该是她的名字了。

　　跟昨天一样，维尔弗朗先生叫她坐在身旁，给她一页纸让她翻译。但这次给她的不是《丹迪新闻报》，而是《丹迪贸易协会报》的通讯。在某种意义上说，这是黄麻贸易的官方公报，这一次无须来回翻着找题目了，而是从开头翻译到末尾。

　　翻完后，仍像昨天一样，维尔弗朗由佩琳娜领着他穿过工厂的院子，但这次他边走边问她："你告诉我说你妈妈已经去世了。有多久了？"

　　"五个星期了。"

　　"是在巴黎去世的？"

　　"是的。"

　　"那你父亲是什么时候去世的？"

　　"有六个月了。"

　　说到这里，维尔弗朗觉得攥在自己手里的那只小手由于痉挛在往回抽缩，这说明一提起这些伤心事，佩琳娜是何等痛苦。于是，维尔弗朗便在不离题的情况下，根据她刚才的回话问了几个顺理成章的问题。

"你父母是做什么的?"

"我们原先有一辆车，做小买卖。"

"在巴黎郊区做生意吗?"

"我们到处走，有时在这个国家，有时在那个国家。"

"你是在母亲去世后就离开巴黎了?"

"是的，先生。"

"为什么呢?"

"妈妈临死前要我在她去世后立即离开巴黎，到法国北部投靠爸爸家里的人。"

"那你为什么到这里来了呢?"

"我可怜的妈妈临死前，我们不得不把那辆车子和那头驴子以及我们仅有的一点东西卖掉。为治妈妈的病，这点钱几乎全都花光了。当我埋葬了母亲从墓地出来的时候，身上只有五法郎三十五个生丁了。这点钱还不够我买火车票，于是只好步行。"

维尔弗朗先生的手指头颤动了一下，而佩琳娜不知其中的缘故。

"先生，如果我这些话使您烦心的话，那就请您多多原谅。我可能说了些废话。"

"没有。相反，我很高兴看到你是个如此勇敢的姑娘。我喜欢那些有意志、有勇气、有决断、不自暴自弃的人。如果我在男子汉身上看到这些品质使我感到高兴的话，那么在像你这样年龄的女孩子身上看到这些品质，更使我高兴。你就带着这一百零七个苏出发啦?"

"还有一把小刀、一小块肥皂、一个顶针、两根针、一点线和一张地图，总共就这些了。"

"你会看地图?"

"在路上行车就得会看地图。这些就是我从我们车上的全部家当中保留下来的全部东西。"

他打断她的话说:"我们的左边有一棵大树，是吗?"

"是的，先生，树周围有一圈木板长凳。"

"我们到那儿去吧! 坐在凳子上谈更好些。"

他们坐下后，她继续讲述她的遭遇。现在她不用操心哪些情况该省略了，因为她看得出维尔弗朗先生对她讲的情况都很感兴趣。

当佩琳娜讲到她走出树林遇上暴风雨的时候，维尔弗朗插嘴问道:"你没有想过伸手去乞讨吗?"

"没有，先生，从来没有想过。"

"但当你看到自己找不到工作的时候，你打算靠什么为生呢?"

"什么也不靠。本来我想只要有一口气，我就要往前走，只有这样才是生路。只有到了精疲力竭时，我才灰心丧气，因为我再也走不动了。如果我早昏迷过去一个小时的话，那我也许就完了。"

于是她讲述了她的驴子如何舔她，把她从昏迷中唤醒，又怎样受到收购破烂的商贩拉卢氏大妈的搭救。她三言两语地带过她与拉卢氏大妈在一起相处的日子，最后一直讲到她如何遇到了罗莎丽。

"跟罗莎丽聊天时，我得知您的工厂对所有应聘工作的人都给活干，便决定来报名找工作，最后被分在卷纬机车间。"

"那你什么时候再离开呢？"

她没有预料到维尔弗朗先生会问这个问题，因此一下子有点愣住了。

"我不想走了。"她思考了一会儿回答说。

"那你的亲戚呢？"

"我并不认识他们，也不知道他们是否会欢迎我去，因为他们和我父亲闹翻了。我之所以要去找他们，是因为没有其他人可以投靠，但我并不知道他们是否会接纳我。既然我在这里找到了工作，我觉得还是留在这儿好。万一他们把我拒之门外，那时我该怎么办呢？我现在不愁饿肚子，但我害怕再去冒险。我只有在有把握的情况下，才会去冒险一试。"

"你的亲戚以前从来没有管过你的事吗？"

"从来没有。"

"这样说来你的谨慎可能是明智的。不过，如果你不愿冒险去吃闭门羹或被人赶出门外，那你为何不先给你亲戚或老家村庄的村长写信呢？如果他们不接待你，那你就留在这里，因为这里的生活是有保障的。但也许他们很欢迎你去，这样你就可以在他们身边受到爱抚、关怀和支持，而这正是你在这儿所缺少的。要知道，像你这样年龄的小女孩独自一人生活是很困难的，也很凄凉。"

"是的，先生，的确很凄凉，这我知道。我每天都感到这种凄凉。说实在的，如果他们伸开双臂欢迎我，我会幸福地扑向他们的怀抱。但如果他们像对我父亲那样坚决地把我拒之门外的话……"

"你的亲戚真是对你父亲十分不满吗？我的意思是说，是不是由于你父亲犯了严重的过错而受到他们正当的责备？"

"我父亲对所有的人都那么善良，我难以想象他会干出任何不好的事来。他是那样的正直、宽厚，对我和我母亲总是那样温存而充满爱怜。但我又觉得，如果没有重要的原因，他的父母是不会如此生气的。"

"那当然。不过，他们对你父亲的积怨，不会往你身上发泄的，因为父亲的过错不能怪罪到孩子身上。"

"但愿真能如此！"

她讲这句话的声音是那样的激动，维尔弗朗先生不禁为之动容。

"你瞧，在内心深处，你是渴望他们能收留你的。"

"但我什么都不怕，就怕被他们赶出来。"

"你为什么会被赶出来呢？你祖父母除了你父亲外，还有别的孩子吗？"

"没有。"

"你能代替已故的父亲，他们怎能不感到高兴呢？你不知道孤苦伶仃的人活在世上是什么滋味。"

"恰恰这一点，我体会得太深了。"

"年轻时孤苦一人还有个盼头，而风烛残年的老人在这种处境可就大不相同了，等待着他们的只是坟墓。"

维尔弗朗看不见她，而她却目不转睛地瞧着他，想从他的表情中看看他的话音里流露出的是什么感情。尤其听他谈到风烛残年那几个字时，她更是倾尽全力从他的表情窥察他的内心世界。

"那么，你决定怎么办呢？"等了一会儿他又问。

"先生，您不要认为我拿不定主意，刚才是因为我太激动才没有马上回答您。唉！如果能确信他们会把我当作孙女来接待，而不是把我当作外人赶出门就好了。"

"可怜的孩子，你对生活还一无所知。你应当知道，老年人比孩子更经不起孤独的折磨。"

"是不是所有的老人都这样想？"

"即便不这么想，也会有这种感受的。"

"您这样认为吗？"佩琳娜一面说一面眼睛盯着他，浑身在颤抖。

他没有直接回答，但是他仿佛自言自语似的低声说："是的，没错，老人都有这种感受。"

末了，他蓦地站起来，好像要挣脱这种悲痛的念头似的，以命令的口吻对佩琳娜说："回办公室去！"

二十六

工程师法布里到底何时回来呢？

每想到这个问题，佩琳娜就不安起来，因为法布里回来之日，便是她为英国安装工人充当翻译工作结束之时。

为维尔弗朗先生翻译《丹迪新闻报》的任务是否能一直持续到邦迪先生康复之日呢？这是使她更为忧虑的一个问题。

星期四上午，当她带着英国安装工人一起走进车间时，看到法布里先生正在忙着检查已经施工部分的质量，便悄悄地退到一边，避免介入法布里和英国工人们的对话。而那个英国安装工人说着说着把她扯进去了："多亏这个小姑娘，否则我们只好坐等了。"他说。

于是，法布里回头看了看她，但什么也没说。而她也不能贸然去问下一步她该怎么办，是回马洛库尔呢，还是继续留在这里工作。犹豫不决中她想到既然是维尔弗朗先生派她来的，该去该留还得听维尔弗朗先生的话。

维尔弗朗先生按照惯常的时间由经理搀着来到了车间。经理向他汇报了工程师法布里刚才对英国工人的吩咐以及对他们工作的评价。但是，看来维尔弗朗先生对法布里的安排并不完全满意。

"小姑娘为什么没来呢？这不大好吧。"他面带愠色地说。

"她在这儿呢。"经理回答说，一边做手势让佩琳娜过来。

"你为什么没回马洛库尔去？"维尔弗朗先生问。

"我想只能在您发话之后我才可以离开这里。"佩琳娜回答说。

"你这样想是对的，"他说，"你应当留在这里，等我每天来时帮我……"

说到这里他顿了一下，然后又接着说："甚至我在马洛库尔那边也需要你。这样吧，今天晚上你回去，明天上午到我办公室去，到时我再告诉你以后该做些什么。"

维尔弗朗先生等佩琳娜把他给安装工人们下达的命令翻译完毕之后，便离开了。这一天他没让她读报纸。

但这没有什么。既然第二天的工作有了保障，她用不着为当天的失望担心。

"我在马洛库尔那边也需要你。"

在佩琳娜乘坐纪尧姆的马车回圣比布瓦去的大路上，她心里一直重复着这句话。维尔弗朗先生到底将分配她干什么呢？她展开了遐想，心里总不踏实。不过有一条则是肯定的了：她再也不用回卷纬机车间去了。至于以后干什么，只好等着，但不是在焦虑中等待。如果她能按照母亲临终前的吩咐，慢慢地、小心谨慎地行事，既不操之过急，也不葬送任何机遇，那么已有的条件是能够帮助她如愿以偿的。因为现在可以说，她未来的命运已握在自己手里了。这是她的心里话，每当她需要开口说话或需要做出决断，或不得不冒险前进一步时，她总是对自己重复着这句话，因为她没有任何人可以请教。

她沉思着往马洛库尔走去，步子迈得很慢。有时想在篱笆底下采朵野花，或透过栅栏望一望草原和沼泽那边的秀丽景色，她便索性停住脚步。由于心潮起伏，热血沸腾，不由得快步疾走起来，不过她马上又强迫自己放慢了脚步。有什么好着急的呢！不能冲动！这是她必须培养的一个习惯，一条必须遵循的准则。

小岛上，一切依旧像佩琳娜离开时一样，每样东西都在原地放着。在她离开小岛的这几天里，挂在柳树上的醋栗子已经熟了，岛上的小鸟竟未敢随便动它们，这刚好为佩琳娜的晚餐提供了一道原先未曾想到的菜。

由于这天比在车间做工时回来得早，所以吃完晚饭她不想马上睡觉，而是利用夜幕降临之前这段时间到外边走走。她在芦苇丛中找了一处能一眼望尽水洼两边的地方坐了下来。这时她才意识到，离开这里仅短短几天，季节已经前进了，环境变得对她不利了。草地上的夜晚再不是往常那样一片沉寂了。她在岛上安顿下来的最初几个夜晚，突出的印象是四周万籁俱寂，整个山谷里只能听到鸟儿归巢时在水面上、草丛里和树叶深处发出的窸窸窣窣的神秘声音。而现在，远处那长柄镰的割草声，车轴的吱嘎声，鞭子的呼啸声，人们低声细语的讲话声……汇成了一片嘈杂的喧闹，打破了山谷的寂静。正如她从圣比布瓦回来的路上看到的那样，割草季节已在那些日照最充足的牧草地里开始了，因为那里的禾草成熟得比较早。她住的地方因为有浓密的树荫，草成熟得慢些，但要不了多久割草人就会抵达这里的。

无疑，这里再也不容佩琳娜住下去了，她得搬离这个巢穴了。不管是由于割草季节还是狩猎季节的来临，反正她得搬家，结果都一样，只是早几天晚几天而已。

虽然她已经习惯了旅馆里那舒适的被褥和紧闭的门窗，但一躺进那蕨叶铺成的软窝，她就觉得像是从未离开过这里似的，一觉醒来，已日上三竿了。

铁栅栏大门打开之后，佩琳娜来到了锯齿形厂房的门口。这次她没有随着人流往卷纬机车间走，而是往办公室的方向走去，边走边嘀咕，不知该径直进办公室，还是得在外头等。

末了，她决定还是在外头等候，因为已来到门口了，如果维尔弗朗先生差人叫她，随时都能找到她的。

这一等，等了差不多一小时，最后看到塔鲁埃尔先生来了，他严峻地责问她站在那儿干什么。

"维尔弗朗先生要我今天上午到他办公室来。"

"可这是院子，不是办公室。"

"我得有人叫我时才能进去。"

"上去吧！"

她跟在他后面来到门廊里，只见他拉过一把椅子横跨着坐下，做了个手势让她在面前站定。

"你在圣比布瓦干了什么事情？"

她把维尔弗朗先生让她做的事讲了一遍。

"这么说法布里先生命令你干了些蠢事，是吧？"

"我不知道。"

"怎么你不知道？这么说你是个傻瓜？"

"我肯定不聪明。"

"你很聪明，所以你不回答我，因为你不愿说。别忘了，你是在跟谁说话，你知道我是谁吗？"

"经理。"

"也就是说是主人。既然我是主人，一切都得经过我手，我得知道一切情况。谁敢不听我的，我就把他开除，这点你可别忘了。"

他果然如女工们在宿舍里议论的那样，是个心狠手辣的家伙，一个专制魔王，不光想在马洛库尔称王称霸，而且还想在圣比布瓦、巴库尔、弗莱赛尔等所有的地方称王称霸。为了扩大并维持他的权威，他无所不用其极，他甚至还想凌驾于维尔弗朗先生之上。

"告诉我，法布里干了什么蠢事？"他压低声音又问。

"这个我回答不上来，因为我不知道。但我可以把维尔弗朗先生让我告诉英国安装工人的那些话给您重复一遍。"

于是她把维尔弗朗先生当时讲的话一字不漏地重复了一遍。

"就这些吗？"

"是的。"

"维尔弗朗先生让你译过信函吗?"

"没有，先生，我只给他译过《丹迪新闻》报上一些段落和《丹迪贸易协会报》的通讯全文。"

"要知道，你如敢对我隐瞒什么，哪怕只有一丁点，我也会马上知道的。到那时，哼!"

本来他的话已够明确的了，但他又做了个手势，以加重最后几个字的粗暴语气。

"我干吗不说实话呢?"

"我只是警告你一下罢了。"

"先生，我会记住您的话的，这点我可以保证。"

"那就好。现在去坐到那边的凳子上，如果维尔弗朗先生需要你，他会记得他已经叫你到这里来了。"

她在那条凳子上又坐了近两个小时。只要塔鲁埃尔在那里，她动也不敢动，甚至也不敢思考问题。只有塔鲁埃尔出去时，她才敢想点事情，但这时心里更加惴惴不安，而不是更平静。因为除非是天不怕地不怕的人，才能自信面对这个凶神恶煞的人，而她的性格里又缺乏这种大胆的自信。塔鲁埃尔对她的要求是显而易见的，无非是要她充当他在维尔弗朗先生身边的耳目，向他报告她所译的信件的内容。

这一前景足以使佩琳娜感到惶恐不安，她认为塔鲁埃尔已经知道，或者至少已经猜想到维尔弗朗把她调来是为了翻译信件，也就是说邦迪先生卧病期间，维尔弗朗先生将把她留在身边。

当纪尧姆不担任车夫的时候，他是专供维尔弗朗先生差使的。佩琳娜看见他来了五六次，每次都以为他是来叫她的。但他只是在院子里跑出跑进，从她身边匆匆而过，连句话也不跟她说。有一次，他把三个工人带进维尔弗朗先生的办公室，塔鲁埃尔也跟着进去了。过了好长一阵子。这期间如有人推开办公室的门，便能听到里边有人扯着嗓门说话。显然维尔弗朗先生正忙于别的事情而顾不上她，乃至没有想到她已在门外了。

后来，工人们由塔鲁埃尔陪着走出来了。刚才他们打这儿进去时，那雄赳赳的步伐说明他们是属于工人中打头阵的、信心十足的人。可现在，他们却满脸怨气、一副尴尬相，举止迟疑不定。他们快走到门口时，塔鲁埃尔招呼他们留步，对他们说："老板说的同我早先告诉你们的有什么不同吗？没有不同嘛！是不是？只不过他的口气没有我的口气温和，他这样做是对的。"

"是对的？算我们倒霉。"

"您是绝不会那么说话的！"另一个工人说。

"可我还得说，"塔鲁埃尔说，"因为这是真理。我向来是主张讲究真理和正义的。我是身居老板和你们之间的人，既不偏向老板，也不偏向你们，是严守中立的。你们说得在理，我就承认你们有理；你们说得不在理，我也要直言相告。今天你们是没有道理的，你们的要求是站不住脚的。你们是受人挑唆了，可你们还看不出他们要把你们推向何方。你们声称老板剥削了你们，然而背后唆使你们的人却更不择手段地剥削着你们。老板起码给你们饭吃，而那些利用你们的人则让你们和妻子儿女挨饿。现在你们愿意怎么办就请便吧。这与其说是我的事，不如说是你们的事。至于我这里，再有七八天时间，新式机器就开动了，到那时，一切问题都解决了。这些新机器比你们干得更快、更好、更省，而且也不用浪费时间同它们打嘴巴官司。这可真有点意思，你们说是不是？当你们认输归来，渴望工作的时候，早没你们的位子了，工厂里再也用不着你们了。安装新机器的开销，我很快会捞回来的。好了，咱们说得够多了。"

"可是……"

"如果你们还没明白过来，那真叫笨蛋。我可没时间再听你们啰唆了。"

三个工人就这样被打发走了，一个个垂头丧气的。佩琳娜继续等下去，直到纪尧姆来把她领进一间宽敞的办公室。维尔弗朗先生端坐在一张大办公桌前，桌上摊放着卷宗。每个卷宗上都压着镇纸，上面用凸体字母作了标记，以便使双目失明的维尔弗朗先生用手一摸便知其内容。桌子的另一头装着电铃和电话。

纪尧姆并没有告退，就关好门走了出去。佩琳娜又等了一会儿，觉得应该报告一声了。

"我是奥雷丽。"她说。

"我已听出你的脚步声了。你过来听我说，你的不幸遭遇以及你所表现出的毅力，使我对你的命运深为关怀。此外，你在为英国安装工人当翻译的时候，给我翻译文章的时候，以及在我们的交谈中，我看到了你身上的聪明才智，使我甚感欣慰。自从一场重病夺去我的视力以来，我需要有个人帮我看东西，善于观察我要关注的事情，并且能把看出来的问题向我解释透彻。我曾经寄希望于纪尧姆。可惜，他虽然聪明，但酗酒使他变得如此笨拙，以至于只能充当个车夫的角色了。除此之外，这个人还得非常宽容才行。你是否愿意留在我身边，担起纪尧姆所未能担起的责任？开始阶段，我每月发你九十法郎薪水，如你的工作使我满意，我将给你额外的奖励。这是我所希望的。"

这一喜讯，简直使佩琳娜激动得透不过气来，因此她站在那里竟一句话也说不出来。

"你怎么不说话呀？"

"我正苦于不知用什么话来感谢您，因为我太激动了，太受震惊了，所以一下子找不出适当的话语来。可您不要以为我……"

他打断她的话说："我相信你很激动，从你的声音里我已听出来了。因为你已答应要尽力使我满意，所以我感到快慰。还有一件事，你给亲戚写信了吗？"

"没有，先生，现在还不能写信，因为我连纸都没有……"

"好的，好的，你会有写信的用品的。邦迪的办公桌里有你所需的一切东西，在他康复之前你就在他的办公室里工作。信上你可以把你在我厂里的地位告诉亲戚。如果他们能给你安排一个更优越的位子，他们会写信让你去的，否则他们会让你继续留在这里的。"

"我肯定要继续留在这里的。"

"我也这么想，我相信目前对你来说这是上策。从今天起你要在办公室工作了，要同职员们打交道，向他们传达我的指示，其次你还得陪我外出，因此你那身工人服得换下来。我听伯努瓦说你那身衣服已很破旧了……"

"是太破旧了。不过,先生,我向你保证,这不是因为我懒惰,也不是因为我马虎,而是没有办法。"

"别讲这些了。不管怎样,你还是得换身衣服。你马上到账房去取张支票,凭支票到拉雪兹太太的商店里挑选所需要的外衣、内衣、帽子、鞋袜等。"

佩琳娜听着听着,似乎觉得面前讲话的不是一个双目失明、表情庄重的老人,而是一个漂亮的仙女手持魔杖在她头顶上晃动。

最后,维尔弗朗先生的话又把她拉回到现实中来。

"你喜欢什么衣服就选什么,但不要忘了,我会从你选购的衣服中看出你的性格。你先去买衣服吧。今天我这里没你的事了。明天见。"

二十七

账房的人把她从头到脚打量了一番，然后才按维尔弗朗先生的指示，把一张支票交给了她。佩琳娜拿着支票走出工厂，心里想着这位拉雪兹太太的商店究竟在什么地方。

她多么希望拉雪兹太太的商店就是她曾经买过布的那家。因为她认识那位太太。佩琳娜想求她给出出主意，她或许不会那么难为情的。

"我会从你选购的衣服中看出你的性格。"一想到维尔弗朗先生最后这句话，她便感到越发惶恐。当然，即使没有这一警告，佩琳娜也不会去选那些奇装异服的。然而在她心目中合乎情理的衣着，维尔弗朗先生是否也会认可呢？她在童年时代也曾见识过漂亮的裙子，穿在身上使她颇为自豪。现在去买这类裙子是绝对不适合的。但是，最普通的裙子对她来说是否就最适宜呢？

在此之前，当她正饱受苦难时，如果有人说要送给她内衣、外套，那她听了无疑会喜出望外的。而眼下，无所适从的尴尬和惶恐的心情却大大压倒了她的其他情感。

拉雪兹太太的商店就坐落在教堂广场。毫无疑问，这是马洛

227

库尔一带最漂亮、最雅致的一家商店。那琳琅满目的布料、彩带、衣服、帽子、首饰、香水，唤醒了人们的欲望，点燃了当地风流女子的贪欲，吸引着她们把钱往这里花，就像做父亲和丈夫的把钱往酒馆里花一样。

商店的豪华陈设使佩琳娜望而却步。一位衣衫褴褛的女孩走进这里，当然是不会引起老板娘和柜台后面雇员们的殷勤接待的。她独自一人心神不安地在店里站了一会儿，不知道该向谁开口。末了，她壮着胆子把手里的信封扬了扬。

"有什么事，孩子?"拉雪兹太太问道。

于是，她把信封递了过去，信封的一角印有"马洛库尔工厂，维尔弗朗·潘达弗朗纳"的字样。

拉雪兹太太没等看完支票，顿时眉梢舒展，满脸堆笑地走上前来。

"小姐，您想买点什么?"她边说边离开柜台去给佩琳娜搬椅子。

佩琳娜回答说她要买外衣、内衣、鞋袜和一顶帽子。

"这些我们全有，而且都是上等货。咱们先来挑选裙子料行吗? 好，我这就去拿料子给您挑，请您稍等。"

不过，佩琳娜想看的根本不是裙子料，而是现成的裙子，买来就能穿，或者至少当晚就能拿到手，以便第二天能陪同维尔弗朗先生外出。

"哟! 您要陪同维尔弗朗先生外出?"老板娘听到这异乎寻常的话，不禁更激起了她强烈的好奇心，心想马洛库尔这位有财有势的主人同这个流浪女有什么关系呢?

佩琳娜没去理会老板娘的发问,只是解释说她有孝在身,所以需要黑色的裙子。

"您是要买一条去参加葬礼的黑裙子吗?"

"不是的。"

"小姐,请告诉我,按照您的需要,裙子应该是什么款式、什么料子、什么价钱?"

"样子嘛,越朴素越好,料子要质地结实而轻软,价钱要最便宜的。"

"那好,那好,"女老板回答着,"我这就让他们给您拿。维吉妮,你来侍候这位小姐吧。"

这时,老板娘说话的语气变了,举动也随之而变。她不屑于去侍候一位寒酸的顾客。这女孩八成是维尔弗朗先生的侍女,维尔弗朗先生施舍给她一身孝服而已,而且这是个多么不像样的佣人哟!于是她又傲气十足地坐回账台去了。

维吉妮拿来了一件开司米裙子,上边饰有花边和乌亮的珠子。她刚把裙子往柜台上放,就被老板娘拦住说:"她不是要这种价格的。去拿件印有豌豆图案的黑布裙子和上衣,那种裙子稍长,上衣腰身略宽,只有上边有褶子,她穿上会很合身的。况且除此而外,我们再没有别的了。"

话已说到这个地步,也就无须再饶舌了。好在不管裙子和上衣的宽窄如何,佩琳娜都觉得很漂亮。再说老板娘打包票说稍加修改便会非常合身,佩琳娜应当相信她的话。

轮到选购袜子和内衣的时候，事情就容易多了，因为她要买最便宜的。最后，维吉妮一听说她只要买两双袜子、两件内衣，便和老板娘一样对佩琳娜显出了一副鄙夷的神态，只是出自慈悲之心，才屈尊又给她拿了一双鞋子和一顶黑色的草帽，凑全了这个小丫头的服装。维吉妮想，有谁想得到这个小丫头竟这么傻，袜子只买两双，内衣只买两件。最后，佩琳娜又提出要买她渴望已久的手帕，但也只买了三块。这笔有限的生意并未改变女老板和女雇员对她的看法：简直是个穷酸鬼！

"是不是要把这些东西送到府上呢？"拉雪兹太太问。

"不用了，太太，今晚我自己来取。"

"可一定得在八点钟之后九点钟之前来取。"

佩琳娜不愿意让她们把衣服送上门去是有考虑的，因为她还不知道今晚在何处栖身呢！当她还住在那个小岛上时，是无牵无挂的。因为对一无所有的人来说，门和锁是用不着的。而现在，不管那位老板娘如何嗤之以鼻，刚才她所买的东西对她来说毕竟是一笔财产了，而财产是需要保管好的。因此，她今晚该有个住处。她很自然地想到该到罗莎丽祖母处去租个房间。为此，她一走出拉雪兹太太的店铺，就径直往弗朗索瓦兹大妈家走去，想看看能否租到她所希望的栖身之处，也就是说，租一间花费不大的小房间。

当走进栅栏时，她看见罗莎丽正迈着轻快的步子从里边出来。

"你要出去吗？"

孤女寻亲记

"你呢？你现在没事了？"

于是，她们俩三言两语匆匆地讲了讲彼此要办的事。

罗莎丽要到比格尼村去买些急用的东西，不能马上回来帮佩琳娜把租房子的事尽量安排妥帖，尽管她很想这样做；而佩琳娜这会儿也没事可干，为什么不陪罗莎丽往比格尼村走一趟？这样她俩也可同去同回，趁此机会还可去散散心。

她们很快就到了比格尼村。东西一买好，回来的路上便尽情地玩起来了。她们边聊天边游荡，一会儿在草地里奔跑，一会儿在树荫下歇息，等回到马洛库尔时，天已黑了。然而在走近祖母院子的篱笆时，罗莎丽才意识到时间已晚了。

"赞诺比姑姑不知要怎么说我们呢！"

"管她呢！"

"说就让她说吧，反正我玩了个痛快。你呢？"

"你一天到晚都有人说话，如果连你也觉得玩得痛快，那么像我这个谁也不来搭话的人，你可以想象是什么心情了。"

"这倒是真的。"

幸好这时赞诺比姑姑正在忙着给寄宿的房客端饭，因此她们可以单独同弗朗索瓦兹商谈租房的事。没费多少口舌就谈妥了：每天管两顿饭，每月交膳食费五十法郎；租一间小屋，室内备有一面镜子和一个梳妆台，房间里有一扇窗户，月租金十二法郎。

八点钟的时候，餐厅里只剩下佩琳娜一个人，膝盖上铺着块餐巾在那儿吃晚饭。八点半她到商店里取来了白天买好的衣服，九点钟她便回到自己的斗室，反锁上门，上床睡觉了。她心里有些慌乱、飘飘然，脑袋昏昏沉沉的，然而充满着希望。

第二天早上，维尔弗朗按照前厅牌子上注明的各人的电铃呼叫，把各部门的头头们都找来了，对他们的工作都一一作了吩咐。然后又让人把佩琳娜叫到他办公室。佩琳娜一进门，维尔弗朗那张严峻的面孔吓得她不知所措。尽管瞧着她的那双眼睛什么也看不见，但她不会看不出维尔弗朗的表情意味着什么，这种表情她是熟识的，因为她长时间地观察过。肯定地说，维尔弗朗的表情里没有亲热，更确切地说，充满着恼怒和不满。

自己到底干了什么该受责备的事呢？

她想来想去，只能找出一件事：或许因为她在拉雪兹太太店里买的东西太多了，维尔弗朗先生从这些衣物中判定了她的性格。可是，在买东西时，她是力戒奢华和尽量审慎的呀！那么到底什么是她应该买的，或者说得更确切些，到底什么是她不该买的呢？

她还没来得及仔细往下想，维尔弗朗先生语气严厉地发问了："你为什么不对我说实话？"

"我在什么事情上没对您说实话呢？"她胆战心惊地问。

"关于你到马洛库尔后的行为。"

"先生，我向您保证，向您发誓，我对您说的全是实情。"

"你说住在弗朗索瓦兹家里，可是你离开她家之后到哪里去住了？为了了解你的情况，昨天有人去问了弗朗索瓦兹的女儿赞诺比。据她说，你在她母亲家只住了一夜，自那以后，你再也没到那里去过，谁也不知道你都干了些什么事。"

232

听了维尔弗朗先生开头的几句话，佩琳娜十分恐慌，但听着听着，她沉着冷静下来了。

"我离开弗朗索瓦兹大妈家之后干了些什么事，这里有一个人知道。"

"谁？"

"弗朗索瓦兹大妈的孙女罗莎丽。如果您觉得自那天之后我所做的事值得一听的话，我都可以向您讲，并且可以让她来作证。"

"由于我要把你留在身边，因此我必须知道你的为人。"

"那好，先生，我这就告诉您。您听了之后可以把罗莎丽叫来，在我不在场的情况下问问她，这样就能证明我并未骗您。"

"这倒是可行的，"维尔弗朗先生说道，口气温和了一些，"现在你讲吧。"

于是佩琳娜把情况向维尔弗朗先生讲述了一遍，特别强调了在弗朗索瓦兹大妈家的小房间里度过的那个不堪回首的夜晚。那房间是那样让人厌恶，使人难受，并且令人作呕和窒息。

"别人能住得下去，你就忍受不了？"

"其他人肯定没有像我那样露天生活过。我向您保证我没有任何苛求，也没有任何分外追求。艰难困苦教会了我去忍受任何磨难。人固然不免一死，但我不认为试图逃脱死神是一种怯懦行为。"

"弗朗索瓦兹家的宿舍真的如你说的那么肮脏吗？"

"先生啊！您如果能去瞧上一眼，您便不会让您的女工们生活在那样的环境中了。"

"你继续说下去。"

接着她从发现那座荒岛讲起，一直讲到她如何在岛上那个棚子里栖身。

"你不害怕吗？"

"我已习惯于什么都不怕了。"

"你说的那个煤坑，是不是靠近通往圣比布瓦村大路左边的那个？"

"是的，先生。"

"那个棚子是我家的，是给我的外甥和侄子用的。你就在那里边过夜？"

"我不光在那里边过夜，而且还在里边干活、吃饭，甚至还在里边招待罗莎丽吃饭。这些，她会告诉您的。我一直在那里住到您叫我去给安装工人当翻译那天为止。昨天夜里我在弗朗索瓦兹大妈家过的夜。现在我有钱了，可以自己租一个小房间。"

"难道你还有钱在棚子里招待你的女友吃饭？"

"我不知道该不该告诉您。"

"你应该把一切都告诉我。"

"拿小姑娘们的琐事来占用您的时间，这合适吗？"

"我的时间并不那么紧张。自从我不能按自己的意愿来支配时间之后，时间对我来说就显得漫长了，十分漫长，而又空虚……"

她看到维尔弗朗先生说到"空虚"时，脸上掠过一阵阴郁的愁云，表明他对自己的处境多么伤心，而别人还以为他多么幸福呢！多少人对他羡慕不已。佩琳娜这时对维尔弗朗先生产生了一种发自内心的怜悯。她对那种漫长而空虚的日子的滋味何尝没有体会呢！自从父母亡故，留下她孤身一人之后，她每时每刻都在忧愁、疲倦和艰难困苦中度过，除此之外，内心完全是空荡荡的，没人为自己分担忧患，也无人支持或宽慰自己。而他，虽不曾经受过劳累，也没有尝过缺吃少穿、艰难困苦的滋味，但是世界上除此之外，不是还有别的痛苦与不幸吗？维尔弗朗先生的那些话，他的音调，他低垂的脑袋，他松弛的嘴唇和脸颊，以及无疑因触到内心的隐痛而懊丧的表情，这一切，不正说明他也有痛苦与不幸吗？

她能不能为他排忧解愁呢？无疑，这对她这个摸不准维尔弗朗先生脾气的女孩子来说是不免大胆了一点。但为什么她不可冒险一试，让他那张忧郁的面孔展颜一笑呢？他本人不是也要求她继续讲吗？而且她也可以通过观察，看一看她的话是使他高兴还是使他厌烦。

想到这里，她便讲了起来，那欢快的声音简直像唱歌一样悦耳。

"比那顿晚餐更为有趣的是我如何搞了一套用来蒸煮的炊具，以及如何分文没花而做出了那些菜，那时我是根本花不起这个钱的。这正是我想要从头至尾详细告诉您的情况。这样，您就会知道我搬进草棚子之后是怎样在那里生活的了。"

佩琳娜一面讲，一面目不转睛地看着维尔弗朗先生。这样，他脸上的细微变化也逃不过她的眼睛。一旦发现老人有厌烦的表情，她便可立即停住。

然而，维尔弗朗不但没有表示厌烦，反而觉得新奇而有趣味。

"你真能干！"他几次插话说。

佩琳娜怕维尔弗朗先生听累了，有些情节就一带而过，而维尔弗朗先生却总要刨根问底，要她详细地讲，还向她提出了一个又一个的问题。这些问题不仅表明他希望确切地知道佩琳娜在那里都干了些什么，而且还表明他特别想知道佩琳娜如何设法筹办她所缺少的东西。

"你真行！"

当佩琳娜把经历的事情讲完之后，维尔弗朗先生伸手抚摩着她的头发说："好啊！你真是一位坚强的姑娘。我看到你能成器，我很高兴。现在回你办公室去吧。你愿意干什么就干什么，三点钟咱们出发。"

二十八

　　她的办公室，更确切地说是邦迪的办公室，从面积到陈设，都无法同维尔弗朗先生的办公室相比。在维尔弗朗先生的办公室里，那三扇窗户，那一张张桌子，那一幅幅挂毯，那绿色的皮椅，还有墙上挂着的那一幅幅镶着金色木框的工厂分布图……这一切都表明了那间办公室气派不凡，人们可以想见在这里决定的买卖是很重大的。

　　邦迪的办公室却窄小寒酸，室内只有一张桌子，两把椅子以及一只被灰尘染黑了的书架。一张世界地图挂在墙上，上面标有不同颜色的小旗，分别代表着世界上主要的几条航海线。不过室内那油光锃亮的松木地板、向南开的窗户以及窗上挂着的印有红色图案的麻布窗帘，给佩琳娜一种欢快之感。这不仅因为办公室本身格调欢快，而且还因为办公室门一打开，她便能看到，有时还能听到邻近办公室里发生的一切。维尔弗朗先生办公室的两侧分别是他侄子泰奥多尔先生和外甥卡齐米尔先生的办公室，稍远一点是账房和出纳室，对面则是法布里先生的办公室，一些技术人员正站在高高的斜面桌前绘图。

由于佩琳娜此时无事可干，不敢去坐邦迪先生的座位，便在门旁找了个地方坐下。为了消磨时间，她从书架上抽出一本又一本词典阅读，因为书架上除了词典还是词典。说实在的，佩琳娜更喜欢看点其他书籍，但眼下只好不得已而求其次了，因而更觉得时间漫长。

午饭的钟声终于响了。她是最先走出办公室的一个，但半路上法布里先生和孟布勒先生追上了她，他俩跟她一样也是去弗朗索瓦兹大妈家吃饭的。

"小姐，现在咱们是同事了。"孟布勒说，他没有忘记在圣比布瓦村因她而受辱的事，因此想要报复她一下。

听到这些带刺的话，她一时不知如何回敬才好，但她很快就镇定下来了。

"先生，我可不敢高攀，"她温和地说，"我同纪尧姆是同事。"

这回击的语气无疑使工程师法布里高兴，因为他回头对佩琳娜报之以微笑。这微笑，既是打气，也是赞同。

"您不是取代了邦迪的位子吗？"孟布勒接着说，"邦迪那家伙真固执，同我们皮卡尔人一点也不合群。"

"应当说佩琳娜小姐替他守着位子。"法布里说。

"反正都一样。"

"一点也不一样。等十天半月后，邦迪先生身体一康复，他就会回来重操旧职。如果没有佩琳娜小姐在这里替他守着这里，他就甭想再得到这个位子了。"

“看来无论是您还是我，咱们都从不同的角度帮他保住了这个职位。”

“佩琳娜小姐也从她的角度帮了他的忙，因此邦迪先生欠着我们三个人的情。可惜的是，英国人从来就只知为自己打算。”

如果说佩琳娜还弄不清孟布勒说那些话的真意，那么她在弗朗索瓦兹大妈家所受到的待遇则给她提供了答案：人们没有把她作为一个同事对待；她的餐具没有被放在其他房客用餐的饭桌上，而是被另行安置在室内墙角的一张小桌子上，在那里，人们总是先伺候其他人，最后才给她上菜。

她对此一点也不在乎，最先吃或最后吃有什么要紧？好菜别人吃了，这又有什么大不了的呢？她所感兴趣的是现在可以坐在其他房客中间，边吃饭边听他们交谈。从他们的谈吐中，她可以确定自己的举止，以便更好地对付她面临的困难。因为他们都熟悉本厂的规矩，都了解维尔弗朗先生和他的侄子、外甥以及塔鲁埃尔的为人，而她是那样的怕他们。他们偶尔一句话，可以使她茅塞顿开，给她指明她从未意识到的风险，从而使她能避开这些风险。她这样做可并不是在刺探同事们的秘密，她从来不隔着门缝偷听人讲话。他们说话的时候，完全知道旁边有人，她可以毫无顾忌地从他们的交谈中得到教益。

可惜的是，这天中午他们谈的内容她一点也不感兴趣。他们整整谈了一顿饭的工夫，从头到尾全是些毫无意义的事情。什么政局啦，打猎啦，铁路事故啦等等。因此，她也用不着故意装出漫不经心的样子，因为他们的谈话她压根儿没有注意。

这天她不得不三口并作两口赶快吃完饭，以便抽时间去问问罗莎丽，了解一下维尔弗朗先生怎么会知道她在弗朗索瓦兹大妈家只住过一夜这件事。

"那天我们去比格尼村之后，瘦子到这里来过。她从赞诺比姑姑那儿知道了你的事。你知道，从赞诺比嘴里套什么话是很容易的，特别是当她估计被她谈论的人不会从中得到好处时。正因为这样，她就把你在这里只住了一夜的事以及其他事全给捅出去了。"

"其他什么事？"

"我也不清楚，因为当时我不在场。但你可以往最坏的地方想，好在这些话没给你带来恶果。"

"而且这些话还帮了我的忙，因为我的经历使维尔弗朗先生感到有意思。"

"我如果告诉赞诺比姑姑，准会把她的肺都气炸的。"

"你不要激她同我作对。"

"激她同你作对？现在一点风险也不会有的。当她知道维尔弗朗先生委任给你的职务，她马上会变成你最要好的朋友，表面上的朋友。你明天等着瞧吧。不过，如果你不想让瘦子知道你的事情，那你就别把这些事告诉赞诺比姑姑。"

"你放心！"

"因为她很滑头。"

"我心里已经有数了。"

按照事先的交代，维尔弗朗先生下午三点钟按电铃叫佩琳娜，他们一起坐车到各工厂去进行例行的巡视了。因为，维尔弗朗每天都要挨个儿把所有的厂子巡视一遍，一天也不落。即便不能亲自过问所有的事情，至少也得在每个地方露露面，在听完下边的汇报后，便向经理们下达他的命令。在许多方面，他总是事必躬亲，就好像他眼睛根本就没瞎一样。他通过各种办法来弥补双目失明带来的缺陷。

这天，他们先到弗莱赛尔村视察。这是一个大村庄，那里有几个黄麻和亚麻梳理车间。车子到了工厂后，维尔弗朗先生没往经理办公室去，而是一只手搭在佩琳娜的肩膀上，由她带着径直走进一座巨大的仓棚，工人们正把火车上卸下来的一包包黄麻往棚子里垛。

维尔弗朗所到之处，人们从不停下工作来接待他，除非是回答他的问题，一般也不同他说话，这已成为一条规矩。因此工作继续正常地进行，就像他不在那里一样，只是略微加快了一些。

"我现在想通过你的眼睛把卸下来的麻包取样检验检验，做一次初步尝试，"他对佩琳娜说，"听我给你仔细解释该怎么做。你认得出什么是银白色吗？"

她犹犹豫豫地未敢说话。

"或者说灰白色。"

"灰白色，我认得出，先生。"

"好的。几种绿颜色放在一块，你能加以区分吗？比如深绿、淡绿。还有，你能分辨灰褐色和红色吗？"

"能的，先生，起码大致能分辨出来。"

"只要大致能分辨就行了。好，现在你从刚运出来的那包亚麻里取出一撮，仔细看看它的颜色，然后告诉我。"

她按照他的吩咐取出了一撮亚麻，反反复复看了几遍，然后怯生生地说："是红色的，对吗?"

"你把那把麻给我。"

于是他把麻放到鼻子跟前闻了闻。

"你没看错，"他说，"这包麻确实应当是红色的。"

她睁着惊异的大眼看着他。他好像也猜出她在发愣，便对她说："你闻闻手里的麻，它有一种焦糖味，是不是?"

"真的，先生。"

"这种气味说明在烤炉上烧烤时，麻被烤焦了，因此麻就变成了红色。气味和颜色这两者之间可以相互检验，相互印证。这说明你辨认得很准，也说明我可以信赖你的眼力。现在咱们再到另一节车皮那里去，看看那里的麻怎样。"

这一次她觉得取出来的麻呈绿色。

"有二十来种不同的绿色，你说的这种绿色与哪一种植物近似?"

"我觉得同大白菜的颜色接近，有的地方还有褐色和黑色斑点。"

"把你手里的麻给我。"

这一次他没有用鼻子去闻，而是双手扯麻丝，麻丝一拉即断。

"这包麻收割得过早了，"他说，"而且麻包还浸了水，这一

242

次你又认准了，我对你很满意。这是一个很好的开端。"

他们先后又巡察了巴库尔村和赫尔什村，最后来到圣比布瓦村。在这里，他们耽搁的时间最长，因为他们去检查了一下英国工人干活的情况。

像往常一样，维尔弗朗先生一下车，纪尧姆便把车赶到那棵粗大的山杨树下，把马往长凳上一拴，自个儿到村里溜达去了。他原想赶在维尔弗朗先生之前回来，这样维尔弗朗先生就不会发觉他私自溜走了。不过他并没有马上回来，而是约了个同伴下酒馆去了。纪尧姆酒一下肚，竟忘了时间，以至于维尔弗朗先生回来坐车时到处找不到他。

"快派人去找找纪尧姆！"他对陪他们出来的经理说。

找了好长时间，也没有发现纪尧姆。维尔弗朗气得火冒三丈，因为他从来不允许任何人浪费他的时间。

佩琳娜终于瞧见纪尧姆步履踉跄地奔跑过来。他头仰得高高的，脖子和上身直挺挺的，两条腿软得像团棉花，吃力地把腿往前甩出去，似乎每跨一步，就像在跳越障碍似的。

维尔弗朗先生听着他那深一脚浅一脚的脚步声说："他走路的样子多怪哟！这畜生喝醉了是不是，伯努瓦？"

"这我瞒不过您。"

"我还不聋。"

纪尧姆在车前一停住脚步，维尔弗朗先生就问他："你到什么地方去了？"

"先生……我……我……对您说……"

"你满嘴的气味已替你作了回答。你下酒馆了，而且喝醉了，你的脚步声就是证明。"

"先生，我……我……回头……告诉您……"

纪尧姆一边说一边解下了马缰。可往车上套马时，他把马鞭碰掉了。他想弯腰去捡，但接连三次，鞭子都在手底下滑过去了，就是无法把它捡起来。

"我想最好还是把你送回马洛库尔村去。"经理说。

"为什么要回马洛库尔村？"纪尧姆一听就对经理耍起蛮来。

"住嘴！"维尔弗朗先生以不容分辩的口吻命令道，"从现在开始，你不用侍候我了。"

"先生……我……我回头告诉您……"

但维尔弗朗先生不愿再听下去了，转身对经理说："谢谢你，伯努瓦。现在由这位小姑娘来代替这醉鬼给我赶车。"

"她会赶车吗？"

"她父母是流动商，她经常自己驾车。姑娘，对吧？"

"确实是这样，先生。"

"何况，我们的可可温顺得像只绵羊，除非你把它推进深沟，否则它是不会撒腿的。"

说罢，维尔弗朗登上马车，佩琳娜意识到这一下身负责任之重大，于是在维尔弗朗先生身边的座位上坐定，全神贯注地赶起车来。

她把鞭梢轻轻往可可背上一抖，只听维尔弗朗先生说："别太快了！"

"一点也不会快的，您请放心，先生。"

"这已经很不简单了。"

马洛库尔街上的人看到为维尔弗朗先生赶车的是一位头戴黑色草帽、身穿重孝的小丫头，都感到惊诧不已。你看她把那匹叫作可可的老马驾得那么稳当，不像纪尧姆那样把马抽打得颠颠簸簸地狂奔。这到底是怎么回事？这个丫头是什么人？站在门口看热闹的人你问我，我问你。因为村里很少有人认识她，更没几个人知道维尔弗朗先生刚才已决定把她留在身边干活。在弗朗索瓦兹大妈的门前，赞诺比姑姑正伏在篱笆上同两位妇女聊天。当她远远望见佩琳娜时，先是惊奇得把两只手往天上高高举起，接着便笑逐颜开地像一位莫逆之交似的，以最亲切的表情向她招手致意。

"您好，维尔弗朗先生！您好，奥雷丽小姐！"

马车一驰过篱笆，赞诺比便对邻居家那些女人夸耀说，这位小姐原是她家的房客，她是如何把佩琳娜的情况告诉瘦子，从而帮佩琳娜在维尔弗朗先生身边谋了这份美差。

"这可是一位有良心的姑娘，她是不会忘记我的恩情的，因为她有今天，多亏我们。"

关于佩琳娜，赞诺比能胡诌些什么呢？

她先从罗莎丽的介绍讲起，编造了一堆关于佩琳娜的故事。于是这些故事在马洛库尔村广泛地流传开来，而且每个人又根据自己的喜好和趣味把故事添枝加叶美化一番，末了把佩琳娜说得神乎其神，更确切点说，村里对她有着千奇百怪的传说。关于她的事，很快就成了街谈巷议的热门话题，尤其是谁也说不清佩琳娜怎么会突然交了鸿运，从而使得各种各样的假想、形形色色的说法伴随着一连串的新奇的传说接踵而来。

如果说村里人看到佩琳娜为维尔弗朗先生驾车从街上走过感到惊奇的话，那么塔鲁埃尔看到他们走近时更是惊得目瞪口呆。

"纪尧姆哪里去了？"塔鲁埃尔高声问道，三步并作两步走下台阶迎接老板。

"因为他酗酒成性，我让他交鞭子了。"维尔弗朗先生笑着回答。

"我想您早就打算做出这一决定了。"塔鲁埃尔说。

"一点不假。"

"我想"一词曾使塔鲁埃尔在厂里发迹并确立了他的权势。他随机应变的本领使得维尔弗朗先生认定他是自己身边的一个得心应手、尽心尽力的帮手，他任何时候总是唯老板的意志是从，急老板之所急。

他常常说："如果我有点什么长处的话，那就是我摸透了老板的心思，因此能够猜得出他想要什么，能看得出他想做什么。"

因此，他每说一句话的时候，前面总要加上："我想您是希望……"

他具有农民那种时时进行窥视的狡黠，而且为了搜集情报，他不惜采用一切手段对老板搞侦查，因此维尔弗朗先生在回答他话的时候，嘴边很少离得开"一点不错"几个字。

"我想，"他一边把维尔弗朗搀扶下车，一边说，"您选来替换那个醉鬼的女孩，她的表现是值得您信任的，对吧？"

"一点不错。"

"这我一点也不觉得奇怪。打从罗莎丽带着她来到咱们工厂的那天起，我就想，在咱们这里，她是可以大有作为的，并相信您会发现这个人才的。"

他边说边瞧了瞧佩琳娜，那眼神最清楚不过地说："你瞧，我为你尽的这份力，你可不要忘了，记着要报答我！"

这一索要报答的交易，马上就开始了。出门之前，他在佩琳娜办公室门口停了下来，用只有佩琳娜才能听得见的声音悄悄问："纪尧姆在圣比瓦村出了什么事？"

由于佩琳娜认为此事无关大局，可以回答他，所以就把事情的经过对他叙述了一遍。

"好的，"他说，"你可以放心，一旦纪尧姆要求回来赶车，我来对付他。"

二十九

在工厂里，人人都知道是佩琳娜驾车把维尔弗朗先生拉回来
的，所以吃晚饭的时候，法布里和孟布勒也来问她："纪尧姆在
圣比布瓦出什么事了？"她再次把下午对塔鲁埃尔说的那番话对
他们讲了一遍。听罢，他俩都说这个醉鬼完全是咎由自取。

"他没给老板翻上十来次车真算是奇迹，"法布里说，"他赶
起车来简直像个疯子……"

"确切地说，像个醉鬼。"孟布勒笑着说。

"早就该把他撤掉了。"

"如果不是有后台，他早就被撤掉了……"

这时，她留神听着他们的谈话，可表面上竭力不让看出她在
偷听。

"他也为这个靠山付出了代价。"

"他又能有什么办法呢？"

"如果不是被人抓住把柄的话，他是可以不这样的。一个人
只要行得正站得直，就能顶住来自任何方面的压力。"

"走正道，对他来说可是难上加难。"

"您能否肯定那人非但没提醒他这种恶习总有一天要砸掉他的饭碗，而是有意怂恿他往邪道上走?"

"我能想象到，当他看到赶车人没有随车回来时，脸上会出现什么样奇特的表情，我真希望当时能在场看看。"

"那人会再去物色一个同样可以为他作密探、向他提供情况的人来顶替纪尧姆的。"

"真够奇怪的，被他刺探的人却毫无觉察，居然想不到那个人所吹嘘的思想一致和遇事有着非同一般的预感完全是事先策划好了的。例如有人向我报告，说今天早上您曾表示牛肝炒萝卜好吃，而到了晚上我就对您说：'您喜欢吃牛肝炒萝卜。'我想这并不需要有多大的能耐。"

说罢，他俩撇撇嘴，轻蔑地相视一笑。

他俩说话的时候没点破名字。如果说佩琳娜需要有一把钥匙来打开他们话中的哑谜的话，那么，"我想"一词给她送来了这把钥匙。她马上就明白了话中所说的安排密探"那个人"指的就是塔鲁埃尔，被刺探的人则是维尔弗朗。

"他搞这些名堂，到底寻的什么开心呢?"孟布勒问。

"怎么叫寻开心? 这里要看此人是有野心还是没野心，要看他忌妒不忌妒别人。就他而言，除了忌妒之外，还有野心。您想想，我们这个企业，在全法兰西工业界是首屈一指的，每年净挣利润一千二百万法郎。而他，原先在我们厂子里什么也不是，现在竟从一个普通工人坐上了企业的第二把交椅。他野心勃勃地要从二把手跃居一把手。这样的先例难道不早就有了吗? 难道我们不曾见过一些普通职员篡夺企业创始者的位子吗？他看到周围的环境和老板的家事不幸、身染疾病等因素，想到总有一天这些因素会使老板不能继续理事，就设法使自己成为本厂绝不可少的一员，使别人把自己看作是唯一能担起重任的人。为达到此目的，最好的办法难道不是征服他想取而代之的那个人的心吗？他可以一天到晚向对方表明自己在事业上的能耐和才智全都是非同一般的。为此，他需要预先了解到老板说过什么话，做过什么事，在想些什么，以便处处投其所好，甚至在需要时守在他的面前，当他说'我想您喜欢吃牛肝炒萝卜'时，所得的回答必然是'一点不错'。"

说罢，他俩又笑起来。当赞诺比姑姑来收拾菜盘子以便给他们端甜食时，他俩谨慎地闭上了嘴巴。等赞诺比姑姑一走出门，他们又谈开了，好像在他们看来，坐在墙角默不作声、闷头吃饭的这位小姑娘是不能猜出他们那番不阴不阳的话中之意的。

"如果那位亡命者回来了呢？"孟布勒问。

"这倒是人们求之不得的。然而如果他回不来，那人就可以说他已不在人世了，就有充分理由篡位了。"

"反正就那么回事，要是人们了解这家伙的为人，也了解他想窃为己有的工厂是多大的工厂，那人们便会知道这家伙有着怎样顽固的野心了。"

"如果这位野心家有点自知之明，认识到现实与他所追求的目标之间有多大的距离，一般情况下，他就不会再往下走了。但不管怎么说，如果人们拿他原来的处境和他已到手的地位作一比较的话，那您便会知道这家伙可比您想象的要厉害得多，这点您可别弄错了。"

"他想取而代之的那个人的出走，可不是他造成的。"

"谁知道那个人的出走以及长期有家不能归，他是否起了推波助澜的作用呢？"

"您觉得是这样吗？"

"那时候您和我还都没来，因此我们无法了解当初发生的事情。然而根据那家伙的为人，您完全可以想像，如果没有他为了从中渔利而推波助澜的话，这样严重的事情是不会发生的。"

"噢，噢！这点我可没想到。"

"您应当想到，而且应当明白他扮演的角色。我不是说他一定从中起了什么作用，而是说当他看到对方的出走对他篡位有着多么重大的好处时，他可能发挥的作用。"

"有一点是肯定的，当初他不会预见到对方出走后会由他以外的人来继承产业。而现在，继承人已经有了，他还能抱什么希望呢？"

"现在他仅有的希望在于继承人的地位并不像人们表面所看到的那样牢靠。他们的地位实际上真有这么牢靠吗？"

"您以为……"

"我刚来这里时，曾经以为继承人的位置是牢靠的。但后来，通过许多具体事情，我看到有人处心积虑在暗地里活动，这些，您自己也能觉察出来。与其说人们注意到，倒不如说人们猜测他的目的就在于使那些继承人无法占据这个位置。他是否能如愿以偿呢？一种可能是把他继承人闹得实在待不下去了，使他们宁愿放弃斗争而自动让位；另一种可能是他找到什么办法把他们轰走。到底怎么样，我也说不准。"

"轰走？不至于吧！"

"当然，如果他们办事不给人留下把柄，要想轰走他们是不可能的；但是如果他们自恃自己的地位稳固，办事不注意，或者事事不加以提防，干出蠢事来——这，又有谁能免得了呢——那么事情就难说了。尤其是当那家伙有朝一日大权在握，自认为羽毛丰满的时候，我不敢说我们就看不到有趣的剧变。"

"您知道，我可不希望发生这种剧变。"

"我也并不认为我会在这样的剧变中获得比您更多的好处。但我们能有什么法子去阻止这样的变化呢？站在这一方或站在那一方吗？两者都不行。事实上我更同情其产业被觊觎的那个人。人们都预料疾病不久要把他送上西天的。但对我来说，我可不这样认为。"

"对我来说也一样。"

"况且，人们从来没有明确表示要我帮忙，而我又不是一个喜欢自荐的人。"

"我也不是这号人。"

"当我看到在我鼻子底下登台表演的某一位人物进行的是一场既没希望也没理智的搏斗，只是凭着胆量和毅力在那里蛮干时，我就站在一旁看热闹。"

"除了胆量和毅力外，还有卑鄙的手腕。"

"如果您愿意听的话，我可以告诉您。尽管我明明知道在这场明争暗斗中，我也可能遭到袭击，但我仍然对此感兴趣。因此我要研究这个人物。他不光有悲剧色彩的一面，而且还有滑稽好笑的一面，正如在一出完美的悲剧中需要有这样的角色一样。"

"我可一点也不觉得这事滑稽可笑。"

"您不觉得滑稽好笑吗？他二十岁时才刚能认几个字，勉勉强强会签个名字。可他通过勤学苦练，最终竟能写得一手好字，简直到了无懈可击的程度。这两手使他像一位学校的师长一样，赢得了每个人的心。"

"哎哟，我觉得这确实是了不起。"

"我也觉得这是了不起的。但有意思的是，他从小所受的启蒙教育并没有同他本身的修养齐头并进。这老兄总是自命不凡，因此尽管他写得一手好字，笔锋遒劲，但他讲话时用的那些温文尔雅的词汇，我听了总是忍不住大笑起来。例如，他把豆子叫作小菜豆，把面葫芦称作笋瓜，我们说'喝口汤'，他呢，偏说'来口美羹'。再比如，我想知道您是否散过步了，便说：'您散步了吗？'他呢，则偏说得更文雅。他还常说：'贵体可安？'他自以为使用这些文雅的词汇可以显得比别人高贵。每次听他讲话，我就想如果他真的当上了垂涎已久的工厂老板——这是很可能的，或者当上了参议员或大公司的董事，他没准会进一步活动，让人授予他法兰西院士头衔的。岂不知谁也不会买他的账。"

刚说到这里，罗莎丽进来了。她问佩琳娜是否愿意同她一道到村里去走走。这怎么好回绝呢？况且，她早就吃完饭了，再待在饭桌上会引起猜疑的。要想他们以后说话不回避她，她就必须避免使他们产生这种猜疑。

这是一个暖融融的夜晚，村里家家户户的人都坐在门口聊天。罗莎丽原想多溜达一会儿，但佩琳娜不愿附和她这种心血来潮的行动，就借口疲劳回房间去了。

其实，她并不是想回去睡觉，而是想一个人待在小房间里静下来好好地思索一番，考虑考虑自己当前的处境以及今后的行动。

她在女工集体房间住宿的那个夜晚，已听到女伴们谈论过这位塔鲁埃尔了。当时她心里就想，这位塔鲁埃尔定是一个十分可怕的人。后来，当他要她说法布里所干的蠢事时，还声称他就是这里的主人，得知道一切事情。那时，佩琳娜就已看出这个令人望而生畏的家伙是怎样树立他个人权威的，以及他采用的是什么手段。然而，这同刚才孟布勒和法布里谈话中透露的相比，根本就算不得什么。

塔鲁埃尔想在维尔弗朗先生的身旁树立他暴君的威严，甚至还想凌驾于维尔弗朗先生之上，这点她是看出来了。但是，他梦想有朝一日登上马洛库尔各厂的第一把交椅，并且很久以来就在为此奋斗，这一点她倒没有想到。

而这，就是她从工程师法布里和孟布勒的交谈中听到的结论。处在他们的地位，自然比任何人都更了解所发生的事情，比任何人都更有资格判断、评论这里的人和事。

这样看来，他们谈话中提到的非确指的"那个人"就得物色另一个人去顶替刚刚被撤下来的密探。那另一个人就是她自己了，因为她占了纪尧姆的位子。

该怎么自卫呢？

她自己还只是个孩子，既没有处世经验，又没有可依靠的后台，她的这种处境不是很可怕吗？

这个问题虽然早就想过了，但那时的情况跟今天不一样。

她一直坐在床上寻思着，因为在这忧心如焚的时刻，她是没法躺在床上的，她逐字逐句地回味着刚刚听到的那些话。

"谁知道那个人的出走以及长期有家不能归，他是否起了推波助澜的作用呢？"

"那个想继承亡命他乡产业的人，他的地位，真如人们心目中所想的那样牢靠吗？是否有人在暗地里活动，迫使他们要么自愿让位，要么被轰走呢？"

如果他神通广大，竟能把两位似乎已被指定为产业继承者的人赶走，那么像她这样草芥似的弱女子如敢同他对抗，不愿充当他的密探的话，他什么手段使不出来呢？

怎样才能不被他牵着鼻子走呢？

夜更深了。她反反复复地思考着这个问题，最后实在累了，便靠着枕头躺下去。眼前难题重重，却找不到任何令人满意的答案。

三十

　　维尔弗朗先生上午一到办公室，第一件事就是拆阅信函。有位小伙计每天去邮局取信件，并把它们分作两堆放在桌上，一堆是本国各地来的信，另一堆是国外来信。以往所有的法文信都由他自己拆阅，对其中需要记录的内容，由他给一位职员口授，以便答复或在下达命令时参考。但是，自他双目失明以后，便由他的侄子、外甥和塔鲁埃尔协助处理这类信件。他们先把信读给他听，并由他们批注处理意见。对于国外的来信，自从邦迪生病后，凡是英文的，启封后都送交法布里，德文信则送孟布勒。

　　法布里和孟布勒的谈话，对佩琳娜的触动很大。谈话的第二天上午，维尔弗朗和泰奥多尔、卡齐米尔、塔鲁埃尔正忙于处理来信。泰奥多尔把国外来信一封封拆开，一边读着这些信的发信地址。

　　"这封是五月二十九日从达卡寄来的。"

　　"法文的吗?"维尔弗朗先生问。

　　"不是，英文的。"

　　"署名人是谁?"

"看不清楚。第一个字完全看不清楚，第二个字好像叫弗尔德、法尔德或菲尔德，共有四页。您的名字在信中出现了好几次。把它交给法布里吧？"

"不，交给我好了。"

一听此话，泰奥多尔和塔鲁埃尔不约而同地瞧了瞧维尔弗朗先生。当彼此发现这个无意中的举动暴露了各自的好奇心时，他们又都装出若无其事的样子。

"我把这信放在您桌子上吗？"泰奥多尔问。

"不，交给我。"

信函很快就处理完了，公务员抱着作了批注的信件退了出去。泰奥多尔和塔鲁埃尔本来有几件事情想请示维尔弗朗先生，但维尔弗朗先生却下了逐客令。他俩一走出门，维尔弗朗便按电铃叫佩琳娜。

佩琳娜闻声走了进来。

"这封信上说的什么？"维尔弗朗问。

佩琳娜接过维尔弗朗递来的信，马上把目光移到了信上。如果他看得见的话，他肯定会发现佩琳娜这时变得脸色苍白，两只手在颤抖。

"这是一封英文信，五月二十九日寄自达卡。"

"署名是谁？"

于是她翻到落款处。

"是菲尔德神父？你看清楚了？"

"看清楚了，先生，是菲尔德神父。"

"信上说了些什么?"

"请允许我看上几行再告诉您,行吗?"

"当然行,但要快点。"

她很想遵命快看,然而激动的心情非但没能平息,反而加剧了,信上的文字在她模糊的眼前来回跳动。

"说什么来着?"维尔弗朗先生迫不及待地问道。

"先生,这封信很难读,也很难懂,因为句子很长。"

"不要逐句翻译,简单说说意思,说说关于什么事情就行了。"

过了一会儿,佩琳娜仍未回答上来。最后她说:"菲尔德神父解释说,同您通信的那位勒克莱柯神父已去世了,他受勒克莱柯神父之托本想给您回信,但一方面因为前段时间他外出了,另一方面在搜集您所需要的情况时遇到了困难,因此未能及时回信。他还请您原谅他用英文写这封信,因他对贵国美丽的语言只是一知半解。"

"我所需要的那些情况呢?"维尔弗朗先生大声问道。

"先生,我还没看到那里呢。"

佩琳娜回答的语气无比地温柔,他觉得一味催促她是无济于事的。

"是啊,"他说,"因为你读的不是一封法文信,应当先看懂了再读给我听。好了,这么办吧:你拿着这封信到邦迪办公室去把它尽可能忠实地翻译出来,并且用文字写下来,然后再念给我听。现在你一分钟也不要耽搁,你能看出我急于想知道信中内容的目的。"

她正要走时，又被叫住。

"记住，这封信关于我的私事，因此不能让任何人知道，听清了吗？不要让任何人知道。如有什么人向你打听的话，不管他们问你什么，一点也不许透露。不仅什么也不能说，而且也不能让他们猜出是什么。你知道，这是我对你的信任，希望你不要辜负于我。你如能忠实地为我服务，肯定有你的好处，这你放心。"

"先生，我保证尽我所能，不负您的厚望。"

"好，快去翻译。"

尽管有了维尔弗朗先生这一番叮嘱，但佩琳娜仍没有马上往纸上写，而是从头到尾把信读了一遍，然后才拿了一大张纸开始写起来。

尊敬的先生：

我怀着十分沉痛的心情敬禀阁下，尊敬的勒克莱柯神父——您曾赐书向其了解情况——已同我们诀别了。鉴于您对有关情况的重视，我不揣冒昧代笔致函。但一则我因事外出，二则因事隔十二载之久，要使情况准确无误，实在不易，故未能早日禀复，深感歉疚。对此违吾心愿之迟复，且出以英文，皆因我对贵国优美之语言所知甚少，深望海涵。

正如她告诉维尔弗朗先生的那样，这句话实在冗长，因此她难以把它的意思理清楚。她写完这句话之后，停下笔想把译文再读一遍，并做些修改。正当她全神贯注地往下译的时候，原已关好的办公室门被打开了，走进来的是泰奥多尔·潘达弗瓦纳。他一进门就声称来向佩琳娜借英法词典。

这本词典刚好翻开放在她面前，于是她把词典一合，递给了泰奥多尔。

"您不是正在用吗?"他边说边走近她。

"是的，但我不是非用不可。"

"为什么呢?

"我用它主要是查法文的拼写，而不是查英文的意思，因此有一本法语词典就够了。"

这时她感到泰奥多尔就站在她背后，虽然她不敢回头看他，但她猜想泰奥多尔正越过她的肩膀在偷看信。

"您翻译的这封信是从达卡寄来的吗?"

她发现这封需要严加保密的信竟被他看见了，十分惊慌。但她立即就想到，也许他正是想了解信的内容才故意发问的，很可能借词典只不过是个借口，因为他对英文一窍不通，借英法词典有什么用呢?

"是的，先生，"她说。

"容易翻译吗?"

这时她感到他已俯在她肩上了。因为他的视力不佳。于是她一下子把信纸转了个角度，使他只能看见纸的侧面。

"哎哟，先生，请您不要看，我译得一点也不好，这只是个草稿，我正……"

"那没关系。"

"不，先生，这可大有关系，我会感到羞愧的。"

他伸手就想拿信纸，她马上用手把它按住。如果说开头她还只是委婉地回应他，现在她决心要硬碰硬了，即使他是这家工厂的一个头头也顾不得了。

事已至此，他仍是嬉皮笑脸地纠缠："把草稿给我看看吧！您以为我会在一位像您这样漂亮的姑娘面前充当老师吗？"

"不行，先生，我不能给您看。"

"得了吧！"

他嬉笑着去夺信纸，而她坚决不放手。

"不行，先生，我不能让您拿去看。"

"这是开玩笑吧。"

"我可没开玩笑，这是最严肃不过的事情，维尔弗朗先生不许我让任何人看这封信，我得遵命办事。"

"可信是我拆开的。"

"您拆开的是英文信，不是译文。"

"我叔叔马上会把译文给我看的。"

"您叔叔维尔弗朗先生可以把信给你看，我却不能这样做，因为他给我下了命令。我得遵命，这点，请您原谅。"

她说话的语气，她的态度都是那么坚决，因此要想从她手里把译文拿走，非得硬干不可。那样，她不会喊叫起来吗？

泰奥多尔还不敢这么做。

"您忠实执行我叔叔的命令，哪怕在一些鸡毛蒜皮的事情上也毫不含糊，我感到很高兴。"他走出办公室，把门拉上。

佩琳娜坐下来想继续翻译，然而她心神慌乱得很厉害，根本不可能再干下去。她这样抗拒，会招致什么灾祸？他嘴里说高兴，实际上是一腔怒火。如果他想叫她因此付出什么代价，像她这样无依无靠的可怜女子怎么能敌过这位有权有势的人呢？他用一个指头也能把她打个稀烂。那么，她只好离开这家她才刚刚跨进门的工厂了。

正在这时，她的门又被轻轻地推开了，塔鲁埃尔蹑手蹑脚地溜了进来，两眼死盯着桌上的那封信和开了个头的译稿。

"哦，从达卡来的那封信译起来不难吧？"

"我刚开了个头。"

"泰奥多尔打扰你了？他打什么主意了？"

"他来拿英法词典。"

"他不懂英文，要英法词典干吗？"

"他没讲干吗。"

"他问你这封信里说些什么了吗？"

"我才译了第一句。"

"你要说没读里边的内容，我可不信。"

"我还没译出来呢。"

"你还没用法文写出来，可是你已经读过了。"

她无言以对。

"我在问你是不是读过了，你总该回答我吧。"

"我不能回答。"

"为什么？"

"因为维尔弗朗先生不允许我同别人谈论这封信。"

"你清楚地知道维尔弗朗先生与我如同一人。在这里，维尔弗朗先生的一切命令都是通过我下达的，他给大家的一切好处也都是经过我的手而兑现的，因此关于他的事，我应该知道。"

"包括他的私事？"

"你是说这封信里说的是他的私事？"

她明白自己说漏嘴了。

"我说的不是这个意思。我是问您，如果是关于他的私人事情，那么我是不是也应当把信中的内容告诉您。"

"关系到他的私人事情，我尤其应当知道，因为这是为了替维尔弗朗先生本人着想。难道你不知道吗？自从发生了那桩差点送了他命的悲剧之后，他一直疾病缠身，因此，在没有任何思想准备的情况下，突然飞来的一桩消息，无论是喜是悲，都会对他造成致命的打击。所以说信中有关他的事，我都要事先知道，以便使他有所准备。如果你把译文直来直去地念给他听，这是万万使不得的。"

他说这通话的时候是那么语重心长、娓娓动听，同他平时那种飞扬跋扈，动辄发怒的脾性毫无共同之处。

由于佩琳娜怀着不安的心情一言不发地看着他，他接下去又说："我希望你是一个聪明的孩子，能够理解刚才我说的话。也希望你能知道这样做对大家，对我们，对咱们整个地区以及你本人有着多么重要的意义。要知道，咱们这地区全靠着维尔弗朗先生过活，比如你，不是刚刚得到了这份美差吗？随着时间的推移，你的地位只会步步高升。因此绝不能让什么意外的打击毁了他的身体，他的健康状况经受不住这样的打击。表面上看，他还算结实，实际上并不是那么回事。极度的忧伤毁了他的身体，加之双目失明，就更使他绝望了。因此，我们大家都有责任尽力使他的生活变得温暖些，尤其是我，更是责无旁贷，因为我是他信得过的人。"

如果佩琳娜对塔鲁埃尔一无所知的话，他的这番专为打动她、迷惑她的花言巧语或许会使她上当。然而，佩琳娜不仅听过同宿舍妇女们的议论，而且也听过法布里和孟布勒的交谈，当然不会再相信塔鲁埃尔那番话的诚意了，也不会相信这位经理的忠诚。因为，如果说宿舍里那些妇女实际上只是些可怜的女工，没有辨别能力的话，那么法布里和孟布勒他们则是知情人，能够对人作出判断。他的全部意图无非是想使她开口说话。为达到这一目的，他不惜采用任何手段：撒谎、欺骗、伪善，等。如果泰奥多尔在她跟前不采取那些手段的话，那么，她本来不会产生怀疑的。这位经理也并不比那位侄子更真心，他们都想知道达卡来信的内容，他们的目的也仅限于此。因此，维尔弗朗先生当时采取的谨慎措施就是针对他们的。他曾叮嘱她："如果有谁问你的话，你不仅什么也不能说，甚至也不能让他们从中猜出什么。"可以肯定，维尔弗朗先生对他们的图谋早就估计到了，所以她应该并且只能服从维尔弗朗先生一人。至于因此而可能招来的愤怒和怨恨，她就顾不得了。

塔鲁埃尔始终站在她面前，身子靠着她的办公桌，头朝着她倾过来，两眼虎视眈眈地盯着她。而佩琳娜，也鼓足了最大的勇气。由于过分激动，说话的声音竟走了调，变得有点沙哑，但没有因此而发颤。

"维尔弗朗先生不允许我跟任何人谈论这封信。"

受到这番顶撞，他愤怒至极，霍地一下直起身来。但随即又朝佩琳娜俯下身去，用同样温柔的姿态和语调对她说："恰巧我不属于'任何人'之列，我是他的第二把手，等于另外一个维尔弗朗。"

她不答话了。

"你傻了吗?"他气得喘不上气，大声吼着。

"对，我傻了。"

"那么，你该放聪明些，才能保持维尔弗朗先生赐给你的这个职位。既然你不聪明，那就不配再占这个位子。我本来想抬举你，可现在我不但不能抬举你，而且还有责任把你撤下来，你明白吗?"

"明白，先生。"

"明白就好，你考虑考虑吧！想想你今天所处的优越地位，再想想你明天就得被抛在街头的情形，何去何从，今晚给我回话。"

说罢，又等了一会儿。不见她示弱，他便像进来时那样，蹑手蹑脚地出去了。

"你考虑考虑吧!"

她也真得考虑考虑了。但怎么办呢?维尔弗朗先生正在等着要看信呢!

她又重新坐下来翻译,心想,工作起来心情可能会平静些。或许,这样能更冷静地估量自己的处境,权衡今后该如何办。

正如我前面所述,令郎埃德蒙·潘达弗瓦纳先生成亲距今已久,这是我在寻找线索中遇到的主要困难。首先是主持他们结婚仪式的勒克莱柯神父已不在人世,失去了这位长者的指教,我完全陷于迷惘之中。因此,我只好从各方面去寻找,搜集情况,试图给您一个满意的答复。

从搜集到的材料看,当年成为令郎爱妻的是一位极富美德的青年女子。姑且不说她品貌方面的种种魅力——尽管是昙花一现,这对当今世界上那些受虚荣心驱使的人来说,未必不起决定作用。尤其是,她是一位聪明、善良、性情温柔、为人正派的女子。

这段话,她反反复复译了四遍,无疑是全篇最绕的一段。但她集中精力,力求把它的意思准确地表述出来。末了,即使她未能如愿，但至少觉得自己是尽力而为了。

在印度，时代的潮流已今非昔比。从前，妇女们的全部教养就在于如何讲究礼仪，讲究坐下、站起时的雅姿。那时，除了这至关重要的方面外，其他学问均被视为道德败坏。而如今，相当多的妇女，乃至出身贵族的妇女，都有了追求文化的愿望。她们援引古印度的社会习俗说，那时，人们是在萨拉瓦底女神的圣灵普照下攻读学问的。我所说的那位女子，便出身于这类贵族。她的爸爸妈妈属于婆罗门世家，按照印度教义的说法，是属于再生族。尊敬的勒克莱柯神父来此传教的最初日子里，在他的感召下，他们都愉快地改信了我们的天主教教义、使徒教教义和罗马教教义。婆罗门有着威力无比的影响，这对我们教义的传播是一种不幸。谁敢于放弃婆罗门教，谁就被革除婆罗门世家，即被剥夺贵族的地位，割断同别人的交往，在社会上就不再有一席之地。这，正是这家人所遭到的下场。单单因为改信了我们的教义，他们在某种程度被看作为贱民。

由于被印度社会所遗弃，这个家庭就自然地转向了欧洲社会，开始了商业上的交往，最后和一家法国人结好，合资开办了一个名为"德雷萨尼（印度人）和贝尔歇（法国人）"的生产平纹麻布的工厂。埃德蒙·潘达弗瓦纳先生正是在贝尔歇夫人家里认识玛丽·德雷萨尼小姐，并且爱上她的。之所以说这位德雷萨尼小姐就是我前面向你描绘的那种女子，是因为我所找到的全部人证物证均一致确认了这点。对此，我本人无权说什么，因为我并不认识她，而且在我到达卡之前她已经走了。

那么这两位决心结为伴侣的年轻人，为什么在婚事上会遇到阻碍呢，这是一个不应由我来解答的问题。

尽管出现了阻力，他俩仍然在我们的教堂里举行了结婚仪式。尊敬的勒克莱柯神父为埃德蒙·潘达弗瓦纳先生和玛丽·德雷萨尼小姐做了祈祷。我们的案卷里至今保存着他们结婚的登记。如果你提出要求的话，我们可以给您寄一份抄件。

埃德蒙·潘达弗瓦纳先生和妻子在他岳父母家里生活了四年。他们生下了一个女孩。达卡这里，凡是认识他们的人，对他们的印象都极佳，称他们为恩爱夫妻的楷模。也许他们参加的社交活动过多了些，但是话说回来，他们难道不正处在交际的年龄吗？在这方面，难道不应当对年轻人有所宽宥吗？

德雷萨尼和贝尔歇工厂经过了相当长的繁荣之后，开始遭到接二连三的亏损打击，最终彻底破产。在短短的几个月内，德雷萨尼夫妇相继与世长辞，贝尔歇一家也回法国去了。而埃德蒙·潘达弗瓦纳先生接受某些英国公司的委托，到塔卢西去作考察旅行，搜集各种植物标本和古玩珍奇。他去时还带着年轻的妻子和大约三岁的女儿。

打那以后，他再没回到过达卡。不过我从他的一位朋友处和我们一位神父处获悉，他曾经在德赫拉市住了几年。那位朋友曾收到过他几封信，而我们那位神父则是从尊敬的勒克莱柯神父那里知道上述情况的。因勒克莱柯同埃德蒙·潘达弗瓦纳夫人一直保持着通信联系。当时，埃德蒙·潘达弗瓦纳先生选择德赫拉市作为他们的考察中心，该市地处喜马拉雅山区，位于西藏边界附近。据这位朋友相告，他在那里颇有收获。

我从未去过德赫拉市，但那儿有我们的传教士。如果您觉得这对您寻找令郎有帮助，我很乐意为此给他们中某一位神父写封信，他也许可以为您提供些方便。

这封要命的信写到此终于收尾了。她顾不上翻译信尾那些寒暄话，一写完正文的最后一个字，便抓起稿纸匆匆忙忙地往维尔弗朗先生办公室奔去。一进门，只见他数着脚步在办公室内踱过来踱过去。他数步的目的，看来一方面是为了避免撞墙，另一方面也是为了缓和一下他急切如焚的心情。

"你真是够慢的了。"他说。

"这封信又长又难译。"

"不是也被人打扰了吗？我听到你办公室的门有两次被打开后又关上。"

既然被他说中了，她想还是应当老老实实地说出来。也许这是唯一诚实而稳妥的解决问题的办法，而她刚才苦思冥想也未能找到解决这些问题的满意答案。

"泰奥多尔和塔鲁埃尔先生到我办公室去过。"

"啊！"

看来，他本想就此接着说下去，但马上又停住了，说："先读信吧，这件事回头再说。你挨着我坐下来，慢慢地，一字一句地读，但声音不要太高。"

她按照吩咐读了信，声音低沉，不高。

·维尔弗朗先生不时地打断佩琳娜，但并没有跟她说话，而是循着他自己的思想自言自语：

"恩爱夫妻的楷模……"

"喜欢社交……"

"英国公司，什么样的公司呢？"

"他的一位朋友，什么样的一位朋友呢？"

"这些情况都是什么年代的？"

当佩琳娜读完信后，他概括信的内容时说："尽是些空话，既没有事实，也没有说出姓名，也没注明事情发生的年月。这些人的脑子多么糊涂哟！"

因为这些话不是直接说给佩琳娜听的，所以她也就不置可否地听着。双方沉默了一阵。维尔弗朗先生经过认真地思索之后，说："你能把法文翻成英文吗？就像你刚才把英文译成法文一样。"

"能，如果句子不太难的话。"

"译一份电报呢？"

"我想可以。"

"好，现在你坐到小桌子那边等吧！"

他口授道：

达卡，教士团，菲尔德神父收。

感谢来函。请即以二十字电告（费用随函附上）：接到信的那位朋友的姓名，最后一次收信日期以及德赫拉市神父的姓名，我将同他直接联系，望转告。

潘达弗瓦纳

"现在你把它译成英文，译得越简练越好，因为每个字要一点六法郎，不应当浪费钱。还有，要写得十分工整。”

她很快就译完了，并高声给他读了一遍。

“共有多少字？”他问。

“译成英文四十五个字。”

于是他大声计算开了：“发出去的电报费要七十二法郎，回报费是三十二法郎，共计一百〇四法郎。我马上把钱给你，你直接把它送到电报局去，并亲自给那位女译报员读一遍，以免她出错。”

她在走过前廊的时候，碰上了塔鲁埃尔。他两手插在口袋里，正在那里游荡，窥视院子里和办公室内所发生的事情。

“往哪里去？”他问。

“去电报局发份电报。”

她一只手拿着电报稿，另一只手里拿着钱。他猛地一下从她手里把电报稿夺去，用力之大，如果她不马上松手，准会把电报稿撕烂。他立即把电报稿打开，一看上边是英文，怒不可遏地说：“你知道吗？回头我要找你谈话。”

“好的，先生。”

直到下午三点钟，维尔弗朗先生通过电铃催她出发时，她才又见到了维尔弗朗先生。在此之前，她一直在琢磨将由谁来顶替纪尧姆。现在，纪尧姆把可可牵来了，可维尔弗朗先生把他打发走了，而叫佩琳娜坐在他身旁顶替纪尧姆赶车，她颇感意外。

“既然你昨天车赶得很稳，今天自然不会赶不好车。况且我们有话要说，因而我们还是单独在一起的好。”

当车打村上经过时，道旁的人们就像前一天一样好奇。一出了村，他们就赶着车在田野的草地上缓缓而行。这时正是割草的旺季。一直沉默不语的维尔弗朗先生，只是到了这时才开口说话。佩琳娜更是胆战心惊，她多么希望多等一会儿再谈这事。看来，这一番谈话对她来说孕育着巨大的风险。

"你说泰奥多尔先生和塔鲁埃尔先生到你办公室去过?"

"是的，先生。"

"他们要你干什么?"

她迟疑不决起来，心里扑通扑通直跳。

"你犹豫什么? 对我还不说实话?"

"是的，应该说实话，先生。但这并不能使我不犹豫。"

"人们从来不应当在该做的事情上犹豫。如果你觉得应当保持缄默，那就别说了; 如果你觉得应当回答我的问话，那么你就痛快地回答，因为我在问你。"

"我认为应当回答。"

"那就讲吧!"

于是她把泰奥多尔到她办公室的情况原原本本地讲了一遍，没有添加什么，也没有漏掉什么。

"就这么多?"她讲完之后，维尔弗朗先生问。

"是的，先生，全部情况就是这些。"

"那么塔鲁埃尔呢?"

于是她又把经理的事一五一十地讲了起来，就像讲他侄子泰奥多尔的事一样。但关于维尔弗朗先生有病的那些话，她稍稍作了些保留，像"突如其来、没有思想准备的噩耗会送了他的命"这样的话，她就没有和盘托出。在讲完了塔鲁埃尔在办公室的图谋之后，又讲了关于电报的事，而且把塔鲁埃尔下班后要找她谈话一事也毫不隐瞒地说了出来。

佩琳娜专心致志地讲着，让可可自个儿信步走着。这匹老马利用这无拘无束的机会，悠闲自得地扭着身躯往前走，贪婪地吮吸着阵阵暖风送来的干草的芳香。与此同时，和暖的清风还把远处长柄镰刀发出的声响送入它的耳朵，使它回忆起幼时的情景。那时它还没有干活，母马领着它和其他小马驹在草地上欢腾奔驰。那时候怎么也想不到有一天它们要在尘土飞扬的路上驾辕拉车，苦苦干活，还要忍受鞭子的抽打和粗暴的虐待。

佩琳娜讲完之后，维尔弗朗先生很久很久沉默不语。由于她可以注视他而不被他发觉，因而她敢于用眼睛一直盯着他。她注意到老人露出了痛楚的表情，像是恼怒，又像是伤感。最后，他终于开口说："不管怎么样，你尽可放心好了。你所说的情况，我会守口如瓶的，它不会给你带来任何麻烦。万一有人因为你忠于职守而抵制了他们的图谋，对你施加报复，我会保护你的。再说，在这件事情上我也有责任。当我叮嘱你不要对任何人谈这封信时，我早已预感到他们会有所图谋的，因为那封信会激起他们的好奇心。既然如此，我当时就不该把你放在他们眼皮底下。以后再也不会发生这种事了。从明天起，你不要去邦迪的办公室了，因为他们总会到那里去找你的。你以后就来我办公室，坐到你上午起草电报的那张小桌子上。在我面前，我想他们就不会再来追问你了。但是，他们仍会在办公室外边，在弗朗索瓦兹家里盘问你的。因此，从今天晚上起，我在府邸里给你安排一个房间，你将同我一道用餐。预计我要同在印度的人有一系列函电来往，这些只能由你一个人知道。我应当采取措施，防范他们软硬兼施，让你讲出那些需要严加保密的情况。只要你待在我身边，你便会受到保护。再者，我这样安排，既是对那些想逼你开口的人做出的回答，也是对那些至今仍想打你主意的人发出的警告。最后，这也是对你的奖赏。"

开头，佩琳娜听得瑟瑟发抖，但很快就放下了心。现在一股强烈的喜悦冲击着她，竟连一个字也回答不上来。

"我对你的信任，是来自你在同不幸搏斗中所显示出来的勇气。正像你所表现的那样，勇敢的人才是诚实的人。刚刚发生的事证明了我对你没有看错。我信得过你，就好像我十年前认识了你似的。你来到此地后，肯定听到过人们怀着羡慕的心情谈论着我。人们会说：处在维尔弗朗先生的地位，做一个像维尔弗朗先生那样的人该多幸福啊！其实呢？生活对我是严酷的，而且非常严酷。我所过的日子比厂里最不幸的工人更加痛苦，更加难熬。有了财产无非是沉重的包袱。再说，我肩负的重担几乎把我压垮。每天早上，我都对自己说：七千个工人要靠我养活，靠我生活，我应当为他们着想，为他们操持。一旦我不在了，那将是灾难。对所有的人来说，意味着贫困；对一部分人来说，意味着挨饿，也许还意味着死亡。因此我要为他们而奔走，为我所创造的这个企业的荣誉而奔走。这是我的快乐，我的光荣，然而我却是个瞎了双眼的人！"

　　他沉默了一会儿。这番苦涩的哀怨使得佩琳娜眼泪夺眶而出。维尔弗朗先生不久又继续接着说："你从村里人的街谈巷议以及刚才译的那封信中会知道我有个儿子。但我们父子之间为了一些我不愿说的原因，产生了严重的不和，使得我们骨肉分离了，并且在他不顾我的反对而结了婚之后，我们便彻底断绝了关系。但我对他的一腔父爱并未因此而减少，因为我爱他。在他出走这么多年之后，我觉得他仍然是我当初所抚养的那个孩子。在那漫漫的长夜，无尽的白昼，我苦苦想念他。在我双目无光的眼睛里，我所看见的他，仍然是个孩子。这孩子宁肯要他所钟爱的妻子而不要我这个父亲，并且通过不合法的婚姻娶了她。他非但没有回到我身边来，反而同他的妻子守在一起，因为我不愿也不能接受她为我的儿媳。我曾经希望他能回头，而他也可能以为我会回心转意。因为我们都有着同样的性格，所以我们谁也没有让步。打那以后，他就杳无音信了。后来我生了病，我想他肯定会知道的，因为我完全有理由相信会有人把这里发生的事情告诉他的，因此我曾指望他能回来。然而他没有回来，无疑是被那个可恶的女人缠住了。那个无耻的女人不光夺去了我的儿子，而且还占有着他不还给我！"

　　佩琳娜凑近维尔弗朗，屏住呼吸谛听着。但她一听见"无耻的女人"这句话时，便打断他的话说："可是菲尔德神父在信上说'她是一位极富美德的青年女子：聪明、善良、性情温柔、为人正派'，根本没说她是个无耻的女人。"

"信上说的话能否定事实吗？激起我对她怨恨的主要事实是：她没有正视自己的出身而引咎自责，解除婚约，好让我儿子回到这里，过他应该过的生活，而是占有着我儿子不放。寻根究源，说到底是她把我们父子俩拆散了。你自己也看到了，尽管我天涯海角地到处寻觅，可至今连他身在何方也不知道。你同样也看到了在寻找他的过程中遇到的重重困难。由于此事的特殊情况，就更使这些困难复杂化了。这种特殊性，我是应该讲给你听的。当然，像你这样年幼的孩子对此肯定还不完全懂。但还是应该让你大体上了解这些情况，因为我信任你，让你来协助我完成这桩使命。长期以来，我儿子销声匿迹，亡命异乡，骨肉离散，从最后一次得到他的音讯至今，漫长的岁月流逝了。所有这一切必然地唤起了我的某些希望。如果在我完全不能理事时，儿子还不来接我的班呢？我的这份产业将落入谁手呢？你理解这些问题背后所隐藏着的财产继承问题吗？"

"多少能理解一点，先生。"

"这就够了，甚至我宁愿你不完全理解这些事。在我身边的那些支持我、协助我的人中，有些人所关心的就是让我儿子不要回来，唯有这件同他们利益攸关的事搅乱了他们的心思。他们希望我儿子已死于异邦。哼！我儿子会死？这可能吗？命运难道会以如此可怕的不幸来打击我吗？他们可以认为我儿子死了，而我可不能。若埃德蒙果真死了，我还活在世上干什么？世上总是儿子给父亲送终，而不是父亲给儿子送葬，这是自然规律。我有千万条理由，条条都会证明那帮人所抱的希望只是痴心妄想。如果埃德蒙真的在某一事故中丧生了的话，我早就知道了，他妻子首先会告诉我。因此埃德蒙没有死，也不可能死。如果我真信了他们的话，那才是个没心没肝的父亲呢！"

佩琳娜不再两眼盯住他了。她把目光移开，脸背向一边，好像怕他真的能看见她脸似的。

"那帮人可真的没心肝，他们都认为我儿子死了。现在你该明白他们为什么那么好奇，同时我又为什么要采取防范措施，保住一切有关我寻找儿子一事的秘密了。我对你全是直言相告，首先是为了让你知道我所委于你的重任，即让儿子能回到他爸爸身边来。我相信你在这件事情上会尽心尽力的。其次，我之所以告诉你，是因为我的生活信条是直截了当，坦率地道出自己所要达到的目标。有时候，那些心怀叵测的人不愿意相信我的话，他们以为我在耍滑头，但每次他们都因此受到了惩罚。他们已经在哄骗你了，而且今后还会继续通过其他途径来哄骗你，这是极可能的。现在你心里有数了，这就是我应做的全部事情。"

这时，他们已经望得见赫尔什村的工厂烟囱了。这是离马洛库尔最远的一座工厂，车轱辘再转几圈，他们就进村了。

佩琳娜心乱如麻，激动不已。她搜肠刮肚想找几句话回答维尔弗朗先生，但什么也想不出来。由于过分激动，她的脑子已经麻木了。喉塞唇干，再也说不出话来。

"我想告诉您，先生，我会全心全意地听您吩咐的。"她终于大声说道。

三十二

晚上巡视完了工厂，他们没像平常那样再回到办公室。维尔弗朗先生吩咐佩琳娜赶车径直回府邸去。这是她第一次跨过府邸外边金色的铁栅门。这门是能工巧匠的一件杰作。据说，有位国王都没能为最近的一次展览装上这样的栅栏，而我们这位富有的工业家却觉得用来配他的乡间府邸并不算太贵。

"你沿着院内这条环形大道走。"维尔弗朗先生说。

这是她第一次就近欣赏这一簇簇鲜花，而以前她只是远远地望上一眼。这一簇簇鲜花，红色的一堆，粉色的一团，绽开在修剪得平平整整的绿茵茵的草坪上。可可走惯了这条路，这会儿悠然自得地往前走着，不需要人去驾驭。佩琳娜左看右瞧：这里是丛丛簇簇的鲜花，那里是高矮相间的葱翠树木，娇美无比，每一处都足以构成一幅独立的盆景图，尽管它们的主人再也不能像往昔那样来观赏它们了，但花园的布置却一如旧观，照样被精心地维护着，照样不惜工本地修饰着，就同往日维尔弗朗先生怀着自豪的心情早晚两次必来检阅它们时一模一样。

可可在宽大的台阶前自动停下来了。一位老仆人，听到门房的钟声，早已去台阶处恭候了。

"巴斯蒂安，你来了吗？"维尔弗朗先生没下车就先问了一声。

"在，先生。"

"你把这位姑娘领到蝴蝶厅去，那个房间以后就给她住，并把各种洗漱用具一应备齐。你把她的餐具就摆在我的餐具对面。另外，你把费利克斯叫来，让他赶车送我到办公室去一趟。"

佩琳娜心想自己该不是在做梦吧！

"我们八点钟吃晚饭，"维尔弗朗先生对她说，"八点前，你爱干什么就干什么。"

她下了车，跟在老仆人后面走着。这里的一切使她眼花缭乱，好像被送进了仙台瑶阁之中。

的确，在宽大无比的大厅里，看见了一条气势壮观的汉白玉楼梯，上面的地毯勾画出一条红色的通道。这不真有点像宫殿吗？楼梯的每一级平台处，置放着巨大的花坛，一簇簇奇葩异卉在绿叶掩映下显得分外娇艳，空气里弥漫着馥郁的清香。

巴斯蒂安把她领上三楼，给她打开房门，自己站在门口说道："我回头派女仆来。"说完就告退了。

她从昏暗的小过厅进去，来到一间宽敞明亮的卧室。房间四壁贴着象牙白的护墙布，一只只色彩艳丽的蝴蝶似在上面展翅轻飞；一套花纹斑斓的槭木家具；灰色的地毯上绣着一束束野花：雏菊、丽春花、矢车菊和匐枝毛茛，一枝枝强劲挺拔，生机盎然。

这是多么赏心悦目啊！

她的兴致并未到此而止。为了寻开心，她把脚往松软的地毯里伸，立即感到有一股力量把脚反弹回来。恰在这时，女仆人进来了："巴斯蒂安吩咐我到这里来听小姐使唤。"

这是一位打扮得干干净净，头上罩着一顶网纱帽的女仆。她来听她使唤了！几天前她还露宿在周围尽是水洼的草棚里，芦草作床，老鼠、青蛙陪伴她入睡。想想那时，再看看眼前，真需要许久许久才能理解这是怎么一回事。

"谢谢您，"她终于开口说话了，"我似乎觉得，什么也不需要。"

"如果小姐愿意，我这就领您看看房间。"

她所说的"看看房间"，是把镶有镜子的衣橱门和壁橱门以及梳妆台的抽屉——打开。抽屉里装满了各种刷子、剪刀、香皂和香水。看完之后，她伸手去按墙壁上的按钮："这一个是呼叫铃，那一个是电灯开关。"

按下开关，顷刻间，卧室里、过厅里、梳洗室里，灯光齐明，耀眼夺目；关上开关，灯又一瞬间全都熄灭了。佩琳娜觉得自己仍然置身在巴黎市郊的野外，暴风雨劈头盖脸地袭来，一道道刺破长空的闪电，一会儿为她指明去路，一会儿消失得无影无踪，道路又被黑暗吞没了。

"小姐什么时候需要我，请按电铃叫我。单击，是叫巴斯蒂安，按两下是叫我的。"

然而，小姐这时所需要的是独自待一会儿，一方面是看一看自己的房间，另一方面也为了冷静一下。因为打从今天早上起所发生的事情，已使她心神不宁了。

在短短数小时内，发生了多少事情，出现了多少惊喜啊！上午，当她处在泰奥多尔和塔鲁埃尔的威逼之下时，她所面临的风险是多么巨大！谁会想到风云突变，事情竟会朝着有利于她的方向发展！这一切，正是泰奥多尔和塔鲁埃尔的敌视态度成全了她，这不是很可笑吗？

如果她这时能看见那位塔鲁埃尔经理站在办公楼的台阶下迎候维尔弗朗先生时，是怎样的一副尊容，那她会觉得更加好笑。

"我想可能那个小丫头干了什么蠢事了吧？"塔鲁埃尔说。

"哪儿的话。"

"那为什么让费利克斯送您来呢？"

"我顺路把她送回府邸里去了，让她抓紧时间准备吃点晚餐。"

"晚餐！我想……"

这一下塔鲁埃尔被噎得好厉害，他一下子竟说不上应当"想"到什么了。

"我想，"维尔弗朗先生说，"您是只会这么'我想'的了。"

"……我想，您今晚要让她同您一道吃饭。"

"一点不错。很久以来我就想物色一位我能信得过的、聪明、检点、忠诚的人留在我身边。而这位小姑娘看来是集这些美德于一身。我深信她十分聪明，而且又检点又忠诚，这些我都考验过了。"

维尔弗朗先生只是平平淡淡地说了这些话，然而他说话的方式使塔鲁埃尔不会不明白这话的含义。

"我把她留下了，因为我不愿意再让她去冒某些风险。这倒并不是为了她本人，因为我相信她不会在险境中屈服，而是为了其他人。因为那样下去会迫使我同他们说再见的……"

他特别强调："不管他们怎么着，她再也不会离开我了。在厂里，她将在我办公室里工作，白天她陪我外出。我还要她与我同桌吃饭。这样，我进餐时就不过于伤感了，她天真幼稚的絮语会使我感到开心。她以后就在我的府邸里居住。"

塔鲁埃尔终于恢复了平静，但对于老板的想法，他是不会流露任何一点不同想法的。因为，这既不是他的性格，也不是他的处世法则。他于是说："我想她各方面都会使您满意的，在我看来，您对她是完全能够有所期待的。"

"我也这样想。"

这时，佩琳娜两肘搭在窗户的栏杆上，出神地凝视着眼前的一幅幅图景连绵不断地向远方伸展。近处，园子里是鲜花点缀的草坪；远处，是厂房、村庄、教堂、房舍；再往远处是草地，还有一汪汪池水，在落日的斜照下波光粼粼。水洼的彼岸是一簇树丛，她刚来的那天晚上，曾在那里静坐过，也正是在那里，傍晚的微风把母亲那温柔的低声细语送入她的耳际："我看到了你生活幸福。"

　　亲爱的妈妈已预知女儿的前程了，枝高叶茂的雏菊把母亲的吉言传送给了她，这些话都应验了：幸福了，她开始幸福了。如果说佩琳娜还没有完全成功的话，或者说还没有在很多事情上成功的话，起码应当承认她正在成功的途中了。而且，已经得到的成功，并非是微不足道的。现在，她应当有耐心，要善于等待，时候到了，一切都会如愿以偿的。她是这么快就跨进了这座府邸。在这里，一切的一切都应有尽有，她不再受贫困的熬煎了。因此，她有什么好着急的呢？

　　当收工的汽笛响起来的时候，她仍伏在栏杆上出神。汽笛的尖叫声把她从遐想中拉回到眼前的现实里。由于居高临下，她从窗口看得见村庄里的街道以及横穿绿色草地和金黄色田野的白晃晃的马路。她看见工人们走出工厂时是黑压压的一片，继而朝四周散去。先是密密麻麻的一大堆人朝前蠕动着，不久便分成好几股人流向前伸展，随后又分成无数小支流。再过一会儿，这些细细的支流又分成三三两两的人群。此后不久，这些人群也很快地消失了。门房的钟敲响了，可可拉着维尔弗朗先生的四轮马车从容不迫地走上了花园环形大道。

　　但她并没有走出房间，而是按照维尔弗朗先生的吩咐，梳洗了一番。她搽了大量的花露水，用了很多香皂。这是一种沁人心脾的上等香皂，泡沫丰富、香气袭人。直到壁炉台上的座钟敲了八下时，她才下楼。

　　她边走心里边嘀咕，不知如何才能找到饭厅。然而她用不着自己去找，一个穿黑衣服的仆人已站在大厅等候她了。仆人把她领进餐厅。维尔弗朗先生跟着也进来了。这一次没有任何人搀扶。原来她发现地毯上有一条人字形的斜纹布铺成的路，这样，维尔弗朗先生就能以脚代眼，凭着感觉在这条道上走。一只盛满兰花的花篮放在餐桌中央，散发着醉人的幽香。满桌子沉甸甸的镂刻银器和精雕细琢的水晶器皿，在大吊灯的照射下，光彩夺目。

她先是呆呆地站在餐桌的椅子背后，不知如何是好，幸好维尔弗朗先生进来，帮她解除了尴尬。

"你坐吧。"

刚坐下来就开始上菜了。领她进来的那个仆人端了一盏汤放在她面前，而巴斯蒂安给主人送的一盆汤满得几乎要溢出来。

如果餐厅里只有她和维尔弗朗先生两人，她会感到自在得多。然而，在两个仆人的好奇的目光注视下——尽管这目光并无恶意——她有些发怵。她觉得他们无疑是想看看像她这样的小蠢蛋是怎样吃饭的。他们的审视多少影响到她的动作。

幸运的是她吃饭时总算没出洋相。

"自从我双目失明之后，"维尔弗朗先生说，"我习惯于每顿饭喝两道汤。对我来说，喝汤总比较方便些。但你眼睛好，不必跟我一样。"

"我好长时间没喝过热汤了，因此我也乐意再喝一点。"

但这次端上来的汤同先前的不一样，是另一种花样。汤里有白菜、胡萝卜、土豆，跟乡下农民喝的一样简单。

除了甜食外，晚餐完全同农家晚餐一样简单：一道羊腿烧豌豆，一道色拉。至于甜食，一共有四只盛着各色点心的高脚盘，另有四只盘子，盛着又大、又好看的水果，足以和银质器皿里的鲜花相匹配。

"如果你愿意，明天你可以去参观参观暖房，这些水果全是那里长出来的。"维尔弗朗先生说。

开始的时候，她很拘束，只吃了几颗樱桃，而维尔弗朗先生则要她再吃些杏子、桃子和葡萄。

"要是我在你这种年龄，如果有人给我这许多水果的话，我会把它们全都吃光……"

站在维尔弗朗椅子背后的巴斯蒂安听主人这么一说，便走过去很内行地选了一只杏子和一只桃子放进这个"小蠢蛋"的碟子里，就像伺候一只懂事的猴子似的。

尽管还得吃水果，但佩琳娜看到晚饭快结束了，不禁感到如释重负。经受考验的时间越短越好。明天，随着仆人们的好奇心得到满足，他们可能会让她安静些的。

"从现在起到明天早上我这里没事了，"维尔弗朗先生说着站起身来，"你可以到花园里月光下散散步，也可以到藏书室里去看看书，或者挑本书带回房间去看。"

她为难起来了，心想，不知该不该提议为维尔弗朗先生作点什么。她正在犹豫时，看到巴斯蒂安偷偷给她打手势。开始她弄不明白什么意思，只见巴斯蒂安好像左手捧着一本书，右手翻着书，之后又朝维尔弗朗先生的方向努努嘴，表情丰富极了。她豁然开窍，他的意思是让她提议为维尔弗朗先生朗读点东西。但因为她早已想到了这一层，她担心自己所理解的意思更多的是先入为主，而不是巴斯蒂安的意思，不过她还是大着胆子说："先生，今晚我不能为您作点什么吗？您不要我给您读点书？"

说完，她看到巴斯蒂安深深地向她点头表示赞赏，她为此感到欣慰，因为她猜对了巴斯蒂安的意思，这几句话刚好说在点子上。

"应当让人有劳有逸嘛。"维尔弗朗先生回答说。

"我向您保证，我一点也不累。"

"那么，你随我到书房里来一趟吧。"他说。

这是一间宽敞然而昏暗的房间。从餐厅走过去，中间隔着一个过厅。由于地毯上铺着一层粗布，维尔弗朗先生可以坦然地在上面走而不至于迷路。再说，餐厅和卧室之间的距离不仅他脑子里有数，而且脚上也有数。

佩琳娜曾不止一次地纳闷：维尔弗朗先生不能看书，他独处一室如何打发时间呢？当维尔弗朗先生按了一下电钮把灯打开后，佩琳娜仍未为心里的疑团找到答案。室内仅有一张大桌子和几把椅子，桌子上堆满了纸张和文件夹。除此之外，再没有什么了。窗前放着一张宽大的安乐椅，座椅周围空空荡荡，然而从铺在椅子上的那块毡子的磨损程度来看，维尔弗朗先生常常是面对室外的苍天，长时间地坐在这儿，尽管他连天上的云彩也看不见！

"读点什么好呢？"他问。

堆在桌子上的报纸还未打开，仍然裹着五颜六色的封条。

"如果您同意，就读读报纸吧。"

"在报纸上花的时间越少越好。"

她一时找不出话来回答，刚才的话只不过是随便向他提个建议而已。

"你喜欢读游记吗?"维尔弗朗先生问。

"喜欢，先生。"

"我也喜欢。读游记既可以学到东西，又可消遣。"

接着他像是旁若无人似的自言自语："忘掉自我，进入他人的生活境界中去。"

沉默了一会儿，他扭头对佩琳娜说："咱们到藏书室去。"

藏书室和这间办公室相通，中间隔着一道门。这里一按开关，那里的电灯就亮了。但由于那里边只有一盏灯开着，所以放满乌木书橱的宽大藏书室仍旧一片昏暗。

"你读过《周游世界》这本书吗?"他问。

"没读过，先生。"

"好，你从目录里可以查到它放在何处。"

于是他把佩琳娜带到装目录的柜橱前，让她把目录找出来。这颇费了一番工夫。末了，她终于找到了。

"怎么查呢?"她问。

"查'I'部，找周（Inde）这个字。"

他始终在想着自己的心事，根本不是像他所说的那样，希望"进入他人的生活境界"。他所希望的，无疑是想通过阅读来了解他派人寻找儿子的那些地方，从而进入他儿子的生活境界。

"查到什么了？说话呀！"

"《王公贵族们的印度——中印度王国和孟加拉国辖区旅行记》一八七一，数字上角标有二、二百零九到二百八十八。"

"这就是说在一八七一年的第二卷里的第二百零九页到第二百八十八页上叙述了这次旅游出发时的情况。现在你拿上这一卷书，咱们一道回办公室去。"

当她在较低的一层找到了这卷书的时候，她没有拿了书就走，而是盯着壁炉台上放着的一张画像瞧。因为她的眼睛已慢慢适应了室内昏暗的光线，一下子就看见了这幅画像。

"你怎么啦？"他问。

"我在看放在壁炉上的那幅画像。"她直率地回答，声音有点激动。

"那是我儿子二十岁时的画像。你可能看不清楚，我来给你开灯。"

他走近壁板，伸手按了一下开关，装在镜框上方的一串小灯亮了。

佩琳娜站起来，往镜框跟前走了几步。她惊叫了一声，手里的《周游世界》掉到了地上。

"你怎么啦？"他又问。

她顾不上回答他，只是凝眸端详着照片上的金发青年：身穿绿绒猎装，头戴一顶高高的宽檐便帽，一手按着猎枪，一手抚摩着那只黑色猎犬的脑袋。那猎犬栩栩如生，简直像一条活狗，马上要从墙壁上跳下来似的。她从头到脚哆嗦起来，泪水像断线的珠子一样从她脸颊上滚落下来，她也顾不得去擦。她的整个身心完全倾注在这幅画像中了。

"为什么哭了?"

她必须开口回话了。她作了平生最大的努力，想使回话能够清楚地表达自己的思想，但说出的话连她自己听起来也觉得前言不搭后语："是因为……这幅像……您的儿子……您作为他的父亲……"

开头，他没听明白。过了一会儿，他用同病相怜的语气亲切地问："你也想你爸爸了?"

"是的。先生，是的。"

"可怜的孩子啊!"

三十三

习惯于姗姗来迟的侄儿和外甥，第二天上午进维尔弗朗办公室拆信时，看到佩琳娜稳坐在那张小办公桌前，像是再也不走了，两人简直惊呆了。

塔鲁埃尔事先故意不告诉他们，而且还特意先于他俩来到维尔弗朗先生的办公室，有意等他俩进来时看他们的洋相。

这出戏是十分滑稽的，塔鲁埃尔开心极了。如果说这个无依无靠、一无所有的小叫花子一夜之间闯入他们当中，占据了那个脆弱的老头子的心灵，使他怒火中烧的话，那么能看一看老头子的侄儿、外甥同他一样恼怒的场面，至少也是一种补偿吧！当他们朝佩琳娜投去既充满愤怒又饱含震惊的目光时，该是多少有趣啊！显然，这间神圣的办公室里来了这么一个不速之客，使他们大惑不解。这是块圣地，就连他们自己也不能在这儿多待一会儿，每次听完维尔弗朗先生的指示或汇报完他们所分管的事情之后便得离开。他俩相互交换了一下眼色，既不敢说什么，也不敢贸然发问或表示异议。他俩的这种神情不禁使塔鲁埃尔哑然失笑。在他们面前，他用不着掩饰自己的满意心情和对他们的嘲讽。因为，如果说他们之间争权夺利之战还未公开爆发，那么他们各怀鬼胎这一点，则是早就彼此心照不宣的了：塔鲁埃尔同老头的侄儿、外甥为敌；外甥、侄儿与塔鲁埃尔作对；外甥与侄儿之间又钩心斗角。

寻常日子里，塔鲁埃尔对待他俩总是用鄙视的冷笑、不屑理睬的沉默来表露他的敌意，但表面上却故作谦恭礼让。而今天，他却忍不住要耍他们一下，寻寻开心了。平时，他俩对他总是傲慢无礼，因一个是老板长兄的儿子，另一位是老板姐姐的儿子，而他自己，只不过是老板事业的产儿。那两位自认为出身高贵，理应高出他一头。然而，他曾为这家誉满四海的企业立下汗马功劳，所以这企业的一部分，乃至相当大的一部分，应归功于他。这一次，有他们瞧的喽！哈哈！

他跟在他俩后面走出了维尔弗朗先生的办公室。尽管他俩急于想回到自己的办公室去交换一下彼此的感触，甚至还想商量一下如何对付这个突然闯进来的小丫头，但他们还是乖乖地听从了塔鲁埃尔的招呼——这正是他的一大胜利。他把他俩领到他的办公室外的廊下，因为那里隔音好，话音不致传到维尔弗朗办公室去。

"你们该看到这个……这个小妞儿坐进老板的办公室了吧。你们感到惊奇吗？"他问。

他俩并不认为有必要回答他，因为既不能承认他们的惊讶，却又不便矢口否认。

"这我看得真真切切，"他有板有眼地说，"如果今早二位不是晚到的话，我会事先给你们打招呼的，以便你们思想上有所准备。"

这里，他一语双关地教训了他们一通：第一是指出他们今天迟到了；第二是要显示，他虽没进过高等技术学校的大门，甚至也没进过中等学校的大门，却要向他们指出，他们今天的举止有失体统。这样教训人也许太露骨了些，但是作为一个没受过多少教育的人，是不需要讲究更委婉的方式的。

何况当时的情况使他觉得也用不着同他们讲客气：不管他说什么，他们都得乖乖地听着，所以他不客气地利用了这个机会。

他继续说："昨天维尔弗朗先生告诉我说，他要让这个小丫头住进他的府邸，并且让她今后就在他的办公室里办公。"

"这丫头到底是什么人？"

"我也正想问你们呢！我是一无所知，我相信连维尔弗朗先生自己也不清楚。"

"还有呢？"

"还有就是他对我解释说，他早就想物色一位聪明、检点、忠厚、完全信得过的人在他身边工作了。"

"我们不就是吗？"卡齐米尔插进来说。

"是啊，我正是这样同他说的：不是有卡齐米尔先生和泰奥多尔先生吗？卡齐米尔先生上过综合工科大学。他样样都学得很精，理论方面就更不用说了。像他这样的综合工科大学的学生是没有人能唬得住的，而且他对您又那么孝敬。而泰奥多尔，他从小就在父母身边，当初的艰难困苦必定锻炼了他，因而他对生活、对商业都十分熟悉。况且他对您满腔深情。难道说他们二位不够聪明、检点、忠厚吗？难道您还信不过他们吗？他们心里念念不忘要减轻您的负担，协助您工作，让您摆脱工作上的烦恼。除此之外，他们心里还有什么别的好想的呢？他们之所以能这样想，就因为他们是您的好侄儿、好外甥，对您情深意切，感恩戴德。他们彼此团结一致，真像亲兄弟一般。他们两人只有一个心思，因为他们奔的是同一个目标。"

他没有把话中每一个有特点的词都举例说明，尽管他心里很想这样做。你看他冲着泰奥多尔说卡齐米尔作为综合工科学校的学生有着高深的学识，又冲着卡齐米尔扯到泰奥多尔家早年在生意上遇到的波折；接下来又冲着他俩说他们志同道合、同奔一个目标等等。在嬉皮笑脸中，把讽刺挖苦的意思全端了出来。

"你们猜猜他怎么回答我的？"他继续说。

说到这里，他本来想停一停，但怕那两位不等他说完就扭头走掉，所以他马上接着说："他回答说，'唔！我的侄儿、外甥！'这句话到底是什么意思？你们完全可以想到，我是不便去深究，只是重复给你们听听而已。我还要告诉二位的是，为了说明他决心要把这小丫头接进府邸并让她搬进自己的办公室里去，他还说了另外一番话。他说：'我不愿意再让她去冒某些风险，这倒并不是为了她本人，因为我深信她不会在险境中屈服，而是为了其他人。因为那样下去，会迫使我同这些人决裂，不管他们是谁。'我向你们保证，我这里只是把他的原话逐字逐句地重复了一遍。现在我想问问二位，他说的'其他人'指的是谁？"

由于那两位始终闭口不答，他又得寸进尺地说了起来："他到底影射谁呢？他又从哪里看出来这些'其他人'要让那位小丫头去冒风险呢？冒什么风险呢？所有这些问题都让人无法理解。正因为这样，我才认为应该请教二位。因为在埃德蒙先生不在的情况下，你们的出身就决定了你们自然成为咱们企业的领导。"

　　他像猫儿戏弄耗子一样把他俩痛痛快快地戏弄了一番，然而他还想再狠狠地用爪子抓他们一下，让他们跳起来。

　　"的确，埃德蒙先生随时都有回来的可能，也许就在明天。如果人们想一想维尔弗朗先生四处派人寻找他的情形，至少是会相信的。似乎他已经找到一条可靠的线索了。"

　　"这么说，您已有所风闻喽？"这时泰奥多尔已顾不得尊严了，终于关切地问道。

　　"除了我亲眼看到的以外，没听到任何别的消息。也就是说，维尔弗朗先生把那个小丫头留在身边不是为别的，只是为了让她帮他翻译从印度发来的函电。"

　　接下去，他故作天真地说："对您来说也真够不走运的了。卡齐米尔先生您有那么高的学问，却偏偏不懂英文，否则寻找埃德蒙的情况您会了解得一清二楚的。且不说您若懂英文，便可挤掉那个小丫头了。可现在她正在老板的府邸里取得她本来无权享有的一席之地。当然，您也许能够找到另外一条万全之计来达到这一目的。如果我能帮您忙的话——您应当知道我是个靠得住的人……当然，我会不露痕迹地帮您的。"

　　他一边说，一边不时地偷偷往院子里张望。这动作更多的是出于习惯，而不是出自眼下的需要。恰在这时，他一眼瞥见电报局的邮递员进来了，只见他东逛逛，西遛遛，一点儿也不匆忙。

"你们说巧不巧！"他说，"喏，电报局的人来了，可能这就是发往达卡的那封电报的回报。可惜，你俩不能知道里边说的是什么，不能第一个向老板报告他儿子回来的消息，这毕竟是伤脑筋的事，对不？这是多么令人高兴的消息啊！嗯？而我呢，我准备助你们一臂之力，但可惜你们俩不懂英文，那个小丫头却懂。"

不管多么惋惜，邮递员还得一步一步往前走。当他终于走到台阶下时，塔鲁埃尔霍地走近他说："嗯！瞧你走路可真够磨蹭的。"

"非得玩命吗？"

塔鲁埃尔二话没说，抓住电报就两脚生风地往维尔弗朗先生办公室跑去。

"您要我把电报拆开吗？"他问维尔弗朗先生。

"当然。"

他未等把拆封线撕开就叫了起来："是英文的。"

"那就让奥雷丽处理吧。"维尔弗朗先生说着做了个手势，那动作由不得这位经理不服从。

办公室的门一关好，佩琳娜就译起电报来："朋友叫勒泽尔，法国商人，最后收到信在五年前。在德赫拉市的神父叫马凯纳斯，如愿意，尽可去函。"

"五年前！"维尔弗朗先生叹息道。他首先注意的就是这一点。"从那以后发生了什么事情？五年前的线索如何追踪呢？"

然而，他不是那种怨天尤人，自暴自弃的人。他自我解嘲说："怨天尤人丝毫改变不了既成的事实，最好是从现在的基础上开始干起来。你马上起草一份电报给勒泽尔先生，用法文写，因为他是法国人；另一份用英文写，发给马凯纳斯神父。"

　　她一口气写好了电报，然后再把它译成英文。然而那份法文电报，她刚写了一行就停下了笔，请求到邦迪办公室找本词典来。

　　"你对自己的拼写没把握吗？"

　　"唔，一点把握也没有，先生。我不希望以您的名义发出的电报遭人耻笑。"

　　"那就是说你还不能不出一错地写一封信喽？"

　　"我想我笔下难免会出现拼写错误，每个词的开头部分还较有把握，但词尾部分就难说了。特别是时态的搭配，双辅音音节，完全弄不清楚。还有其他许多地方也搞不清楚，写英文比写法文容易得多。我宁愿马上把这些情况老老实实地告诉您。"

　　"你从来没上过学？"

　　"从来没有。我只会爸爸妈妈偶尔教给我的那点东西。在旅途中，在路边坐下来的时候，或者到了一个地方停下来休息的时候，他们教我一点。那时候，他们曾要求我做功课，但说实话，我根本没做多少。"

　　"你把这些坦率地告诉我，说明你是个诚实的孩子。对此，我们以后再设法弥补。现在还是赶紧办咱们要办的事吧！"

　　下午他们乘车去巡视工厂的时候，维尔弗朗先生又提起了关于错别字的事。

"你给亲戚写过信了吗?"

"没有，先生。"

"为什么呢?"

"只要是待在这里，待在您的身边，我就一点也不想给他们写信。因为您待我这么好，使我生活得如此幸福。"

"那么你是不打算离开我了?"

"我希望能每日每时，在各方面，在任何事情上，向您表明我对您发自内心深处的感激和敬仰之情……但我不敢直说。"

"这样看来，至少在目前，也许还是不给他们写信为好。以后我们根据情况再定吧! 不过，为了你能有益于我的工作，你必须学习，使你能够在许多事情上做我的私人秘书。为此，你应具备适当的写作能力。因为你是以我的名义写的。另外，对你来说上学是件好事，你愿意吗?"

"只要您愿意，我绝对从命。我向您保证，我不是个偷懒的人。"

"这么说，学习的事可以在不离开我这里工作的情况下加以安排。我们这里有一位很出色的女教师，今晚一回去我就要她在上完学校的课之后给你单独上课，时间可以安排在晚上六点至八点，因为这段时间里我这里没事。这位教师是个大好人，但有两个缺点:一是她的身材，个子长得比我还高，肩膀比我还宽，块头比我还大，尽管还不到四十岁;二是她的名字，叫贝洛姆小姐。"她嚷起来真是声如其人，听起来叫人难受。她是一个不长胡须的"美男子"，但若要仔细瞧一瞧，是否连一根胡须也找不到呢？这就难说了。她受过高等教育。开始时，她当家庭教师，但她的块头往往使小女孩们一见就害怕。而她的名字却又使得学生的母亲和大姑娘们听了发笑。于是，她放弃了大城市的生活，勇敢地投身于小学教育，取得了很大的成功。她教的班级，在我们省名列前茅。她本人被历届校长视为教师的楷模。纵然到亚眠去，也找不到比她更好的教师了！"

巡视完工厂后，马车在女子小学门前停了下来。贝洛姆小姐马上迎着维尔弗朗先生跑来，但维尔弗朗先生执意要下车到办公室去，向她提出请求。跟在后面的佩琳娜利用这个机会把她端详了一番：她确实像维尔弗朗先生描绘的那样，是个"巨人"，身材魁伟。她端庄、善良，但她那副怯生生的样子同她的仪表很不相称，否则人们是绝不会耻笑她的。

当然，她对马洛库尔的这位铁腕人物的任何请求是不会拒绝的，纵然有困难，她也会设法克服的。她对教育事业有着满腔的激情。说实在的，教书是她生活中的唯一乐趣，更何况她也非常喜欢这位目光深沉的小姑娘。

"我们会把她培养成一个有学问的姑娘的，"她说，"这是肯定无疑的。您知道吗？她有一对温柔的大眼睛，像羚羊的眼睛一样。我从来没有见过羚羊，但我敢说羚羊的眼睛就是这样的。"

上了两天课之后，贝洛姆就觉得不是这么回事了。到了第三天，她可真的体会到了小羚羊的水平。那天晚上，维尔弗朗先生回府邸吃晚饭时，顺便问女教师对佩琳娜的学习有什么评价。

"真叫灾难啊!"贝洛姆小姐总喜欢使用一些形如其人的大词汇,"如果不让这个小姑娘上学,那真叫作孽啊!"

"她人还聪明吧?"

"聪明!可以说聪明绝顶,如果我敢于这么说的话。"

"她的字写得怎么样?"维尔弗朗先生是根据他对佩琳娜的需要有针对性地发问的。

"不算突出,但她可以练习。"

"拼写情况如何?"

"较差。"

"具体情况呢?"

"要真正作出判断,本应当让她作一段听写。因为听写可以准确地反映出她的书写和拼写水平,但也仅此而已。为了对她有一个全面的了解,我曾布置她写一篇短文,描述一下马洛库尔。我要求她用二十至一百行的篇幅描述一下马洛库尔村和她对马洛库尔村的观感。她用了不到一个小时,一口气写了四大张,真是笔下生花啊!本地区的一切都汇集到纸上来了,包括村庄、工厂、自然风景,写得既扼要又细腻。其中有一页专门描写水洼地及那里的植物、水鸟和鱼,描写它们在早晨的雾霭和傍晚纯净空气中的不同风姿。如果不是亲眼看着她写,我真以为她是从某位出色的作家那里抄袭来的。可惜她的书写和拼写则是我刚才说的那个水平。不过,这没关系,几个月的工夫便能解决问题。相反,如果一个人在观察力和灵感方面没有天赋,也不善于把自己所观察、感受到的东西表述出来,那么世界上任何课堂也不能教会她写作。您空闲的时候，可以请人给您读一读她写的关于小洼地的那段文章，它会给您证明我并没有夸张。"

这席赞美的话把维尔弗朗先生说得眉开眼笑，因为他已听到有人在非难他不该心血来潮地对这个小姑娘大发慈悲。这一下，他感到心安理得了。于是，他向贝洛姆小姐讲述佩琳娜如何在低洼地中间的一间草棚里栖身，如何在一无所有的情况下，因陋就简地做草鞋、制作一整套炊具，如何利用水洼地提供的鸟、鱼、花、草和野果准备了像样的晚餐。

听着维尔弗朗先生的叙述，贝洛姆小姐那宽阔的脸庞逐渐舒展开了。这故事无疑吸引了她。维尔弗朗先生讲完之后，她仍一言不发，陷入了沉思。

"善于创造自己生活所需的东西，这是最主要的优点。单单这一点就令人羡慕了，您说是吗？"

"是的。正是她的创造精神和坚强意志，最先打动了我。您让她讲讲她经历的那些事情吧！从中您可以看到她能有今天，需要多大的毅力。"

"这姑娘总算得到回报了，因为她得到了您的关心。"

"何止关心，甚至是喜爱。因为在生活中，我最为钦佩的就是意志。我能有今天，就全凭这'意志'二字。正因为如此，我才请求您通过给她上课，增强她内在的意志。如人们常说的，有志者事竟成，这句话有道理。不过起码得有一个先决条件，即懂得什么叫有意志。意志并不是每个人都有的。因此，要从教育入手。说到教育，人们只注重精神，似乎性格是无需考虑的。既然您的这位学生在这方面有天赋，我请您下一番功夫使它得到发展。"

贝洛姆小姐是一位不善恭维的人，同时也不会因为害羞或为难而闭口不言。

"身教胜于言教嘛！"她说，"您对她的言传身教更胜于我对她的课堂教育。您尽管体弱多病，年事已高，家财万贯，然而您对自己应当履行的职责从无半点懈怠。当她看着这些，她的性格便会朝着您所希望的方向发展。总而言之，如果面对那些应当打动她心灵的事，她竟不感兴趣或无动于衷的话——我是很难相信这一点的——我会尽心尽力教育她的。"

贝洛姆小姐是一个言出必行的女子。的确，她抓住一切机会用维尔弗朗先生的事例来启迪佩琳娜。但佩琳娜常常通过巧妙的提问，诱使贝洛姆小姐在不知不觉中谈出她自己的经历，严格说来，这对她的课堂教育并不是必不可少的。

佩琳娜对贝洛姆小姐的课，听得十分专心，甚至在她讲授诸如形容词同名词的搭配规则，或者讲授过去分词在主动词被动词和中性动词、代动词（不管是基本的代动词或是偶尔充当的代动词），或无人称句中的应用规则等语法现象时，她也从不分心。但是，每当她能把话题引到维尔弗朗先生身上时，她那双羚羊眼简直出了神。尤其讲起维尔弗朗先生那些她所不了解或不大明白的事情，她就更加专注了。这些事，罗莎丽给她介绍时从来没有讲得很透彻。而法布里和孟布勒谈话时又故意打哑谜，或干脆不说，或只作暗示，以便只让对话的双方会意，他们不是讲给旁人听的，所以有意不让局外人听明白。

她曾多次向罗莎丽打听维尔弗朗先生的病是怎样得的以及他的眼睛是怎样变瞎的，但她所得到的回答总是模模糊糊的。然而贝洛姆小姐却能告诉她想要知道的关于维尔弗朗先生的详情。据说他的眼病并非不可救治，但要彻底治愈，必须具备保证手术完全成功的某些特殊条件。

贝洛姆小姐同马洛库尔地区的所有人一样，也为维尔弗朗先生的健康忧虑。她经常同鲁松大夫谈这些事，所以才能满足佩琳娜的好奇心，向她提供远胜于罗莎丽权威的情况。

维尔弗朗先生患的是双重白内障，但这种白内障看来并非不能治愈。通过手术，他的视力是可以恢复的。之所以时至今日未动手术，这是因为他的身体状况不允许。确实，他那么多年的支气管炎痼疾，由于一发再发的肺气肿和伴随而来的气堵、心跳过快、消化不良、睡眠不宁等并发症，变得更加难治。为使手术成为可能，首先必须治好支气管炎，同时也要消除其他偶发性疾病。然而维尔弗朗先生是一位最令人头痛的病人，他不注重身体，根本不遵医嘱。不过，说句公道话，要让他遵从医嘱并非那么容易。鲁松大夫要他保持安静，可是儿子杳无音讯，他正在四处托人寻找，他为此事不是极度忧愁，便是大发雷霆。这就经常使他心烦意乱，只有埋头工作才能获得解脱。在这样的情况下，他能保持安静吗？只要儿子的事没有个准信，动手术便没有成功的希望，因此手术也就一拖再拖。拖到以后是否可以做了呢？谁也说不准。对于能否通过悉心治疗，使维尔弗朗先生的身体状况达到眼科大夫确认可以进行手术的程度，人们也没有什么把握。

但是，佩琳娜把贝洛姆小姐的话题引向维尔弗朗先生，并且同她叙谈法布里和孟布勒交谈时流露出来的关于泰奥多尔和卡齐米尔各人内心的隐衷，以及塔鲁埃尔的鬼算盘，以便自己进一步弄明白他们的话外之音，则是另一码事了。女教师可不是个傻子，完全不是的。对于这类事情，人们不论直接或间接问她，她都不会透风的。

佩琳娜想知道维尔弗朗先生的病情，想了解他在什么情况下得的病以及恢复视力的希望有多大，或者是否根本不可能恢复。这既顺乎自然，也完全合乎情理，因为她关心恩人的身体健康。

但是，如果她对村里议论泰奥多尔、卡齐米尔以及塔鲁埃尔之间的钩心斗角的情况也表现出同样的兴趣，这当然是不能容许的。难道这是小姑娘们应当管的事情吗？难道这是师生之间应当谈论的话题吗？谈这样的事情，闲扯这一类问题，能造就小姑娘的性格吗？

佩琳娜本来早就打消了从老师那里打听这类事情的念头，但卡齐米尔的母亲布列托诺太太来到马洛库尔，打开了贝洛姆小姐的嘴巴——否则，她肯定会永远守口如瓶的。

关于布列托诺太太来省亲一事，维尔弗朗先生告诉了佩琳娜。于是她便告诉贝洛姆小姐说，第二天的课可能因此而上不成了。女教师一听，显出一种异乎寻常的忧虑，因为她的优点之一是任何事情都不能使她分神。对于佩琳娜这位学生，她始终抓得极紧，好像纵马飞越险沟的骑士那样，时刻把缰绳挽在手里。

老师到底怎么了？佩琳娜在心里嘀咕了不下二十次的这一疑团，贝洛姆小姐上完课，在即将离去的时候才给她解开。

"亲爱的孩子，"贝洛姆小姐压低了声音对她说，"对于明天来访的那位太太，你在她面前应当十分谨慎，要留点心眼，这是我对你的忠告。"

"谨慎？这指的哪方面呢？又该在什么事情上留点心眼呢？怎么个留法？"

"维尔弗朗先生不仅要我教你学文化课，而且也要我负责培养你的涵养，这就是我向你提出忠告的原因。这不仅是为了你好，而且也是为了大家好。"

"老师，我求求您告诉我该如何做，因为我一点也不懂应该如何按您的忠告去做，这是实话。如您不说清楚，我会害怕死的。"

"尽管你来马洛库尔的时间不长，但你应该知道这里的人对维尔弗朗先生的病和他儿子埃德蒙先生的失踪非常不安。"

"是的，小姐，这我听说过。"

"如万一维尔弗朗先生去世了，而埃德蒙先生又不回来，那么七千工人赖以活命的工厂会变成什么样子呢？这还没算上那些依靠工人挣钱过活的人的命运。您应该觉察到，每次提起这一问题，不能不引起一些人的垂涎。维尔弗朗先生会不会把工厂传给他的侄儿、外甥呢？或者传给他俩当中更为他所信任的一位？或者传给那位二十年来一直是他的得力助手，并同他一道创办了这家大工厂的人？他是否比其他两人更有办法使工厂免遭衰落的厄运呢？当初维尔弗朗先生把他的侄子泰奥多尔请进工厂时，人们曾以为他会指定泰奥多尔接他的班。然而，去年，当他的外甥卡齐米尔从综合工科学校毕业时，他又把他弄了来，人们这才醒悟到原来的想法错了，维尔弗朗先生尚未做出最后决定。其决定性的原因是维尔弗朗先生只希望由他儿子来接班。因为尽管彼此吵翻了，父子离散了十二年，但维尔弗朗把做父亲的骄傲和钟爱，仍倾注在他儿子一人身上，并且一直在等待他回来。埃德蒙先生会不会回来呢？这谁也说不准，因为人们连他是死是活都不清楚。唯一有可能了解埃德蒙情况的人，不是别人，就是过去我们这里的本堂神父博瓦勒教士，因为埃德蒙先生也是从他那儿获得这里的消息的。然而这位神父两年前就离开人世了。现在，大致可以肯定的是，再也没有人了解埃德蒙先生的情况了。对于维尔弗朗先生来说，他相信，而且肯定他儿子终有一天会回来的。而那些指望埃德蒙先生死了以便捞好处的人，心目中也同样坚定不移地认为埃德蒙确实死了。他们玩弄阴谋，以便有朝一日埃德蒙的死讯传来的时候使自己处于能左右局势的地位。维尔弗朗先生本人很可能在这噩耗的打击下一命呜呼的。孩子，你现在与维尔弗朗先生亲密无间，你该明白在卡齐米尔先生的妈妈面前言辞谨慎、多留心眼，对你自己的利害关系该有多大了。这位母亲正多方为儿子奔走，同时设法对付那些对她儿子构成威胁的人。如果你同她过分亲近，便得罪了泰奥多尔的母亲；同样，泰奥多尔的母亲来后——她不久肯定会来的，如果你同她过分亲密的话，那你便成了布列托诺夫人的仇敌。你即使博得了两位太太的好感，你也必然会招致十分害怕这两位夫人的那个人的敌视。所以，我劝你要最大限度地谨言慎行，尽量少开口。每当被问得非开口不可时，你只说些无关紧要的小事或含糊其辞。在生活中，退避三舍的人往往比锋芒毕露的人得益更多。你宁可被认为是蠢姑娘，也别让人看出是个过于聪明的人。对你来说，你表现得越傻就说明你越聪明。"

三十四

　　佩琳娜对布列托诺太太的来访本来就感到不安，贝洛姆小姐的一席肺腑之言，并没有使她放下心来。她的话句句恳切，但并未把实情完全讲出来，更谈不上夸大事实。说实在的，贝洛姆小姐外表长得五大三粗，内心里却精细得很。她从来不会去干冒险的事，逢人只说三分话，也就是说只讲个轮廓，不道出细节。她刚才告诫佩琳娜的那些话，也正是她自己身体力行的生活准则。

　　实际上，事情远比贝洛姆小姐所说的要麻烦。因为，一方面那些利欲熏心的人总在维尔弗朗先生身边纠缠，另一方面，泰奥多尔的母亲和卡齐米尔的母亲虽然性格迥异，但都亲自上阵，图谋自己的儿子有朝一日成为据称拥有上亿法郎财产的马洛库尔工厂的唯一继承人。

　　一位是维尔弗朗先生哥哥的妻子，斯塔尼斯拉斯·潘达弗瓦纳太太，早年曾怀着贪婪的欲望，盼望自己的丈夫——在桑迪街做布匹生意的巨商——为她挣得一份显赫的家产，使她有资格尝尝上流社会生活的滋味。然而丈夫也好，运气也好，都未能使她的夙愿实现。现在，她继续做着这样的美梦，盼望自己的儿子从叔父那里得到她过去未能得到的东西，让她跻身于巴黎上流社会，占据她未能得到的地位。

另一位是维尔弗朗先生的姐姐布列托诺夫人，她的丈夫是布洛涅地区的一位商人，曾从事过多种职业。他先后办过海关代理、海洋保险公司，经营过水泥和煤炭，还开过海运公司和铁路运输行，当过船东、发货经纪人等，但从来没能发财致富。布列托诺太太想得到弟弟的产业，这一方面固然是出于爱财，同时也为了不让她所憎恶的嫂嫂把财产夺了去。

当初，在维尔弗朗先生和他儿子和睦相处的时候，她们也只能从维尔弗朗先生那里捞一些她们能够得到的好处，即一个有钱的亲戚不得不提供的各种好处，例如向他借了钱从来不再归还，要他提供商业保险，利用他的影响谋私等等。

后来，由于儿子埃德蒙出手过于大方，被父亲送到印度去了，名义上是派他去为父亲的工厂收购黄麻，实际上是惩罚。自那时起，姑嫂俩都想到要乘机捞好处。当埃德蒙这个所谓的不听话的儿子置父亲的禁令于不顾，在那里成亲之后，姑嫂两人又各自打算着要让自己的儿子届时顶替亡命国外的埃德蒙继承产业。

那时，泰奥多尔还不满二十岁。长到这么大，看不出他有干正经事或经商的才干。他母亲一味对他娇生惯养、迁就溺爱，并且把自己那套思想传授给了他。因此，他生活的圈子不是戏院就是跑马场，整日只知寻欢作乐。对于这类纨绔子弟来说，巴黎有的是这种场所。他们父母钱袋里的钱来得容易，去得也快。可现在，他无可奈何地被困在这个乡村里，在一位只知道工作、对侄

308

子如同对一个职员那样严峻的主人监督下工作，生活对他来说简直是翻了个个儿。他带着鄙视的心情默默忍受着这种令人恼恨的生活给他带来的苦闷、疲劳和厌恶。每天他总不下十次地下决心要抛弃这种生活。他所以最终没走这一步，是因为他寄希望于不久之后成为这一巨大企业的主人，唯一的主人。到那时，他便可以随心所欲地经营这里的事业。他可以从巴黎进行远程控制，这样，他就可以好好地补偿今天所经受的种种苦恼了。

泰奥多尔来他叔叔处工作时，卡齐米尔还只有十一二岁。他太小了，无法同他表哥分庭抗礼。但他母亲并未因此而泄气。她要让儿子上巴黎综合工科学校，当工程师。这样，卡齐米尔就能镇住维尔弗朗先生，同时还能以优越地位压倒那个不学无术的表兄。这样，她儿子就可以追回失去的时间，迟早会占有一席之地。因此，他把综合工科学校作为他奋斗的目标，专门攻读报考该校所要求的那些课程，并且按照各科所占的分数比重进行努力：数学五十八分，物理十分，化学五分，法文六分。然而，所获的结果对卡齐米尔并不妙，因为在马洛库尔，普通的常识比从综合技术学校学来的知识更为有用。这位工程师既未能镇住舅舅，也未能压倒表兄，而且表兄经商比他早十年。纵然这位表兄学问不多——这是他自己也承认的，但他至少可以声称有实践经验，他知道叔叔对这一条看得比什么都重要。

"学校都教了他们些什么鬼玩意儿呢？"泰奥多尔常说，"结果连一封意思明确、措辞得体的商业函件也写不好。"

"在我表哥眼里，除了巴黎之外，别处是无法生活的，这有多可悲!"卡齐米尔常对人说，"要不是这样，他能给我舅舅帮多大的忙啊。可现在，对这么个偏执狂又能有什么指望呢？一到星期四，他就一心盼着星期六晚上往巴黎溜达。他的一切安排都围绕着这个唯一目的。星期一上午，他虽然人来上班了，可还沉湎于巴黎的星期天，就这样浑浑噩噩又混到星期四。"

两位母亲也尽在这两个题目上添油加醋地做文章。但她们并没能说动维尔弗朗。泰奥多尔的母亲声称只能由她的儿子当维尔弗朗的第一助手；卡齐米尔的母亲则认为只有她的儿子才是维尔弗朗先生的真正助手。维尔弗朗先生倒是从卡齐米尔母亲的话里相信了泰奥多尔的为人，从泰奥多尔母亲的话里明白了卡齐米尔的情况，也就是说，维尔弗朗先生无论现在和将来，既不能依靠侄子，也不能依靠外甥。

因此，维尔弗朗先生心里做出了完全不同于这两位母亲孜孜以求的美梦。在他看来，他们仅仅是侄子、外甥而已，根本不会，也不可能成为他自己的儿子。

甚至，维尔弗朗先生对这两位晚辈的做法，让人很容易看出他坚持同他们保持距离。因为尽管他们提出形形色色的要求，不管是直接的还是委婉的，他始终不同意他们到他府邸来住，尽管他的府邸里有的是房间。他也从不让他们了解他的私生活，不管他的私生活是多么凄苦、孤寂。

"我既不愿人们在我身边拌嘴，也不愿人们在我身边争风吃醋。"他总是这样回答。

为此，他把在兴建这座府邸前自己住的房子让给泰奥多尔住，把孟布勒接替的前任会计师所住的房子给了卡齐米尔。

正因为这样，当他们获悉这个陌生的小丫头，一个流浪女竟搬进了他的府邸居住，而他们自己却只能作为客人踏进这府邸时，他们就显得万分惊讶，而且怒不可遏了。

这意味着什么呢？

这个小丫头到底是什么人？

该不该提防她呢？

布列托诺太太曾经向儿子提了这一连串的问题，但得到的回答并不令她满意。于是她要亲自来调查一番，把事情搞个一清二楚。

她忧心忡忡地来到马洛库尔，但不久她心里的一块石头落地了——佩琳娜在贝洛姆小姐的提示下，表演得十分出色。

虽然维尔弗朗先生不让他的侄子和外甥住进他的府邸，但他并不因此就不款待他的亲戚。每当他的姐姐、姐夫、哥哥、嫂嫂来马洛库尔看望他时，维尔弗朗先生总是隆重、阔绰地接待他们。在这种场合，他的府邸里一派节日气氛——这在平常日子里是见不到的：炉膛里火光熊熊，仆役们都穿上了他们的号衣，车出库，马出厩，鞍辔马具装饰一新。晚上四周漆黑，村里人却看到维尔弗朗的宅邸从上到下灯火通明，负责采办的管家和厨师从比格尼到亚眠，从亚眠到比格尼来回穿梭。

这一次为接待布列托诺太太，自然是沿袭老规矩：她一到比格尼火车站，便由恭候在那儿的车夫和仆人用一辆四轮双篷马车把她接到马洛库尔。一下马车，巴斯蒂安便领她来到二层楼上那一套始终为她保留的房间。

然而，维尔弗朗先生和侄儿、外甥的工作节奏，包括卡齐米尔在内，并未因此而作丝毫变动。维尔弗朗先生只是吃饭时才同姐姐会面，晚饭后再陪她坐一阵子，仅此而已。因为他是事业至上的人。至于卡齐米尔和泰奥多尔，也同样如此。他们每天可以来府邸陪客人吃午餐和晚餐，晚饭后愿意待多久就待多久。但也只限于此，办公的时间是雷打不动的。

对于侄儿、外甥来说，办公时间是雷打不动的；对于维尔弗朗先生来说，工作的时间也同样是神圣不可侵犯的；对于佩琳娜，那自然就更不必说了。因此布列托诺太太对这位"流浪女"进行的调查，未能像当初打算的那样进行下去。

因此，布列托诺太太询问巴斯蒂安和佩琳娜的贴身女仆，还窜到弗朗索瓦兹那里转弯抹角地套她的话，并且向赞诺比和罗莎丽打听情况，这些都是简单易行的。从她们口中所能打听到的，无非是这位"流浪女"如何来到此地以及此后如何生活的情况。她之所以最后能在维尔弗朗先生身边待下去，看来唯一的原因是她会英文。但怎么样考察佩琳娜本人、套她的话、了解她是怎样的一个人和她的内心世界，从而研究她突然走运的原因，却不是在寻常情况下所能进行的，因为佩琳娜同维尔弗朗总是形影不离。

在饭桌上，佩琳娜一言不发，一大早，她就陪同维尔弗朗上班去；午饭后，她总是一头钻进卧室；下午巡视车间之后，便由贝洛姆小姐给她上课；晚上，她一离开饭桌就又钻进自己的房间。在这种情况下，在什么时候、用什么办法才能单独抓住她，自由自在地对她进行盘问呢？

布列托诺太太再也忍不住了，终于下决心在临行前的晚上到房间里去找她。而佩琳娜却自以为已经摆脱了她的纠缠，正心安理得地躺在床上休息呢！

笃笃笃的叩门声把她从梦中惊醒，她听了一会儿，叩门声又响了起来。于是她爬起来摸黑朝房门走去。

"谁？"

"是我，请开门。"

"您是布列托诺太太？"

"是我。"

佩琳娜拉开门闩，布列托诺太太霍地溜进屋来。佩琳娜赶忙把电灯按亮。

"您躺着吧，这样咱们聊得随便些。"布列托诺夫人说。

她随即搬过一把椅子，坐在佩琳娜的床前，使她正对着自己。紧接着她开口了："我要同您谈谈我弟弟的事。有几件事情我想嘱咐您几句，因为您顶替了纪尧姆在他身边工作。您应当注意他的健康，当初尽管纪尧姆身上有诸多毛病，可他对我弟弟的身体是悉心照料的。我看得出您是个聪明而懂事的姑娘，因此我敢断定，您能给我们提供的帮助肯定不亚于纪尧姆，如果您有这份心的话。如能这样，我们会知情报恩的。这，我可以向您保证。"

刚听了开头的两句，佩琳娜觉得可以放心了，因为她要谈的只是维尔弗朗先生,这没什么好担心的。但当听到布列托诺夫人说她是一个聪明的姑娘时,她警觉起来了。因为这样的话从像布列托诺太太这样真正是又聪明、又精明的人的嘴里说出来肯定是不真诚的。既然她的话是言不由衷,对她保持警惕就尤为重要了。

"谢谢您了,太太,"佩琳娜竭力装出憨笑说,"如果我能像纪尧姆那样为你们效劳,那当然是我求之不得的。"

她强调最后这句话,言下之意是人们可以向她提出任何要求。

"我刚才说了,您是个聪明的姑娘,"布列托诺太太又说,"我想我们是能够指望您的。"

"太太,有什么话您尽管吩咐。"

"首先一条是希望您能悉心照顾好我弟弟的身体,要采取一切可能的措施使他免遭风寒。因为一旦受凉,就会引起肺气肿——他是经常犯这病的——或者引起支气管炎恶化,这将会置他于死地。您知道,如果能治好他的支气管炎,便可以给他动手术恢复他的视力。您想想看,一旦他视力恢复了,这对我们大家来说,该有多高兴啊!"

对此,佩琳娜爽快地回答说:"我也会为此感到非常高兴的。"

"这话表明了您的一片心意。您虽然对我们给您的一切感恩戴德,但您毕竟不是我们家的人。"

佩琳娜又恢复了她的憨态,说:"当然不是一家人,但这并不影响我对维尔弗朗先生的关心,这点请您相信我。"

"很好，那您就按照我的要求时刻留心照料，用行动来表明您对我弟弟的关心。不仅如此，您还应做得更好。我弟弟不仅在冷暖方面需要您悉心照料，而且您还得留心使他不要出现突然的情绪波动。这种突如其来的感情激荡也许同样会是致命的。譬如，这里的先生们告诉我，说他正托人在印度千方百计地寻找儿子——我们亲爱的埃德蒙的下落。"

说到这里，她故意停顿了一会儿。但这一招未能奏效，佩琳娜就是闭口不接这个话茬。因为佩琳娜心里明白，她所说的"这里的先生们"显然指的是泰奥多尔和卡齐米尔。但实际上他们不可能告诉她关于寻找埃德蒙的事情。卡齐米尔也许会说点什么，那也只是些似是而非的东西，因为他正是想了解这方面的情况才把他母亲搬出来的。至于泰奥多尔，更不可能同她说什么。

"他们告诉我说，相关的信件、电报全经您的手，并由您给我弟弟翻译出来。以后一旦来了什么不幸的消息——正像我们早就预料的那样，那就请您首先告诉我儿子，这点至关重要。这样，他就会用电报通知我，我可以马上来安慰安慰我这可怜的弟弟。好在布洛涅离这里不算太远。我们姐弟之间，尤其我这个当姐姐的，总能比我嫂子更有办法温暖他的心。您明白吗？"

"嗯，当然明白，太太，至少我以为是这样。"

"那么，我们可以指望您了？"

佩琳娜迟疑了一会儿，但又不能不回答。

"我尽力为维尔弗朗先生着想就是。"

"您为他着想，也就是为我们着想。正如您为我们着想，也就是为他着想一样。这里，我要立即向您表明，我们不是那种忘恩负义的人。我们送您一条裙子，您说好吗？"

佩琳娜不想再说什么了，可对人家提出的建议，她总得回答呀。于是她微微一笑，算作回答。

"送您一条漂亮的拖地裙，怎么样？"布列托诺太太又问。

"我正在戴孝。"

"戴孝也不影响您穿拖地裙。您同我弟弟一块吃饭时，穿的衣服可不够好看，甚至有些寒酸，像一条伶俐的小狗似的胡乱裹着件衣服。"

佩琳娜当然知道自己的衣着不够美观，但把她比作伶俐的小狗，未免对她是一种侮辱。尤其是对方这种比拟的方式，显然是有意贬低她。

"我所需要的衣服，都是在拉雪兹太太商店里买的。"

"当初您还是个流浪女时，拉雪兹太太这样打扮您是不坏的。可现在，我弟弟喜欢您，让您与他同桌吃饭，我们不能因为您的穿戴而受人耻笑。而现在已经有人在耻笑了。我想这一点在我们之间是能够说的。"

这一棒打得佩琳娜几乎忘了自己在扮演的角色。

"啊！"她痛苦地叫出声来。

"瞧您这身衣服多么滑稽可笑，而您自己还不觉得。"

布列托诺太太想起了以前曾有人说过的这句话，不禁好笑，似乎在她眼前真的出现了那件可笑的粗布衣服。

"不过这事好办。当您穿着漂亮的裙子出现在餐厅里，身着华服端坐在马车上，漂亮得完全如我所希望的样子时，可别忘了这是谁的功劳。噢，对了，我怀疑您的内衣是否能同您漂亮的裙子相配称，这我得瞧瞧。"

说罢，她以威严的神气逐个儿打开了衣橱的抽屉察看，然后又鄙夷地哗啦一声把抽斗关上，怜悯地耸了耸肩。

"我一猜就知道这全是些破衣烂衫，穿着有失您的体面。"她说。

喉咙堵得连气都喘不过来的佩琳娜，一句话也说不上来。

"算您运气好，碰巧我来了，这事就包在我身上了。"布列托诺太太又说。

佩琳娜本要回绝她：她用不着别人来管她的事，尤其是用这种方式管！但话到嘴边又强咽了回去。因为无论如何她不能忘记自己所扮演的角色。说到底，布列托诺太太的话虽然难听、刺耳，相反，她的用意还是好的，而且是慷慨的。

"我回头就去告诉我弟弟，"布列托诺太太又接着往下说，"让他在亚眠的裁缝店里给您定做些裙子和外衣，我会把裁缝的地址告诉他的。这些衣服对您来说，都是必不可少的。另外，我再让他在上等成衣店里给您订购一批内衣。请相信，我会为您买到漂亮的衣服的。希望您穿在身上时时刻刻会想到我。好了，好好睡觉吧！我刚才讲的话，可千万不要忘记。"

三十五

"尽力为维尔弗朗先生着想"这句话的含义，佩琳娜心里所想的，同布列托诺太太所理解的完全不同。佩琳娜对卡齐米尔依然是守口如瓶，从来不向他吐露任何关于在印度和在英国寻找埃德蒙的情况。

但每当卡齐米尔单独遇上佩琳娜时，他那凝视的目光简直会逼你透露实情。

然而，即使佩琳娜不顾维尔弗朗的叮嘱，想捅给他一点秘密，那又有什么秘密好捅的呢？

从达卡、德赫拉、伦敦传来的消息，尤其是关于埃德蒙最近这三年来的情况，都是些不着边际、相互矛盾的消息，而且很不完整，东鳞西爪、漏洞百出。可维尔弗朗先生却并未因此而泄气，也未因此而动摇自己的信念。他有时说："最困难的事已经完成了。既然距今最远的事情我们都已经弄清楚了，那么近期的事还会弄不清楚？我们终有一天会找到线索的，到那时，只要顺藤摸瓜，没有不成功的。"

如果说布列托诺太太在这方面没有获得多少成功的话，那么她叮嘱佩琳娜注意维尔弗朗先生身体的一席话倒也没白说。在这之前，下雨时，佩琳娜不敢贸然去撑开马车的车篷；天变冷或起雾时，也不敢提醒维尔弗朗先生要多加小心，披上大衣或扎上围巾；傍晚凉意袭来时，也同样不敢去关上办公室的窗户。但布列托诺太太的一席话，使她知道了寒冷、潮湿、雾霭、阴雨都会加重维尔弗朗的病情，打那以后，她的种种顾虑和羞怯全都打消了。

现在，每天上车前，无论天气是好是坏，她都要先看看老人的大衣是否在车上，大衣兜里是否装着围巾。稍有凉风吹起，她便把大衣披到维尔弗朗身上，或帮他穿上。天上一落雨点，她便马上勒住马，把车篷拉上。晚饭后天气若不暖和，她便不陪他外出散步。以前每次陪他在外溜达时，她总是走得和平时一样快，他则紧追慢赶毫无怨言。动不动就抱怨，这正是他平生最厌恶的事，别人也何尝不是如此呢！现在，她知道维尔弗朗走急了就会引起咳嗽、气堵或心跳加速。从此她总是以各种理由要他做适量的活动，绝不让他累着。这对他正是有百利而无一弊的活动。至于真正的理由，佩琳娜并不说出来。

一天下午，当他俩又在村上散步时，遇上了女教师贝洛姆小姐。她不想就这样扬长而去，而不跟维尔弗朗先生打个招呼。于是她同维尔弗朗先生寒暄了几句，临分手时她说："我走了，您在您的安提戈涅看护下继续散步去吧！"

这话是什么意思？佩琳娜一点也不明白。她向维尔弗朗先生请教，他也并不比她更懂其中的奥妙。于是她晚上上课时直接问了老师。贝洛姆小姐给她讲了安提戈涅的故事，同时让这位聪明伶俐但缺乏历史典故知识的姑娘阅读了索福克勒斯写的《俄狄浦斯王》，并给她作了些必要的解释。此后的几天里，佩琳娜暂时放下了《周游世界》一书，而给维尔弗朗先生朗读《俄狄浦斯王》。维尔弗朗先生听罢感慨万分，尤其对那些切合他身世的文字更是动情。

"是啊！你正是我的安提戈涅，而且甚于安提戈涅。因为那位不幸的俄狄浦斯王的女儿安提戈涅悉心照料和关怀的是她的父亲。"

佩琳娜从话里听出维尔弗朗先生是多么疼爱她啊！而维尔弗朗先生平时是很少感情外露的。想到这里，她激动得拉起维尔弗朗先生的手吻了吻。

"是的，你真是个好姑娘！"

他抚摩着佩琳娜的头发，又补充说："即便我儿子回来了，你也不要离开我们。他会感谢你为我做的一切。"

"我心里想得那么多，可真正做到的，实在太少了。"

"我会把你的情况讲给他听的，况且他自己也会明白的。因为，我儿子是个有良心的人！"

一讲起儿子，他总离不开这句话或类似的话。每听到这里，佩琳娜总是想问他：既然您这么爱儿子，可为什么又对他那么严厉呢？但往往话到嘴边又咽了回去。她太激动了，嗓子眼都给封住了。而且对她来说，这种话题实在是非同寻常。

然而这天晚上，刚才发生的事情使佩琳娜受到了鼓舞，她觉得自己更勇敢了。现在房间里只他们两人，灯影之下，她就坐在他身边。至于别人，不经呼唤是绝不会进来的。这时机实在是再好没有了，她还有什么再犹豫的呢？

她认为不必再犹豫了。

"有件事情一直萦绕在我心里，但怎么也想不明白，可又不敢对您说。您允许我问您吗？"她说话时，由于心里忐忑不安，连声音都在发颤。

"说吧！"

"我不明白为什么像您这样爱子如命的人，怎么会同儿子断绝了关系。"

"那是因为你这种年龄的人只知道，也只能体会到感情的一面，而不懂得除此之外还有义务。而我，作为一个父亲，我的义务是要坚持这样一条准则：儿子犯了错误，就要受到惩罚。否则，他会在错误中愈陷愈深。必须使他懂得要绝对服从父亲的意志。正是为了这个缘故，我把他送到了印度。我的本意只是让他在那里稍待一段时间。我还委任他作为本企业代表，这个头衔足以保全他的面子了。但我又怎会想到他竟爱上了那个无耻的坏女人，并一直发展到同她结婚，真是荒唐透顶。"

"可是菲尔德神父说，同他结婚的那个女子丝毫不是一个无耻的坏女人。"

"她当然是个坏女人，因为他同我儿子的婚姻在法国被认为是非法的，而她竟这样做了。从那时起，我不能认她是我的儿媳。对于我儿子，只要他不同她一刀两断，我便不允许他进我家门。否则就没有尽到做父亲的责任，就有违我自己的意志。而像我这样的人，是不会走这一步的。只要是我应该做的，我就一定要做。事关自己的意志，我是不让步的；事关自己的责任，我更不会让步。"

他这一番话，句句铿锵有力，简直使佩琳娜寒心。他立即又接下去说："你现在可能会问，儿子结婚后你一直不许他进门，可为什么现在又要找他回来呢？那是因为现在的情况完全不同于当初了。在所谓结婚十三年后的今天，我儿子对那个女人可能厌倦了，那女人让我儿子过的那种苦难生活大概也使他腻味了。另一方面，我这里的情况也变了。我的身体状况远非昔比。我现在是身染疾病，双目失明。除非动手术，否则我是无法恢复视力的。而要使手术有成功的把握，我必须坚持心平气和的状态，人们方敢冒险一试。你想，如果儿子知道了这一切，他还会犹豫而不马上离开这个女人吗？况且对那个女人以及她的女儿，我会保证她们过上最阔绰的生活。如果说我爱儿子，那么儿子同样也爱我。有多少次他凝眸遥望马洛库尔哟！他能不感到无穷的后悔吗？只要了解到事情的真相，他准会跑着回来的，你等着瞧吧！"

"那么他必须抛弃妻子女儿吗？"

"那不是他的妻子，他也没有女儿。"

"菲尔德神父说他们是在传教士的教堂里，在勒克莱柯神父主持下结婚的。"

"在法国，这桩婚姻是无效的，因为这个婚约是违背法国法律的。"

"那么在印度，这婚姻也是无效的吗？"

"我会设法在罗马解除这桩婚姻。"

"他女儿呢？"

"他女儿没得到法律的承认。"

"那么法律就等于一切吗？"

"这话是什么意思？"

"父母爱不爱子女，子女爱不爱父母，不是由法律来决定的。我自己并不是根据法律才爱我可怜的爸爸的。我爱他，是因为他对我和蔼、亲热、关怀；我爱他，是因为每当他亲我时，我感到幸福，他那甜美的话语，含笑的目光，使我感到高兴；我爱他，是因为在他专心于自己的事情而顾不上同我说话时，我觉得能待在他身边比什么都强。而他爱我，是因为我是在他的关怀、体贴下成长起来的，而且我深信，更重要的是他知道我真心实意地爱他。这些，同法律毫无关系。我从来没想过，他之所以成为我的爸爸是因为法律的缘故。我敢肯定地说，我们之所以彼此相依为命，首先是因为父女恩爱之情。"

"那么，你想说什么问题呢？"

"如果您觉得我的话缺乏理智，那就请您原谅。不过我怎么想的，怎么感受的，我都毫不隐讳地讲了出来。"

"正是因为这样，我才一直在听你讲。虽然你的经历有限，但这些话至少是一个孝顺女儿的肺腑之言。"

"先生，我想要说明的是：如果说您爱儿子，希望他回到您身边，那么对他来说，他也应当爱他的女儿，希望他的女儿留在自己身边。"

"是要他的女儿还是要他的父亲，对此他是不会犹豫的。况且婚约一解除，她就不再是他女儿了。印度的女孩子都是早熟的，他可以早点把她嫁出去。有我给她出嫁妆，这事还是好办的。女儿一出嫁，便会很快离开他，跟随丈夫生活。他还不至于糊涂到不愿同已婚的女儿分开的地步。更何况生活中不单单是感情，生活中还有除感情以外的其他因素，它们在我们的决定中有着重要的分量。当埃德蒙动身去印度时，我的财产还没有今天这样雄厚。只要向他晓以利害，使他看到这笔财产能使他稳坐我国工业界第一把交椅，能给他提供锦绣前程，能使他得到金钱和荣誉上的满足时，一个小女孩是阻止不住他的。"

"不过那个小女孩也许并不像您想象的那样讨厌。"

"不就是个印度女孩吗？"

"我给您读的书上说，印度人一般都比欧洲人漂亮。"

"那是游客们的夸张。"

"书上说他们都有灵便的四肢，鸭蛋脸，深深的眼窝，自豪的目光，说话稳重，长相甜美。他们的动作灵活而健美，他们的生活简朴，他们富于耐心，工作勤劳，肯学习……"

"你的记性真好。"

"读过的书不是应当熟记吗？归根结底，书上的结论是印度姑娘并不像您想的那么讨厌。"

"这有什么要紧的呢？我根本不认识她。"

"如果您见到她的话，也许您会对她产生兴趣，会喜欢她的……"

"永远不会，我一想到她和她妈妈，就妒火中烧。"

"如果您认识她，您也许会息怒的。"

只见他攥紧拳头愤怒地一挥，把佩琳娜吓坏了，但她并没因此而住嘴。

"我是说，如果她完全不是您猜想的那样一位姑娘呢？因为她很可能同您在气头上所想象的那种人正相反。菲尔德神父信上说，她母亲是一位最富美德的人，聪明、善良、温柔……"

"菲尔德神父是一位诚实君子，但他观察人、观察生活都过分宽容，何况他根本就不认识他所说的这个女人。"

"他说，凡是认识她的人都这么说的。这么多人的看法不比一个人的看法更有分量吗？最后，如果您允许她到您家来，那么她和您的孙女，对您的照料不比我更精心得多吗？"

"不要拿她来贬你。"

"我这既不是褒她，也不是贬我自己，我这么说是事关正义……"

"为了正义！"

"我是这么看的。您也可以说这是因为我无知才这么说的。正因为那女孩生不逢时，横遭责难，一旦被您收留，她不会不感动的，就凭这一条，她就会全心全意地爱您，且不说还有其他千条万条理由。"

她两手合掌瞧着他，似乎他真的能看见她似的，感情冲动得话音发颤。

"啊，先生！难道您不愿意有个孙女来爱您吗？"

他不耐烦地霍地一下站了起来，说："我跟你说过了，我永远不会承认她是我的孙女。我恨她，也恨她母亲，是她们夺去了我的儿子，占有着我的儿子。如果不是她们把他迷住的话，他不早就回到我身边了吗？难道我儿子不是把她们当成一切，而把我这个当父亲的撇在脑后吗？"

他怒不可遏地在室内颠颠簸簸地边走边咆哮着，由于过度愤怒，浑身都在颤抖，这是她从来未见到过的。

突然，他走到佩琳娜跟前。

"回你自己的房间去！你听着，从今以后再不许你说起这两个坏女人。你为什么要管这些事？谁怂恿你对我说这一番话的？"

她惊呆了一阵之后，又恢复了平静。

"唔，先生，我向您发誓，没有任何人怂恿我。作为一个没爹没娘的孩子，我说的全是我心里想的，是设身处地为您的孙女想的。"

他怒火稍微平息一些了，但仍以威胁的口气接着说："如果你不愿意伤咱们之间感情的话，从今以后你再不要提这种事，因为你看得出这事让我伤心，不应当拿这事来刺激我。"

"请原谅我吧。"她泪如泉涌，伤心得说不出话来。最后她泣不成声地说："当然，我本来是不该说这些事的。"

"对，你本不该讲这事，尤其是你说的话根本无济于事。"

三十六

维尔弗朗先生为了弄清楚儿子最近三年的情况——这是他的通信人未能提供的，他出钱在加尔各答、达卡、德赫拉、孟买、伦敦等市各大报上连续每周刊登广告，答应凡是能提供关于埃德蒙·潘达弗瓦纳情况的人，不管情况如何微不足道，统统给四十英镑的酬金，但要求情况准确。打那之后，他曾收到一封来自伦敦的信，称埃德蒙曾计划去埃及，也许还要去土耳其。于是他登广告的地域随之扩大到开罗、亚历山大港和君士坦丁堡。总之，凡是该办的全部办了，甚至那些难以办到的或无确实把握的，也都尽可能办了。因为儿子是在颠沛流离中生活的，有些似乎没有把握的事并非不会成为事实。

维尔弗朗不愿把自己的地址公开出去，怕成为那些不大正派的人索取不义之财的对象。为此，他指定他在亚眠市的银行家的地址作为通信地址。在高达数千法郎的赏金的刺激下，一封封信雪片般飞来，银行家则负责将其转到马洛库尔。

然而在这些数不胜数的信件中，找不到一封有价值的信，而且多数是经纪人寄来的，都提出如果能先寄去一笔必不可少的保证金，他们将组织人力寻找，并保证查到埃德蒙的下落。有些信纯粹是虚构的，说得天花乱坠，实际一无所有。还有些信说的是五年、十年乃至十二年前的事情。符合广告上要求的，即提供最近三年的情况的信，一封也没有。也没有一封信能提供符合要求的确切线索。

这些信全都是佩琳娜读给维尔弗朗先生听或翻译出来读给他听。尽管一无所获，可维尔弗朗先生毫不动摇，他的信心坚定不移。

"只要广告连续登下去，便会见成效的。"他一再这么说。

于是报上的广告又连续地刊登下去。

终于有一天从波斯尼亚的萨拉热窝来了一封信，信中内容似乎值得考察。这封英文信写得很蹩脚。写信的人提出，如果愿意把泰晤士报广告上答应的四十英镑报酬汇到萨拉热窝一家银行，他保证提供关于埃德蒙去年十一月份的确切情况。信中还提出，如果同意的话，请即给萨拉热窝邮局第九百十七号收件人回报，并注明电报是"留局自取。"

"这下好了，你看我说得不错吧？"维尔弗朗先生嚷了起来，"去年十一月距今是很近的。"

他今天的喜悦正是他担心的反证。只有现在，他才能有根有据地说埃德蒙还活着，而过去则仅仅是凭着做父亲的信念说的。

打从开始寻找儿子以来，他今天第一次对侄儿、外甥和塔鲁埃尔讲起他儿子的事。

"我以极为欣慰的心情告诉你们，我已得到关于埃德蒙的消息了，去年十一月份他在波斯尼亚。"

消息在本地传开后，全村为之哗然。像往常一样，一遇到这类事，人们总要添枝加叶地说一通：

"埃德蒙先生快回来了！"

"真的吗？"

"若不信，你去瞧瞧维尔弗朗先生的侄儿、外甥和塔鲁埃尔的表情就行了。"

的确，他们的表情很奇特。泰奥多尔和卡齐米尔一个个愁眉不展，但又无可奈何。而塔鲁埃尔则相反，他满面春风。长期以来他已养成了这样的习惯——他心里想的跟脸上显露的和嘴里说的刚好相反。

不过，也有一些人不相信埃德蒙真的会回来。

"老头子当初太严厉了，就因为儿子欠了点债，便把他发配到印度，不值得嘛！既然被赶出家门，他就在印度另建了家庭。"

"再说，他在波斯尼亚也好，在土耳其也好，或在那附近什么地方也好，并不等于说他在往咱们马洛库尔路上走。从印度回法国，波斯尼亚是否是必经之路？"

持这种想法的是邦迪。他具有英国人的冷静，总能从实际出发去判断事情，从不掺进任何感情色彩。

"我和您一样，也盼望他儿子能回来，"他说，"他一回来，咱们工厂就有坚实的基础了——这正是目前所缺乏的。但愿望并不能代替现实，用愿望代替现实的，是法国人而不是英国人。至于我，您知道，我是英国人。"

正因为这是英国人的思维逻辑，所以人们听了都只是耸耸肩膀而已。既然老板说儿子要回来，那就应当相信，因为老板不是那种轻易心血来潮的人。

"在事业上，他的确如此。但在感情上，他不是作为一个工业家的说话，而是作为一个父亲在说话。"

现在，维尔弗朗先生无时无刻不在絮絮叨叨地对佩琳娜诉说着自己的愿望："剩下的仅仅是时间早晚的问题了。波斯尼亚不是印度，中间没有大海来淹没他的足迹。如果能得到去年十一月份的确切消息，肯定可以给我提供容易追踪的线索。"

于是他让佩琳娜去藏书室找些关于波斯尼亚的书籍，想从书上看看儿子到那个未开化的、气候恶劣的、既没有商业也没有工业的地方可能干些什么，但书中并未提供满意的答案。

"也许他仅仅打那儿路过。"佩琳娜说。

"可能是这样。这又是一个迹象，说明他快回来了。还有，如果他真是从那里经过，那很可能没带老婆和女儿，因为波斯尼亚不是游览胜地。看来，他们很可能脱离关系了。"

尽管她很想说话，但最终什么也没说，对此他有点生气。

"你没什么说的了？"

"因为我不敢不同意您的看法。"

"你明明知道我喜欢你，心里怎么想就怎么说。"

"有些事情您喜欢，有些事情您并不喜欢。您不是曾经要我们永远不再提起有关……那个女孩子的事吗？我不希望惹您生气。"

"你怎么会相信他妻子、女儿能千里迢迢跑到波斯尼亚来？如果能说出道理，我不会生气的。"

"首先波斯尼亚并非女人们不可涉足的地方，尤其因为她们曾经在印度的崇山峻岭里穿行过。就艰辛而言，巴尔干是不能同那地方同日而语的。其次，如果埃德蒙仅仅打波斯尼亚路过，我看不出他为什么不带着妻子女儿。何况从印度各地的来信中都称她们一直跟在他身边。最后，我还有另一种考虑，因与您的愿望相去很大，所以不敢胡乱说。"

"说吧，无妨。"

"好，不过我请求您能理解我的用心完全是出于对您身体的担心，因为您的愿望一旦落空，您的身心会受到打击的。这种可能性是存在的，您说是吗？"

"你讲明白些。"

"埃德蒙去年十一月份已到萨拉热窝了，您据此得出结论说，他很快会……回来的。"

"这是无疑的。"

"不过，也有可能再也找不到他了。"

"我不同意这样看。"

"可能由于这种或那种原因，使他回不来……也许他从此就无影无踪了，难道不可能吗？"

"无影无踪？"

"如果他再返回印度去……或到别处去了呢？如果他到美洲去了呢？"

"左一个如果，右一个如果，如果之上再加如果，最后导致荒谬。"

"也许是荒谬，先生。但是如果光听得进爱听的话，不愿听相反的话，会招致……"

"招致什么？"

"只能是焦虑。您自己瞧瞧，自从收到萨拉热窝的来信后，您激动到了什么程度。然而，对方还没有来得及回信呢！您前些时候几乎一点不咳嗽了，可现在每天要咳好几阵。心慌、气短也随之来了。您每时每刻脸都涨红，额头上的青筋暴突。如果那边迟迟不来回音，尤其如果……得到的回音，不是您所想象的，不是您所愿意看到的，那将会发生什么不测呢？您常常习惯于说：事情准是这样，不会是别的。这，不能不使我担心……一直往好处想，而万一出现了最坏的情况，对人的打击是多么可怕。我这样说，是因为我亲身经历过：当初我和母亲曾为父亲的身体担惊受怕，后来当我们肯定地认为他会迅速康复的时候，他偏偏就在那一天同我们永别了。当时我和妈妈简直要疯了。这意想不到的打击，无疑送了我可怜的妈妈的命。打那以后，她便卧床不起了，六个月之后她也与世长辞了。我心想，不应当忘了……"

说到这里，她哽咽得说不下去了，话卡在喉咙里，她不想再往下说了，因为她知道无法说清楚，因为她已喘不上气来。

"可怜的孩子，别提那些事了，"维尔弗朗先生说，"不要因为你备受磨难，就以为世界上处处是不幸。这样想对你不好，而且也并不公正。"

显然，无论她怎么说，怎么做，都不能动摇维尔弗朗先生的信念。在他看来，事情同他的愿望只能是一致的。至此，她别无他法，只能忧心忡忡地等着，不知萨拉热窝的回信一旦经亚眠市银行家转来，会发生什么事情。

然而，这一次不是信，而是银行家自己来了。

这天上午，塔鲁埃尔像往常一样两手插在口袋里在值班处溜达、监视，院子里发生的任何事情也甭想逃脱他的眼睛。这时，他忽然看见他所熟识的银行家在栅栏门口下了马车，迈着庄重的步子，神情忧郁地往办公楼走去。

塔鲁埃尔一步三跳地顺着楼梯冲下去，迎着银行家跑去。走近一看，发现银行家面部表情果然同他的举动完全吻合。

他不由自主地大声问："我想您带来的是不幸的消息，亲爱的先生？"

"不幸。"

银行家仅用这两个字作了回答。

塔鲁埃尔还想追问。

"可是……"

"不幸。"

然后一转话题，问："维尔弗朗先生不在他办公室吗？"

"可能在。"

"我要先同他谈。"

"可是……"

"您该明白。"

处境尴尬的银行家瞧着脚下的地。如果他稍有长远眼光的话，他便能猜想到一旦日后塔鲁埃尔成了马洛库尔的主人，自己将会因今天对他缄口不言而大吃苦头的。

这个塔鲁埃尔，当他想从银行家嘴里套取他希望知道的事情时所表现出的卑躬献媚劲和一碰了钉子就表现出的粗野劲，都达到了无以复加的程度。

"您到办公室找维尔弗朗先生去吧！"说罢，手从口袋往外一抽，扭头就走。

银行家不是第一遭来马洛库尔，因此找到维尔弗朗先生的办公室并不困难。到了门口，他停住脚步，以便理一理自己的思绪。

还没来得及敲门，就听见维尔弗朗先生冲着他喊道："请进！"

这下，没有时间再想了，他只好跨进门去，说了声："您好，维尔弗朗先生。"

"您怎么亲自来了！"

"是的，今天上午我有事到比格尼去，顺路给您带来萨拉热窝的回信。"

坐在自己办公室桌子的佩琳娜，不需要对方通名报姓便知道来客是谁。她像块木头似的呆坐在一旁。

"情况怎么样？"维尔弗朗先生迫不及待地问道。

"不是您希望得到的消息，也不是我们大家所希望的。"

"那家伙想敲诈我们四十英镑吗？"

"看来他是个诚实的人。"

"要不就是他什么都不知道喽?"

"不幸的是他提供的情况看来非常真实……"

"不幸?"

这是从维尔弗朗嘴里说出的第一个持有怀疑的词。

接下去是一阵沉默。从维尔弗朗阴郁的脸上,不难看出他情绪的变化:从意外到不安。

"那就是说从去年十一月份以来,再也没有埃德蒙的消息了?"他问。

"再也没有了。"

"那么,关于去年十一月份的情况,有些什么消息呢?这些消息的可靠性、真实性如何?"

"我们得到了法国驻萨拉热窝领事签署的正式文件。"

"那就快说吧!把有关情况都说说。"

"去年十一月份,埃德蒙先生作为……作为一个摄影师抵达萨拉热窝。"

"嘿!您是说他身边带有照相机吗?"

"是一辆流动照相车。他全家人,即他和妻子、女儿乘着这辆车长途跋涉到了萨拉热窝市。他在市内一个广场上为人们照了几天相……"说到这里,他把带来的文件摊在维尔弗朗先生的桌子上,从中间寻找着什么。

"既然带来了有关的证件,就请念一念,这样更快些。"维尔弗朗先生说。

"我这就念给您听。我刚才说了，他当时在一个叫作菲力波维奇的广场上替人照相。十一月初就离开了萨拉热窝，去……去……"

说到这里，他又看了看纸上的文字。

"去特拉夫尼克市。可在两座城市之间的一个村子里，他病倒了，或者说是拖着病到那里去的……"

"天啊！"维尔弗朗先生嚷了起来，"天啊！"

他双手合掌，面无人色，从头到脚不停地哆嗦，好像他儿子的影子就出现在他的面前。

"您是一位有毅力的人……"

"可无力抗拒死神。我的儿子，他……"

"是的，应当把可怕的结局告诉您：十一月七日那天……埃德蒙先生，他……他因肺炎于布索伐查市逝世。"

"这不可能！"

"先生，可惜事情就是这样。当我收到证件，我也曾说这不可能，尽管证件的翻译稿是由我国驻那里的领事亲自认证的。然而死亡证明书上明明写着：埃德蒙·维尔弗朗·潘达弗瓦纳，出生于索姆省马洛库尔，享年三十四岁。这些精确的情况不是更增加了死亡证明书的真实性吗？尽管如此，当我昨天收到这些证件时，仍不愿信以为真，并当即给我国在萨拉热窝的领事去了封电报，他已回报了，说：'证件无误，确死无疑'。"

可维尔弗朗先生好像并未听他说话，他神情沮丧地瘫坐在椅子上，脑袋一直耷拉到前胸，看上去没有一点活力。心慌意乱、晕头转向、魂不附体的佩琳娜怀疑他是否已经死了。

他猛地抬起头来，失神的双眼里泪如泉涌。他伸手去按通向塔鲁埃尔、泰奥多尔和卡齐米尔办公室的电铃。

铃声响得这么紧急，三个人闻声都同时跑来了。

"塔鲁埃尔，泰奥多尔，卡齐米尔，你们三个人都来了？"

三人同时答应了。

"我得到了儿子的死讯，确信无疑了。塔鲁埃尔，你通知全体人员立即停工，打电话让人去贴布告，通知后天复工。明天大家在马洛库尔、圣比布瓦、赫尔什、巴库尔和弗莱赛尔的教堂里举行仪式。"

"叔叔！"

"舅舅！"

侄儿和外甥同时叫道。

他马上制止住他们："我现在需要安静，你们都走吧。"

所有的人都出去了，只留下佩琳娜一人在室内。

"奥雷丽，你在吗？"维尔弗朗先生问。

她抽泣着应了一声。

"咱们回家去。"

像往常一样，他手搭在佩琳娜肩上，穿过第一批从车间走出来的人流，出了工厂。他们就这样穿过了村庄。消息早已在村上传开了，到处议论纷纷。凡是看见他们的人，都怀疑他是否能度过这致命的一关。以往他虽然已有些驼背，但走路时步履仍很坚实，而今天背驼得几乎成了直角，活像一株被暴风拦腰折断的老树。

佩琳娜怀着更为忧虑的心情想着这个问题，因为，虽然他一句话也不说，但从搭在她肩上的那只手的颤抖中，她能觉出他受的打击有多么厉害。

佩琳娜一把他领进卧室，他就打发她走开。

"告诉这里的人，我想一个人待着，让他们谁也别进来，谁也别来找我谈事情。"他说。

她刚要出门，他又说："当初我不愿相信你的话。"

"如果您允许的话……"

"你走吧！"他粗暴地说。

三十七

　　整整一夜，维尔弗朗的府邸里一片喧腾，人声鼎沸。亲属们闻讯接踵而来：斯塔尼斯拉斯·潘达弗瓦纳夫妇一接到儿子泰奥多尔的通知，即刻从巴黎赶来；布列托诺夫妇得到卡齐米尔的报告，亦匆匆由布洛涅赶到这里。最后来的是布列托诺太太的两个女儿，她们偕同丈夫、子女分别从敦刻尔克和卢昂来了。谁都不愿错过为可怜的埃德蒙奔丧的机会，况且此行不也正是加强自己在这场争斗中的地位、并顺便监视他人的机会吗？现在，工厂的继承人的位置空缺了，而且从来没有像今天这样完全处于空缺状态。这个肥差会落入谁的手里呢？这正是施展手腕的时候，人人必须使出浑身解数，殚精竭虑，个个都要拿出全部智慧和阴谋。这个代表着法国实力的工厂一旦落入那个窝囊废泰奥多尔之手，那真是一个大灾难；然而，如果由才疏学浅的卡齐米尔来领导，那又将是天大的不幸！让两家协同共管吗？可这两家谁也不想这样干，谁也不准备让两个表兄弟来平分秋色。他们要的是独吞，而绝不愿给对方一丝半毫，谁也不承认对方有什么资格可以染指这份产业。

佩琳娜原来估计布列托诺太太和潘达弗瓦纳夫人早上会来看她的。结果谁也没来，这使她明白了，此时她们已用不着她了，至少眼下如此。现在，这个家里是维尔弗朗先生的哥哥、姐姐、侄子、外甥和外甥女的天下，也就是说，是维尔弗朗继承人的天下。的确，佩琳娜在这个家庭里算什么呢？

自从她顶替纪尧姆之后，每个礼拜天都由她拉着维尔弗朗先生去教堂。她以为维尔弗朗先生今天也会叫她驾车把他拉到教堂去的。结果完全不是这样。从前一天起，每隔一刻钟，教堂就敲一次丧钟。这天，做弥撒的钟声又敲响了，她看到维尔弗朗先生由哥哥搀扶着上了马车，后边跟着姐姐、嫂嫂。家里的其他人乘上另外的马车一同出发往教堂去。

这样一来，她得步行去教堂了，所以她一分钟也不容耽误，马上也出发了。

她走出了这座死神笼罩的房舍，匆忙地在街上走着。她惊奇地发现大街小巷呈现出一派热闹的气氛，仿佛是星期天：酒馆里座无虚席，人们一边喝酒一边高谈阔论，声音之大，简直震耳欲聋；妇女们有的坐在屋前的椅子里，有的坐在门口的台阶上，正在聊天；孩子们则在园子里玩耍。他们怎么都不去参加吊丧仪式呢？

她曾经担心教堂里人多得挤不进去，可到门口一看，里边一半位置空着，唱诗班的地方站着死者的家属。这里和那里，站着村里的当权人物、工厂的供货者和要人。但工人、男女平民百姓或儿童却寥寥无几，尽管这一天对他们来说太沉重了。这些人，

340

真难为他们到教堂来同老板一道向死者祈祷。

平时做礼拜，佩琳娜是站在维尔弗朗先生旁边的，今天她没这个资格了。她在罗莎丽旁边的椅子上坐下。罗莎丽是陪着身穿丧服的祖母来参加吊唁的。

"可怜的埃德蒙，真叫人痛心呀！"老保姆边哭边说，"多么不幸噢！维尔弗朗先生说什么了没有？"

这时仪式开始了，佩琳娜也就不用再回答了。而且罗莎丽和弗朗索瓦兹大妈见她悲痛欲绝，也就不再同她说什么了。

出教堂了，贝洛姆小姐叫住了佩琳娜。同弗朗索瓦兹大妈一样，她也想了解维尔弗朗先生的情况。佩琳娜从昨天以来就没见到贝洛姆小姐，既然现在来问，就不能不告诉她。

"你步行回去吗？"女教师问。

"是的。"

"那我们可以同路走到学校。"

佩琳娜本不想同人一道走，但又不便拒绝，只好听女教师继续说下去。

"仪式上，当我看到维尔弗朗先生站起、坐下、跪地时，那身心衰竭、一蹶不振的样子，我真以为他再也爬不起来了。见此情景，你知道我在想什么吗？今天我第一次想到，他双目失明，或许对他来说倒是件好事。"

"为什么呢？"

"因为他看不到教堂里人这么稀稀落落。如果看到工人们对他所遭受的不幸漠不关心，他会更加痛苦的。"

"是的，工人们来的不多。"

"至少他看不到这点。您是否能够肯定他觉察不到教堂里气氛冷清，而街上的酒馆里却熙熙攘攘？他凭耳朵能了解许多事情。"

"这将使他更加伤心。其实，他也用不着为此伤心，这个可怜的老人。不过……"

她停了停，把剩下的话又咽了回去。但她从来不会隐瞒她的思想，于是接着又说："不过，这也是个教训，一个深刻的教训。孩子，你们应当知道，只有当我们也为别人分担痛苦和忧患时，才能要求别人为我们分担痛苦和忧患。我们可以这么说，因为这反映了一个不折不扣的事实……"

她又压低声音说："维尔弗朗先生从来没有这种情况。他对待工人很公正，他认为应该给的，全给了，但仅此而已。而今天我们这个世道的法则是，光有公正是不够的，仅仅做得到公正，也就是不公正。维尔弗朗先生从来没有想到应当像父亲那样对待自己的工人，这多么令人遗憾。话又说回来，因为有那么多大事情拖累他，纠缠着他，他的心思只能用在大事情上。如果他能像一个父亲那样对待他的工人，那他能造多大的福呀！不仅在我们这里造福——这将十分可观，而且通过表率作用能在其他各地造福。如能这样，那你可以肯定我们不致看到今天……我们所见到的情景。"

这番话也许有道理，但佩琳娜无法评判这番话的道理。话中的寓意刺痛了佩琳娜，尤其因为它出自贝洛姆小姐之口，更使她感到伤心。她很快对贝洛姆小姐产生了一种钦敬之情。如果别人这么说，她觉得自己会无动于衷的。可偏偏这番话是她最信得过的人讲的，这就不能不令她痛心了。

走到校门口，她迫不及待地告别了贝洛姆小姐。

"为什么不进学校同我一道用午餐呢?"贝洛姆小姐说，因为她猜到佩琳娜今天不可能再与主人家里的人同桌吃饭了。

"谢谢您的盛情，维尔弗朗先生那儿可能有事要找我。"

"那就请回吧。"

回到府邸，她发现维尔弗朗先生并不需要她，甚至根本就没有想到她。当她在楼梯上碰到巴斯蒂安时，他说:"维尔弗朗先生一下车就把自个儿关在房间里了，任何人不得进去。"

"在今天这个日子里，他甚至不愿同亲戚们一道吃午饭。"

"亲戚? 他们要住在这里吗?"

"您想想看，才不会呢! 午饭后大家都会走的。我想他甚至不愿他们来同他告别。啊! 他受的打击可真够大的。我们今后该怎么办呢? 您得帮帮我们呀!"

"我又能做什么呢?"

"您能做许多事情。维尔弗朗先生信任你，而且很喜欢您。"

"他喜欢我?"

"这事我清楚，而这是很重要的。"

正像巴斯蒂安说的那样，吃过午饭，亲戚们先后都走了。佩琳娜独自待在自己房间里，一直等到晚上，维尔弗朗先生也没有叫她。只是在睡觉前，巴斯蒂安才来告诉她，说维尔弗朗先生让她第二天上午按平时出发的时间做好准备，陪他出去。

"他是想重新工作。可他能行吗？若真能工作，那倒是好事，因为工作就是他的生命。"

第二天，佩琳娜像平时一样，按时在大厅里等候。一会儿，维尔弗朗先生来了，巴斯蒂安搀扶着他佝偻而行。走近时，巴斯蒂安给佩琳娜做了个苦涩的表情，意思是说夜里老人睡得很不好。

"奥雷丽来了吗？"他说话的声音都变了，既悲切，又微弱，像个有病的小孩在呻吟。

她马上迎了上去。

"我在这里，先生。"

"咱们上车吧！"

她本来想问他几句，但最终未敢开口。他一坐到车上，就瘫在那里，耷拉着脑袋，一言不发。

塔鲁埃尔站在办公室门口的台阶前迎候他，准备搀扶他下车。他一上来就献媚说："我想您来上班，是感到身体好些了？"他话音里充满了怜悯，但眼睛里却闪着光彩，两者形成了鲜明的对照。

"我丝毫不觉得身体好了些，我之所以来，是因为必须来。"

"我也正想这么说呢……"

维尔弗朗打断了他的话，扭头去招呼佩琳娜，让她领他去办公室。

拆阅信函的工作很快开始了。这次的信很多，因为积了两天了。他坐在旁边一言不发，不作任何指示，听凭他们去处理，好像是个聋子或者睡着了。

接着，各部门头头开会，研究一项与本厂利益攸关的重大问题，并就此做出决定：要不要把储备在印度和英国的一大批黄麻抛售出去，只留下供本厂在一段时间内正常生产的部分，或者继续增加收购？总之一句话，这是黄麻上涨还是下跌的问题。

通常情况下，处理这类事情是有着严格程序的，谁也不会违背。会上，从最年轻的人开始，每个人都得发表意见，并对自己的意见加以说明。维尔弗朗先生总是仔细听着每个人的发言，末了由他宣布该如何做。但这并不是说他就一定得这样做，因为人们不止一次地在半年或一年后发现，他实际做的同他当时说的刚好相反。但总的说来，他的发言干脆利落，职员们听了都心悦诚服，因此讨论都进行得很顺利。

这天上午的讨论也是沿袭老办法，每个人都分析了该卖或是该买的理由。轮到塔鲁埃尔发言时，他提出的不是一个肯定的结论，而是个疑问。

"我从来也没遇到这么为难的事，赞成卖的，理由很充分，可反对的，也很有说服力。"

他承认感到为难，这是大实话。因为在以往的讨论中，他所遵循的信条是看老板的脸色行事，而不是根据发言人所说的内容来决定自己的发言。很久以来，他就学会了通过老板的面部表情来窥知他的内心想法，至于他自己是怎么想的，那根本不值得一顾。何况他自己的意见同他对老板的奉承拍马相比，在天平上不能等量齐观。因为，在任何时候和在任何事情上，他总能从老板的表情上预先猜度到他的内心世界。可是这天上午，老板的脸色除了茫然之外，别无任何表情。老板心里到底是想增加收购呢还是想抛售？说句实话，看来老板对这两者都不关心。他心不在焉，神不守舍，他的心完全不在生意上，而是进入了另外一个天地。

塔鲁埃尔发言后，又提出了两种不同的结论。最后该由维尔弗朗来拍板了。每到这时，人们都鸦雀无声，准备洗耳恭听。今天气氛甚至比以往更加肃穆，大家都把目光集中在老板身上。

人们在等他讲话。由于他老不开口，在场的人都面面相觑，心想：莫非他傻了，抑或是心不在焉？

最后他摆摆手说：“老实说，我也不知道如何是好。”

人们一听，无不愕然。怎么？他竟然到了这个地步！

凡认识他的人，今天第一次看到这位向来办事果断、心有主见的人遇事拿不出办法。

刚才人们是面面相觑，这时却避免目光相遇，因为一部分人的目光里充满了怜悯，而另一部分人，尤其是塔鲁埃尔、泰奥多尔和卡齐米尔他们，则害怕别人从他们的眼神中看穿其内心世界。

维尔弗朗接着又补充说：“这事以后再议吧。”

在场的人都默默地走出门去。离开的时候，彼此谁也没有交谈感想。

室内只剩下他和佩琳娜。佩琳娜一动不动地坐在自己的小桌子旁。而他好像也没有注意他的部下一个个离去，表情始终是沮丧的。

时间在流逝。他仍然纹丝不动地坐在原地。过去，他也常常木然坐在敞开的窗前，久久地陷入冥思之中。他的这种举止同他那种毫无动静、默不作声的情况一样，是很好理解的，因为他既不能看书，也不能写字。但那时和眼前的神态是迥然不同的。往常，只要注意瞧，静心听，你便能在他变化的表情中发现他在一片喧哗声中注意听着全厂的生产情况，包括每个车间，每个厂院，就像在用眼睛视察全厂的情况：这里是织布机的敲击声，锅炉在排放蒸汽，卷纬机在轰鸣；那里是车皮脱钩和挂钩的撞击声，翻斗车在滚动，火车头在吼叫，装卸工人在指挥乃至工人们沉重的脚步在石子路面上发出的摩擦声他都分辨得清清楚楚，丝毫也不会混淆。正是凭着这种本领，他对工厂的生产脉搏以及人们工作的勤惰了如指掌。

再看看现在，他的耳朵、脸庞、表情、动作等等，全部僵化了，酷似一尊雕像。这一切是如此令人毛骨悚然，以至于寂静中的佩琳娜觉得有一种极度的恐怖感正在吞噬着她。

突然，他双手掩面，呼天号地叫起来。他以为四周空无一人，或者他根本就没意识到自己身在何地，是否会被人听见。

接着又是一阵沉默，一阵更加令人压抑、惶恐的沉默。尽管佩琳娜无法估量出老人的心情是如何的绝望，但老人的呼号使她慌乱不已。

维尔弗朗先生确曾认为，有了这巨大的财富和这样的地位，自己成了一个特殊人物。否则，光凭自己的才华，他怎能从卑贱的出身跃居这样的高位？显然是命运把他从芸芸众生中超拔出来，让他从事宏伟的事业，之后，又指引他稳步前进。灵感始终在启迪他的思想，指导他的行动，使他朝万无一失的方向前进。因此，凡是他想要的，全部能到手。在一生的搏斗中，他总是百战百胜，而他的对手则个个一败涂地。然而这一次，他梦寐以求的事情，而且是自认为万无一失的事情居然第一次没有实现。他一直在等待着儿子，知道不久会看见儿子的归来，而且他把自己的余生都寄托在父子团聚上。可是，他的儿子居然客死他乡。

这到底是怎么回事啊！

他对现在和过去的事一概想不通了。

过去，他是怎样的一个人呢？

现在，他又是怎样的一个人呢？

如果说四十年来他真的是自己想象的那种幸运儿的话，那么今天却为什么不再是这样了呢？

三十八

维尔弗朗先生颓衰下去，每况愈下，身体诸病齐发，支气管炎、心悸等症全都恶化了，甚至肺气肿也复发了，致使他待在家里一个星期不能理事，不得不把所有的工厂交给得意洋洋的塔鲁埃尔管理。

后来，病情虽有好转，但精神仍然萎靡不振。几天之后，也只剩下这一点使医生不安了。

佩琳娜多次试图向鲁松大夫打听，但这位大夫却不大爱搭理她，看来鲁松先生不是那种对女孩子们的好奇心感兴趣的人。幸好，他对晚上出诊时经常碰到的巴斯蒂安和贝洛姆小姐并不那么厌烦，从而使佩琳娜得以从老仆人和女教师的口里约略知道些医生担忧的情况。

"医生说他没有生命危险，"巴斯蒂安告诉她说，"不过，鲁松大夫只有在看到他重新工作后才会放心。"

贝洛姆小姐说的要更详细些。她每晚来上课时，总要和医生闲聊一会儿，而且还很乐意把她打听到的情况一五一十地告诉佩琳娜。医生的话最后总是归结为一条："他需要再来一次'震动'，以恢复消沉的意志，他的精神支柱并没有崩溃。"

许久以来，大家都怕他遭到这种意外的"震动"，正是出自这方面的担心，才一次又一次推迟了摘除白内障的手术——尽管他身体总的状况看起来还可以经受得住这一手术。而现在，人们却期望着来一场"震动"使维尔弗朗先生对事业、工作和生活中的一切重新产生兴趣，从而在不久的将来能够进行一次有成功希望的手术。因为此时再也不用担心由儿子是死是活的悬念而产生的强烈的感情冲击了。要是过去，仅从手术的观点看，这也是不能不防的。

然而，怎样才能引起他"震动"呢？

这正是大家苦思冥想而找不到答案的问题。尤其是他似乎对一切都无兴趣，独自待在房间里，连塔鲁埃尔和侄子、外甥都不愿见。在这种情况下，塔鲁埃尔每天早晚两次来聆听他的指示时，他总是通过巴斯蒂安给他传话："您自个儿处置吧！"

离开病床之后，他又重返办公室了。他也只不过让塔鲁埃尔简单地汇报一下他所决定的事情。机警、狡猾而又谨慎过人的塔鲁埃尔所采取的任何措施，无一不是老板自己也会决定采取的。

他虽然对一切都很冷漠，但每天仍然由佩琳娜拉着他去巡视工厂，就像不久前一样。路上，他总是沉默寡言。即使佩琳娜有时给他说点什么，他也往往不搭理。到了工厂，他也只是勉强听听经理们的汇报而已。

"你们找塔鲁埃尔商量着尽力办吧。"他总是这么说。

这种状况还要持续多久呢？

一天下午巡视完了工厂，在回马洛库尔的路上，在老马可可无精打采的嘚嘚蹄声中，微风中传来了警报的声音。

"停一停，好像是火警。"维尔弗朗先生说。

佩琳娜勒住马缰，警报声听得更真切了。

"是失火了。你看见什么了吗?"他问。

"一团浓烟。"

"什么方向?"

"是从白杨树背后升起来的，看不清是什么地方。"

"在我们左边还是右边?"

"稍靠左一些。"

"左边是工厂?"

"让可可飞奔过去吧?"佩琳娜问。

"不用，让它加快点就行了。"

越往近处走，火警声越清楚。由于他们顺着旁边栽着白杨的沟渠弯弯曲曲地前进，佩琳娜一直不能断定浓烟升起的确切方位。浓烟好像是从村中而不是工厂里冒出来的。

她把这点告诉了维尔弗朗，他听了没讲什么。

又走了一阵子，她发现火警是从左边传出来的，即从工厂区旁边传来的，这更证实了她的判断。

"警报不是在起火的地方响。"她说。

"你的判断是对的。"他说。

但从他回答的口气看，他对此几乎漠不关心，好像对谁家着火之类的事根本不感兴趣。

进村后他们才停了下来。

"您不用着急，维尔弗朗先生，"一位农民走过来大声说，"不是工厂失火，是拉提布斯家着火了。"

拉提布斯是个老酒鬼，她代人看管着几个年龄太小而进不了托儿所的孩子。她家就在学校附近一个院子的尽头，是一间半边倒塌、破旧不堪的草屋。

"咱们走去看看吧。"维尔弗朗说。

他们的车子夹在奔跑的人流中间往前驰去。滚滚的浓烟和火舌已冲出房脊，一股浓烈的焦味扑鼻而来。快走近火场时，由于那些看热闹的人站在原地一动不动，他们不得不停住车，否则准会压死人的。维尔弗朗先生下了车，由佩琳娜带着在人群中穿行。走近现场时，只见正指挥工人救火的法布里戴着头盔迎上来说："我们把火势控制住了，可房子全烧毁了。更严重的是，几个小孩中，也许有五六个被烧死了，其中一个被埋在火堆下，两个窒息而死，还有三个不知下落。"

"火是怎么着起来的？"

"拉提布斯喝醉睡着了，一直醒不过来。大孩子们便在家里划火柴玩。当火突然着起来后，他们全都逃掉了，拉提布斯也惊魂失魄地拔腿就跑，把放在摇篮里的小孩给忘了。"

院子里传出了哭天喊地的号哭声。维尔弗朗先生想进去看看。

"您别进去，那是两个死了孩子的母亲在哭，"法布里说。

"她们是谁？"

"都是咱们工厂的女工。"

"我要去劝劝她们。"

于是他手往佩琳娜肩膀上一搭，意思是让她带路。

法布里走在前边为他们开路，三人一同进了院子。这时从屋内蹿出的熊熊火焰，在水枪的喷射下哗哗作响。倒塌的废墟被淹没在一片汪洋之中，整个房屋只剩下四垛秃墙了。

在院子的另外一角，挤满了妇女，刚才在外面听到的哭声便是从那里传出的。法布里让众人让开一条道，佩琳娜领着维尔弗朗先生朝那两位膝上放着孩子尸体的母亲走去。她们正在一把鼻涕一把泪地号啕大哭着。其中一位看到他走来，以为是从天上下来了救命的神明，再仔细一看，方认出是工厂的老板，于是挥起胳膊朝他逼来。

"你过来瞧瞧吧！我们在工厂里替你卖命，可孩子遭到这样的下场，你得给孩子偿命啊！我可怜的孩子啊！呜——！"

她俯身贴近死去的孩子，又大哭起来。

维尔弗朗先生站在那儿不知如何是好，末了对法布里说："咱们走吧。你刚才的话有道理。"

他们回到办公室，没有人再提起失火的事。后来塔鲁埃尔前来报告说，原以为被烧死的六个孩子，其中三个已在邻居家找到了，全都安然无恙。估计是在最初那阵混乱中被人抢救出来放到邻居家的。被烧死的实际上是三个孩子，定于明天安葬。

佩琳娜从村里回来后，一直在埋头深思，等塔鲁埃尔一出门，她便壮着胆子同维尔弗朗搭话。

"明天您不去参加孩子的葬礼吗？"她问，颤抖的声音流露出她内心的激动。

"我为什么要去呢？"

"因为这将是您对那位可怜母亲的指责做出的一种回答，一种最庄重的回答。"

"工人们参加我儿子的吊唁了吗？"

"他们没有为您分担痛苦，但当他们惨遭不幸时，您能为他们分担痛苦，以德报怨，这也是一种回答。他们最终会明白的。"

"你不知道，当工人的是多么忘恩负义。"

"在什么事情上忘恩负义呢？在工资上吗？这有可能。因为他们在工资问题上可能同发工资的人观点不同。对于他们自己劳动挣来的钱，难道他们没权享有吗？这方面，也许他们真如您说的忘恩负义。但是，在自身利益上的忘恩负义态度和对友好相助采取忘恩负义态度，您以为这两者是一回事吗？在友谊问题上，总是以心换心的。人们只有感到自己受人爱护时，才能去爱护别人。而且我还觉得，我们要想成为别人的朋友，首先得把别人当作我们自己的朋友。对那些可怜人的苦难给予安慰，当然是可贵的，但如能为他们分担忧患，减轻他们内心的悲苦，则更为可贵……"

这方面，她觉得还有许多许多话要说，但维尔弗朗对此不置一词，甚至似乎也不在听她讲话。她不敢再往下说了，只好等待以后再说。

他们回家经过塔鲁埃尔门前走廊时，维尔弗朗先生停住脚步对塔鲁埃尔说："请通知本堂神父先生，孩子们的安葬费全部由我出。请他把葬礼仪式安排得像样些，我要亲自参加。"

塔鲁埃尔一听简直吓了一跳。

"您通知下去，"维尔弗朗先生继续说，"明天，凡愿意去教堂参加仪式的人，都可以去，因为这场大火带来的不幸是巨大的。"

"可这并没有我们的责任呀!"

"直接责任是没有。"

使佩琳娜震惊的还不止这些。第二天上午，在处理完信函、开完各部门负责人工作会议之后，维尔弗朗先生把法布里留下来，问他："我想你现在手头没有太急的事吧?"

"没有，先生。"

"那就请你到卢昂去一趟。我听说那里新办了一所模范托儿所，比其他地方的托儿所办得都要好。我说的不是市立托儿所，因为市立托儿所仍然按老框框办事，入托的小孩要经过挑选。我说的是一家私人的。这家人为了纪念自己的亲人而办了个托儿所，专为他人提供方便。你把这家托儿所各个方面都了解透彻，如房屋建筑、暖气、通风设备、造价和日常费用等等。然后你再去问问承建人，他参考了哪些托儿所，你也去对这些托儿所研究一番。研究完了，尽快回来。在三个月之内，我要在每个分厂门口都建起一座托儿所。我不愿看到前天的灾难再次重演。咱们可再不要为这类事承担罪责了。这件事我就托付给你了。"

当天晚上，贝洛姆小姐来给佩琳娜上课时，佩琳娜把这头号新闻告诉了她。贝洛姆小姐兴奋极了。维尔弗朗先生恰在这时也进来了。

"贝洛姆小姐,"他说,"我以本地居民的名义,也以我个人名义来求求你帮忙。这件大事办好了,将有着至关重要的意义。但我不得不承认,这将要你付出莫大的牺牲。事情是这样的。"

他要说的是要求贝洛姆小姐辞去小学教员的职务,来全力领导他即将开办的五个托儿所。他想来想去,唯有她才具备担负起此项重任所不可缺少的聪明、魄力和善良心地。托儿所一办起来,他将它们分别交给马洛库尔、圣比布瓦、赫尔什、巴库尔和弗莱赛尔的当局,同时还将拨给他们一笔足够长期维持下去的费用。对这份捐赠,他的唯一要求是必须挑一位他所信得过的、能保证把这项事业成功地、长期地办下去的人来领导。

对于这样的要求,当然不能不接受。但贝洛姆小姐并非没有切肤之痛,正如维尔弗朗先生所说,她做出的牺牲太大了。

"哎哟,先生,"她大声说,"您不了解教学对我来说意味着什么。"

"为了给孩子们传授知识,当然是很了不起的,这我知道,然而保证孩子们的生命和健康,同样也是重要的。这也是你的使命。我想这项使命意义如此重大,你不至于拒绝的吧。"

"我担心自己的能力可能会有负于您对我的信赖……不管怎么样,我会从头学起的。我要学的东西实在太多了,这对我的教学工作也将大有帮助。现在,我全心全意听您的吩咐。我的语言远不能表达我内心的激动、感激与钦佩……"

"小姐，要说感激，你不应当感激我，而应当感激你的学生奥雷丽。因为是她的一席话，她的启示，唤起了我心中的上述想法，引导我踏上了这条路，现在我才只走了几步，这与今后的漫漫征途相比，实在微不足道。可在此之前，我做梦也没想到应当这么做。"

"哎哟，先生，"佩琳娜叫起来，乐观和自豪鼓舞她大起了胆子，"您还愿意再跨一步吗？"

"这一步要跨到哪儿去？"

"不远的地方。今晚我领您去。"

"那么，你就不要再有任何疑虑了。"

"是的，我没有任何事情可怀疑的。"

"这么说，你还不相信我喽？"

"不是，先生。我只是不敢相信我自己。但这同我对您的请求和建议今晚领您去的地方毫无关系。"

"你今晚到底要领我去什么地方呢？"

"有一个地方，只要您在那里露上几分钟面，便会产生意想不到的效果。"

"你还不想告诉我这是个什么神秘的地方吗？"

"如果告诉了您，便会影响预期的效果。反正今晚天气很好，又很暖和，您不用担心着凉。您尽可放心吧！"

"尽管她的建议看来有点……奇怪和孩子气，但似乎应当信任她。"贝洛姆小姐说。

"那好，就按你说的办吧！今晚我陪你去。你快决定，我们啥时候出发呢?"

"越晚越好。"

这天晚上,他又几次提到这次出访的事,但佩琳娜始终不露底。

"要知道,你真的勾起我的好奇心了。"

"即使我没有别的收获,单单勾起了您的好奇心这点就已了不起了,不是吗?与其让您陷在昨天的苦恼和失望中,不如让您为即将发生的事情而向往,这样不是更好吗?"

"如果明天的事现在就来到的话,那对我会更好一些。但你希望我向往什么样的未来呢?对我来说,未来比过去更令人伤心,因为未来是空虚的。"

"那可不见得,先生。如果您心里装着别人,那么未来是不会空虚的。世上的小孩……那些没有幸福的小孩,总是期望有一天能遇上一位法力无边的法师或魔术师,以便乞求法师赐给他一切。因为只要法师乐意,他便能要什么有什么。但就这位法师来说,难道有时不也应该想想应给那些没有幸福的人——不管是小孩还是大人——施舍点幸福吗?手中既然有这样的法力,运用手中的法力不也是一件开心事吗?现在我们在谈神仙,所以我用了'开心'这个词,用在现实生活中,则应当另换个字眼。"

整整一个晚上就在这样的谈话中过去了。维尔弗朗先生好几次催问佩琳娜是否该出发了,但她尽可能找托词拖延。

她终于发话说该上路了。外面的天气正如她预言的那样,暖融融的,没有风,没有雾,时而有几道热闪划破漆黑的夜空。这时，整个村庄已经沉睡了，紧闭的窗户没有任何亮光。四周万籁俱寂，只有河水冲下水坝时发出的哗哗声。

像所有的盲人一样，维尔弗朗善于在黑夜里辨别方向。走出他的邸宅后，他像正常人一样，对所走过的路心里一清二楚。

"咱们到了弗朗索瓦兹家门口了。"他说。

"咱们正是要到她那儿去。如果您同意的话，从现在起咱们别说话，我用手搀着您走。另外，我还想告诉您，咱们还得爬一道楼梯。不过楼梯很直，不难爬。爬上去后，那里有道门，到时候我把门推开，咱们一道进去。您愿意在里头待一分钟或两分钟都行，随您的便。"

"你想要我开什么眼界呢？我的眼睛什么都看不见呀！"

"您不用看什么。"

"那我们来干什么呢？"

"为了来而来。我还忘了告诉您，咱们不用担心走路发出声音。"

事情就照她说的办了。进了里边的院子，借着一道热闪，她看清了楼梯的入口处。于是他们沿着楼梯爬上去。佩琳娜推开了她刚才所说的那道门，轻轻拉着维尔弗朗进入室内，再把门关好。

四周空气污浊，酸臭的闷气扑鼻而来，令人窒息。

一个含混不清的声音问道："进来的是谁？"

佩琳娜捏了一下维尔弗朗先生的手，示意他别答话。

那个声音继续说道："还不睡吗，诺瓦耶勒？"

这一次是维尔弗朗先生用手碰了佩琳娜一下，表示他要出去了。

她于是把门拉开，一起下了楼梯。房间里还在叽里咕噜地议论着。

一直走到街上，维尔弗朗先生才开口："你是想让我了解一下你初来的那天晚上住过的那个女工宿舍，是吧？"

"我只是想让您知道一下马洛库尔这里和其他厂里许多许多集体宿舍当中的一个。要知道，您的工人们，男男女女，老老少少，全都拥挤在里边。我想，只要您在这种污浊的空气中待上一分钟，您便会派人调查调查有多少可怜的人死在里面。"

三十九

时间日复一日地逝去了。十三个月前的一个风和日丽的星期天，佩琳娜颠沛流离地来到马洛库尔。那时的她，真是穷困潦倒，心灰意冷，前途未卜。

今天，又是一个风和日丽的日子。但同去年相比，佩琳娜已判若两人，马洛库尔也是翻天覆地，面目一新。

曾记得她来到的那天，日近黄昏，她悲伤、忧郁地坐在山冈高处那片树林边上，想再仔细地了解一下展现在山谷里的村庄和工厂。而今天，在她坐过的那块地方，正在大兴土木。一所空气清新、环境优美的医院，将屹立在山冈上，俯瞰整个马洛库尔。维尔弗朗先生的所有工人，无论是否住在马洛库尔，均可来此就医。

从这里开始，可以清楚地看到本地区的发展变化。这种变化是巨大的，尤其是发生在如此短暂的时间内。

工厂里的变化倒不怎么明显，至今一如昔日的模样，似乎它早已发展到了顶点，如今只需一仍旧章地按照原先严格的规定循序行进就行了。

距工厂大门不远的地方，耸立起一幢红瓦屋顶的建筑，墙壁半边天蓝半边粉红。而从前这里是两所破旧的老屋，里边原是家庭托儿所，与数月前被大火烧掉的拉提布斯家的托儿所同属一种类型。维尔弗朗先生把这块地皮买了下来，拆去了那些摇摇欲坠的老屋，建起了这所真正的托儿所。

　　维尔弗朗先生从家庭托儿所的主人手里买这块地皮的做法干脆利落。他把房产主都请来，告诉他们说，男女工人们的孩子放在私人家里看管，由于照顾不善，孩子们随时都有被烧死或被各种各样的疾病夺去生命的危险。对这种状况他再也不能容忍了。他打算兴建一所托儿所，把这些孩子接进去，吃饭、托养全部免费，一直到他们三岁时为止。在这件事情上，没有讨价还价的余地。如果他们愿意把房子卖给他，除了按价付钱外，还给他们一笔终身年金收入。如果不愿卖，他们尽可留作自用，别处有的是地皮。卖与不卖，他们必须在第二天上午十一点之前做出决定，一到了中午，后悔就晚了。

　　村子的中央也竖起了几座红瓦楼舍，它们显得更高大，更有气魄。那是为男女单身工人建的宿舍，刚刚竣工，里边有单人房间、食堂、餐厅、饭馆、商店等。维尔弗朗先生征收这块地皮的办法同办托儿所一样。

　　以往这个地方是几幢破旧不堪的老屋。房主将它们租给工人充作集体宿舍或家属住所。他把房产主们都请来，差不多是把前次那席话对他们重复了一遍："许久以来，我的工人们一直居住在你们出租的集体宿舍里。住宿条件糟糕透了，肺痨、伤寒由此而来，有多少人因此丢了命。对此，人们早就在大声疾呼了。这种状况我再也不能容忍了。我决定要建两座宿舍楼，男女单身工人每人一个房间，每月收三个法郎的租金。同时，楼的底层要办起食堂，每晚给工人们提供一顿正餐，供应汤、炖肉或烤肉、面包和苹果酒等，收费七十生丁。如果你们同意把房产卖给我，我就在原地盖楼；如果不愿意卖，你们尽可留作自用。我这样考虑是纯粹为了你们好。因为在别处我有的是地皮，在那里盖楼要便宜多了。卖与不卖，你们可以考虑到明天上午十一点，到了中午那就晚了。"

在这个地方，还散布着另一些新瓦屋。这些房舍虽然很小，但清洁的外观和鲜红的屋顶，同往日那青苔、景天覆盖的老屋形成了鲜明的对照。这是工人住宅，动工的时间还不长。每幢房前后都有一个小院子，住户可以种植瓜果蔬菜供自家食用。每年房租为一百法郎。这种房舍既可以使工人获得实际好处，又能使他们有一个体面的家。

如果最近一年未到过马洛库尔的人初来乍到，最使他兴叹、震惊乃至目瞪口呆的，无疑是维尔弗朗先生别墅花园里所发生的变化。这座花园的草坪原先一直延伸到沼泽地带，并同沼泽连为一体。这一片低洼地原先几乎处于荒芜状态，只有一道防狼堑壕同花园隔开。而现在，它的中央部分竖起了一座巨大的木屋，四周还有一座座简易的亭台楼阁，仿佛像一座公园。这里有各色各样的活动设施和游艺项目，诸如木马、秋千、体操器械、滚地球游戏、九柱游戏、拉弓、射箭、卡宾枪、步枪打靶、夺彩竿，还有网球场、自行车跑道、木偶剧场和露天音乐厅等。这一切使这里完全成了一处公共娱乐场所。

实际上，它是个名副其实的供各厂工人前来活动的公共娱乐场所。因为，维尔弗朗先生虽然决定在赫尔什、圣比布瓦、巴库尔、弗莱赛尔等地进行和马洛库尔相同的建设，但他希望为全体工人提供一个聚会和休憩的公共场所，使之成为工人们的联系纽带，从而建立起广泛的接触。最初，维尔弗朗只是想在这里建一个图书馆，然而他也弄不太清楚究竟在什么影响下，图书馆竟发展成了一个巨大的公园。以那间用作阅览室和会议厅的大木屋为中心，周围是各种游艺场所。它们逐渐扩展，竟占用了维尔弗朗的一部分花园。现在，维尔弗朗的别墅完全被工人的活动场所包围了。

这一系列的变化从设想到实施，虽然非常迅速，但仍在本地引起了强烈的不安，乃至某种形式的骚动。

反对得最激烈的是原先那些出租房屋的房产主以及酒店和杂货店老板。他们大叫大嚷地说什么破产了，受压迫了：他们世世代代就是以此赚钱糊口的，现在遇到这样的竞争，使得他们虽身为自由人，却不能继续做生意了，他们认为这是不公正的，是犯罪行为。这如同当年办工厂时遇到的情况一样。农庄主人们也曾群起反对盖工厂——因为工厂抢走了他们的长工，或迫使他们给长工加工资。小商贩也联合农庄主一块起哄。每当维尔弗朗先生在佩琳娜陪伴下打街上经过时，人们差一点把他们当作坏蛋来嘲骂：这个瞎老头子还嫌富得不够，还想把我们这些穷人搞破产！

死了儿子也没能使他发发善心和慈悲！那些工人全都是笨蛋，看不出这种办法只是为了把他们捆得更紧些，老板似乎一只手给了他们什么，另一只手随后又把东西从他们那里取走了。工人们为此也开了许多会，讨论该如何办。会上不止一位工人证明，他和他们的许许多多同伴一样，并不是笨蛋。

维尔弗朗先生的这些改革，同样引起了他亲近的人，确切地说，引起了他亲戚们的不安和批评。他莫非疯了，他这样搞准会把家产用尽的，换句话说，会把他的家族搞穷的。设法让他停下来不是更谨慎些吗？很明显，他对那个小丫头过分溺爱，所以对她言听计从，这是阿尔茨海默病的表现，对此，法院不能不加以权衡。所有的仇恨都集中到了这个危险的小妞身上了，她简直到了忘乎所以的程度：她挥金如土，反正花的钱不是她的。

值得庆幸的是，这位小姑娘虽然每时每刻遭到了直接、间接射来的仇恨的毒箭，但人们对她的友谊鼓舞着她，宽慰着她，使她顶住了这种愤怒。

塔鲁埃尔像以往一样，对所取得的成就总是竭力吹捧，因此，他站到了佩琳娜一边。佩琳娜所进行的事情都成功了。她能让维尔弗朗干她想干的一切，因此，她成了维尔弗朗的外甥和侄子的眼中钉。这就足以使塔鲁埃尔公开站出来作为佩琳娜的朋友了。实际上，维尔弗朗先生大手大脚地花钱对他塔鲁埃尔有什么关系呢？钱花出去，实际上使工厂的底子更雄厚了。这钱又不是从他腰包里掏出来的，而这个厂看起来早晚得落入他塔鲁埃尔之手。因此，当他能猜到正在研究什么新的改善措施时，他绝不错过一切机会向维尔弗朗先生表示"他想"实施这项计划最合适的时候到了。

但其他人的友谊比塔鲁埃尔的友谊更使佩琳娜感到快慰。这些友谊来自鲁松大夫、贝洛姆小姐、法布里以及那些由维尔弗朗先生提议而推选出来管理他各项基金的监督委员会的工人代表。

鲁松大夫看到这个小丫头使维尔弗朗先生恢复了精神上、智力上的活力，随之改变了对她的态度。现在他总是像慈父那样对待佩琳娜，甚至还带着几分敬意。总之，他觉得她是一个举足轻重的人物。

"这姑娘起了医药起不到的作用，"他常说，"如果没有她，我真不知道维尔弗朗先生会变成什么样呢。"

贝洛姆小姐用不着改变她对佩琳娜的态度，但她为自己的学生感到自豪。每天上课的时候，她总要留几分钟同佩琳娜坦率地聊聊心里话，虽然她也承认这样的表示在"老师和学生之间"可能不太恰当。

至于法布里，他是积极参与现在所进行的一切工作的，自然不能不同意这位姑娘的意见。初见面时，这位姑娘并没有引起他的注意，但骤然间，她成了厂里叱咤风云的人物，而他，只不过成了她手中的工具而已。

"法布里先生，您马上到诺瓦西埃尔去，研究研究那里的'工人之家'。"

"法布里先生，您马上到英国去一趟，去了解一下工人俱乐部的情况。"

"法布里先生，您立即去比利时研究一下工人联谊会的情况。"

就这样，法布里动身去研究人们交办的工作，但也不忽略他认为有意思的任何事情。回来后，马上同维尔弗朗先生进行反复讨论，然后绘制图纸，在他的具体领导下，由他下面的建筑师、工程师共同施工。可以说，他领导的办公室这一阵子成了工厂最重要的部门了。在他和维尔弗朗先生讨论问题时，佩琳娜从来不参与，也不插话。她只是列席他们的讨论。但这些讨论全是在她的安排和启发之下进行的。谁要是不了解这一点，那才真叫愚蠢。总之，是她在主人心里播下种子，然后才破土发芽的。

那些由工人们推举出来的代表，心里同法布里一样，十分清楚佩琳娜所起的作用，尽管在他们的委员会里，佩琳娜从来不置一词，也不作任何表态。他们对佩琳娜所具有的影响也有非常确切的估量。佩琳娜同他们站在一起，这树立了他们的信心和增强了他们的自豪感。

"知道吗？她原来在卷纬车间工作过。"

"如果她一直在那里做工，会有今天的地位吗？"

她走在街上时，如果有人起哄骂她而被这些人遇上了，那可不是好玩的。只要一开口骂，立即就会被猛烈的"排炮"堵回去。

又是一个星期天。法布里已出差几天了，预定这天回厂。这次他外出是为了调查一件事情，什么事，维尔弗朗先生没告诉她，看来是有意向她保密。到了上午，收到法布里发自巴黎的一封电报，上面只简单地说：已获全部情况及官方证件，中午返厂。

到了中午十二点半，还没见他归来。这一反常现象使得通常很能沉住气的维尔弗朗先生焦躁不安起来。

维尔弗朗先生匆匆吃完午饭，同佩琳娜一道回到别墅，待在他的办公室里。他不时走近敞开的窗户，倾听园子里的动静。

"真怪，法布里现在还没回来。"

"可能火车误点了。"

他对这一说法不以为然，继续凑近窗口听着。她本想拉他离开窗口，因为她不愿让他知道花园里和游乐场那边正发生的事情。那里，花工们比平时更加忙碌，有的在花台周围安装篱笆，有的在把草坪上的奇花异草一盆盆搬开。花园的铁栅栏大门洞开着，在防狼堑壕的另一边，工人俱乐部的建筑物上红旗彩带迎风飘扬着。

突然，维尔弗朗先生按电铃叫仆人进来。仆人一进门，他就吩咐说，如有人求见，统统拦住。

这道命令尤其使佩琳娜吃惊，因为通常情况下，一到星期天，无论谁求见他，不管大人小孩，他都接待。而在上班的时间里，他是很少说话的。说话很浪费时间，浪费时间就等于浪费金钱。相反，在星期天，他和别人的时间就没有那样宝贵，所以他乐意同别人聊聊天。

终于，从低洼地那边传来了马车滚动的声音，这就是说，有人从比格尼来了。

"法布里回来了!"维尔弗朗悲喜交集,说话的声音都变了。

确实是法布里回来了。他急匆匆地跨进维尔弗朗先生的办公室,显得神情异样,首先扫了佩琳娜一眼。她不禁一震,但究竟为的什么,她自己也弄不清。

"路上机械出了故障,所以回来得晚了。"他解释说。

"重要的是你回来了。"

"我回来的时间已用电报告诉您了。"

"您的电报太短,太笼统,给我带来了某些希望,但我需要的是确实情况。"

"您所希望的全都弄到手了。"

"快讲讲。"

"当着小姐的面讲吗?"

"可以,如果事情如你所说的那样。"

这是他有史以来第一次在汇报工作前先问问是否能当着佩琳娜的面讲。她本来就心乱如麻。维尔弗朗和法布里的话,他们激动的心情和颤抖的声音,又已把她搞得忐忑不安。而法布里这时的谨慎问话,使得她更加恐慌。

"正像受您委托进行调查的经纪人所估计的那样,"法布里开始讲起来,眼睛不再瞧佩琳娜了,"有好几次他失去了调查对象的踪迹。那个人到了巴黎。通过核查巴黎的死亡登记簿,我们查到了去年六月一个叫玛丽·德雷萨尼的死亡证。她是埃德蒙·维尔弗朗·潘达弗瓦纳的遗孀。这是死亡证的副本。"

说着,他把证书塞进了维尔弗朗先生颤抖着的双手。

"要给您念一遍吗?"

"名字你核查过没有?"

"准确无误。"

"那就不用念了,回头再说吧。您继续往下说。"

"我并不以此为满足,"法布里继续说,"我还询问了她临终时所在房子的那家房东。这人外号叫'颗粒盐'。我还走访了目睹这位可怜的少妇去世的其他人,其中有一位名叫'女侯爵'的卖唱女人,一位外号叫'鲤鱼'的老鞋匠。据他们说,她是在精疲力竭、贫病交加中耗尽了生命的。此外,我还拜访了为她治病的医生,他叫尚德里埃,住在夏洛纳区的里伯莱特街。他当时本想送她去医院治疗,但她无论如何也不肯,因为她舍不得抛下她女儿。最后为充实调查,我顺着他们提供的线索,在郎蒂埃古堡街找到了一个收购破烂的小贩,名叫拉卢氏大妈。直到昨天她从乡下回来时,我才见到她。"

说到这里,法布里停了一会儿,第一次转身毕恭毕敬地对佩琳娜说:"小姐,我见到帕力卡尔了。它很好。"

在此之前,佩琳娜已站起身来了。她茫然若失地注视着,倾听着,眼泪夺眶而出。

法布里继续说:"弄清母亲的身份后,我就进一步查询小女孩的下落。这刚好从拉卢氏大妈那里打听到了。她说她在尚蒂伊森林里遇上了一个饿得快死了的可怜女孩,是她的驴子首先发现她的。"

这时,维尔弗朗先生冲着全身瑟瑟发抖的佩琳娜大叫起来:

"你能不能告诉我为什么这女孩要隐姓埋名，不露身份呢？你最了解她的心了，你能告诉我吗？"

她慢慢地朝他走去。

他接着说："她为什么不来到我的怀抱里？我正张开双臂等待着她啊！"

"这是她爷爷的双臂呀！"

四十

法布里闪身退了出去，好让爷爷和孙女单独谈话。

然而祖孙俩太激动了，竟手拉手相对无言，嘴里只能迸出几个情意绵绵的单词："孙女啊，我的好孙女！"

"爷爷！"

末了，心情稍稍平静一点后，维尔弗朗问道："为什么你要隐姓埋名呢？"

"我不是做过几次尝试吗？您不记得有一天，也是最后一次，我隐晦地谈到妈妈和我，您一听就生气地说：'从今以后永远不许再提起这个女人！'"

"我怎么想得到你就是我的孙女呢！"

"如果您孙女真的贸然出现在您的面前，您会不会不由分说地把她轰出去呢？"

"谁知道我会做出什么事来呢？"

"正是从那时起，我决定按照妈妈的临终嘱咐，继续隐姓埋名，一直等到您爱我时再表明身份。"

"你等得太久了！难道你看不出来我时时刻刻都爱怜着你

吗？"

"但我不敢相信那就是亲人之爱。"

"在经过一系列令人折磨的内心斗争、犹豫、希望和怀疑之后，我终于对你的身份产生了怀疑。你如果早点说出来，本可以使我免除这一切的，最后我只好利用法布里来迫使你投到我的怀抱里。"

"现在咱们的幸福，不证明了我那样做更好吗？"

"这下总算好了。好，咱们不谈这个了。现在谈谈你还没告诉我的那些事情吧。你本来一句话就能把事情说清楚的，可你硬要我四处托人去调查……"

"那样，我不就自我暴露了吗？"

"你讲讲你爸爸吧！你们是怎么到萨拉热窝的？他又怎么成了个摄影师的？"

"关于我们在印度的生活，您会……"

他打断她说："你应称我为'你'，你现在是同爷爷说话，而不再是同维尔弗朗先生讲话。"

"你收到的来信中，大致讲到了我们当初的生活。我回头告诉你，我们是如何挖野菜、打野兽充饥的。你会看到在这艰难的日子里，爸爸是多么勇敢，妈妈是多么坚强。要谈父亲，就不能不谈到母亲。"

"你不要以为刚才法布里谈到你母亲的那些话没有打动我的心。她如果进医院治病，也许是会得救的，但她不愿把你孤身一人留下，所以宁死不去医院。"

"我敢肯定你会喜欢她的。"

"你讲讲你妈妈的事吧！"

"……我会让你了解她、喜欢她的。关于她的事，下面我会讲到。我们从印度出发一路往法国奔来，走到苏伊士时，爸爸身上带的钱丢失了，是被商人偷去的，我搞不清楚到底是怎么被偷走的。"

维尔弗朗先生做了个手势，似乎说他知道是怎么回事。

"由于我们身无分文，无法直接回到法国了，只好改道往希腊走，这样旅途上花钱少些。到了雅典，爸爸就用他携带的照相机替人照相，以此维持全家的生活。后来他积钱买了一辆篷车和一头毛驴——就是救了我性命的帕力卡尔。爸爸打算乘这辆车从陆路回法国，沿途替人照相。然而来照相的顾客寥寥无几，山路又十分难走，常常是崎岖不平的羊肠小道，帕力卡尔每天不知多少次眼看就要摔死。关于爸爸在布索伐查市是怎么病倒的，我已跟你说过了。我求你不要让我今天给你讲爸爸是怎样去世的，因为我无法讲下去。爸爸去世后，我们还得继续赶路。爸爸在世时挣的钱就很少，但他还能赢得信任，还能说服人家来照相。他去世后，我们孤儿寡母能挣的钱就更少得可怜。我以后还要告诉你，从前年十一月到去年五月，我们抵达巴黎前的那个冬季，我们经历了什么样的悲惨日子啊！你刚才已从法布里那儿了解了妈妈是怎样死在'颗粒盐'家的。妈妈死的详情以及她临终前如何嘱咐我到这里来的事，我也想以后再详细讲给你听。"

佩琳娜正讲着，从花园里传来一阵阵喧闹声。

"出了什么事？"维尔弗朗先生问。

佩琳娜走近窗户一看，花园的草坪上、小径上，人山人海，黑压压的一片。男男女女，老老少少，都穿着节日的盛装；人群上空飘扬着红旗和各种彩旗，看样子已有六七千人了；而工人俱乐部那边，马路上、草地里，人流还在继续朝这里涌来。那一阵阵喧闹声正是从人群里传来的。维尔弗朗先生吃了一惊，连佩琳娜的叙述他也无心再听了——尽管他听的时候是饶有兴味的。

"这到底是怎么回事？"他又问。

"今天是你的寿辰，各厂的工人决定要好好庆祝一番，以感谢你为他们所做的一切。"她说。

"啊呀！这是真的吗？真的吗？"

他走近窗口，好像能看得见下边似的。工人们一下子认出了他，顿时欢声雷动，此起彼伏。

"天呐！如果他们起来同我们作对，该是一支多么可怕的力量啊！"他喃喃自语。这是他第一次感到他指挥下的这支队伍的力量。

"是的，可他们是同我们站在一起的，因为我们也同他们站在一起。"

"这全要归功于你，我的好孙女。今天的场面，和那天在教堂里为你爸爸举行祭奠的冷落情景多不同啊！"

"这是工人委员会通过的祝寿仪式。程序是：下午两点钟我准时领你到门前的平台上，你就面向工人高高地站着，好让大家都能看见你。届时，每个分厂都有一位工人代表站在台上，加杜阿大爷代表大家向你致简短的祝寿词。"

这时挂钟敲了两下。

"我搀着你的手走吧?"她问。

他们来到楼前的平台上,人群中顿时欢声雷动。按照事先的安排,工人代表一个个走上台来。曾当过亚麻精梳工的加杜阿大爷从代表的行列里走出来,跨前几步,开始发表祝寿演说——从上午以来,他已演习了不下十次。

"维尔弗朗先生,为了向你祝寿……为了向您祝寿……"

他卡壳了,可还在一个劲地挥手。站在远处的人们见他手势打得如此有力,以为他正讲得慷慨激昂呢!

他憋了几秒钟,急得他像当年梳亚麻似的直揪他那灰白的头发。末了,他说:"是这么回事,本来由我向您致祝寿词,可现在一个字也想不起来了,真伤脑筋。总之一句话,我代表大家诚心诚意祝您长寿,向您致谢。"

说罢,他庄严地举起一只手:"加杜阿向您起誓,向您保证!"

虽然这篇颂辞讲得语无伦次,但维尔弗朗先生深受感动。这时的维尔弗朗顾不上去注意演说的语言了。他向前走了几步,直到栏杆处站定,就像站在一个讲坛上似的,手依然搭在佩琳娜的肩上。人们都目不转睛地瞧着她。

"朋友们,"他用高亢的声音说,"你们的友好祝愿使我感到很高兴,极为高兴,因为今天是我一生中最幸福的日子。就在今天,我找到了我死在异乡儿子的遗孤——我的孙女。你们全都认识她,并且目睹了她所从事的事业。请相信,她会继续并推进我们一起从事的事业，你们的未来，你们下一代的未来，已经掌握在善良人的手里了！"

说到这里，他俯身去拉佩琳娜。佩琳娜还未反应过来，已被他强有力的双臂搂住。他把佩琳娜朝大家高高举起，一边还不住地亲她。

这时，男男女女，老老少少，成千上万的人欢腾起来，持续了好几分钟。庆祝活动有条不紊地进行着。人们马上归队从平台前走过，向年迈的老板和他的孙女欢呼、致敬。

"如果你能看见他们一张张幸福的脸庞该多好啊！"佩琳娜说。

不过，在场的人中也有脸色难看的，那就是他的外甥和侄子。祝寿仪式结束后，他俩过来向佩琳娜道喜。

塔鲁埃尔也装出高兴的样子，同维尔弗朗的侄儿、外甥一道来向佩琳娜祝贺，同时他不失时机地向她——工厂的继承人讨好说："我可早就猜着了。"

维尔弗朗先生的感情如此冲动，使得他的健康大受影响。生日的前一天，他感到身体多年来从未有过这样轻松：既不咳嗽，也不气堵，吃得香，睡得甜。但祝寿会的第二天，情况大变，咳嗽、气喘骤然发作，多日来辛辛苦苦调理的成果看来要毁于一旦了。

鲁松大夫立即被召来。

"你该知道，"维尔弗朗先生对大夫说，"我太想看看我的孙女了，请你想办法尽快让我身体恢复到能动手术的程度吧！"

"从现在起，只要您闭门静养，饮食以牛奶为主，保持安静、少讲话，再加上我们现在的好天气，我敢担保您胸闷、心跳、咳嗽等病会一扫而光的。到那时，做一次成功的手术就有指望了。"

鲁松大夫的诊断非常灵验。生日之后又过了一个月，从巴黎请来的两位眼科大夫经过会诊，认为总体状况良好，可以进行手术了。虽然不能说手术有百分之百的把握，但至少有着许多重要的有利条件。例如在暗室里，医生们注意到他的视网膜仍保持着敏感性，这是动手术所不可缺少的一个条件。于是医生们决定进行虹膜切除手术，即切除一部分虹膜。

动手术的时候，他拒绝用麻醉药。

"我不要麻醉，"他说，"我要求让我的孙女拉着我的手。你们会看到她将给我力量。手术很疼吗？"

"可卡因能镇痛。"

手术后，病人并未马上恢复视力。有五六天时间，他眼睛被绷带蒙着，等待伤口愈合。

尽管医生时时守候在别墅里，亲自给他换药，但对爷孙俩来说，等待拆线的日子是何等漫长！因为眼外科手术毕竟不能包治百病，万一老人的气管炎复发，那将发生什么情况呢？一阵咳嗽，一个喷嚏会不会把手术的成果葬送掉？

当初在父母卧病的那些日子里，佩琳娜曾担惊受怕，心里愁成一团。如今她的愁绪又起，担心刚刚找到的亲人会不会又舍她而去，使她再次沦为孤女。

幸好，在时间的推移中，没有发生什么不测。医生已允许他在关闭百叶窗并且拉上窗帘的房间里用那只动过手术的眼睛看东西了。

"嘿！如果我当时眼睛好的话，"他端详了一会儿佩琳娜说，"我会第一眼就认出你是我的孙女。他们那些人啊！真是太笨，竟看不出你同我儿子长得相像。塔鲁埃尔这次说他'早就猜着了'，倒或许是真心话。"

医生不让他再说下去了，因为现在他既不能激动，也不能咳嗽、心慌。

"以后再说吧。"

到了第十五天，医生撤下了眼上的绷带，换上了眼罩。到了第二十天，一切包扎完全摘掉了。第三十五天的时候，眼科大夫专程从巴黎赶来给他选配眼镜，让他能看书和看远处。若是一位普通的病人，治疗的程序无疑要简单得多，但对像维尔弗朗这样一位大富翁，医生们不得不把各项治疗搞得特别精细，并且不厌其烦地出诊上门。不这样，那医生就未免太天真了。

现在，维尔弗朗完全能看见自己的孙女了。除此之外，他最大的愿望是出去巡视工厂。但这是需要谨慎小心，必须再往后拖一段时间才能办的事，因为他不愿换乘一辆四周用玻璃封闭的马车，而要乘他平时乘的那辆四轮车，以便仍旧让佩琳娜赶车，让人们都看到他和孙女坐在一起。

为此，必须选择一个既没有太阳又不刮风的暖和日子。

这样的一个理想的日子终于等到了。这一天，天气暖融融的，天色瓦蓝，薄雾蒙蒙。这样的天气，在此地还是常能碰上的。午饭后，佩琳娜嘱咐巴斯蒂安把可可套上车。

"我马上就去，小姐。"

她对巴斯蒂安回答的语气和他的微笑感到吃惊，但她并未过于介意，因为她正忙于给爷爷穿衣服，使他既不热着也别凉着。

一会儿，巴斯蒂安回来报告说车已套好，于是爷孙俩朝台阶走去。爷爷独自走在前面，佩琳娜两眼紧盯着她爷爷。当他下到最后一层台阶时，一声意想不到的驴叫使佩琳娜转过身来。

怎么可能呢?! 一头很像帕力卡尔的毛驴套在马车上：它浑身油光锃亮，鬃毛梳得整整齐齐，四蹄闪闪发光，身披一套漂亮的黄色鞍鞯，缀着天蓝色的穗子。只见它脖子扬得高高的，不断嘶鸣着，想朝佩琳娜奔来。马夫不得不拼命拽住它。

"帕力卡尔!"

佩琳娜一下子扑过去搂住它的脖子，亲切地吻它。

"哎哟，好爷爷，真是喜出望外啊!"

"这可不是我的功劳，是法布里从拉卢氏大妈那里把它赎回来的。办公室的全体人员把它作为一件礼物送给你——他们以前的同事。"

"法布里先生心肠真好!"

"是啊，是啊! 你表叔、堂叔没有想到的，他想到了。不过我也想到了一条：我派人到巴黎定做了一辆专让帕力卡尔拉的小车，几天之后就到，因为咱们这辆四轮马车它拉着吃力。"

他们双双上了车。佩琳娜挽住缰绳，问："咱们先去哪个厂？"

"这还用问？当然先去看岛上的那个草棚子。你不知道我是
多么想去看看你藏身的那个小巢哟！因为你正是从那里来到我身
边的。"

那里的一切，还和过去一样，是一片杂草丛生、无人涉足的
荒野。时间的流逝非但未使它有任何改观，反而更加显示出它的
荒芜。

"离此几步远便是工业中心，文明事业正在蓬勃兴起，可你
竟在这里过起野人的生活了，岂不有点怪么？"维尔弗朗先生感
慨地说。

"我常常想，在印度时，虽然我们过的是简陋的生活，可在
那里，一切都是属于我们的；而在这里，虽然过着文明的生活，
而我却一无所有。"

离开了小棚子，维尔弗朗先生首先想去看看马洛库尔的托
儿所。

他原以为那里的一切他应该是很熟悉的，因为在绘制图纸
前，他同法布里曾讨论过多少次。到了门口，他一眼就看见里面
那一排排房间：幼婴室里，裹在襁褓里的婴儿，按男女性别分别
躺在红色和蓝色的摇篮里；哺乳室里，那些已会走路的孩子们正
在玩耍；再远处是厨房和盥洗室。维尔弗朗真是喜出望外。他看
到建筑师已让他们的设想全部兑现。他们采用了大玻璃门，并巧
妙加以配置，使整个托儿所成了一座名副其实的玻璃宫。母亲们
虽不能进入其他厅室，但她们从幼婴室能看到整个托儿所里孩子

们的活动。

他们从幼婴室来到哺乳室时，孩子们一拥而上，把佩琳娜团团围住，争相把手中的玩具给她看。有的拿着小号，有的拿着拨浪鼓，有的拿着木马，还有的拿着大母鸡和洋娃娃。

"我发现他们都认识你。"维尔弗朗先生说。

"何止认识，"陪他们参观的贝洛姆小姐接过话说，"应当说都爱戴她，崇敬她。可以说，她是孩子们的小慈母，她知道怎样让孩子们玩得高兴。"

"还记得吗？"维尔弗朗对贝洛姆小姐说，"你曾经说过，善于创造生活必需品，是种最主要的品德。但我觉得，善于为别人创造必需品是更可贵的品德。这，正是我可爱的小孙女所具有的品德。不过，亲爱的小姐，这仅仅是个开端。建托儿所、修工人宿舍、创办工人俱乐部，这仅仅解决了最起码的社会问题。办了这点事，并不等于解决了社会问题。我希望我们能继续前进，把问题解决得更彻底。现在我们刚开了个头，往后的事，你就等着瞧吧！"

参观完托儿所，他们又参观了一个工人家庭，然后又参观了单身宿舍、食堂和工人俱乐部。在马洛库尔参观完毕后，又逐个参观了圣比布瓦、弗莱赛尔、巴库尔、赫尔什等村。帕力卡尔拉着车在大道上欢快地走着，由于是小主人赶车，它好像分外感到自豪。她手下的鞭子比拉卢氏大妈轻多了，而且她每次登车前，总要亲它。对于主人的疼爱，它总是摇摆着直竖的耳朵，这对善于理解帕力卡尔的佩琳娜来说，它表达了多么深的情谊啊。

　　这几个村子里的建设不像马洛库尔那么快，但大部分工程的竣工日期已指日可待了。

　　这一天的日程非常充实，接近黄昏时分，他们才悠闲自得地往回走。他们翻过一道又一道山冈，居高临下，极目四眺：那高大的烟囱正吐着滚滚浓烟；烟囱周围，新建的楼舍鳞次栉比。维尔弗朗先生不由得伸手指指点点，说："这全是你的建树。由于事务缠身，我简直没有时间去考虑这些建设。然而，为了事业的继续和发展，需要给你找一个志同道合的丈夫。对他，我们没有别的要求，只要求他能为我们、为大家效力。我想，我们一定能找到这样一位我们所需要的心地善良的人。那时候，咱们将享受那幸福的、举家团聚的天伦之乐……"

黑奴恨

作家与作品简介

    作者贝尔特朗·索莱尔是一位受读者，尤其青年读者欢迎的作家。自二十世纪六十年代步入文坛后，他曾写了大量小说，中短篇作品尤为突出。他的作品题材新颖，渗透着强烈的社会正义感和责任感。他的长篇小说《多米尼克起义》和中篇小说《黑奴贩子们》等均揭露了历史上贩卖黑奴的罪恶行径，描写了黑奴被运抵美洲后的悲惨遭遇以及他们进行的反抗和斗争。

    《黑奴恨》同样讲述的是被捕捉待运走的黑奴反抗和斗争的故事。埃斯帕朗号货轮在航行中触礁受伤，货物被淹。面对船主和货主的索赔要求，船长布尔塞克苦无出路。此时，一位神秘人物——被称作独臂狐的人主动与其接触，劝他与其合作，把船开往非洲去贩卖黑奴。船到了约鲁巴族部落，独臂狐与部落首领萨曼戈谈好奴隶的价格，由该首领派出人马到其他部落捕捉奴隶，一批批送往该船。被捕最多的是依博人。该部落一位年轻力壮的青年叫乌玛，他决心带领乡亲们救回族人。在一场力量悬殊的恶仗中，他们非旦未能救出族人，反而包括乌玛在内的一批族人被捉并被充作奴隶。当该船满载黑奴出发后，遭到从事同样勾当的

英国巨轮的拦截。经过一番激烈的炮战，埃斯帕朗号被击沉，包
括乌玛在内的部分奴隶游回岸上，多数则葬身大海。遭此灾难
后，乌玛开始思考如何带领乡亲走出灾难，走向未来。

一

　　船长布尔塞克再次抬起阴郁的目光瞧瞧他那受伤的船体，只见这艘叫作埃斯帕朗号的货船倾斜着躯体，搁浅在沙滩上。两门炮台之间的侧翼部位，刚涂上的大块大块的沥青在阳光下发着闪闪的亮光。

　　一群船员，脚上沾满沙粒，肩上扛着货物，缓慢地从沙滩上往船上艰难地移动着。负责监工的船大副梅尔林，嘴上叼着个银白色哨子，手里提着鞭子——那显然是为了在需要时用来"激励"那些精力涣散的船员的干劲。海员们个个都讨厌梅尔林，讨厌他那满嘴脏话。不过就航海而言，他不失为一把好手。

　　距此不远处，另一部分船员也在忙碌着。他们小心翼翼地把泡湿的布匹收起来。在船体触礁时，舱里涌进了海水，船上的这些货物也就随之遭殃。倒霉事也就由此而来。

　　布尔塞克船长凝视了一会儿，扭身往公路望去，只见一辆马车在海滩的路口处刚刚停稳。车门开处，露出了瓦塞尔先生肥胖的身影。他是埃斯帕朗轮所属的敦刻尔克轮船公司的总代理。

　　"我说船长，你给我们招麻烦了！"

说话时，他那梳理不整齐的假发下面，露出一副装腔作势的面孔。

"你好，先生。"布尔塞克船长迎上去说，"我想向你解释解释……"

"解释有什么用！"瓦塞尔打断船长的话，"这不，船给撞了个洞，货物全没了，这个事实还不够清楚？"

"不要说得那么严重。今晚一涨潮，我们的货船就能重新起航。至于船上的货物……"

"我们会清点的。"瓦塞尔先生再次打断船长的话，"我特地带来了一位职员，专门来清点损失的。"

这时，一位身材清瘦的书记员应声从马车里欠身钻出来同众人寒暄，就好像只能在提到他时才能露面似的。他穿一身黑色衣服，脸色焦黄，如同被蜡烛熏的一样。

"装舱单就在那里。"船长无可奈何地说，"你去清点吧！"

黑衣职员赶忙朝船长指的地方走去，这时瓦塞尔代理再次向他叮嘱了一番。这些老话在来的路上可能早已叮嘱过很多遍了。

"你要把所有的情况都记录下来，记清楚，要尽量详细。否则你也得担责。"

说完，他又转身对船长说："我一接到你的电报就往这里赶路。一路风尘，弄得我好渴。打这儿过去有一家酒吧，我们可以到那里去慢慢谈。"

"那当然……"

几分钟之后，他俩坐在一个空气清新的餐馆里。女招待赶忙端来了酒壶和杯子。

"你谈谈吧！是怎么出事的？"瓦塞尔问。

"很简单，因为你派来的那个二副是个草包。出事的那天夜里，货船正沿着海岸航行，可他硬是让船往礁上撞，而这块礁石在月光下本是清晰可见的。"

"嗯？你电报上不是说这个二副逃跑了吗？"

"当船一靠岸，他二话没说就逃之夭夭了。现在可能已跑得很远了。这我能理解。请允许我提醒一下：这位二副是船主和你本人硬派给我的。我可对他一点都不了解。"

船公司代理一听有点坐不稳了，他把杯子往桌上一搁，严肃地说："船长要负全部责任。因为你是一船之长。"

"不对！说得倒轻巧。要我负责，就应当由我自己挑选船员。我告诉你。那个二副是你强加给我的。我想，这位少爷肯定是你什么人的儿子，要么侄子。"

"船长要负全部责任。"瓦塞尔重复着，眼里冒出愤怒的火花，"我担心你得付出昂贵的代价，在我们法兰西国度里，是讲究法律的。"

"船上的货物是投了保险的。"

"嗬！你要知道，保险嘛……"

船公司代理说着又举起了满满一杯酒。布尔塞克气得紧攥着拳头，无须多想，他便能猜到此事的结局。如要闹下去，不仅这一趟白跑了，而且肯定还得按损失和浪费的时间被判本利照赔，这笔沉重的冤枉债不知哪年哪月才能还清，更糟的是由于他年轻时的所作所为，法官们不会轻易宽恕他的。

"让船上的货物统统见鬼去吧……"

旅店的大厅里，离他们几步远之隔，坐着一个汉子。他一察觉被人注意，便装出若无其事的样子，然而实际上他一直在饶有兴味地倾听着船长和公司代理的对话。看外表，他是一个心肠冷酷的亡命之徒。他的下颚长得方方的，闪着一双狡黠的目光，不过最引人注目的，是他那只左臂：从袖筒里伸出来的不是平常人的手，而是一只铁钩子。

"好了，酒喝饱了，该吃饭了。"

这时瓦塞尔先生叫了一份可口的饭菜，狼吞虎咽地吃了起来，边吃边说，重复着船长要负全部责任的论证，他翻来覆去地坚持着，并且还引经据典，咬着斯文的词句。

"喏，这封信你拿去交给我们在加迪斯市的客户。"公司代理说。

"是。"

布尔塞克只用单音节词应付着公司代理，竭力把满腔怒火压在心里。因为，既然打官司注定要输，反驳又有什么用呢？

饭快吃完时，穿黑衣服的书记员进来了。一看他手上拿着的长长的单子，就知道事情糟糕到了极点。

"损失太大了，太大了……"书记员叹息着说。

"船长先生，你要赔得可不少呢，"公司代理故意说，"我们在加迪斯市的客户肯定会对损失的货物提出高昂的索赔。这你得掏腰包。哦！朋友，得掏腰包呢。连我这顿饭钱也该你出呢！"

他粗野地大笑一番，最后站起身来，往马车里钻去。他走的正是时候，因为船长的怒火已经在爆发的边缘了。

"咱们回头见。"

"回头见。"

说完，布尔塞克船长一屁股坐回到凳子上，听得门外一串鞭子响，车夫催马上路了。

"喂，给来点儿烈性酒！要白干，不要娘儿们喝的那种。"

"请允许我为你献上一杯。"一个声音在他身旁响起来。

船长惊奇地扭头一看，是那位被称作"独臂狐"的家伙，那人笑容满面地说："船长，我想同你谈谈。"

"这不是谈话的时候。"

"这正是谈话的时候。"

布尔塞克做了个无可奈何的手势。被称作独臂狐的独臂人便在他对面的一张凳子上坐下来。女招待给他们送来了白干，然后走开了。

"我已经注意你多时了，"独臂狐说，"你刚一来我就注意上你了。我对你很感兴趣。我打听过关于你的情况。你的那些海员们嘴一沾上酒杯，话就会多起来的。现在，你的一切我都打听到了。尤其是你那些新的和旧的烦恼事。"

这家伙尽往他痛处捅，把他气得呼哧呼哧的，真想把他一把揪住，往窗户外头扔去。因为布尔塞克对那些好管闲事、多嘴饶舌、阴险狡黠的家伙向来是厌烦的。

"你在年轻的时候除了犯下某些案子外，好像还制造过假钱币……"

"这关你什么事！"

布尔塞克气得面色通红，一抬腿要站起来。可对方却伸出手，嬉皮笑脸地示意他安静下来。

"你说的对，这确实是同我毫不相干。你听我说，我想给你出个点子，也就是说我想同你商量一宗买卖。"

布尔塞克正要赶他滚蛋而还未来得及动手时，门口出现了半个班的警察，他们一个个手持钢刀，指着独臂狐喊："就是他！"

"我们奉国王之命来逮捕你，快就缚吧！"

就在这一片混乱中，独臂狐起身掀倒两张桌子拦住警察，然后纵身往后边逃去。

"抓住他！抓住他！"

警察向他扑去，独臂狐这时已到了窗口，他举起左臂，手起钩落，把窗户打个稀烂，推开窗，只一跃，便跳到马路上去了。

"抓住他！"警察们又吼叫起来，往屋外追去。

其中一个警察走来盘问船长："你和他是一伙的？我是警察局总监，请跟我来一趟！"

真是祸不单行。

"我根本不认识这家伙！"布尔塞克争辩说，"我今天才第一次看见他。连他到底想干什么我都不清楚，一切的一切，只不过是他跑来坐在我这儿。"

这时店主人走过来替船长作证。女招待也证实了船长的话。

警察局总监于是态度温和下来了，说："喔，你就是海滩上那只船的船长，对不起，先生。你对这个独臂狐家伙可得提防着点儿！这是个危险分子、冒险家。已被判处在海上服苦役，他从那里逃掉了。"

"好，我希望你们能把他抓回去，送他到原地服苦役。"

"我也希望如此。"

总监扭身朝警察们去的方向追去。船长耸了耸肩膀，站起身来，往桌子上扔了几枚硬币。

街上，警察们徒劳地四处搜寻了半天，那位苦役犯早已无影无踪了。

"继续搜查！"总监命令说。

布尔塞克带着满腹苦衷，无精打采地离开了饭馆。

海边，船员们仍然围着埃斯帕朗轮忙个不停。大副挺着肚子一步一扭地迎上来对船长说："船长，马上就准备就绪了，咱们不会错失晚潮的。"

"大潮几点钟来？"

"六点钟左右水位最高。"

"好。让大家别走远。梅尔林，你得严密监视住每个船员。"

"是，船长。"

船员中，由于留恋故土而设法想溜号的，大有人在。这时，布尔塞克脑袋里仍然装着船主和公司代理瓦西尔，他恨不得把这两个家伙掐死才解恨。那个独臂狐鬼到底想搞什么名堂呢？似乎他对船长的历史很了解。不过，了解又怎样？历史，已经是遥远的往事了，今天我布尔塞克可没干出格的事。

二

晚潮，准时地汹涌而来。一些布列塔尼的农民，三五成群地站在远处遥望这壮丽的景观。埃斯帕朗号轮船马上就要下水、出海了。

为了使轮船能顺利下水，船员们从一个多小时前就开始在沙滩上挖壕沟。梅尔林没到现场来监工，而是派他的副手——一个叫罗贝尔的工头代替他，他自己这时正在甲板上监督一部分船员整理桅杆上的船帆。

布尔塞克船长这时则坐在舵手旁边，默默注视着船在潮水冲击下强烈地晃动着。在他不远处，有另外两个人靠在栏杆上，他们同样在袖手旁观，总是插不上手。其中一位是作家，他在船上负责保管物资和后勤供应事宜，因此人们称他为后勤部长。另一位是随船医生，他个子高大、弯腰驼背、沉默寡言。他的房间在船的顶部，船在海上航行期间，他总爱独自待在房间里看书。

船上另有一位"重要人物"，是名叫米泰纳的厨师，外号叫"公鸡师傅"，是法国南方人。这时他正匆匆忙忙往厨房奔去，挺着圆滚滚的肚皮，臃肿的圆脸蛋通红通红。他常常晕船，但又不敢对人讲，害怕受到爱恶作剧的同伴们无情地嘲笑。现在他又躲到厨房的角落里，打开藏在那里的药瓶，想吃点药镇定镇定。

"我的娘啊！怎么搞的，总也适应不了，已经十八年了。"他呻吟着。

正在这时，他听到下舱好像有什么异常的响动。

他侧耳又仔细听了一阵，噢！莫非是只老鼠？不，不像。米泰纳像其他船员一样，能从船上的千百种声音中辨别出可恶的耗子们啃东西的那种特有的声音。它们像蛆虫一样在船上大量地繁殖着、滋生着。

神秘的声音还在继续响着。米泰纳害怕了，他把药瓶放回原先的秘密地方，蹑手蹑脚地走出厨房，此时轮船已开始强烈地晃动起来。

他顺着一只梯子小心翼翼地往底舱爬去，想去看个究竟，同时也准备着万一遇到危险就拔腿逃掉。

怪声音又响起来了。有人！这里肯定有人！

"大伙儿不都在甲板上忙吗？"他心惊胆战地在心里嘀咕着。

他悄声退了回来，顺着梯子爬上来，然后拼命往甲板上跑动。

"船长，底舱里藏着一个人……"

"你又喝多了，你这个土伦佬①。"

"船长，我向你保证……"

---

① 土伦：法国南部靠地中海的一个海港城市。

"梅尔林，你下舱里看看，身边带上两个人。"

"是，船长！"

"米泰纳，你给他们带路，如果你是说胡话，可得当心你的皮肉。"

米泰纳不是说胡话，在堆放船帆布的一角小黑影里，确实藏着一个人。

梅尔林哗啦一声把舱门踢开，现出了一个人的身影，人影见光就想逃掉。梅尔林刚刚抢上去拦住他的去路，就被对方猛力一撞，踉踉跄跄地倒在地上。米泰纳于是大叫着求救。

幸好有一个船员手里拿着一根铁棍子帮了忙。

不大一会儿工夫，当这一帮人回到船长身边时，潮水已上满，埃斯帕朗号轮已开始浮动，并抖擞着身躯。船员们全都各就各位，大锚已经拔起。

"舵向右！升前帆！升前帆！"

"是！船长！"

布尔塞克一回头，看见一个脑门子淌着鲜血的人，很面熟！不错，就是那家伙。

"噢，你是独臂狐！警察没有铐上你？你来船上有何贵干？"

"船长，我是特意来找你的，我有话对你说。"

"嗬！你倒真能纠缠，好吧，咱们回头再说。我可不喜欢别人来我这里卖狗皮膏药。喂，给他带上铐，锁进底舱去。"

"是！"

站在船长身边一动不动的随船医生，这时走近船长说："我得先给他包扎一下伤口。"

船长盯着他瞧了瞧，而他眯着眼睛站在原地镇定自若。

"可以。"船长说。

从望远镜里望去，法国海岸的景色在眼前闪过，船上的一切都很平静。船员们在梅尔林和罗贝尔的监督下从容地操作着。罗贝尔也是一位出色的海员。他十分熟知他的操作信号。

我们的作家这时同随船医生正在下棋。每到这种时候，厨师米泰纳不是在喝酒，就是在睡大觉，或者是把两个锅里的炖肉来回折腾。

布尔塞克船长的一腔怒火还未消散。他苦思冥想，反复思考着如何解脱面临的难题，但总也想不出个办法。前景不可捉摸。他想到：船一到加迪斯，就得掉转船头往回走了。回去后等待着他的将是向船主、官吏们、法官们作关于轮船出事的申述，以及承受由此而来的后果……

有什么办法可以逃过这一劫呢？像那位真正应承担罪责的混蛋二副一样，逃之夭夭吗？往哪儿逃呢？逃出去以什么为生呢？

"总得想个法子呀！无论如何得找个稳妥的办法呀……"

一天早上，水手长罗贝尔前来报告说："船长，请原谅我打扰你一下。被我们抓起来的那个家伙一直要求见你。"

"被抓起来的家伙？"

布尔塞克船长把那个偷偷溜上船的独臂狐给忘得一干二净，一经提起来，他稍思索了片刻，说："可以，把他带来。"

独臂狐被带来时，头上缠满了绷带，而且原来的白绷带已变得又黑又脏，尽管如此，他仍显得劲头十足。一见到船长，便满脸堆笑，向船长问安。

"终于又见到船长了，我真高兴。"独臂狐说。

"你有什么事就说吧！"

"我正等着你这句话呢！不过，我想单独同你谈。"

"那好吧。"

水手长往门口退去时，还叮嘱船长说："船长，你可提防着点，他的样子很凶残。"

"我有办法让他老实的，你放心出去吧！"

门关上了，布尔塞克坐在办公桌后面，掏出一支上了子弹的手枪，扣起扳机……

"那天我想说而没有说成。"独臂狐说，"你的烦恼我全都知道，我这里有个两全其美的办法，既可解决你的难题，也能解决我的问题……"

"嗬。"

"我就不拐弯抹角了，是这样的：有一个黑人首领同我有密交。"

船长瞪着大眼睛瞧着他："这与我有什么关系？"

"那是一位几内亚黑人王国的首领，他可以卖给我奴隶，其价钱之低廉，你再也找不到第二家。一旦运到安第列斯群岛则能卖大价钱，因此我提议咱们来一次合作。因为我看上了你的轮船，它不大不小正合适，水手长和船员都很出色。咱们一块干它一趟，扣除本钱后，剩下的咱们平分。"

"简直是疯子!"船长大吼起来,"一个不折不扣的疯子!"

"我一点也不疯。"

"你没有别的话了?好,我叫人再把你铐起来。"

"请等等,船长,你最好先压一压火,再想想回到敦刻尔克后,等待着你的是什么。我这是给你提供了一条生路。这不,财富正在向你招手呢!"

他眯起眼睛,脸上焕发着迷人的光彩。

"如果我没听错的话。"布尔塞克冷冰冰地说,"你是要我窃取这条船和船上的货,然后背着轮船公司去贩运黑奴……在几内亚湾一带到处是海盗,且不说英国人、荷兰人、葡萄牙人、丹麦人、西班牙人,还有许多其他国家的人都在那里争相抓捕黑奴……"

独臂狐把手一挥说:"你怎么尽往坏处想啊?请相信我的话,做老实人是得不到好报的,你遇上的这桩事就是证明。干完一趟之后,你可以把船交回公司,甚至还可以交一笔补偿费——如果你觉得过意不去的话。因为那时你口袋里已不缺钱了,至于禁止贩运黑奴的禁令,要知道,大海宽广无边,我对那里的情况了如指掌,由我来领航。谁也甭想找我们的麻烦,无论是皇家船队还是任何船队,都甭想。干这一行并非我们一家。"

听他的口气,有着十成把握。

布尔塞克瘫坐在靠椅上。他需要好好想一想,这桩荒唐的建议来得太意外了。说实在的,这样的买卖倒是真的可以帮他救急,可以解除他心里的一个疙瘩……啊,这下可以鸟枪换炮了,一切压在心头的烦恼可以就此烟消云散了，这是多么诱人的前景啊。他想发财，而贩运黑奴确实能使他发大财。敦刻尔克轮船公司老板是咎由自取……他想通了……且慢，这个被官府追捕的家伙，他的话靠得住吗？

"我说，你把事情讲得再仔细些。比如你的那位黑人首领的情况，跑这样的买卖，都需要做些什么事。还有，关于你自己，为了什么事情判你到海上服苦役。"

"很乐意奉告，船长，不过，请问，我可以坐下来讲吗？"

"可以，你坐下讲吧！"

另外一边，随船医生的房间非常窄小，室内的陈设也很简陋。只有一个小舷窗透进一点光线。他正在和作家对弈，他们靠一盏昏暗的马灯挂在近处照明。

这时，作家坐在一张椅子上，叹息着推进一颗卒子。

"将军！"随船医生叫道，"汪达姆先生，这下你又输我一埃居①。"

说完他站起身来，尽管赢了棋，但心里仍然是闷闷不乐，更希望一个人单独待着。

可作家并不准备马上走。相反，他手里捏着一枚硬币把玩，吹着口哨，末了他说："德凯鲁扬先生，你真有点怪。"

"这话从何说起呢？"

———
① 埃居：古时法国货币单位。

"在敦刻尔克，人们都这么说。在那里你受到人们的器重、尊敬。如不见怪，请允许我直说了。"

"说吧！"

"是这样的。包括我在内，人们都在想，像你这样出身名门、又有学问的人，完全可以在大城市里谋一个高贵的职业，过更为舒适的日子，可你却在船上过这种漂洋过海的日子。举个例子说，你人在船上，却不像海员们那样把胡子留起来，这也说明你并不以船为家。他们对你像对其他医生一样，不敢直截了当地问。"

德凯鲁扬没有马上回答，而是紧锁着眉头，脸色变得铁青。

"我既没杀人，也没偷人、抢人。我之所以到这里来工作，完全是出自个人的原因，这些，我不准备对人讲，请原谅。"

"对不起，每个人都有权保守自己的秘密，这是自然的。"作家这时觉得很窘。

正在这时，甲板上传来了钟声，通知人们去吃晚饭。

"吃饭钟声响了，你现在去吗，先生？"

"我现在不饿，想稍等一会儿再去。"

汪达姆走了，德凯鲁扬一头扎到床上。作家的那些不合时宜的话，使他回忆起往事，而且这是无论何时何地也摆脱不掉的回忆。

是的，他又在回忆了……在敦刻尔克，自己有一个受人羡慕的富有而舒适的家庭，有着美好而幸福的前途……他回忆起了姑娘的那双大眼睛……后来，有这么一个不堪回首的夜晚，发生了像悲剧小说里节录下来的场面一样的事情。

"我想同你谈谈，"姑娘对他说，"你应知道……"

"知道什么？"

"我父亲权势很大，我们无能为力了。"

"咱们干脆逃走。如果你真的爱我，咱们就一块远走高飞。"

"你发疯了？"

"那有什么办法呢？"

"我只好服从爸爸了，只好服从他……"

德凯鲁扬不愿面对这个现实，他一个人伤心地出走了，他生活的大厦顷刻间土崩瓦解了。

这，很像一部小说，然而这却是他生活中发生的事实，可悲的事实：炽烈的爱情破灭了，一下子破灭了。

三

　　布尔塞克虽然嘴上没有答应，可心里早下决心了。表面上，他不愿意让人看出自己轻易为人所动。他已决定要采纳独臂狐的提议，先到非洲去碰碰运气，然后再往安第列斯群岛跑一趟。再说，其他人都成功了，他们已在牙买加或托尔图岛享上清福了。

　　船长犹豫的时间不长。这对轮船主人来说，是咎由自取。至于独臂狐，看来他的话是认真的，尽管他是个无赖、是个冒险家，需时时加以提防，以防患于未然。

　　可是船员们对于改变航行计划会作何反应呢？这倒是个重要问题。尤其是水手们，因为要保证船只的顺利航行，少了他们是不行的。布尔塞克心里清楚，梅尔林是可以指望的，但其他人呢？现在已经少了一个二副，有些船员从起锚以来一直抱怨，因随船的牧师生病后，没有再找一个替代他的人。

　　独臂狐在船上获得自由了。他到处溜达，广交知己，他对人显得既亲切又知心。他同船员们已混得很熟了，常同他们说笑话，唯独大副梅尔林对他很冷淡，因为他心里有一种模糊的嫉妒感。心想，这个不速之客看来同船长的关系很不错，他到底捣的什么鬼？

"如果他再这样下去，我就要神不知鬼不觉地除掉他，那时，谁都不会为他而哭的。"

期间，船长一个人躲在房间里制定他的行动计划。他已经考虑成熟了，甚至把每个细节都做了斟酌，准备轮船快到巴颜港时，就宣布此事。

船长先找来了梅尔林，不出所料，一听完船长的计划，他先是吃了一惊，接着就欣然同意了。贪财的本性，使他听了这个消息眉飞色舞。

可是他马上又犹豫起来，脸上掠过一层阴云："这个独臂狐能信得过吗？"

"我想信得过，再说，他是在咱们的控制之下。"

"那就好。"

梅尔林马上向船长表示效忠，发誓绝对听船长的。不大一会儿，独臂狐也找船长来了，他说："船长，船员们都愿跟着你干。"

"全都愿意？"

梅尔林对这话将信将疑，他说："肯定有些人是下贱坯，需要采用高压手段才行。"

"这种事情，采取粗暴的办法无济于事。因我需要的是一班齐心协力的船员。这事我来安排，水手长怎么样？"

"你问的是罗贝尔吗？他肯定愿意。"船长蛮有把握地说。

"太好了，你对值班船员有把握吗？"

"他们完全听我的话，没问题。我已经对他们每个人的情况作了分析。我们在一块航海有好几年了。"

接着，船长又分别找来炮手和木工，用同样的方式向他们交了底，这是两个粗野而文化不高的人，有黄金作诱饵，没费吹灰之力就说服了他们。

轮到找随船医生谈话时，船长有些担心。

"请坐。"

"谢谢，船长。"

"德凯鲁扬先生，由于情势发生了意外的变化，我不得不改变咱们轮船原定的航行计划。我们先按原计划到加迪斯去，然后继续往远处开，一直开到几内亚湾。再从那里到安第列斯群岛，把装载的黑奴卸在那里。在同你签订的合同里，尽管没有包括这条变化了的航线，但我想你对这一变化不会反对的。当然，在分成时，你自然也会得到一份额外的收入……"

随船医生没有表示任何异议，他做了个听天由命的手势说："船长，船往何处开，走多长时间，这都无关紧要，我没意见。"

布尔塞克舒了口气，如释重负，他从办公桌里取出一瓶酒说："先生，现在我感到开心。来，为我们的合作干一杯！"

"船长，我可没有说要同你合作。我只是同意随船走，并尽量把我的本职工作做好。仅此而已。"

布尔塞克愣了一阵，但这不是辩论的时候，于是说："管它呢，反正咱们喝吧！"

全体船员被集合在大桅杆下，共有六十多人。有布列塔尼人、罗曼底人、弗拉芒人，还有几个英国人，他们面如古铜，满脸胡须。

"肃静！"梅尔林高嗓门叫了一声。

他除了手里握着一根粗皮鞭外，腰里还插着两把手枪。他的副手罗贝尔腰里也别着两把，大家不知道发生了什么事情。

船员们一言不发，全都在纳闷，不知道为什么要把他们集合起来。布尔塞克在他的"参谋班子"的陪同下，向前走了几步，开始训话了："诸位！你们知道，船上的货被海水泡坏了，加迪斯的客商不会接受这批货了。这样咱们大家回敦刻尔克后，一个铜板都别想拿到。"

场上人们不安地议论起来。

"现在我只好决定把船往远处开……"他继续说。

听到这里，作家吓得跳了起来。当船长讲到几内亚、黑奴、挣大钱等事时，他简直要窒息了。他脸色白一阵，红一阵，简直不敢相信自己的耳朵。

"这是发疯了……"

船长讲完时，赢得了一些人的欢呼，有的人甚至高兴得把帽子抛向天空。作家可憋不住了，他挥动着拳头，表示抗议："可是，船长，这怎么能行呢？这是在做梦吗？船公司老板……我们的船……船上的货……我的责任心……"

船员们一言不发地听他讲。于是他壮壮胆子又说："船长，你这是在滥用职权，这明显是在从事抢掠。再说，合同上没有说要让船员去非洲。那里处处是风险，等待着我们的是海盗、疾病……德凯鲁扬先生，你说呢？"

"静一静！"布尔塞克大吼道，"我不强迫任何人跟我走！谁要不想发财，就早点下船。"

一些船员犹豫了，另一些船员却欢呼起来，试图把那些犹豫的人争取过来。人们越来越激动了。

"肃静！"梅尔林又叫道。

"现在各人拿自己的主意，"船长发话说，"愿意下船的人，请站到左舷梯那边去！"

有十来个船员穿过人群走出来了。

"船长，我可是有家的人呐！"

"船开得太远了。"

"那里太危险了。"

这时，作家心里的怒火越烧越旺了，气得脑子里嗡嗡直叫，这种做法简直是大逆不道、不折不扣的反叛！一气之下，他跳上去掐着船长的脖子说："你没权力这样做！"

船长往后一闪身，梅尔林的皮鞭早已劈来，把作家打翻在地。

"够了！"船长喝道，"把那些胆小鬼统统扔进底舱去，连这家伙一块扔进去。诸位，这次你们发财定了。厨师，去给我开一瓶朗姆酒。"

"好的。"

船员们高兴地叫起来，独臂狐在一旁开心地笑了。而德凯鲁扬一言不发。他在一旁静听着、观察着……

不一会儿，他爬进底舱为作家治伤。只见作家的脸上挂着一串串鞭子的血印。

"很快会好的。"他对作家说。

"我不明白你为什么会这样。"作家喃喃地说，声音激动得有点颤抖，"你同这帮强盗同流合污了。国法不会饶恕他们的，你等着瞧吧！"

医生站起身来说："先生，我反复想过了。那一天你曾问我为什么到船上来。我来告诉你吧！在敦刻尔克，曾经有那么一位青年。门第不算高贵，家里有一定的财产。他爱上了一位童年时青梅竹马的姑娘。可这位姑娘门第比他高贵，家产比他雄厚。当他向她求爱时，姑娘的父亲指示仆人把他轰出门去，并要把她嫁给凡尔赛宫廷的一位年老的侯爵为妻，否则就要把她送进修道院。姑娘选择了前者。因此，你所捍卫的国法云云，我已不屑一顾了，明白吗？"

作家低下了头说："明白了。"

埃斯帕朗号轮在大海上抛锚了。船长的心腹们乘着两只小艇向海岸驰去。在巴颜和圣让吕斯市的小酒馆里，十多次地发生着形式不同、内容一样的场面。埃斯帕朗号的船员们，看准了酒馆里某个单独喝酒的海员，他们便挨近他坐下，等他喝得半醉时，便同他搭讪："汉子，我再敬你一杯行吗？"

"那就恭敬不如从命了。"

"你是没事可干吗？"

"不，不，我刚同人签了个合同，出海去捕鱼。"

"你真笨！像你这样的人还不去发大财？如跟我们一块干，肯定可以拿更多的钱。"

"晚了，船明天就要起锚了。"

"可我们今晚就开船了。喂！跑堂的，再拿一瓶来。我说，只要你在这张纸上划个十字，不会叫你后悔的。"

那陌生的海员迟早会同意的。如遇上固执的人，灌上第二瓶酒保准成功，个别时候需要灌第三瓶。他们一旦签字画押，埃斯帕朗号船员就随即把他们带上小艇。因为需要物色人来替换那些不愿随布尔塞克走的船员。末了，他们把二十名缺额很快地、毫不费力地补齐了。

但当他们在巴颜港尚未离开时，一艘被挖了墙角的轮船船员找来了。

"把人还给我们！"对方船员嚷道。

"不，这是我们的人。"

"无赖！"

"你们自己来领吧！"

于是出鞘的刀剑在夜幕里闪着光。有人在骂、有人在惨叫……水手长罗贝尔的屁股被刀划了一道大口子。

厮打了不一会儿，埃斯帕朗号的船员们轻而易举地摆脱了对手，在巡逻兵赶来之前，他们已乘着小艇回到船上了。

"报告船长，任务完成了。"

"好！干得漂亮，小伙子们！现在可以起锚了。"

又过了两天，当船驰进西班牙王国的海域时，作家和其他几个不愿意冒险的船员才被装上一个小艇。船长给了他们一桶淡水和几柄桨，让他们走了。

"你没权这样做！"汪达姆对船长最后嚷了一句。

别人听了，都哄堂大笑起来，七嘴八舌地骂他：

"住嘴，你这个下贱坏子！"

"见你的鬼去吧！"

"去对海里的鱼虾发泄吧……"

"在他们回到敦刻尔克之前，我们早走得无影无踪了。"船长说。

独臂狐这时同人们高谈阔论着。船帆在海风吹动下，咯吱咯吱作响……他们的冒险之旅开始了。那些在船帆下操作的人，高兴地唱起歌来。

催人欲睡的桅杆吱吱声，把厨师米泰纳带入了美梦之中，他轻轻地咧嘴笑着，活像一个顽童。是啊，今后有那么一天，当他携带万贯财富再回到故乡时，他将要娶那个女厨子为妻了。她会对他说："做饭的事，你再也别伸手了，我已经给你准备好了上等好菜好饭，还有好多瓶酒，咱们的酒室已装满了。好，你先睡一会儿，我去准备饭菜。"到那时他要盖上柔软的羽绒被，再雇上一个小黑奴为他扇扇子，不时地替他挠挠背……午觉可以睡得很长很长，世界上能有比睡午觉更惬意的事吗？想着想着，他打起呼噜了。心里甜蜜得像有只小猫在挠。

船长也在憧憬着未来：他两眼睁得圆圆的，出神地凝望着远方，心想，这一趟无疑要发大财了。到那时，他将衣锦荣归，穿得阔阔气气地往格列夫广场走去，把敦刻尔克的船公司老板和船代理瓦希尔送上广场的绞刑架，要亲眼看到他们跪下求饶，瘫在地上。

末了，他耸耸肩膀，自语道：这不想入非非了吗？不排除有这么一天，如能遇上这两个冠冕堂皇的、把好人往绝路上逼的坏蛋，倒挺有意思的。

独臂狐这时在想些什么呢？他眯着眼，龟缩着头待在一边。你能从他偶尔眨一眨眼的一瞬间，看出他那凶残而洋洋自得的目光。因此，你不难猜出他心里正在琢磨什么。

站在甲板上的船员中，唯有德凯鲁扬什么都没想，他那迷茫的目光，一直看着围着埃斯帕朗号飞的海鸥。它们飞得既轻盈又敏捷，时而一头扎下海浪，时而腾空而起，围着宽大的白色船帆无休止地打转。

四

　　有十来条不同国籍的船拥塞在加迪斯商港。埃斯帕朗号轮在
码头上刚抛锚，便有一个肚皮滚圆、马蜂细腿的人来了。他穿着
一身黑色的西服，手里摇着羽毛绒礼帽，朝着舷梯飞奔而来。

　　他讲的法语，口音重得惊人，如在平常时候，布尔塞克船长
一听就会笑出声来的。

　　"你好，船长。我叫科多贝茨，你船上装的是我的货。喏，
这是购货合同的副本。"

　　至此，需要玩点手腕了。

　　"请上船来谈吧，亲爱的先生。"

　　商人在船长办公室坐定后，船长打开一瓶上等酒招待他。

　　"先生，"船长解释说，"我这条船在路上出了事故，货舱里
进水了。"

　　科多贝茨把两个拳头往空中一挥，脸上顿时露出非常吃惊的
神情："那么全都被海水淹了？"

　　"是的，先生，这是很不幸的。这件事使我们大吃苦头。不
过，请放心，不会叫你吃亏的，后面的船已经开离敦刻尔克了，

最迟一个星期后就抵达这里，到时会把货补交给你。"

"真是倒霉透了！"商人叹息着，"你知道，做生意的人，最忌讳的是货物不能按时运到。那么你船上的货准备怎么处理呢？"

"尽量压价卖掉吧！这是我接到的指示。"

科多贝茨似乎突然觉得事情不太对头，船长连一封正式文件也没交来，不像通常那样，反要求他削价推销淹了水的货……他转念又一想，管它呢！如果这里边有诈，对自己毫无损害，只等到下班船来交货就是了。

"先生，现在请你到货舱里去瞧瞧。"船长提议说，"你自己会看到货物损坏到了什么程度。"

布尔塞克让人把那些被海水浸泡得发黄的货物打开来让商人过目。当然，打开的那些，全是泡得最严重的。

"请看看吧。"

商人叹息着说："真没想到……"

他待了一会儿就离开货舱，心里充斥着不安。

"你能肯定下班船已离开敦刻尔克了吗？"

"我向你保证。因为我已经得到通知了。"

等讨厌的商人一走，布尔塞克便把船员全都召集起来，命令说："快动手干，动作要快，我们要赶在科多贝茨得到公司消息之前离开加迪斯港。"

于是，他给大伙儿分了工：他本人负责倾销货物——罗贝尔这时已经领着人把货物往码头上运了；独臂狐去列一张要留作自用的货物清单，以便拿这些货去同黑人首领换奴隶；梅尔林带着米泰纳去采购途中所需的食品：如青莲、鱼干、面粉、鸡鸭等。

分工完毕，人们马上分头去干了。

"公鸡师傅！"他喊着厨师的外号。梅尔林嘴里骂骂咧咧地到处找他，末了发现他蜷缩在自己的吊床上睡着了。这位厨师利用船靠岸这平稳的当儿安安静静地睡一觉。大家知道的，他既不习惯颠簸，也不习惯船体的晃动。

梅尔林抓住吊床晃了起来，米泰纳翻了个身，呻吟了几声。他先是抱怨，后来请求大副别打扰他。只是当梅尔林把他拉下地，又狠狠地踢了他一脚时，他才当真起来。

"你这个大懒虫，快干活去！"

这位公鸡师傅从地上爬起来，叹了口气说："我就来。"

说来也巧，正在这时来了一个商人，他很通情达理，办事果断，提出只要价钱便宜，他愿掏现金把货买下来。

独臂狐用这笔钱为埃斯帕朗号买了一大批铁链、铜链、大盆以及一箱箱装满杂货的商品，里边有刀子、剪子、镜子、五颜六色的项链、烟丝、旧衣服、毯子等等。不用说，枪支和白酒更少不了。

"我们还需要增雇十来个人。"独臂狐说。

"人手已足够了，这些事由我来管。"梅尔林把他顶回去。

"那当然，不过，到了非洲，因为气候和其他意想不到的原因，减员的情况会严重起来。"

"这我有办法对付。"

"少啰唆！"布尔塞克发话了，"再去给我物色十来个人，要快！"

"是，船长。"

末了，这位大副恶狠狠地瞧了独臂狐一眼。

"狗拿耗子多管闲事。"他暗自骂道。

在此期间，我们的火炮手把船上的各门火炮逐个检查了一遍。与此同时，船上的技工把船体各处敲了敲，看有无损伤，此外，还把桅杆加固了一番。

船员们受着严密的监督，严禁他们上岸。除非是集体上岸去干活。

尽管如此，有两位船员一直在寻找遁逃的机会。因为他们担心前程不可捉摸。但是，最后他们被抓了回来。船长虽然平时不赞成对海员进行体罚，但这一次为了杀一儆百，他命令把这两个试图逃跑的海员剥光了衣服，捆在桅杆上，用皮鞭抽打。

"你瞧，我早就说要雇些后备人员，这不……"独臂狐说。

厨师米泰纳以某种同病相怜的心情目睹了对两个海员的惩罚，他并非对他们有特殊的同情，而是因为他也想上岸去。当然，他并不是想逃跑，而是想去买只鹦鹉。

前一天，当梅尔林陪着他到岸上采购食品时，他看到港口附近小胡同里的一家铺子里有一只很漂亮的鹦鹉，它的羽毛非常花俏，尤其他那张饶舌的嘴。它模仿的是西班牙语。米泰纳决定教它说些法语。

由于船大副在场，所以米泰纳不便把它买下来。现在看到那两位的下场，他心想，头头们不会准许他一个人下船的。可开船的准备工作已经就绪了，埃斯帕朗号不久就要起锚了。

米泰纳实在忍耐不住要买鹦鹉的欲望，他一直在观察着放哨的船员什么时候容易松懈。机会终于被他找到了，他顺着一条绳子软梯溜下船，上了岸。边走心里怦怦直跳，他打算一旦船上有人叫便站住不往前走，但一直没人叫他。他也就一转身消失了。

这些天，商人科多贝茨心里的疑团不但没有消逝，相反对这帮法国人所干的名堂越来越不放心，于是他派人站在远处监视。他发现船上人异乎寻常的举动不像正派的送货人。

他在想："如果他们要返回敦刻尔克，为什么要买那么多的杂货？为什么又增招船员？唉，这不是我的事，管它呢！"

末了，他还是把他的疑点报告给了加迪斯市警察局。警察局决定派人到现场去了解。

"要去就快点去，"商人建议警察，"我想他们今天上午就要起锚了。"

当一个加强班的警察赶到码头上时，埃斯帕朗号刚好起锚。四个壮汉子推着绞盘，吃力地把沉重的铁锚绞了上来。

"喂，法国人听着，把扶梯放下来，我们有事要问问你们船长。"

梅尔林冷笑着回答说："太晚了，你瞧，我们已经开船了。"

"你们得等一等！"

"那可不行。"

"你这个混蛋，快去报告你们船长！这是命令！"

"他正忙着呢!"

"我们以国王的名义命令你!"

"可这不是我国的国王。"

正当梅尔林同警察们唇枪舌剑时,米泰纳匆忙地赶回码头上来了,他跑得满脸通红、汗流浃背,手里提着笼子,笼子里有一只绿黄色鹦鹉。

"咦?!他们怎么开船了?"他气急败坏地大声嚷,"喂!等等我!"

西班牙警察闻声回头一看,大叫道:"抓住他!"

米泰纳一看不对,立刻把鹦鹉一扔,一纵身跳进水里逃走了。

这场戏的结尾,是一阵乱枪对射。埃斯帕朗号轮加快了速度,迅速开远了。

米泰纳的游泳技术很差,眼看要完蛋了,这时突然船上一条缆绳扔来,他一把抓住,往上爬去。

当人们把他拖上船时,枪声还在不住地响着。

梅尔林把身上淌着水的米泰纳臭骂了一通,米泰纳老老实实地听着,不敢回嘴。

他以十分惋惜的口气对围在身边的同伴们说:"兄弟们,你们差一点就能听到鹦鹉叫了……"

大副一听差点气坏了。

西班牙人没有派人来追,因为他们不愿为这种无利可图的事卖力气。

布尔塞克这时才松了一口气，说了句："好危险喔!"

轮船的匆忙逃离和突然冒出米泰纳这档子事，把梅尔林弄得神经紧张。他低声发泄着，埋怨"独臂狐"来到船上之后，搅腾得人心不得安宁。

独臂狐一听也破口大骂起来。两个人面对面就要干起来了，一个手里握着鞭子，另一个露出手上的铁钩子，互相逼视着。

"你们两个还有个完没有?!"船长发怒了，他训斥道："不准胡闹，咱们现在应当同舟共济，知道吗?"

船长说着，一只手握住插在皮带上的手枪。那两个人见此都老实了。末了彼此凶狠地瞅了一眼对方才了结。

埃斯帕朗号轮，现在一路顺风地沿着非洲海岸往加那利群岛驰去。从这儿到几内亚湾根据风势不同，约需航行四至六个星期。

现在，德凯鲁扬越来越多地走出自己小小的房间，借着单筒望远镜，想看看远方海岸上的情景，因为那里有举世闻名的萨哈拉大沙漠。

当风平浪静的时候，"公鸡师傅"米泰纳也从房间里出来，挨近医生，两肘垫在栏杆上，多少有点不安地问长问短："你觉得咱们这一趟危险吗?"

"到时候看吧。"德凯鲁扬耸了耸肩膀，表示只能听天由命了。

"那些小伙子都在说：我们去的那个地方到处是海盗。他们还说，船和船一旦相遇，不仅不礼让，反而相互开炮。"

"我们也有炮。"

"咳！我们才几门！"

米泰纳一直觉得不踏实，接着又问："先生，你说，那些黑人也是人吗?"

"好像是。"

"可我们船上的小伙子们说他们是些没有心肝的野人！他们还吃人肉。"

"他们的话，不能全信。"

"我可要去告诉船长，我无论如何不在非洲上岸。我就待在船上，哪儿都不去。如果舱里装上了黑人，应当把他们捆得牢牢的。"

"这你放心，早就有准备了，我们的木工正在底舱为这而忙呢。"

米泰纳摇摇头说："先生，我更喜欢回敦刻尔克去，你知道那儿多美啊！那蔚蓝色的、清澈透底的大海……"

五

厨师的担忧并非没有道理。一天早晨，担任瞭望的一个船员喊起来。

"远处有帆影！"

自从船开出加迪斯港后，途中曾遇上过不多的几条船，它们一望见埃斯帕朗号便匆忙绕个弯避开了，而埃斯帕朗号也尽量想离其他船远点。

布尔塞克闻声跑到右舷处，举起了单筒望远镜。

"这是条大船。"他不安地说；"约有七八百吨位。"

"看来它是朝我们直奔而来。"医生补充了一句。

这条来历不明的船，的确是乘风破浪，直朝这艘法国船开来。

"船长，我们怎么办？我看对方准是不怀好意。"

"我也这么觉得，你把帆尽量张大些。"

"是，船长。要挂上我们的国旗吗？"

"好，把国旗挂起来。"

百合花国旗挂起来了，但似乎并未产生什么效果，对方的船仍然朝这艘法国船靠近着。埃斯帕朗号张满了全帆想溜掉。在风的拽力下，船杆已在咯吱作响了。

两条船展开了追逐。

"船长，这是条荷兰船，速度比我们快。"

正说着，只听轰隆一声响，对方开炮警告了。

"它想要我们停船，怎么办？"

布尔塞克犹豫不决起来，这时独臂狐开腔了："只有一条出路，打！否则事情还没开始就被葬送了。"

"荷兰船上的炮比我们多两倍。"梅尔林没好气地驳斥他。

"我们的大副害怕了！"

"我害怕了？你说我害怕了？你敢再说一遍！"

"肃静！"布尔塞克发火了，"把你们的气先憋着，以后用得着。现在进入战斗准备。梅尔林把武器发给每个人，动作要快！大炮手，命令你的人各就各位。"

荷兰船仍在全速前进着。埃斯帕朗号船上的人，已能清晰地看到荷兰船的甲板上站满了持武器的人，随时准备强登法国船。蓝天下一片刀光剑影，喊杀声已清晰可闻。

埃斯帕朗号轮上，人们也跃跃欲试了。

当进入射击圈时，荷兰船掉转船身，用侧翼对准法国船，说明它要开炮了。

"开火！"

荷兰船上的炮火一齐射击起来，弹壳掉落下来，发出当当的响声。法国的炮弹射向敌船的船杆，把一部分船杆给打断了。

这远不能说胜利了，因为敌船在巨大冲力的推动下，船身继续往前冲着，已到达十分危险的距离了。

炮弹的火舌，从两边船上喷射出来，荷兰人用弯弓和掷弹筒把燃烧物投向法国船。试图把埃斯帕朗号船上的帆缆索烧掉。人们还看到荷兰船的桅杆处站满了头戴红绫子的人，他们拿着铁钩，准备把埃斯帕朗号轮拖住。

敌船上的机枪也响起来了。

"大家卧倒！"

所幸的是，这时海风劲吹，埃斯帕朗号轮猛射了一炮，同敌船拉开了距离。敌船上又射来一阵排炮，打在船的侧翼。不过这是最后的一击了。因为拆了桅杆的荷兰船速度已慢下来了。又过一会儿，埃斯帕朗轮已冲出敌船的射程之外。

人们听到远处敌船上的人在愤怒地叫骂，而埃斯帕朗轮上的人则以胜利的欢呼来回答他们。

不过，埃斯帕朗轮上的人没时间多欢呼。在梅尔林皮鞭的督促下，人们纷纷放下武器爬进货舱去堵塞漏洞。因为海水已哗哗地往舱里流了，其余的人在发动抽水机。

"可以了，船长。"梅尔林来向船长报告，"主要的货物没受损失。"

"我们死伤了多少人？"

"死了三人，八人受轻伤。"

"代价还不算大。"布尔塞克望着天边荷兰船的帆影，喃喃自语着，"你去给每个人倒一杯朗姆酒慰劳慰劳。"

埃斯帕朗轮在继续航行着。加那利群岛作为昔日里的一个航海停靠码头，早已为人们所忘却了，葡萄牙人占领下的佛得角，是一片不毛之地。那里有许多低矮的丘陵，阳光下，沙滩放射着金光。周围海域里的无数暗礁，成了该岛的天然屏障。这里岛上的水却清凉而甘甜，是轮船上携带的那些发黄变臭但又不可缺少的水所无法相比的。

埃斯帕朗号轮一开过塞内加尔河口，便到非洲了。船上的操作从这时起变得混乱起来。好在独臂狐熟悉这一带的海路，他准确地指点着舵手们往前行驶。

船长坐在甲板上的一个凉棚底下，独臂狐给他指点着岸上每个地方都是些什么去处。他能说出每个地方的名字和历史：首先出现的是风岸，风岸包括粮食海岸和坏人海岸。

"之所以称这里为坏人海岸，是因为有许多船打此路过时都遭到了袭击。"

不过，这一次他们并未遭袭击。过了这一段，便看到了三山甲角那陡峭的岩壁，然后是象牙海岸、黄金海岸、奴隶海岸。这三个国家沿海都筑有欧洲式的坚固堡垒。居高临下，瞰视着海域。这些堡垒是用石块或黏土筑成的，顶上盖着干草，壁上架着大炮。船上人通过望远镜，可以看得清清楚楚，所以均能巧妙地绕开。

"最早到这里来的是葡萄牙人，"独臂狐解释说，"距今已经很久了。接着而来的是西班牙人。最近几十年是荷兰人蜂拥而来。当然还有英国人、丹麦人、法国人。荷兰人的策略看来是用怀柔的办法征服黑人。但这并不是说他们同其他欧洲人有所不同，他们同样地把这里的黄金、象牙一船一船地运走。现在的风潮是贩运黑奴。因为在巴西、安第列斯、印度等殖民地，处处需要黑奴劳动力。"

这里的天气又灼热、又潮湿、令人窒息。德凯鲁扬向船长报告说，有一个海员已因此病死了。

"这已是第三个了……"他说。

"死就死吧，只要不是瘟疫就好。"

"你瞧，我主张招募一些后备船员还是对的吧！"独臂狐炫耀说。

"你的主意出对了，不能不承认你有先见之明。看来你对这一带很熟。"船长说。

"我已打此路过三趟了。"

正说着，独臂狐忽地扭回头，只见梅尔林用仇恨的目光怒视着他。这再一次说明梅尔林不能容忍船长对这位不速之客的夸奖。自从他们首次见面起，就互不买账。鉴于梅尔林在船上所处的职位相对重要，独臂狐开头还作了些努力，试图同他和好，但梅尔林的态度使他灰心。他俩的摩擦已不计其数了。

这一次独臂狐感到很不是滋味，不过，他不是个轻易动肝火的人。他想到梅尔林的嫉愤有可能对自己构成危险。要么继续对他持蔑视态度？对，只好这样，除非有机会除掉这个隐患。

"你那位黑人首领在什么地方？"布尔塞克问独臂狐。

独臂狐从深思中醒悟过来，答道："过了一个叫魏达赫的部落便是。"

"那个地区由哪个国家占领着?"

"英国人,至少我上次来时是属英国人占领。不过我们用不着担心英国人找麻烦,因我们直接同黑人首领萨曼戈打交道。"

"他不是国王?"

"不完全是,而是一位部落的酋长。从原则上说,这个部落隶属于奥亚乌王国,国王名叫'阿拉芳'。"

"在非洲这里还有王国?"德凯鲁扬吃惊地问。

"据说有,但谁也不敢冒险去当地看。欧洲人只敢在沿海岸线一带活动,到内陆去可太危险了。听人说,过去非洲有不少实力很强、管理有法的王国。"

医生点点头说:"我倒想亲自去看看。"

"你可别指望我陪你去,凡是去的人,全都有去无回。"

说到这儿,他们肃静了片刻,因为四个船员把装着他们同伴尸体的大木箱抬上甲板,其中一个船员为亡灵匆匆祈祷了一番,在胸前划了个十字,然后把大木箱顺着一块木板滑下水去,木箱沉没了……

人们全都阴沉着脸,在岗位上的船员们,聚集在桅杆下,一动不动。

梅尔林的哨子,把大家又唤回到现实中来。皮鞭在他的手里挥动着。

"小子们,你们泡的时间够长了!"

因为预感到快到达目的地了,至少是第一站快到了,所以船员们情绪激动起来。而水手长们则要尽力使他们的情绪有所克制。

六

　　船到达目的地了，这一段航行中未再遇上敌船。有时远远望见两三个帆影，但很快就消逝在雾霭中了。船该停靠在什么地方为好？独臂狐犹豫了一阵。末了，在一天早晨，他嘴角露出了微笑，因为船马上就要在一个宽广的小湾下锚了，那里距海岸不远。这里有一片细软的沙滩，一望无际，尽头处，是茂密的森林，看来不会有任何人在此涉足的。

　　"这里是个很好的隐蔽处，"船长满意地说，"但你能肯定那个黑人首领就在这里吗？"

　　"当然肯定，我认出了这儿就是萨曼戈住的地方。尤其有右边那丛椰子林作标志，这里还是老样子，一点没变，现在我们可以慢慢干了。"

　　"我们快下船吧。"

　　两只小船落水了，它们载着船长和独臂狐以及十五名全副武装的船员陪同保驾。为了安全起见，船长还命令把炮口对准海滩。

　　"只有在我打信号时你们才能开炮。"

"是，船长。"

"一切都会如颈的。"独臂狐说。

小船在桨叶的猛力推动下，朝岸边破浪而行，有了这些小船，埃斯帕朗号轮可不必靠岸边停。

独臂狐第一个跳上沙滩。

"我说，你那个黑人朋友在什么地方？"船长赶上他问。

"别着急，我们已到了他的地盘，他早就知道我们要来了。"独臂狐答。

"真的吗？"船长问。

"毫无疑问。"

船员们也都上岸了，并把小船拉上沙滩。在其中的一条小船上立着一只不大的箱子。

"现在我们怎么办？"有人问。

"往前边走，无论发生什么事情，任何人不许开枪，否则前功尽弃。"独臂狐嘱咐船长。

"那好，但你不要以为别人把刀搁在我们脖子上，我们也不反抗，任凭你的黑人朋友们宰割。"

"那当然不行。"

这一群人慢慢朝森林走去。船长和独臂狐心里都有点不安，但嘴上都不愿说出来。而随行医生却觉得大开眼界，展现在他面前的是一个新奇的世界，一个神秘而陌生的世界。在此之前，他还从来不敢想象有这样的机会见识这个世界。

这里的空气潮湿而令人窒息，一阵阵浓郁的气味扑鼻而来，尤其有一股从半埋在沙堆里的死蟹身上散发出来的气味。

突然间从树丛里传来了嗖嗖的弓箭声，船员们闻声全都卧倒在地。

"不要开枪！"独臂狐喝道。

不过那些箭全都落在距船员们面前几步远的地方，好像划了一道禁区不许通行。船员们一个也没有被射中。

不一会儿，船员们抱着枪全都从地上爬起来。独臂狐伸出铁钩子手，拼命摇动着一块白布，但没管用。

当船员们刚想迈步继续前进时，又一阵乱箭飞来落在他们面前。

"他们不让我们往前走，怎么办？"布尔塞克说。

"我想能说通的。"独臂狐说。

于是他命令两名船员回到小船上，把放在船上的那口小箱子抬了过来。

"现在你们往前走！"独臂狐吩咐道。

这两个船员战战兢兢、犹犹豫豫地抬着箱子朝树林方向走去。当他们走到离树林适当的距离时，布尔塞克命令他们把箱子放下，快退回来。

"还要等吗？"船长问独臂狐。

独臂狐摇了摇头，说："今天不行了，明天再来吧！"

于是船员们又乘上小船回船去了。

整整一个下午，德凯鲁扬和其他人守着望远镜监视着海岸。那只箱子一直放在原地，似乎无人问津。

"先生，"米泰纳问，"那些黑人确实在那边吗?"

"一点不错。"

时间，一小时一小时地过去，夜幕降临了，它带来了一丝凉意。埃斯帕朗号轮几乎是纹丝不动地停在平静的水面上，可稍往远处，却是汹涌澎湃的海浪。

第二天早晨，当浓雾消散的时候，人们发现海滩上空空如也。那只箱子不见了。

"成功了!"独臂狐叫起来，"我们可以去了。"

布尔塞克于是传下命令，再次集合出发。

小船载着前一天的那班船员再向岸边划去。

这一次，再也没人往海滩上射箭阻止他们前进了。相反，在树林处出现了一个黑人，腰里缠着一块布。手里举着一根长矛，向他们挥动。

他用蹩脚的法语叫道："喂! 白人，请过来! 我们萨曼戈头人要见你们。"

"你瞧!"独臂狐炫耀地叫起来，"这下行了!"

"好样的!"

法国人缓慢地穿行在密林之中的一条小道上。道上尽是树根和枝丫，不时地需要用手将其拨开。鸟儿在芒果树上吱喳叫着，猴子在树上乱跳，有时突然顺着树枝跌下来，在落地前的一刹那又一纵身灵巧地爬上树去。这里散发着一种说不清的香气，浓郁扑鼻。

约走了一刻钟，树林变得稀疏了，出现了一片草地。那里有一个村庄，周围是一圈削尖的木桩排成的栅栏。村子中间有一个小广场，竹子搭成的小屋以广场为中心，星罗棋布地往远处伸展。

不一会儿，村里的男女老少，全跑出来围观这些法国人，他们身上随便裹点东西遮盖。嘴里叽里呱啦地叫着。

带路的黑人挥动长矛在人群里开辟一条道，一边高声喝叫着，对自己的角色感到自豪。

法国人一行来到了一组宽大的竹屋前，每间竹屋之间用藤条编的长廊连在一起。

"请铁钩手头目一个人进去。"带路的黑人说。

"我也是头目。"船长说，"他不能没有我而一个人进去。"

"请等等，我进去请示一下。"

黑人进去了，不一会儿又出来说："你陪着进去吧！"

"你们都待在一块，谁也不许动。"布尔塞克命令海员们。

说完他跟在独臂狐后边，一同往屋里走去。

屋子的墙壁上挂着各种兽皮，一个黑人端坐在屋子深处的正中央，身上裹着一大块靛蓝布，头上戴着一顶五颜六色的羽毛帽，敦厚的脸上刺着平行的痕迹。

他，正是萨曼戈首领。他身材魁梧、表情狡黠，两边站着手持弓箭、长矛的武装卫士。萨曼戈把手一抬用法语说："欢迎你！也欢迎你的同伴，你好久没来了。"

"向伟大的首领致敬！"

"请入座。"

独臂狐和船长各在一块席子上就座。萨曼戈打了个手势，一个妇女急忙走来把椰子酒斟在深深的葫芦容器里。

"干杯!"

"看到你贵体安康、部落繁荣，我感到很高兴!"独臂狐恭维地说，"我们给你带了一些礼品。"

"是呀，"萨曼戈以不屑一提的神情回敬说，"我看过你送来的箱子了，里边没什么值钱的玩意儿。无非是一点烟丝、几瓶白酒、一支手枪，再就是一些微不足道的妇女用品，什么项链、镜子、面料等。"

"我们给你准备了许多礼物，"船长说，"船的底舱已装满了。"

萨曼戈狡黠的目光又转向船长。

"如此说来，白人变得慷慨起来了!"他说，"请直说吧，你们想从我手里换回些什么? 你们这一趟不是为了空跑，是吧?"

"我们想要黑奴，"独臂狐说，"需要很多黑奴，你能向我们提供吗?"

黑人首领的脸色一下子阴沉了。

"黑奴!"他喃喃地说，"谁都要黑奴! 你是替哪家公司干的?"

"我们带有铁器、烟丝、白酒，还有枪支，许多许多枪支。"船长避开他的问话说。

"我需要枪支，现在我们先吃饭吧，其他的随后再细谈，也许咱们能谈成。"

黑人首领把葫芦里的酒往地上一泼，两位法国人也跟着泼。

"应当让已故的亡灵像活着的人一样饮酒。"独臂狐对船长说。船长不理解此礼仪的意义，仔细地捉摸了一番手中的酒器说："嗯，那当然。"

七

当这位黑人首领和船长一行边吃边闲聊之际，其他船员把武器放在身边，坐在栅栏旁边的树荫下，用好奇的目光看着周围的一切以及这里的居民，同时不断擦去满脸流淌的汗水。

村民们给他们送来了清凉的水和椰子果，然后走开了。现在，蹲在旁边作陪的只有带他们来的那个黑人。

德凯鲁扬注视了一番此人的面孔，觉得这是一个既聪明又开朗的人，于是他找个话题同他拉扯起来："你的法文讲得很好。"

"因为我学过法文，我们部落里还有讲其他白人语言的人。我们同白人打交道已经很久了。"

通过聊天，他知道此人属于约鲁巴部落，同外国人经常有接触。他自豪地说："我们约鲁巴族是一个伟大的民族，是奥越王国的开创者。我们是奥杜阿王的子孙。"

医生点了点头。

这个部落以打猎、捕鱼为生，也种植一些薯蓣和红薯。水果则有香蕉和椰子，此外还有些野生的果子，妇女们常去采摘。

"你知道我们是来干什么的吗?"德凯鲁扬问他。

"知道,你们是来买奴隶的,跟其他白人一样。"

他这样说的时候,十分坦然。这使医生有点犹豫了。末了,医生决心提一些使对方窘迫的问题:"你们约鲁巴人不会因贩卖自己的同胞而惭愧吗?"

对方马上纠正他说:"我们并不贩卖自己的同胞,而是贩卖打仗时抓来的俘虏或者其他部落的人,正如其他部落里的人把我们的人抓去贩卖一样。"

停了一会儿,他又补充说明:"白人来后,他们先是自己去捕捉奴隶,后来采用送东西给首领的办法,让当地首领替他们抓,干吗要拒绝呢?"

"我懂了。"

德凯鲁扬沉思起来,思考这究竟是怎么回事。

"这些野人。"一位船员喃喃地说。

医生这时想到了生活在法国乡间的农民,那些贵族老爷们往往面无愧色地把农民连同土地一起卖掉。

这时,萨曼戈家的盛宴已经结束了。

"现在我到船上去看看枪支。"黑人首领说,"如果枪的质量和数量都符合要求,我将给你奴隶,我需要枪。"

由于喝多了棕榈酒,他的话多起来了,接着他说:"阿拉凡派人收税时,凡是没有枪支的部落,不仅得多交税,而且还得受欺辱,甚至其他的部落也要欺辱你。"

独臂狐十分赞同首领的话。

"那好，"船长说，"请你到我们船上去看枪，也可以看看其他物品。不过我们对奴隶的需求很急，只要装满船舱就行了。我不愿在此久留。"

"你们的船是隐藏在小海湾里，而其他船则停在海上。不过，现在你去命令你的人在沙滩上先盖起棚子来。"

"这类棚子要木质桔梗的，"独臂狐对船长解释说，"捉来的奴隶就关在里边。"

"可以，"布尔塞克边起身边说，"我们该回去了，事情就这样说定了。"

按照预定计划，捕捉奴隶的行动就在这块土地上开始了；

有一群妇女头上顶着罐子到河边去汲水，脖子挺得直直的，以便保持头上重物的平衡。她们共有十多人，尽管头上的沉重负荷，但她们仍然边走边大声地说笑。她们是依博村人，该村坐落在小坡上，河流从坡下流过。

这时，约鲁巴的武士们躲在树丛背后窥伺着，当带队的头目打了个手势，他们一拥而上，每人抓住一个。

妇女们大声呼叫起来，纷纷想逃命。可是约鲁巴人把她们抱得紧紧的，然后再用一根长绳拴住她们的手腕，把她们连在一起，然后牵着她们走。

"娘儿们，得绝对听话！"

"快点走，不然依博人会赶来的。"

"不会的，依博村的男人们全去打猎了，这谁不知道。"

"反正行动快点没坏处，谁知道会有什么变故？"

约鲁巴的武士们牵着绳子，推搡着那些不愿从命、吓得魂不附体、哭天号地的妇女们。

他们穿越密林，往海边走去。盛水的坛坛罐罐被横七竖八地扔在河边；

不远处，有一块被新开垦的草地上生长着谷子，地边上有一群光屁股的小孩在轰麻雀，不让它们啄吃谷粒。孩子们用石子打、拍巴掌轰、挥动带叶子的树枝驱赶。总之，用各种办法对付来啄谷粒的麻雀，同时，也以此取乐。

这时，一队艺人吹吹打打地朝他们走来了，他们身上披着羽毛、吹着竹笛、敲着鼓点、跳着轻快的舞步，朝他们走来了。

见此场面，孩子们没心轰麻雀了，一窝蜂似的奔去看热闹。

"喂，你们吹吹打打来我们村有什么事？今天不是节日呀。"

"孩子们，我们是打此路过的。"

这个村里的大人们常常叮嘱孩子们不要轻信陌生人。可孩子们心想，如果什么事都听大人的，那就甭活了。这时，他们全然没有戒心，都拥来看热闹，还用手指点着艺人们身披的羽毛衣，高兴地咧着嘴笑。

突然间，有人打了个信号，艺人们把乐器一扔，猛地向孩子们扑来，每人拣最近的孩子能捉一个捉一个，能捉两个捉两个。

尽管孩子们动作机灵，但这突如其来的一招把他们吓呆了。其中只有几个号叫着逃掉了，被抓住的恐惧得哭叫着，只觉得一条条绳子把他们四肢捆了又捆。

"动作快点！"

约鲁巴的壮士们拖着他们的猎获物钻进密林去了；

就在同一个时候，有两个做陶器的兄弟俩赶着毛驴，悠闲自得地回村里来了，驴子身上驮着沉重的陶土，他们边走边商量着明天的活计。

"明天我做罐子吧！"

"那我就做陶葫芦！"

"好，就这样定了。"

刚说到这里，树丛里跳出来几个陌生人，朝他们扑来，毛驴吓得惊叫起来。兄弟俩奋力反抗，因为他俩力气都很大，拼命拳打脚踢迎战敌人，先上来的几个被他们打倒在地了，无奈寡不敌众，最后被紧紧扭住，五花大绑起来，当他们还试图挣脱时，一阵狼牙棒把他们打昏过去。

同样的场面，在远近各处同时发生着，萨曼戈手下的人这天四下出击了，埃斯帕朗号轮的货舱，大得似乎是个无底洞。

乌玛这天正沿着一条松软的猎人小道往回走着。他年轻、壮实，一块块肌肉鼓起，脸上尚未长出胡须，腰上裹着一块布，一手拿弓，一手拿矛。

身材高大的巴穆塞跟在他后边，他和另外一个壮汉子一块扛着一只打死的羚羊。羚羊的四只蹄子被捆在一根木棍上。这天唯一像样的收获就算它了。巴穆塞很勇敢，性格既温和又刚烈。他是乌玛最要好的朋友，唯一弱点是活泼有余、不善静思。为此乌玛常常向他指出："你永远成不了帅才。"可巴穆塞却回答说："不是所有的人都能当帅，否则谁还听话？"这说明巴穆塞并非一点都不善思考。

可惜，这天打猎的收获不佳，只打了几只山鹑和几只珍珠鸡。乌玛心想，今天也许没有得到祖宗在天之灵的帮忙。也许祖宗对他有什么不满之处？说到祖宗在天之灵，这是件高深莫测的事，好则今天村里的巫师也来了，可以让他占卜。不过早些时候正是这位巫师告知大家说，今天出猎肯定大有收获。

其他的猎人们都走在后面。

本村终于在望了，乌玛蓦地停住脚，侧耳静听，这时传来了村子里人们的呼叫声和哭号声。尤其那些老妈妈们哭得令人心肝寸断。发生什么事了？

"快回去看看。"

猎人们往村里飞奔而去。

全村人在中心广场上乱作一团。

一看见男人们归来了，大家号叫得更凶了。

"我们遭到大祸了！"

"我们的十二个妇女失踪了！"

"我们的十多个孩子也不见了！"

"陶器匠兄弟到现在也没见回来？"

"他们全都被绑架走了！"

这时乌玛的母亲匆匆走来了，她难过得心都要碎了："乌玛呀！你妹妹也被抢走了。"

乌玛的爸爸也步履艰难地来了，他过去曾被野兽咬伤过。

"快去把你妹妹科尔姑救回来吧。"

幸免的孩子们一遍又一遍地告诉大人，那些化装成艺人的人是如何来到他们田边的；其他村民告诉他们汲水的瓦罐全碎在河边，陶器匠兄弟的驴子背上驮着陶土，自个儿回村来了。

这时乌玛脸色阴沉，嘴唇紧闭，他想着身单力薄的妹妹的音容笑貌，从小无忧无虑地生活到今天……

他回头对大伙儿说："黑奴贩子们又来了，咱们现在去追，也许还不太晚。"

"让我来占卜一下。"巫师说。直到这时，他还一言不发地站在一旁呢。

大家同意了，都肃穆以待。

巫师直挺挺地站着，两手伸向天空，嘴里念念有词，这些词，是除神仙以外谁也听不懂的。他光着的上身横七竖八画着五颜六色的纹路，脖子上挂满了各式的货色，有玉石、牙颗、树根……

"你去吧！"巫师边垂下手边说。

人们高呼起来，依博村的猎人们忘掉了疲劳，你追我赶地跑步出发了。年轻的乌玛和他的朋友巴穆塞跑在最前面。

村里的孩子们也想跟随大人一块去追，但做妈妈的把他们喊了回去，她们的声音里充满着不安。

乌玛的爸爸吁了一口气，慢慢离去了。

八

依博人穿荆丛、越密林，顺着小道上的足迹追赶着。但没走多久，便无法再往前走了，因夜幕已经垂落，他们的脚步由快变慢，最终不得不停下来了。

"现在再也看不到脚印了，"一个人说，"是不是往回走？"

"绝不能，"乌玛坚定地表示，"那样的话，浪费的时间就太多了，咱们就在这等待天明。"

巴穆塞生了一堆篝火，防止夜间猛兽来伤人。

他们饿着肚子，围着火堆睡下去了，一直睡到第二天拂晓。乌玛首先醒来，当东方出现鱼肚白的时候，他叫醒了其他人。

他们饿着肚子又出发了，手里紧握着长矛。

时间，一小时一小时地流逝着。

"我们到了冯斯部落的地盘了。"大个子巴穆塞说。

"这是我们的友邻，快赶路，不必担心。"乌玛说。

果然，依博人经过第一个村庄时，受到了兄弟般的接待，还在这里饱餐了一顿。村民们最后告诉他们，约鲁巴人前一天确实带着奴隶从附近过去。

"那些奴隶是什么部落的人?"乌玛问。

老人们摇摇头没有回答，他们不能再多说了。因为萨曼戈统治下的约鲁巴人是他们的危险邻邦。如果知道冯斯部落的人说了什么，以后会为此付出昂贵的代价的。这一阵子大家是和平相处，应当把这种局面维持下去。

乌玛对此是一清二楚的，所以无须再多说什么，他对主人们感谢了一番，带着队伍又出发了。

现在情况已经清楚了，在约鲁巴人中，只有豹子首领的部落或萨曼戈部落的人干得出这种勾当，因为他们那里身强力壮的男人很多，敢于进行这种罪恶的行为。

豹子首领是一个极为残忍的家伙，总想在部落间挑起战争。他的部队装备有洋枪，所以两年前，他甚至敢向奥约王国的阿拉瓦人挑战。奥约国王最后派出自己精锐的骑兵部队去惩戒这个叛逆者。后来人们听说那次打得相当残酷，战场上尸横遍野。豹子首领因被打败而求饶，而且真的得到了饶恕。人们所不知道的是他通过什么下流手法达到这一目的。从那以后他的威风扫地了，但却在继续从事贩卖黑奴的勾当。

说到萨曼戈，当初被选为部落的首领时，为人还不错，但他也未能抵制住唾手可得的不义之财的诱惑力。现在白人到这里来不再是为猎取金子、象牙和非洲的香料了，唯一目的是猎取黑奴。作为交换，给他们送来了各种诱人的物品，诸如烧酒、武器等等。由于他的村庄刚好挨近海岸，从中可以得到各种各样的好处。

"现在咱们怎么办?"乌玛征求大家的意见。

大家思索了一阵子,其中一个说:"最好先去看看豹子首领有没有绑架咱们的人,再说他那里距这儿很近。"

其他人都同意了,乌玛于是下令说:"好,咱们出发。"

他们一行小心谨慎地轻手轻脚地穿越森林,因为豹子首领自知树敌很多,所以在他的地盘内昼夜巡逻不断。

走近豹子首领的村庄时,乌玛思考着进村之计,不过只能等天黑下来才能进去。

依博人埋伏在树丛中观察着。

远远看去,豹子首领部落里没有任何异常的现象:男人们都在村里休息,妇女们干着日常的活儿,有的在锤谷、有的在做饭,老人们在闲逛。

终于日近黄昏了。

"是时候了。"乌玛说。

他和大个子巴穆塞把武器留下,跳进河里,逆水游去,陡峭的河岸上那茂密的枝叶掩护着他们。

在漆黑的夜里,他们那猎人的眼睛在仔细地观察着。有两次他们看出远处有影子晃动,显然不是树影,于是他们倍加提防,最终谁也未能发现他们。

又游了一会儿,他们看到灰暗的月光下出现一些茅屋圆顶的侧影,这是一个靠近河边的村庄,看来村子已经沉睡,灯火全都熄灭了。

"我们进去看看!"

他们攀着悬崖峭壁上了岸，神不知鬼不觉地一路小跑来到几座茅屋底下。进村后，每走几步就要贴墙躲一躲。他们往村子中心广场方向走去，不一会儿就找到了这个广场。

广场里空空荡荡的，连黑奴的影子都没有。广场里竖着一排木桩，一直通向旁边巫师的房子。广场的入口处装饰着豹子皮，因为豹子是部落的徽记和象征，是崇拜的偶像。

"这里没人。"巴穆塞低声说。

"再瞧瞧。"

乌玛指给他看不远处一个角落里的一团东西，乍一看以为是一堆土，在此之前，他们一直没注意它。

"是一个俘虏！"

"他也许知道点什么。"

这时巴穆塞监视着周围动静，乌玛走上前去看。

那是个少女，腿和脚全被捆着，她害怕得脸上肌肉都在哆嗦。

"别害怕！"乌玛轻声说，"尤其不要喊叫，我不会伤害你的，请问，你是谁？"

少女气息奄奄地回答着，每吐一个字都很艰难。她是跟着商人从贝宁来的，身边带有一些盐巴和象牙。路上他们遭到豹子村的人袭击，掠走了他们的东西，同来的男男女女全都被打死了，只她一个人幸存。豹子村的人说，等白人一来，就要把她卖给白人。

"村里还有其他被捉来的人吗？尤其新近被捉来的？"

"没有，肯定没有。"

慢慢地，少女对这个陌生男子不再存戒心了。

"你叫什么名字？"

"伊拉。"

乌玛犹豫了，他本想把少女解救了，可又怕会有严重后果。而伊拉一声不吭，用哀怜的目光瞧着他。她面目清秀，眼睫毛上方和前额上刺着一些蓝色斑点。虽然夜色昏暗，而乌玛这位猎人的锐利目光也能看得清清楚楚。

"你愿意跟我们走吗？"

少女那伶俐而喜出望外的神情代替了回答。从而使这位年轻的依博人打定了主意。他顺着绳子去解绳结。从双手到双脚，一道道绳子终于被解开了。

正在这时，巴穆塞给他发来了信号，告诉他该村的两个汉子出现在附近，且手里持着长矛。

于是乌玛迅速把少女拖进黑影里。

那两个汉子一眼看见了巴穆塞，大声呼叫着向他冲去，而巴穆塞没等他们近身就拔腿跑掉了。

村里其他人闻声也大叫起来，刹那间出现了十多条汉子，这些人是从梦中惊醒，像没头的苍蝇似的到处乱窜。

乌玛和伊拉眼看着这些人呼叫着从他们身边经过，朝巴穆塞逃的方向狂奔而去，等到最后一个人走过去之后，他俩才逃跑。出村的路上，被两个妇女看见了，她们喊叫起来，还向他们投来一个梭镖，不过梭镖没飞多远就落地了。不一会儿他们越过最后几座茅舍，钻进密林深处与等候在那里的人会合了。

巴穆塞故意把敌人往另一个方向引开后，他估计乌玛和那个少女已脱险了，这才开始快跑起来。

在乌玛的命令下，依博村的人迎着豹子村的人呼喊的方向跑去，他们用弓箭堵住了豹子村人，巴穆塞气喘吁吁的同战友会合了。

"总算回来了！"

"不能再等了，"乌玛招呼大家，"他们会马上集合起队伍来打我们，我们无力抵抗住他们。"

于是他们一行消逝在夜幕里了，一直走到黎明的第一束曙光照亮了森林时，他们才停下来。

乌玛回头看了看，见伊拉跟在他后边，已走得筋疲力尽。

"我们的人一定是被萨曼戈给抓去了，"乌玛说，"咱们先歇歇脚，然后继续赶路，被抓去的人正等我们去救呢。"

在通向海边的路上，一队被捉来的人伤心地走着。他们双手反剪着，脚上带着链子，不过链子并不很紧，以便让他们能行走。捆在每个人身上的绳子，与一根长木杆子结在一起。杆子放在男人们的肩上，每十多个人一根。妇女和儿童也都被捆绑着，不过他们的肩上没有杆子。

他们在萨曼戈部落的押解下，伤心地迈着缓慢的步子走着。

萨曼戈也跟在后边，身上挎着一支洋枪。他并不十分满意，因为抓来的人已死了十多个了，还有些受了伤，这是一笔不小的损失，对他这样一个吝啬鬼来说，是难以忍受的。

"不许你们任意抽打他们，"他再一次命令部下说，"瞧瞧他们背上和肩上的伤痕，你们简直不爱惜到手的货，蠢东西！"

"首领，他们不愿快走，特别是刚抓来时，几乎每一个都如此。"

萨曼戈叹了口气说："这我知道。"

当他们走进一段两旁荆棘丛生的小道时，突然一排弓箭呼啸而来。萨曼戈的一部分人被射翻在地，其他人吓得呼爹叫娘。呐喊声在他们周围响了起来。

"给我顶住，蠢猪们！"萨曼戈骂道。

萨曼戈部下的火枪砰砰啪啪地响了起来，但躲在暗中的勇士们的箭仍雨点般的向他们射来，他们只好随地找个藏身之处，漫无边际的放枪，试图阻止对方的靠近。

这时被抓来的人试图挣脱绳锁，他们知道马上就可以自由了。

"大家快逃哇！"

"不行啊，绳子太牢了。"

以弓箭对洋枪，这可是胜负未卜之战，谁也说不准结果如何。

正在这时，二十来个海员听到枪声立即赶来了。为首的是大副梅尔林。

"射击！"他大喊一声。

他举起手枪率先朝荆丛连续射击。有了海员们的增援，萨曼戈的人勇气倍增了。他们从地上爬起来猛烈地回击。刚才是一下子被吓蒙了，现在才清醒过来，而且又有海员们的支援。

"快撤退！"乌玛命令着，"咱们闯不过去了。"

这是依博村的猎人们打的一场埋伏，尽管他们人数不多，但他们试图用突袭的办法救出自己的人，不过这下没能成功。

他们又得逃遁了，这一仗死伤了一些人，尸体被遗弃在战场上。

"这次算你们走运，"大副梅尔林说，"船长叫我们来找你们，你们好像遇到麻烦了。"

黑人首领气得骂骂咧咧，听不清到底骂些什么。

在萨曼戈的部下停止追击之后，依博人才在密林深处停下脚步，相互紧挨着就地坐了一圈。

乌玛坚定地对大伙儿说："我们只干了一仗，接下去要再干。巴穆塞，你现在回村去把所有身体健壮的男人全叫来，也设法求邻村派些人来支援我们。他们肯定也有人被抓或有仇要报。我们不能不管被抓的人。奴隶贩子们会把抓来的人全都集中在海边，我们要抢在他们装船之前发起进攻。快去吧，我们在这里等你。"

"好的。"

依博人全都赞同这样安排。他们一个个都累得爬不起来了。伊拉把火堆生旺，把猎人们打来的野鸟煮了。不管怎么说，总该吃点东西。

巴穆塞在树荫里消失了。

九

　　埃斯帕朗号的船员们在随船木工的指挥下，在海滩上搭起了三座关押奴隶的牢棚。

　　牢棚建筑得十分坚实，四壁布满了枪眼，由哨兵守在那里。

　　看到第一批奴隶被关进这些牢房里时，船长无动于衷，如同看到人们把牛马牵向集市差不多。说实在的，从前当他把假钞票付给小酒馆时，或者有两三次拦路抢劫外省的富人时，那时心里是感到惭愧的，而现在，他毫无悔意地对独臂狐言听计从。更有甚者，他觉得现在比任何时候都生活得自由、气粗、逍遥自在。

　　俘虏们一押到海滩来，便分别被关进男牢棚和妇女、儿童牢棚，剩下的第三个牢房是作筛选或对奴隶进行"加工"用的，这对保证"商品"的质量是必不可少的一道工序。

　　"干吗要这道工序？把他们一装进舱不就完事了吗？"船长不解地问，"这样一来，差不多要花多一倍的工夫，我们应当尽快走才对。"

　　独臂狐摇摇头说："要把上等货先选出来，对其他的还需加工。"

他先把十五至二十五岁之间的壮实男子挑出来，准备作为上等货出售。布尔塞克开始还不以为然，后来他慢慢明白独臂狐的"匠心"了。

独臂狐对于萨曼戈送来的每一个黑奴，都从头到脚仔细查验一遍。凡是看上去不健康的人、纤弱的人、没有力气的人、缺一只眼睛的人，统统被独臂狐毫不留情地退了回去。他甚至还用拳头在一些人胸部击上一拳，如挨击的人胸腔响声没有鸣音，也一律不要。

对于挑中的人，便下令："那个白头发的老头看上去太老，给他染染发，这样就能卖个好价钱。这一个嘛，牙齿不齐，找一把锉刀给他整整容。还有，那个小家伙肚子鼓得太高，先给他吃些泻药，看效果如何，明天我来看！他的皮肤滑润，到市上会占便宜……就这样，一个接一个地"加工"着。

萨曼戈为此同他激烈地争吵，把退回的奴隶一而再，再而三地又送来，但独臂狐坚持说没有商量余地。

"我要的是上等货，非上等货不要。"

独臂狐在其他方面也全面采取了措施。他规定每天给奴隶们送去两餐量很足的饭，每天晚上组织舞会，并且用鞭子逼着那些拒绝跳舞的人统统去跳舞。

"应当让他们一个个膘肥体壮，"他说，"要想维持住他们的体魄，最好的办法是让他们锻炼。出海后，每天让他们在甲板上锻炼。对了，抽打他们时，用劲一定要适当，我不喜欢看到他们身上带着鞭子印。那些讨厌的伤口痕迹是不会一下子去掉的。要知道，有时候这些黑人故意把自己身上弄破。不要忘了，在安第列斯那里，人们往往找出一点小小的毛病就要求我们降价……噢，我想起来了，我们得带上一桶棕榈油，到了那边在下船前，把黑人们全都用棕榈油洗一洗，这点很重要。"

随船医生德凯鲁扬经常被派到牢房里去，因为布尔塞克船长要他去检查有无病人。

"一场传染病会葬送我们快到手的钱财。"他一再说。

当这位医生第一次见到这些捕来的奴隶时，吃惊得像挨了一闷棍似的。他的良心驱使他不能容忍下去。他一方面要尽自己医生的职责，但当看到这些被捆绑着的人们、看到他们那绝望或愤懑的表情、看到那被锁着的双手……他怎么也看不下去了。

"这太不正义了，太不人道了……"

谁若当着他的面抽打奴隶，他就挺身而出进行激烈抗议，就好像他自己被抽打似的。

独臂狐对他发怒了："不许你多管闲事！如不让这些人尝尝鞭子的滋味，他们就不会听话，我们不会随意打他们以寻开心。"

"可你打的这个人没任何过错。"

"这叫杀鸡给猴看。"

稍懂点逢场作戏的布尔塞克船长走来，亲切地拉着医生那气得发抖的胳膊，对他说："先生，请想想吧，我们这样做，最终还是为了他们好。当然，我们也从中赚几个钱。说到底，抽上一鞭子算得什么？"

德凯鲁扬不理他。

厨师米泰纳也去看了一趟奴隶。开始的时候，他不敢去看，后来受好奇心的驱使，还是去了。他心想："应当去看看，而且日后也可以向老家的乡亲们炫耀一番。"

决心下定后，当一大队海员上岸时，他也跟着去了。同这样一大队人前去，心里是踏实的。

可是上岸一看，那里的情景使他再也高兴不起来了，再也无心同别人嘻笑了，而感到很难过。

"看到这些黑人的状况，我连饭也吃不下去了。"

他看到一个小孩哭着要喝水。一个看守在这里的船员训斥了他一顿，末了还打了那孩子一拳头。见此情景，米泰纳不由地赶快去打了一点水送给孩子。

孩子喝完水不哭了，把身子藏进了母亲的怀里。

这天夜里，尽管没有海浪的冲击，船身不颠簸，也不翻仰，但这位厨师怎么也睡不着。

"看来我宁可去卖布匹为生，"米泰纳自个儿叹息道，"但事到如今，怎么办呢？最好的办法是什么也别想，当初我为什么要上岸去看他们呢？"

抓来的人越来越多了，看来萨曼戈的部下办事很得力。布尔塞克船长已把一部分杂货作为交换品给了萨曼戈。

一天上午，德凯鲁扬医生像平常一样来到牢棚出诊，看到地上坐着一排黑奴，旁边火堆里正烧着烙铁。

"这是干什么的？"

"你还不知道？"船长答道，"要在每个人肩上烙个印记，即相互交叉着的两个字母，即我的名字的缩写。这样，无论他们跑到哪里，别人都知道他们归我所有，免得同别人打嘴巴官司。"

"这样的做法已成为规矩了。"独臂狐补充说。

奴隶们排着队，一个接一个被烙上字，他们默不作声地忍受着，肩上的肉在咝咝作响，散发出可怕的气味。

德凯鲁扬紧握着拳头，他在想，这是在做梦，还是现实？与此同时乌玛及其村民们蜷缩在树林里望眼欲穿地等待着巴穆塞的归来，指望他带来援兵。由于他们现在距约鲁巴村不远，所以不敢生火，以免暴露目标。

乌玛心情十分沉重，因为在此之前，尽管劫掳奴隶之事在蔓延，但他们的人始终得以幸免，可现在这样的横祸降临到他们的头上了。

说到买卖奴隶，本地当然早就开始了，甚至可以追溯到白人侵入非洲之前。例如被抓获的战俘，欠了债还不起的穷人，灾荒年间被父母卖掉的孩子等等。但按照当地的规矩，他们受到的待遇并不差，而且从来没有转卖现象，甚至像家庭一员那样受到保护。

可是现在一切都变了。如何抗拒这一横祸呢？看来村寨之间得联合起来才行。

乌玛伤心地摇了摇头。现在人们都在发疯，每个部落都想得到枪支、利器和烧酒，这样说话就气粗，就比别人高一头。为此，需要向洋人提供越来越多的奴隶。这样下去，今后还有人耕地、狩猎、捕鱼吗？乌玛已经听说有的部落因为劳力被劫走得太多而无法生存下去，最后灭迹了。多么可怕的现实。

他能想象到巴穆塞这一趟的任务是多么的艰巨。

伊拉就蹲在他身边，她一言不发，但时刻注视着这位救命恩人有什么需要。她本是贝宁奥巴国王宫里一位大臣的女儿，她这一趟是得到父亲允许，陪同商人来此地顺路游览的。

"伊拉，给我们讲讲贝宁的情况吧！"

姑娘苦笑着说："贝宁是个城市，距这里十分遥远，你们知道，需要走许多天才能到达。你一走进城门，便是铺着石子的宽敞街道，一直通向皇宫。城内分成一个个小区，房子一座挨着一座。我家住的茅屋周围有游廊，巨大的木桩上镶嵌着黄铜。我家附近有一座青铜柱，上边刻着一条扑向猎物的大蛇。墙壁上的雕刻再现了历代国王的肖像……在我们那里，不少人生活得很富有，穿得讲究。带着价值超过一百个奴隶的珍贵首饰。"

依博人睁着大眼睛，半信半疑地听着。

"姑娘，你说这当真吗？是你瞎编的吧，你说的那简直是不可能的。"

"确实如此。我们的城市叫贝宁城，还有一些比我们更大、更美的城市。我爸爸小的时候是在尼日尔河畔的东布克杜长大的，那个市既富有又漂亮……"

"不过，如果真像你说的那样，"乌玛若有所思地说，"在我们非洲这里，并非所有村庄都像我们村这么小。我去过靠近海边的魏达赫，人们称它为城市，但只是比村庄大些而已，同你说的完全不能相比。"

　　"我父亲说，我们的国家非常辽阔，即使你走上一辈子，也难以走遍。从海边一直到浩瀚的沙漠，都是我们的国土。我父亲还说，古时候那里有许多城市，城市里住着强有力的国王，所有人都受他的统治，例如加纳国王、马里国王、桑海国王。"

　　"你不是在吹牛吧?"

　　"不是，桑海国的国王叫阿里，他甚至还征服了东布克杜，一点不假。"

　　依博人听得津津有味，姑娘所说的，对他们来说太新奇了。

　　"现在不知巴穆塞怎么样了?"乌玛在心里不下二十次地嘀咕着。

当萨曼戈不断地充实着海边牢棚的时候，当乌玛心急如焚地等待救兵的时候，大个子巴穆塞正马不停蹄地在往回村的路上赶。

　　他穿越草原、密林，经过长途跋涉回到村里时，村里男女老少马上把他围在村子中央广场上，问题像雨点般地向他落来："情况怎么样了?"

　　巴穆塞告诉大家他们如何追踪，摸进了豹子首领的村庄，以及他们对劫持者进行的一场令人失望的突袭。

　　村里的老人们听后伤心极了，他们无休止地七嘴八舌议论着，说什么的都有。

　　有些人提议说："是不是派上几个能说会道的人带上礼物去见萨曼戈，请求他把咱们的人放了，怎么样?"

　　另外一些人说："或许应当杀牛屠羊祭祭土地神，求神仙可怜可怜咱们的人。"

　　巫师这时也大显其神通了。她诚惶诚恐地拜求祖先在天之灵保佑村民们平安无事。

这时，巴穆塞一挥手，让大家肃静下来。

"现在乌玛正等着我们，"他语气坚定地说，"乡亲们，凡是能拿武器的，应当马上出发，否则就太晚了，路上要走很久。大家议论得够多了。"

包括巫师在内，大家全都赞同巴穆塞的意见。

大个子巴穆塞接着说："现在我要到友邻那里去，也许能说服他们派兵支援我们。"

"快去吧！愿祖宗的阴魂保佑你。"

巴穆塞经过长途奔波后，没顾得上歇歇脚，又立即上路了。村里的人也动手准备武器去了，然后围着部落的偶像跳舞，请求神明赐给力量和勇气。

巴穆塞前往求救的第一个村庄的人，给予了他兄弟般的接待。村妇们给他捧来了椰子酒，村里的长者前来作陪，并倾听他诉说来由。

然而巴穆塞觉得周围的人都各有难处，他弄不明白为了什么。最后首领开腔了："我们两个部落之间经常并肩狩猎，还记得吗？有一次在情势需要时，我们还共同反抗一个野心勃勃的小国国王呢！我们两个部落之间从来没有隔阂。这一次我们虽然很愿意助你们一臂之力，可惜的是明天夜里是我们的易货日，因此谁都走不开。请你去看看吧。"

这个村的妇女们，采集了几个月的海盐，装满海盐的筐子在广场上放了一大片。像往年的今天一样，村民们集体把这些筐子送到一片林间空地上，然后退回来，等明天早上再去。夜里，其他部落的人会来把盐取走，同时把酒、油、羽毛、缠腰布以及其他用品留在筐子里作为交换。这个村的人虽然从来没有见过对方的人，而且今后也不可能见到面，但他们彼此都完全信任。

"从我们的祖先起，我们就一直进行着不见面的买卖。"首领解释说，"因此今夜是神圣之夜。"

巴穆塞低下了头，失望极了。因为过了这夜，接下去的几天是节庆日，村民们要分配交换来的物品，跳舞、大摆筵席、接待朋友、求婚等。

无奈，他只好做了最后一番努力："这些事情我都理解，"他说，"但是，你们也该明白一条：如果约鲁巴人得不到应有的惩罚，他们将继续无法无天地干下去，明天也许就轮到你们倒霉了。"

"这有可能。"

这位友村的首领思索起来了。村里的长者凑近耳朵对他耳语了几句："巴穆塞，你听我说，我们给你出个主意：你现在去找魏达赫的国王，这样就不会误你的事，你拿着这个项链，告诉他是我们叫你去的。请他们帮助你一把。过去我们曾经支援过他们，你去试试吧，也许他还不至于忘了同我们的交情。"

"我马上去！"

"现在，请稍休息一会儿，你想吃点什么？"

巴穆塞摇摇头说："村里人还等着我呢！"

他抖擞精神又出发了。

他沿着森林中人烟罕至的小径走着，虽然道路难行，但对一个像他这样的猎人来说并不困难。他边走边想着即将要会见的人。他知道那是一个以务农为生的群体，他们在新开垦的土地上安下家。村子周围是荆棘丛生的篱笆墙，成为防止猛兽来犯的屏障。

时间在流逝着。当太阳高高挂在天空时，他已经快到目的地了。那个村庄就在一簇树林背后不远的地方。

巴穆塞震惊地停脚四望，隔着篱笆看不到任何房屋的影子。那些草屋全都化为灰烬了，没有任何房舍幸存下来，到处是残垣断壁，连荆丛都不见了。

这个村算完蛋了！巴穆塞心情沉重地进去看了看，见不到一点生命的气息，只有一只鸡一见到他吓得扑打着翅膀呱呱地叫着逃窜了。

巴穆塞提高嗓门喊道："喂，我是你们的朋友，有人吗？"

没有任何回音。

他到处观察着，猜测着这里发生的事情。现场的各种迹象清楚地表明事情是这样的：一支队伍先包围了村庄，然后射出带火的箭头把房屋燃着。因为巴穆塞捡到了一支烧焦的箭头。当然，这事肯定发生在半夜里，当人们从睡梦中惊醒试图逃命时，却落入了潜伏在周围的捕捉黑奴的人手中。他从墟土中看到有一支队伍踏过的痕迹和带着铁链的人群走过去的脚印。

没必要在这里耽搁了，大个子巴穆塞继续往森林深处走去。

他来到第三个村子，只能对它望而兴叹，因为萨曼戈的人已先于他来过了。本村的许多男人、妇女和儿童，被他们劫持走了，其他人因为躲了起来才得幸免。大个子巴穆塞来时，他们正聚集起来准备离开这里，他们说："我们有亲属在比尼地区，我们要去同他们合起来重新成立一个部落。"

"也许……"巴穆塞想劝他们，"也许这里还有点希望……我们的人准备攻打人贩子，你们也参加吧！"

他们摇摇头说："命运是不可抗拒的，人贩子们力量太强大了。

无论大个子怎么劝说，甚至羞辱他们也无济于事。最后他只好空手走了。

往魏达赫的路是漫长的。巴穆塞不知能否说服该部落的大王出兵。时间不等人啊！得快点去。只要还能抬得起腿，只要还有一口气，他就拼命地赶路，日夜兼程地走。

天黑了，他顺着一条干枯的小河、穿过灌木丛走去。天黑得伸手不见五指，周围万籁俱寂。突然草丛里传出一阵响动，片刻即逝，他立即停住脚步，攒足力气，并且本能地把矛刀往前一捅。

等了一会儿，不见有动静，他仍站在原地未动，只把头来回扭了扭观察着夜幕。他看见树旁边有一团黑影，上边有两个闪光的小黄点。巴穆塞不禁毛骨悚然，那里站着一只豹子，正准备向他扑来。

他往后退了一步，两只发黄的小点消逝了。可能是那只豹子移动了地方。巴穆塞难以判断它往哪个方向移动。

他继续往后退着。这时他听见离他很近的沟里有潺潺的水声，他想只要能涉过河去，豹子就不会追他了。

刚想到这里，已预感到黑暗里有团黑影向他扑来，他不顾一切地往旁边一闪，手中的长矛顺势盲目地往前涌去，劲道之大，连肩膀的肉都被抓破了。

豹子因为扑了个空，所以发狂地吼叫了一声，巴穆塞不顾一切地闪进密集的枝叶中。在这夜深人静之际，树枝摇动的声音显得十分响。他手里端着长矛，喘着气，心惊胆战地留意着豹子是否会第二次扑来。

但一切就此平静了。巴穆塞既不敢动，也不敢放松警惕，哪怕是一秒钟。只是到了这时他才感到肩上火烧火燎地疼痛，鲜血顺着胳膊往下流。

巴穆塞待了多久？连他自己也说不准。慢慢地东方出现了鱼肚白。接着，沉睡的草原苏醒了，一只猴子开始叫起来，鸟儿离巢而去。可豹子哪里去了？

巴穆塞再也支撑不住了，他往前移动着步子。天已亮了，再同豹子干起来就不会吃暗亏了。

他在一簇荆丛的背后发现了那只被他刺死的豹子。那是一只野性正足、身长两米的大豹子，他那一轮飞矛正好刺中它的喉咙。

巴穆塞又高兴又自豪，脸上露出了甜蜜的微笑。他用脚踢了踢躺在地上的死豹，觉得那带斑点的毛皮十分柔软。作为一个猎人，打死这样豹子的时候并不多，今天算是走运，十分走运。

他为不能把皮剥下来而感到遗憾，因为时间太紧张了。他只好怀着惋惜的心情走了。他捧起小河里的水洗了洗肩上很深的伤口，就近采了些草药敷上，继续往魏达赫王国的方向走去。

他终于走到了，路上没再遇上新的麻烦。

魏达赫王国是奥约王国的一个属国，国王处事审慎，毫无怨言地给阿拉凡国王进贡，尽他应尽的义务。也就是说，当阿拉凡国王出征时，他向其派出士兵助战。而阿拉凡国王则让魏达赫的国王平安地统治着他的部落以及让以食用香蕉、木薯、薯蓣为生的村民们过着和平生活。

巴穆塞历尽艰险，好不容易找到了这里。这里的一切都使他感到震惊，那嘈杂的声音、那繁忙的情景……最后，是一位铁匠陪着他来到国王住地。

王宫里有众多的卫士警戒着。开始时，巴穆塞被轰了出来，卫兵们训斥他说："快滚开！"

巴穆塞第二次来，出示了他带来的项链，要求见国王。这时有一位大臣出来了，他要看看发生了什么事。当他们听完巴穆塞的叙述之后，便让巴穆塞稍等片刻。

大臣进去许久之后才又回来，说："我们的国王同意见你。请跟我来！"

巴穆塞跟在他后面，手中的长矛已被收走，最后被带到一间宽敞的草屋里。

他向国王瞟了一眼，看见国王身穿珠光闪闪的王袍，端坐在镀金的龙床上。这时他被几只有力的大手按住，让他胸脯一直贴到地上："向国王弯腰致敬！要表现你的折服。"

他马上照做了，把头碰在地上，一动不动。

"可以了，你起来吧，"国王发话说，"你来此有何贵干？"

国王从巴穆塞手中接过项链，他那布满皱纹的脸上，嵌着一双狡黠的眼睛。

"大王，我来贵国是为了求援的。"

接着巴穆塞用最有说服力的语言说明了来由。而国王听着，丝毫不动声色，末了他发话说："你们的朋友，也是我们的朋友，这不假，不过，你要我发兵打奥约国的约鲁巴人，这可万万办不到。因为我们也属于约鲁巴人！"

"大王，这可并不是某个部落和某个种族的问题……"

但国王不让他说下去，向周围人打了个手势，几个卫士立即上来，毫不留情地把他推出门外。巴穆塞听见国王斥道："我帮不了你任何忙，滚吧！赶快离开魏达赫。"

把巴穆塞轰出去后，国王脸色阴沉起来，然后以极其不满的声音对身边众谋士们说："你们都听到了，萨曼戈这小子不同我打招呼就又向白人卖奴隶了。我同他有约在先，他要贩卖奴隶，应当先买我们的。价钱由我来定。我还告诉他，必须用我们的船将奴隶运往海岸，由我们收取运费。萨曼戈食言了，我们得惩罚他。"

"是，大王，我们得惩罚他。"官人们全都附和着。

"现在听我的命令……"国王开始吩咐了。

十一

  独臂狐默默地瞧着眼前一串串海浪有节奏地撞击着埃斯帕朗号船体，在那蔚蓝色的海水里，在那泛着白花花的浪涛之间，有许多黑影在游动——这正是鲨鱼的影子。此情此景，唤起了他甜蜜的微笑。他知道，热带海域里这些凶猛的家伙，每当有船经过，它们总是跟踪而来。现在它们又来了，围着轮船打转，而且往往跟着轮船游上很长的一段路程，等待着船上丢下些什么可口的东西。他清楚地记得前一次来到奴隶海岸时，船长把奴隶们集中到甲板上，指着水里的鲨鱼对他们说："谁要想跳海逃跑，应该知道等待着你们的是什么！"

  "那个船长真有办法。"独臂狐心里想着。

  正在这时，他听到顶舱右边大副在和随船厨师嚷嚷什么。他想，如果能把这个讨厌的家伙扔下去喂鲨鱼该多好啊！

  转眼，他看到随船医生德凯鲁扬朝这儿走来，他故作热情地迎上去说："医生先生，您来吃晚饭吗？开饭钟马上就要响了！"

  "谢谢，我不饿。"德凯鲁扬冷冰冰地说。

  是啊，这位医生近来经常说不饿，这天晚上他比任何时候都想独自待着。他钻进了自己的小屋，反锁上房门，点上了马灯，心不在焉地拿起一本书，接着又把它扔到一边去。奴隶们被关在牢房里的情景一直浮现在他的脑海里而挥之不去。

"他们的遭遇之凄惨远甚于牲畜，人们竟然用烧红的铁在他们身上烙印记！"

他擦了擦脸上的汗水，觉得几内亚湾的空气越来越闷。闷热的空气可能很快会转化为暴雨。船长想在暴雨来之前尽快离开这里。

"我在这里干什么呀！"医生喃喃自语道，"我这是与强盗同流合污了。"

在此之前，他是一个对一切都漠不关心的人，心里只装着对过去那些伤心失望事情的回忆。此时此刻，他对奴隶们所遭到的非人折磨而愤怒，那一切在他脑海里挥之不去。而船长的那一派胡言，一点也不能使他信服。

这时，在甲板上海员们却在狂欢着，他们的欢声笑语使得这位医生厌烦至极。他不理解船员们怎么就轻易接受看管、折磨奴隶的勾当，有些人甚至求之不得有这种耍威风的机会，虽然他们也都受尽了船长的欺侮和坑害。

医生深感自己势单力薄而无力改变这一切，决定在前往安第斯的航行途中尽可能保护这些不幸的奴隶，而不至于在船上白待。

第二天上午同往常一样，他乘着小船上岸去为奴隶们检查身体。当他们的小船刚在岸边停靠，便听到枪声大作。待他们上岸时，一切恢复了平静。有个船员走过来告诉他说："刚才有两个黑奴企图逃跑，因为他们身上的绳索捆得不够牢。但未等到他们跑进森林就被我们开枪击毙了。如若再晚一会儿发现，他们就跑掉了。"

不一会儿，两个被枪击的黑人被抬了过来，医生俯下身子一看，发现全都停止呼吸了。为此船长大发雷霆："你们竟把他们打死了，这可使我损失不轻！"

"把尸体抬进牢房去示众！"独臂狐命令说，"让他们都看看想逃跑的下场！"

在一旁的布尔塞克船长插话说："我要去找萨曼戈，催他快交货，我们在这里屁股快生根了！"

众奴隶眼睛冒着仇恨的火花，紧闭着嘴巴，默默地看着他们失去生命的伙伴被抬着从他们面前经过。德凯鲁扬能清楚地看出奴隶们宁肯死也不甘忍受这一切。

这天，当天色黑尽的时候，埃斯帕朗轮上一片寂静，人们都熟睡了。一个黑影悄悄地避过甲板上两个放哨的海员，溜到船舱的前部，在大桅杆后躲了起来，后又溜到绞盘处。这便是医生德凯鲁扬。他赤着脚，光着上身，腰间挂了一把匕首，翻过甲板的栏杆，顺着缆绳滑到水里。他掉进水时溅起的浪花刚好与海浪混在一起而未被注意，接着他往岸边游去。

由于四周万籁俱寂，值班放哨的人也慢慢犯困，放松了警觉，但他们不敢睡得太死，以便水手长查哨时他们能听见。

德凯鲁扬在海水里奋力游着，把鲨鱼的威胁全都置之度外。

最后他终于游完了隔船相望的这片海水，上了岸，在沙地上躺着喘息片刻，同时在黑暗中思索着如何行动。

他手里握着匕首，轻轻地在沙地上匍匐前进，想尽可能接近并进入牢房，把奴隶们放掉。他计划一旦溜进去，便用匕首割断奴隶们身上的绳索，让他们集体逃出去，好在不远处便是森林。当然，哨兵们那时肯定会开枪，但为了自由，必然得付出代价，这也是他当前能想出的最好办法。

在黑暗中他注意到一部分放哨的人在三座牢棚周围来回巡游，彼此相遇时总要开几句玩笑。

德凯鲁扬已摸到距他们很近的地方了，他躲在一旁等待时机。终于，他找到机会噌地窜到第一座牢棚门口，身体紧贴着墙，接着他摸索着移开了顶门的木杠架。他用最轻的动作把它放在地上，然后轻轻地推门进去。

"什么人！"眼前的一盏马灯把他照得眼花缭乱。德凯鲁扬吓呆了。而那个发问的哨兵也吓了一跳，手里紧扣着短枪扳机。

"原来是你？这么晚你来干什么？"海员发问道。

德凯鲁扬没想到牢棚内也有看守，一切都落空了。其他看守也都闻声而至。相互问："出什么事了？"

哨兵们看到德凯鲁扬浑身湿透，几乎一丝不挂，手里还拿着匕首，都感到莫明其妙。一个船员发话了："请原谅，先生，这我们得报告船长。"

其他船员也接着说："先生，请跟我们去一趟。"

德凯鲁扬则把匕首往地上一扔，说："走就走！"

被捆在木桩上睡觉的黑奴们对所发生的事情甚至未看一眼。

天破晓了。布尔塞克船长睡眼惺忪地坐在办公桌后面。他脸色阴沉，头发蓬乱。医生被带来站在他面前。大副梅尔林背靠着墙站着，手里抚摸着永不离身的鞭子，随时准备抽打人。

"这到底怎么回事？"船长咆哮着，"你想干什么？你发疯了？"

"这，你不会明白的！"德凯鲁扬回敬他。

"不管怎么说，我们两人当前都处在关键时刻。你，只不过是船上的普通一员。由于你今晚的行为，我将把你吊死在桅杆上！"船长咆哮着。

"随你便，这只能说明你在继续作恶。"

"你老实点！"船长气急败坏地说，"很可惜，我现在还不能少了你，船上现在还不能没有你。因此我要把你铐上镣铐关进底舱去，今后每天派两个人押着你去给黑人和我们自己的病号治病。"

"如果我拒绝呢？"

"你没有选择的权利。梅尔林，你把他带走，回头再到我这里来，我有话要告诉你。"

"是，船长，我也有话要向你报告。"

梅尔林推搡着医生出门去了。

"把他铐起来！"梅尔林一出门就命令属下。几个海员上来扭住了德凯鲁扬的胳膊。

梅尔林"执行"完任务回到船长办公室时，船长打开一瓶朗姆酒，斟满了两大杯，对这位大副说："来，咱们痛饮一杯。"接着又说，"你马上去做好开船的准备。我见过萨曼戈那小子了，现在只差二十来个黑奴我们的船就满了，我们务必在三天之内开船前往安第斯！"

"这可是个好消息。船长放心，一切交给我办吧！"

酒未喝完，梅尔林犹豫了片刻，最后开腔了，叫了声"船长！"

"什么事？"船长问。

"对那个独臂狐家伙……我们的事，你准备靠他靠到底了？"

船长一听，露出一丝奇特的微笑和奇特的眼神，然后回答说："这事是他给我们促成的呀！"

"那当然，可现在一切问题都差不多解决了，你以为还用得上他吗？而且他又不会航海。再说，到安第斯那边我们还愁找不到买主？"

"你有把握把他干掉吗？"船长问。

"有，我有把握。你相信我好了。我还想告诉你，昨天夜里我下舱睡觉前到各舱和甲板上巡视了一圈，你猜你看到什么了？"

"什么？"船长惊奇地问。

"在甲板上，我发现有人在对我跟踪盯梢。"

"可能是医生德凯鲁扬。他肯定是想等你下舱后开始他那邪恶的行动。"

"不，我相信不是他，而是独臂狐。当我冲着他走过去时，他便不见了。"

"那他为什么盯你稍呢？"

"他想除掉我这个眼中钉呗！"

船长不说话了。他在想，如果梅尔林说的当真，那就必须当机立断。他相信梅尔林不会说谎，因为他的智商远未如此之高。

"你说该怎么办？"船长问。

"你就交给我办吧！这事我来解决。现在我们不需要他了，只要你发话，那就永远不会再见到这家伙了！"大副颇有把握地说。

"好，我同意，但要干得巧妙。因为独臂狐在船员中结交了不少朋友。我希望此事别引起其他麻烦事。"

"放心吧！船长。"

布尔塞克船长的一席话，判了独臂狐的死刑。

十二

　　为了储备开往安第斯远航途中的食物，厨师米泰纳不得不时常上岸去采购。但途经沙滩时，每看到奴隶们所遭受的非人折磨，他总是心情沉重。于是他打那经过时，总是把头扭到另一边，故意想些别的事情。同时三步并作两步往林子里走去。

　　穿过海边的树林，不远处便有一个村庄，每当他进村，总有不少妇女、儿童提着满篮子东西向他兜售，而这位厨师也已学会了通过手势同他们讨价还价。每次采购都办得顺利而有收获。

　　然而有这么一天，当他来到村口时，看见两只小山羊十分适合他的需要，他便对陪他来的海员们说："这正是我要找的山羊，这下我们可以改善改善伙食了！"

　　他一进村，便要求人们给他牵几只山羊来。可是令他惊奇的是，他所遇到的所有妇女，全都拼命地摇头拒绝。

　　"这是怎么回事呢？莫非她们弄不懂我的意思？"他转身对陪他前来的海员们商量："这样吧！如果她们不愿意卖给我们，我们自己下手捉，然后再付给他们钱就是了。"大家也都表示同意。

　　当他们买完东西走出村庄时，径直去村边找那两只山羊。远远看见它们两只前蹄扒在一簇灌木丛上平静地吃着树叶。别看这位厨师臃胖笨拙，可捉起小羊却十分利落。

"你们跑不掉了，我的宝贝。"当他洋洋得意地抓住山羊之际，忽然听到不远处一个老年妇女的惊叫声。只见她双手朝天作揖，眼里射出恐惧而愤怒的凶光。

于是厨师米泰纳赶忙去安抚她说："这羊是你家的吗？请别生气，我这里照价付钱。"

他一手抓着挣扎的小羊，一边满脸赔笑地把钱袋递给老妇人。

然而无济于事，老妇人在继续咆哮。这时又有一大群愤怒的村民呼喊着，手里持着木棒，朝这边冲过来，有人还抄起石头向他们砸来。

吓得不知所措的厨师和海员只好松开小羊，丢下手中的东西朝海滩逃跑。

大喊大叫的村民们一直追到海边，幸好在那儿值班的海员把他们挡住。正在那儿与船长和独臂狐商议事情的萨曼戈马上问："发生什么事了？"

村民们大喊大叫着向萨曼戈说了一阵。听完，萨曼戈也怒不可遏了，他说："山羊是我们部落的神，这是祖宗传下来的，任何人不得动它们。现在你们的这位厨师必须受到惩办。"

胆小怕事的厨师自知闯了祸，吓得浑身发抖，未等听完就窜上一条小船溜了。

其他船员马上给村民们每人斟满一杯烧酒，以平息他们的愤怒，这倒奏效了，村民们渐渐平静下来。

外出搬救兵的巴穆塞终于回来了。乌玛一看他的表情，便知道他搬兵未成。

巴穆塞耷拉着脑袋说："我尽了全部所能。"

"我们知道。"乌玛说。

巴穆塞嘴角露出一丝苦涩，接着说："这一路上遇到太多的凶险……"

乌玛心情沉重地看看身边的人，尽管全村人都来了，包括那些尚未成年的儿童，但一共加起来也为数不多。

根据情况判断，被捉的村民很快就要被装上船了，因为海滩上的装船准备工作已在加紧进行着。

"我们怎么办呢？"有些人信心不足地发问。

"去攻打他们。"

"只有我们去打？"

"是的，只有我们。"

乌玛紧握着拳头，眼里射出坚定的目光，接着又说："机不可失，我们得马上行动，来它个突然袭击。这样对我们有利。听我说，我们得以最快的速度穿越密林，尽可能避免同约鲁巴人交锋。最重要的是要在敌人发现我们之前就突然出现在那里。"

村民们都点头同意了，并按乌玛的部署行动了。

这时，伊拉姑娘拉着乌玛的手，深情地说："乌玛，你可得保重啊！"

乌玛瞧着这位姑娘，从她含羞的眼神里看出她的一片深情。

"谢谢，我会当心的。"说完，乌玛坚定地向大伙喊了声："出发！"

村民们闻声而起，长长的队伍出发了。伊拉姑娘靠在一棵树上看着队伍跑步远去。不一会儿就消逝在树林里。伊拉姑娘忧心忡忡地朝那个方向张望，侧耳倾听着，试图听到远方发生着什么。

自从发生了那桩令厨师米泰纳惊恐的事后，米泰纳回到船上天天闷闷不乐，常常坐在床上，两手捧着脑袋想心事。联想到医生德凯鲁扬为解救这些黑人而被关进底舱，他感到太不值得。他常常喃喃自语"可怜的德凯鲁扬，你太傻了，犯得上为了解救这些野蛮的黑人而冒险吗？现在倒好，被关进底舱，忍受着酷热的煎熬……想想我那天为了那两头小羊，差点被那些野蛮的黑人给杀了……"

他坐不住了，起身揣上一满罐淡水，悄悄地顺着梯子往底舱溜去。

"我给他送点水去，让他解解渴呀！"

底舱里，积满了散发着盐碱味的海水，空气十分污浊。一些船员正在那里安装多层铺，以便使这有限的空间尽可能多装载些奴隶。当他轻手轻脚地打那儿经过时，通过一块隔板往里边一瞧，不由得本能地往回倒退，因为他瞧见独臂狐在里边同施工船员指指点点，只听他说："诸位干得不错，不过铺位可以再装密集些。"

"幸亏他们没发现我！"厨师庆幸着。

德凯鲁扬被关在距此几步之隔的斗室里，门上挂着一把大锁。在一人高的地方开着一个小窗口，窗上还装着铁条。米泰纳贴近窗口轻轻喊了声："先生，我给你送水来了。"

"犯人"把脸贴近窗口问："你是米泰纳吗？"

"是我，先生。"

"真够朋友，我会永远记着你这份好意！"

"这算不得什么。"

"谢谢你了。"

医生双手捧起罐子喝起来。

"嘘！"

米泰纳听到附近有响动，差点吓破了胆，心里怦怦直跳。他屏住呼吸，身子缩成一团。忽然，他通过甲板透下来的一束微光，瞧见大副梅尔林和他的助手罗贝尔的身影。只见这两人猫着腰，鬼鬼祟祟地摸索着往前走。

"他们要干什么？"米泰纳心里纳闷起来，"万一被他们发现了我该找个什么借口呢？"

看来，那两个人并不是冲他而来。只听梅尔林轻声对罗贝尔说："那家伙上来了，咱们快点。"

"对！"

只见他们抓住一只沉重的油桶，悄悄地抬到楼梯口，悄声说："扶稳桶！"

"他们搞的什么名堂呢？"米泰纳不解地思忖着，继续蜷缩在黑影里一动不动。

"预——备——"话还没说完，梅尔林做了个无可奈何的手势，说："他走远了，这下又没成功！"

"没关系，咱们耐心点，他肯定还会打这儿经过的。"

听到这些，厨师吓得差点叫出声来，身上每根汗毛都快竖起来了。

"喂，他又来了，咱重新来！"梅尔林命令着。

说话间，他们将油桶猛地往下一推，下边随之传来一声惨叫，接着是一阵惊呼声……米泰纳差点吓昏过去。

那两人却拔腿跑了。

底舱里传来了木工们的惊呼声："独臂狐被砸死了！这是怎么回事啊！"

一串脚步声由远而近，米泰纳唯恐被人发现，立即从另一通道往甲板上跑去。到了甲板上，接触到新鲜空气，他稍稍平静了些，心想："不光是黑人野蛮啊……"

十三

甲板上乱作一团：既不是因为死了独臂狐，也不是追找米泰纳。只听着船长声嘶力竭地督促他的部下："快，快拿起各自的武器，马上准备战斗！"

海员们匆匆跳上小艇，很快一只只小艇就满载着海员往岸边驰去。

"发生什么事情了？"有人在问。

"外面的黑人来袭击萨曼戈了，他们要把关在海滩上的黑奴救走。"

"这不是白日做梦吗？"米泰纳叹息着。接着他找了个隐蔽的地方躲了起来。

甲板上，布尔塞克船长吼叫着："把来的黑人全都抓住，这是找上门来的便宜货！梅尔林，听清楚了吗？"

梅尔林刚从底舱上来，他马上也跟着大喊大叫起来，以便表明他早就在这儿了。

树林边一带，战斗正激烈地进行着。依博人出村后朝海边牢棚这边直奔而来，不巧，他们的行动被一个约鲁巴人发现了，那人于是边逃边大叫着向族人报信。于是约鲁巴人马上集合队伍朝海边冲杀过来。

为时不久，约鲁巴人的增援部队不断赶到。而依博人尽管人少势单，但仍激烈地战斗着，表现得英勇无畏，他们知道这是解救亲人的最后一次机会。乌玛一箭接着一箭地射出去，决意要冲进牢棚去。而约鲁巴人却人多势众，手中又有洋枪，十分善战。更糟的是，当乌玛他们攻进海滩时，变成了牢棚看守们的活靶子。那些白人船员以大树为依托，向他们猛烈射击。不一会儿，满载海员的小艇也靠岸了，他们在约鲁巴人的配合下向依博人猛扑过去。接着第二艘小艇也驰援而来，梅尔林边指挥战斗边吼叫着："不要忘记船长的命令，要多捉活的！"

这的确是一场寡不敌众的战斗。依博人在乌玛周围倒了下去。乌玛心里充满着仇恨和愤恨。

射击变成了肉搏，在丛林的掩护下，一批海员突然出现在乌玛背后。开始猛烈射击。在这千钧一发之际，大个子巴穆塞一个箭步抢到乌玛前边，用躯体掩护乌玛，挡住了飞来的子弹——他倒下了。

依博人用尽最后一点力气奋力冲杀，迫使海员们不得不躲了起来。

"他们真的不怕死！"一个海员边逃边咒骂着。

乌玛在朋友巴穆塞面前跪下来施救，巴穆塞则吃力地吐出几个字："别浪费时间……快走吧，我们的人需要你……"

乌玛流着眼泪站起身来，而身负重伤的巴穆塞又挣扎着喃喃地说："前天夜里……在去魏达赫的途中……我捅死了一头豹子……"

说罢,他咽气了,脸上露出了微笑。

怀着刻骨仇恨,乌玛挥刀冲杀而去,这时他只想拼死在战场上。然而命运对他的安排却很残酷。当他带领残部冲向牢棚时,战局出现了变化,他同战友们分离了,另一批海员把他团团包围住。

乌玛挥起长矛左冲右突,试图冲出重围时,突然感到脑袋像炸裂了一般疼痛,他挨了一枪托,应声倒下了。

海员们马上把他牢牢捆住,拖向海滩的牢棚,庆贺"又多了一个奴隶"。

战斗接近尾声,幸存的依博人在萨曼戈部下的追击下逃遁着。

当海员正在清点死伤人数时,船长布尔塞克上岸来了。

"把受伤的送到船上去,让德凯鲁扬治治。"船长命令着。

萨曼戈首领也来了,他头上戴着羽毛帽,身上裹着兽皮,身后跟着手持洋枪的卫士。

"胜利是属于我们的!"

"没错,但我的人有七个人被打死,十多人被打伤。"船长接着说。

"这是难免的,"萨曼戈耸耸肩膀说,接着又换了个话题说:"我注意到你的海员俘虏了一些依博人。对这些人,你也得付给我钱。"

"首领，你这是在开玩笑。"船长回答他。

"不，这是老规矩，因为我们是共同战斗的!"

"我才不管规矩不规矩，我的海员被打死了七人，还不可以拿此做点补偿?"

"船长先生，你去问问独臂狐吧，他会告诉你我的要求是合情合理的。"

"可惜他在一次不幸的事故中死了。"

萨曼戈一听，直勾勾地瞧了瞧布尔塞克，发现他在说这话时甚至连眉头都没有皱一皱。见此，这位黑人心里明白了，他说："好吧! 俘虏你留着，独臂狐这小子死了活该。现在我们算认识了，以后咱们继续合作吧!"

船长心满意足了，说："这就好……来，咱们喝杯朗姆酒! 我再送给你一瓶，我还可以把那些受伤的俘虏留给你，随便你怎么处置他们。有些待伤养好后，你还可以把他们卖给别人。"

萨曼戈合掌作揖说："谢天谢地! 你知道，给他们疗伤吃饭的钱，比他们身价要高得多。"

"那就随你的便吧! 我不想在此久待了，想今晚就起锚，我们马上要把奴隶装进舱了。"

"那好。"

"还有，如果你愿意等一会儿，我就叫人把最后一批给你的货卸下船，你顺便带走。

"我可以等，但是，船长，请你再给我留些步枪吧! 我再给你添两个奴隶，要知道，我只剩下最后这两个了，都是身强力壮，是刚在森林里捉到的，不信你瞧！"

萨曼戈用手指了指捆绑着的两个黑人，他的部下马上把俘虏拖了过来。他们一个是依博村的猎人，另一个是贝宁姑娘伊拉。

"那好，我就留下他们。"船长说着命令手下人把他们同其他奴隶关在一起。

背后猛力一巴掌，伊拉被粗暴地掀翻在地，几个白人抓住她，用一条粗粗的糊着沥青的绳子捆住她的双脚。

"再给你们添一个。"一个白人对守棚的人说。说完他随手把门关上走开了。伊拉被扔进女牢，慢慢恢复了镇定，抬眼看了看周围，牢棚快关满了，妇女们全被绑着排列成行，由白人看守着。她们有的在低声叫骂，有的在抽泣，幼小的孩子在呻吟。还有的在哼着祈祷曲。

伊拉身边绑着的一个少女，露出痛苦的眼神，蜷曲的头发梳成一条条细辫，垂在脖子周围。当伊拉被推进来时，她挪了挪身子，给伊拉多腾点地方。

"你躺舒服点。"

"谢谢。"

躺在泥地上的伊拉热泪盈眶，在短短的时间里，她竟两次沦为奴隶。刚才她还自由自在地在森林里活动着，侧耳倾听着远处的厮杀声，未曾料到萨曼戈的人突然出现在她的面前……

"你叫什么名字？哪个村的？"身边的少女问她。

"我叫伊拉，从贝宁来，离这里很远很远。"

"我叫科尔姑，是依博人。"

"你好科尔姑，我认识很多依博人，我前几次被豹子首领抓去后，是一位依博人把我救了。"

"那个叫作豹子首领的约鲁巴人是个大坏蛋。"

她俩知心地交谈着，伊拉向科尔姑叙述了她的遭遇，科尔姑听后惊奇地问："你是说救你的那个依博人叫乌玛？你没弄错吧？"

"不会错的，他有个朋友叫巴穆塞。"

"呀！乌玛是我的哥哥，我知道他不会丢弃我们不管。

科尔姑睁着大眼睛瞧着她的难友，难过地哭了。然后痛苦地说："我哥哥乌玛是个勇敢的人，只是寡不敌众才未能拯救我们。"

科尔姑又凑近伊拉小声地说："也许我们可以设法逃掉。"

"难啊，你瞧瞧，里里外外都是他们的人，此外，别忘了还有约鲁巴人。"

"小声点。"

"这些绳子又这么结实，指甲根本对它无可奈何。"伊拉说。

"听我说，我藏有一把匕首。"

"一把匕首？"

"是的。有一天夜里，有个白人溜进来了，我当时不知道他要干什么。接着其他白人发现了他，把他带走了，他就顺手把匕首扔在我身边地上。我就把它悄悄藏了起来。"

伊拉深思起来："这位科尔姑果然同她哥哥一样，有着坚强不屈的性格。可是，身边有这么多白人海员，外加萨曼戈的人，门又紧紧地锁着，只有从外边才能打开，如何能逃掉呢?"

"听我说伊拉，我们看准了机会就行动。我宁可死也不愿去当奴隶。"

"我也这样想。"

萨曼戈走了，太阳也慢慢向西山滑去。

"现在装船吧!"布尔塞克船长说。

"天还热着呢!"水手长咕哝着说。

"罗贝尔，如果你这么怕热，那我给你找个不热的地方，到底舱去待着。"

旁边的人哄堂大笑起来。罗贝尔则不好意思地跟着笑了笑，他对船长越来越无法理解。耳边似乎还响着独臂狐被砸死时的惨叫声。

装船的小艇已准备好了，看守们把第一间牢房里的黑人成批拖出来。他们中乌玛最先被拉出来，因为他是最后一个被关进去，被捆在紧靠门边的地方。

依博人心里全都颤抖了。他们明白将要发生的事情，可怕的时刻到了，再过一会儿，一切希望都将破灭。

"我们真的要上路了!"一个依博人喃喃地说。

"他们要吃掉我们吗?"

"不，要把我们送到遥远的地方去当奴隶!"

"还不如死了好! 我要当一个堂堂的男子汉!"

"不许说话!"一个看守训斥着，同时举起枪托向黑人背上打。

乌玛被押出牢房，抬头看看周围，知道在这么多白人监视下插翅难逃。

女牢里，每人都侧耳听着外面发生的一切，有人透过板缝看，并向大家通报说，男人们正一批批地被往外押。

"快轮到我们了。"伊拉喃喃地说。

科尔姑答话，她正用手指在地上抠，掏出了藏在泥地的匕首。

"伊拉，把你脚伸过来，轻些，别惊动看守。"

前面被拉出的黑人在沙滩上排成队，他们看到第二个牢棚的门打开了，妇女、儿童被押出来，日光照得她们眼睛睁不开，有的在呻吟，有的在哭泣，有的在祈祷……

"我们不要走!"有人抗争着。

"快跑呀!"只见妇女队伍乱了起来，妇女们有的上前拦住押送的白人，另有一些则奇迹般地挣脱绳索逃跑了。

"伊拉!"乌玛大声喊了起来。他也多么想跑掉啊! 但不行，他被五花大绑着，看守们用枪托把他打倒在地，很多的同伴这时也大声呼叫起来。

"快开枪，谁跑就打死谁!"船长命令着。

有四五个妇女正向树林里跑去，海员们听到船长的命令，愣了一阵，接着开枪射击起来，约鲁巴人也追了上去。

海员们的枪法并不准，只有一个妇女中弹倒在沙滩上，其余的已钻进了树林，其中有伊拉和科尔姑。

"自由了，她们自由了!"奴隶们情绪激动地喊着。海员们竭力对他们进行了镇压。

"靠紧点，不许乱动！"海员们边喊边检查奴隶们身上的绳索是否牢固。船长则再次命令部下看紧奴隶，而且不让他们胡乱抽打"商品"。

他们用武力把黑人们推上小艇。乌玛只感到眼前一片漆黑，浑身麻木了。像是在做梦。他忘不了刚才目睹的场面：伊拉和科尔姑都逃进森林了，她们自由了。他的心一直在伴随着她们。

"用力划桨！"

"黑小子们，老实点！"

满载奴隶的小艇破浪而行，浪花溅在人们的身上。埃斯帕朗号轮船距他们越来越近了，船上的炮口、缆绳、软梯都出现在人们面前。

"我们不上船！"奴隶们吼叫起来，一边挣扎着。海员们用了很大劲按住他们，没让他们跳进海里寻死。

甲板上，梅尔林挥着鞭子，气势汹汹地喊着："把他们押进底舱去！先把小舱填满，排列紧点，时时检查绳索牢不牢！不要浪费舱位，否则就装不下这么多人。"

他正喊着，突然从海上传来一声炮响，接着又是一声。两艘战舰出现在海湾出口处。

梅尔林眼里充满了恐惧，手中的鞭子跌落在地上，瞠目结舌地说："真倒霉，英国人来了！"

十四

　　萨曼戈回到森林深处他的庄园去了。他把布尔塞克船长送他的那瓶朗姆酒打开，痛饮起来，一边跷起二郎腿晃动着，他实在开心。眼下一切都顺心如意：部下现在都配上洋枪了，还不算从白人那里得到的其他物品，这些都是财富与实力的象征，人们都会说："你萨曼戈可以称王称霸了。"

　　想着想着，这位大王有点昏昏欲睡了。身边的随从们见此情景都知道他又喝醉了。便蹑手蹑脚地退了出去。

　　这位大王和衣滚在铺着一层层兽皮的地上，模模糊糊地仍在做着美梦：他的部落依恃洋枪从此可以统治左右其他部落了。可以捕捉更多的奴隶去换取越来越多的实惠，还可以用武力去教训那个可恨的豹子首领——他竟敢和我一样在本地区捕捉奴隶！

　　忽然，外边传来了惊恐的喊叫声，那些失魂落魄的男人也顾不上那些见大王的规矩，未经禀报就闯进屋来，报告大王："大王，魏达赫人打来了，已打到咱部落的门口了，大难临头了！"

　　萨曼戈一骨碌爬起来，吃惊地说："不会吧？这怎么可能？"

海滩上，布尔塞克船长也在做着美梦，他盘算着这一趟可以捞到大钱。突然间英国舰的两声炮响，把他吓了一跳，脸色唰地白了，举起望远镜一看，立即跳上一条就近的小艇，边命令着："快，快！快上船去！"

耳边桨叶急速划动着，他陷入深思，苦思冥想该如何办。当小艇划到船边时，甲板上沿栏杆出现一排恐慌的面孔，一个个向他投以探询的目光。

"现在我们该怎么办呀，船长？"

"拿起武器拼！火炮手，带上你的人回到炮位上去！其余的人各就各位，我们不能像小鸡似的任他们处置！"

"我们面对的可是二等大型舰呐，船长。"

"那更好，大舰行动不灵活，我们可以从两艘大舰空隙中溜走！"

"那黑奴怎么办？"

船长一边顺着软梯往船上爬，一边命令说："加快把他们装上船。"

"是，船长！"

"待一会儿我们要像箭一般从两艘英国舰当中穿过去，给它来个措手不及。"船长说。

大副梅尔林马上去传达命令，其他值班船员也都各自忙碌起来，真的是分分秒秒都那么宝贵。

海滩上的海员也积极行动起来。枪托像雨点似的落在拉出牢棚的黑奴身上，谁也不再顾及"爱护商品"了，再说，即使他们有伤痕，也比白丢了好。

　　森林里，鸟儿惊飞，猴子奔逃，都往最高的枝上爬去。因为这儿弥漫着火药味和愤怒的喊杀声——魏达赫国王的军队把萨曼戈的部落给包围起来了。他们行动敏捷、极具作战经验。他们凭借实力往前冲锋。进攻中凡遇不缴械投降的人，格杀不饶。只有几个约鲁巴人逃出了包围圈。那些执意要战斗到底的人全都集中在萨曼戈的住地。这位大王此时已完全从醉梦中醒来了。他明白，除非出现奇迹，否则他的末日已到。

　　"冲！拼全力冲出去！"他命令着。

　　他手下的一批武士闻声朝近处的一个出口冲击，萨曼戈紧随其后大叫着给他们鼓劲。然而一次次冲锋都被对方的射击给粉碎了。幸存的人扔掉武器，不再往前冲了。

　　萨曼戈又恐惧又恼怒，他自个儿利用这瞬间的间歇往围栏外冲击。只见他一纵身，一只手抓住木栏杆，试图跳越过去，然而魏达赫的几个士兵抢先上去抓住了他的双腿，把他拽倒在地。

　　这一下，一切都完了。他爬起来抱着双拳作揖，一面连声哀求说："我投降，我投降。"

　　魏达赫的国王出现了，他身着龙袍，前后卫士簇拥，乘坐的轿子由八只有力的胳膊举着。他用狡黠的目光瞧着跪倒在地的萨曼戈，犹如一摊稀泥，前额伏在地上，一动不敢动。这位君主看了这一场景感到十分开心。

　　"我早就警告你，买奴隶须先买我的，运奴隶须用我的船。"

　　"大王，我以后一定照办。"

"你以后怎么做这无关紧要，现在我要把你卖给我的英国朋友。你刚才该听到他们的炮声了吧?"

"饶了我吧，大王。"

"太晚了，萨曼戈，太晚了。"

轿子远去了，武士们用铁链把萨曼戈四肢捆了起来，拉进俘虏队伍里。

与此同时，在埃斯帕朗号轮停靠的那个海湾出口处，两艘英国轮船并肩停靠着。由于这艘法藉轮拒绝投降，虽受到英国舰的杀伤性射击，它仍然顽强地还击着。

"瞄准敌船的桅杆打，把它们打瘫在这里。"布尔塞克命令着。

不大工夫，埃斯帕朗号轮被击穿了好几个洞，前桅被打落在甲板上，船舱里，正在紧张地开足马达，以便把涌入的海水排出去。随船医生此时应接不暇地救治伤员，为他们清洗伤口，结扎血管、接合碎骨……

尽管情势已险恶无比，但海员们仍不顾一切地用小艇往船上继续抢运奴隶。他们连打带骂地把奴隶送上船，胡乱把他们扔进舱里。剩下一小部分未等拉出牢棚，魏达赫人的部队就攻来了。

"船长，该怎么办?"

"马上起锚，剩下的奴隶不要了。"船长命令着。

大副梅尔林仍在前后呼叫着指挥。尽管他对船长总是百依百顺，从不怀疑，但到了这时，他不由得惶惶不安地问船长："船长，你说咱们闯得过去吗? 咱们的船可受重伤了呢。"

"无论如何也得闯过去。"

船员们一听都觉得船长这是发疯了。但出于习惯，他们仍乖乖地服从。于是，埃斯帕朗号轮调转船头，乘着破烂的风帆开船了。

"小伙子们，咱们乘的是顺风船啊！"船长试图给大伙打气。

自恃火力占绝对优势的英国舰，纹丝不动地把守着海湾出口。当这艘法藉船从它们之间硬冲时，双方相距如此之近，对英舰上的那些身穿胸甲、头戴钢盔、脚蹬大皮靴、手里端着火枪朝他们瞄准的大兵，看得一清二楚，埃斯帕朗轮受到英舰两面夹击。

"船长……"梅尔林踉踉跄跄边喊边呻吟着，他脸色苍白，两手捂着血淋淋的胸口。

"怎么了？"船长厉声问。

"船要沉了……"说完他扑通一声倒下去了。

布尔塞克满嘴白沫地咒骂着。

夜幕降临了，埃斯帕朗号的残片漂浮在海面上。岸边的沙滩上火把通明。从几个小时前开始，海滩牢棚曾空了一阵子，而现在，再次关满了人。魏达赫的大兵们把未能逃掉的奴隶连同法藉船员全都关了进去。留待以后慢慢筛选分类。

牢棚里，一片惊恐、呻吟。被俘的法藉船员中，有人大声抗议着，要求释放他们。但无论怎么闹腾，均无济于事。到了明天，他们将全都作为俘虏交给英国人发落。

英国人此时则举着满满的酒杯庆祝他们的收获。

乌玛逃离虎口后，在海水里奋力游着。他还能清楚听到敌人在远处每抓回一个俘虏时兴奋的叫声。为了不再落入敌人之手，他要尽力游得远些。只要还有一口气，他就要拼死向远处游，他心里惦记着乡亲们，不知到底死了多少人。对这个小小的部落来说，这是一场致命的浩劫，也许永无恢复元气之日了。他边游边想：是否应该带领乡亲们到更远、更偏僻的地方去栖身呢？还有那位贝宁姑娘伊拉，现在她会在何处呢？他似乎觉得她未死，奴隶贩子们也未能追上她。相信终有一天还能见到她……

忽然乌玛看到不远处漂着一团黑乎乎的东西。是鳄鱼？他不由得一阵哆嗦。再定睛一看，确认不是鳄鱼，他以猎人的锐利眼睛断定那是一个人，正试图抓住一块漂木救命。从对方的呻吟声里知道那是个身上负伤的人，乌玛尽管已筋疲力尽，但仍然抓住一块漂木朝对方游去。靠近了，他看出那是一个白人！

乌玛怒不可遏地大吼一声，这个狗东西肯定是在逃的船员！是杀害乡亲们的刽子手，是企图把乡亲们抓去当奴隶的坏蛋！

看样子对方的伤势不轻，因为看见他伸出发抖的手去抓漂木时，手已不听使唤，乌玛愤怒地一把夺过漂木，对方已无力反抗，一个浪头打来，白人被吞没了，卷走了。

乌玛这时已无力支撑自己，只能把脑袋露出水面，幸好不远处有一大块漂板，他用尽最后一点力气将其抓住，爬了上去。由于精力已耗尽，他在木板上喘着粗气。呆了许久许久。最后他夹着木板，顺着海岸往远处游去，往远离魏达赫士兵的方向游去。

他游啊游啊，游过了海湾，一直游到远离险区时，才往岸边一块荒凉的滩地游去，待上了岸，他累得一头栽倒在地。附近受惊的螃蟹、昆虫四散而逃，在沙滩上留下一串串印迹。

　　末了，乌玛站起身来，发现这是一片他所熟悉的沙滩以及远处那片茂密的树林。他不能在此久留，他要尽快去寻找自己的乡亲们和等待着他的伊拉姑娘，他知道他们就在附近某个森林边上等他。

　　乌玛走远了，他原已僵硬的腿脚慢慢恢复了力气。劫后余生的他，开始思考如何带领族人另辟一个安全的栖身之地，筹建未来。

　　在另一处海滩上，仁慈的医生德凯鲁扬慢慢睁开眼睛，东方已经发白了！

后　记

　　埃斯帕朗号轮船在几内亚湾沉没海底的时候，正值公元十八世纪初叶。在此之前，欧洲人来非洲贩卖奴隶已有三百年的历史。葡萄牙的探险者们最早于一四四二年将当地一些土著人作为奇货，用船运回葡萄牙献给他们的王室，但真正大规模捕捉、贩运奴隶，则在哥伦布发现新大陆之后。那是一四九二年的时候，哥伦布在圣多民各登陆，之后又发现了古巴、牙买加、瓜德罗普等岛屿。从一五〇〇年起，葡萄牙人卡布拉尔和考勒亚先后两度征服巴西。一百年间，当地有三分之二的印第安人被葡萄牙入侵者杀戮。如果说秘鲁和墨西哥能为入侵者提供黄金的话，那么其他国家则能为其提供更多的产品，如食糖、咖啡、棉花等等，因此这里需要大量的劳力。到哪儿去物色呢？到非洲！让黑人来填补被杀的印第安人的空缺。在非洲的刚果和南美的巴西之间，贩卖黑奴的勾当兴隆起来，因此葡萄牙人出现在非洲沿海各地。他们修建的埃尔米纳狱堡，便是他们贩卖黑人的见证，至今仍屹立着。那厚厚的石墙、又湿又暗的巨大牢室，那坚固的铁门……当年成千上万的黑奴就被关在里面。

到了十六世纪末叶，由葡萄牙人独家经营的局面被打破。西班牙人一度占领了葡萄牙。其他欧洲国家，如荷兰、法国、英国等也纷纷派船到非洲。他们在那里建立的商行、狱堡处处可见。他们在各自国家的国王和教会的祝福下，设立了专门经营黑奴的庞大公司，如荷兰的西印度公司、英国的非洲皇家公司等等。

从一六〇七年起，随着现在成为美国的那片土地被英国人占领，人们对奴隶的需求又增加了。再则，一般情况下黑人的寿命都不长。据统计，被卖到圣多民各的黑奴，平均三分之一劳动不到三年就死了，其余的三分之二很少能活过十五年时间。但这对奴隶主而言无关紧要，奴隶每劳动一二年便可捞回成本。因此，贩卖黑奴的生意在迅速发展着，从十六世纪到十七世纪，每年贩卖奴隶五千至八千人。而到了十八世纪，每年被贩卖的奴隶则超十万人！

整个十八世纪，可以说是贩卖黑奴的"鼎盛"时期，也是运输奴隶的海上航行的"鼎盛"时期。一条条轮船满载着杂货从欧洲出发开往非洲，在那里用所载的货物换奴隶，然后载着奴隶开往美洲。在美洲卖掉奴隶，换成食糖、咖啡、烟丝等商品运回欧洲高价出售。这便是被称为"三角航运"的由来。据统计，每趟买卖扣除各类费用后，起码赚百分之五十的净利润，从而使许多法国人大发横财。

到底有多少奴隶被贩卖？要统计出准确的数字是十分困难的，人们估计总共有一千五百万至两千万黑人被贩卖到美洲的各类种植园从事体力劳动，从而造成了非洲大陆人口锐减。而且在捕捉、运输的过程中，往往二至四个奴隶中，只有一个能活着运抵美洲！

连年的人口大掠夺，严重影响了非洲的人口增长，即使在非洲内陆那些偏远的、欧洲人很晚才涉足的地区，奴隶贩卖也大行其道。而且非洲人用他们的人口所换来的仅仅是欧洲的杂货、烧酒、火枪之类的东西。更由于争夺奴隶在非洲部落间所引发的连年战争，使非洲原已发展了的文化和一些强盛的王国就此灭迹。

在欧洲，有为数不多的人曾起来反对买卖黑奴。在法国，最早有蒙田，后来有蒙德斯鸠、卢梭、贝纳丹、格雷古瓦神甫等人，均反对这一行为。法国大革命之后，曾于一七九四年颁布了取消奴隶制的公约，但波拿巴当政后又恢复了奴隶买卖。直到一八四八年共和时期维克多·舍尔歇才宣布最终取缔奴隶制。在此之前，英国已宣布禁止奴隶买卖，因当时人道主义思潮已广为传播。加之当时大工业家们看到有人通过买卖黑奴发大财，非常嫉妒。因此，他们也起来抗议贩卖奴隶。他们还从实践中看到，在工厂里，自由人所创造的价值远远高于奴隶们。

一八六〇年，美国爆发了南北战争，北部主张废除奴隶买卖的人同南部维护此制度的人刀兵相见。在古巴，一直到一九〇〇年，仍有黑奴被贩卖。在那之前，欧洲已开始在非洲建立殖民地，以此取代黑奴贩卖。这又是另一段历史了。